If the Slipper Fits
by Olivia Drake

舞踏会のさめない夢に

オリヴィア・ドレイク
宮前やよい［訳］

ライムブックス

IF THE SLIPPER FITS
by Olivia Drake

舞踏会のさめない夢に

主要登場人物

アナベル・クイン……………………女学校の教師
サイモン・ウェストベリー…………ケヴァーン公爵の叔父で後見人
ニコラス………………………………ケヴァーン公爵。サイモンの甥
クラリッサ・ミルフォード…………サイモンの亡き祖母の親友
パーシヴァル・バンティング………教区牧師。ニコラスの個人教師
ハロルド・トレメイン………………牧師補
ハリエット・ダンヴィル……………サイモンの亡き母親の友人
ルイザ…………………………………ハリエットの娘
ミセス・ウィケット…………………ケヴァーン城の家政婦
ラドロー………………………………ケヴァーン城の古参の使用人

1

一八三六年

すべてのはじまりは、一通の手紙だった。

ほかの教師たちが夕食の席につく中、アナベル・クインはバクスター女学校の薄暗い廊下を小走りに急いでいた。またしても、玄関広間に大きなノックの音が響き渡る。あわてるあまり、広間のひび割れたタイルにつまずきそうになったが、かろうじて階段の手すりの柱をつかんでドアに向かった。

夕暮れどきに訪問者を迎えるのは、まったく異例のことだ。生徒たちはすでに寄宿舎へ戻っているし、アナベルやほかの教師たちもじきに就寝という時間帯である。もともと、ヨークシャーの荒野にある、この人里離れた女学校を訪ねてくる者はめったにいない。せいぜい教区牧師か、たまにやってくる便利屋、それに郵便配達人くらいのものだ。

軋《きし》む音とともに、アナベルは巨大で重たい扉を開けた。紫色に染まるたそがれの空の中、玄関に立っていたのは、作業着姿で猫背の見知らぬ男だった。「いつまで待たせる気だ」文句を言いながら、男は一通の手紙を差し出した。「直接あんたに手渡すよう言われてきたんだ」

生まれたときから孤児だったアナベルは、今まで一度も手紙を受け取ったことがない。

「わたしに？　でも、誰から——？」

男は彼女の質問を無視した。大きな足音を立てて玄関の階段をおりると、今にも倒れそうな老いぼれ馬にまたがる。ぴしっと鞭《むち》を当て、男は馬とともに去っていった。

アナベルは興味津々で、封印された手紙をひっくり返した。はるか遠い子ども時代の夢がふいによみがえる。長らく音信不通だった親類が突然現れ、アナベルこそ、生まれたときに連れ去られた身内だと名乗る夢だ。そして彼らはこう申し出る。おまえをすぐに連れて帰りたい。愛情に満ちた、温かい家庭が待っているよ、と……。

暮れゆく寸前の夕日が封筒の上に落ちる。優美な文字で記された宛名を見て、アナベルは目をしばたたいた。女校長宛の手紙だったのだ。

なんて愚かなんだろう。もちろん、手紙がわたし宛のはずがない。配達の男は、手紙を郵便受けに投函するのではなく、学校の誰か——誰でもいいから——に手渡すよう言われたのだろう。明日まで気づかれないことがないように。

生徒として、さらに教師として、この寄宿学校で二四年間を過ごしてきた。けれどもそのあいだに、校長のミセス・バクスターに手紙が特別配達されたことは一度もない。明日の通常配達まで待てないというなら、きっとこれはとても重要な手紙なんだわ。

そう気づいたアナベルは薄暗い廊下をあわてて引き返し、古い領主邸を改築した建物の裏手にある食堂へと進んだ。戸口の前でつと立ちどまる。

合金製のろうそく立ての明かりが、長テーブルのわずかな陶器と錫《すず》の食器をぼんやりと映し出している。サイドボードにある蓋付きの皿から漂ってくるのは、ローストビーフとポテトの匂いだ。食卓についた一〇人ほどの教師たちは、すり切れた聖書の一節を単調に朗読するミセス・バクスターのしゃがれ声を聞いていた。

アナベルは中断させるべきかどうか迷った。〝夕食前の朗読では私語厳禁〟という規則を破ってもいいものかしら。でも、もしこれが緊急を要する手紙ならどうしよう？　なぜすぐに知らせなかったのかと叱られるかもしれない。

彼女は咳払いをした。「失礼します」

ミセス・バクスターが朗読をやめ、縁なしの老眼鏡越しににらみつけてくる。がりがりに痩せて胸も平らな彼女は、白髪を高い位置でまとめ、レースキャップをかぶっていた。

「聖書に対する敬意が足りませんよ、ミス・クイン」

「お許しください」アナベルは小声で言った。ここは顎をさげて、謙虚さを見せたほうがいい。「ですが、校長宛に特別配達のお手紙が届いたんです」

「神の御言葉《みことば》より重要な手紙などあるものですか」ミセス・バクスターは聖書をぱたんと閉じた。「けれど、もう中断してしまったのだから、ばかみたいに突っ立っていないで、早く手紙をここへ持ってきなさい」

教師のあいだで忍び笑いが広がり、ひそひそ話へと取って代わる。見なくても、アナベルには誰だかわかった。口が悪いメイヴィス・イエーツと、その忠実な妹分であるプルーデンス・インターブルックだ。不愉快なふたりは似た者同士だった。

ほかの女教師たちは、テーブルの上座に向かうアナベルとは目を合わせようとしない。遅まきながら、彼女は校長の椅子の下にミスター・ティブルが寝そべっていることに気づいた。そのオレンジ色のぶち猫はミセス・バクスターにとっては自慢の種だが、女校長以外の人にとっては悩みの種でしかない。

手紙を手渡した瞬間、ミスター・ティブルがシューッという鳴き声で警告を発した。ろうそくの明かりの中、緑色の目をぎらつかせ、絨毯の上で長い尻尾を落ち着きなく左右に動かしている。前に引っかかれたことがあるアナベルは、賢明にもあとずさりをし、テーブルにひとつだけ空いていた椅子にすばやく腰をおろした。

ミセス・バクスターが封印を解き、手紙を広げる。内容に目を通すにつれ、しなびた顔がいつになく生き生きしはじめた。青白い頬がピンク色に染まっていく。「まあ、これは大変。本当に大変だわ！」

「何かあったんですか、校長先生？」メイヴィスが媚びるように尋ねる。女校長に対しては、いつもこんな調子だ。「助けが必要なら、喜んでお手伝いします」

「わたしもです」プルーデンスが割って入った。「もちろん、個人的な問題でなければですが」

ミセス・バクスターは老眼鏡をはずしながら、お気に入りの教師ふたりに向かってあいまいに微笑んだ。「まあ、なんて優しいんでしょう。でも、心配には及ばないわ。明日、ロンドンからある方をお迎えすることになりそうなの。それも大変名誉なことに、王室の貴婦人よ。その方は教員との面談を希望されています。だから、明日はいちばんいい服を着るように」

その場にいる全員が色めき立った。「王室？」教師たちから矢継ぎ早に質問が飛ぶ。「どなたですか？」「お嬢様をここへ入学させるんですか？」

「レディ・ミルフォードという方よ。まだお小さいコーンウォールのケヴァーン公爵のために、家庭教師を探していらっしゃるの。明日、あなた方の中から数人と面接をしたいそうよ」

アナベルは呆然《ぼうぜん》としたまま座っていた。コーンウォール！　中国やインドのように、遠く離れた異国のように思える。もう何年も、女学校の外に広がる世界を見たいと思ってきた。めったにない休日には沼地へ散策に出かけ、強風が吹き渡る不毛な丘の向こう側には何があるのか、あれこれ想像をめぐらせてきた。それだけでは飽き足らず、図書室にある地理書を片っ端から読みふけりもした。英国や外国の地図を広げ、エジプトやコンスタンティノープル、上海といった都市名を目にするたびに、憧れはいや増すばかりだ。ほかの教師たちが給料を新しいドレスやリボンなど、つまらないものに浪費する中、アナベルはひたすら勉強にいそしみ、夢を見続け、日々貯金に励んできたのである。

そして今、チャンスがめぐってきた。退屈な仕事から逃げ出すチャンスが。ファッションと噂話にしか興味がなく、くすくす笑いするだけの女の子たちにマナーを教えるのはもう飽き飽きだ。だからこそ、ここは慎重に考えなくては。面接では何を言うべきか、幼い公爵にとって自分が理想の家庭教師であることをいかに訴えるべきか……。

テーブルを見まわしていたミセス・バクスターの視線が、アナベルのところでとまった。薄青の瞳はぞっとするほど冷ややかだった。「ミス・クイン、メイドにわたしの部屋を徹底的に掃除させてちょうだい。あと、あなたは明日参加しないんだから、時間はたっぷりあるわね。ほかの先生たちのドレスのつくろいを手伝いなさい。さあ、出ていってちょうだい。ドアは必ず閉めること」

アナベルの喜びが一瞬にして消えていく。のけ者にされてしまった。誰もが望む面接への参加を禁じられたのだ。あまりに不当な仕打ちに、思わずわれを忘れた。

彼女は立ちあがった。椅子の脚が木の床にこすれていやな音を立てる。「どうか、わたしにレディ・ミルフォードとの面接のチャンスをください」

「校長に逆らうつもり？」驚きに唇を引き結びながら、ミセス・バクスターが言う。「これは命令よ。おとなしく従いなさい」

「でも、わたしはここにいる誰よりも、公爵の家庭教師になる資格があると思うんです。ラテン語とギリシア語を勉強したし、数学も得意です。それに科学と文学だって――」

「あなたの資格なんてどうでもいいの。レディ・ミルフォードが望んでいらっしゃるのは、立派な家柄の先生よ。両親に名前もつけてもらえなかった捨て子など、雇うわけがないじゃないの」

がらんとした食堂に軽蔑に満ちた言葉が響き渡った。厚かましくも、メイヴィスとプルーデンスが薄ら笑いを浮かべている。ほかの教師たちはといえば、哀れみや困惑の浮かんだ目でアナベルを見つめていた。根はいい人たちなのだが、わたしの味方をするつもりはないらしい。自分も笑い物にされるのが怖いのだ。

あまりの屈辱に頬がかっと紅潮する。怒りにまかせて食ってかかれたらどんなにいいか。その衝動を抑えるのはひと苦労だった。でも、さらに抵抗しても、よけいに女校長の怒りを買うだけだろう。いつものように減給されるのが落ちだ。そうでなくても、スズメの涙ほどのお給料なのに。もうこれ以上、貯金を切り崩す余裕はない。一ペニーたりとも。

ミセス・バクスターにお辞儀をすると、アナベルは食堂を出てドアを閉めた。薄暗い廊下に残り、頭を傾けて、ミセス・バクスターのくぐもった声に集中する。女校長はみなに何を言っているのだろう？　面接での振る舞い方や受け答えの方法を指南しているのかしら。それとも、レディ・ミルフォードと会う順番を発表しているの？

こぶしを握りしめていたことに気づき、アナベルは数回深呼吸をした。激情に流され、感情を爆発させてはいけない。雑念を追い払おう。理性を働かせ、次の効果的な一手を決められるように。

ひとつだけたしかなのは、この千載一遇のチャンスをあきらめるわけにはいかないということだ。こんな機会は二度とめぐってこないだろう。もう二度と。どんな手を使ってでも、面接にこぎつけなければならない。

翌日の午後、昼食が終わってまもなく、馬車が近づく音が聞こえてきた。たちまちアナベルの教室の規律が乱れはじめる。一分前、一五歳の少女たちは正しい姿勢を学ぶべく頭の上に本をのせ、輪になって気品高く歩いていた。それが今や、何人かが輪を乱し、正門を見ようと窓に駆け寄っている。

「ねえ、あれを見て！」赤毛でそばかすだらけの、妖精のような顔をしたコーラが叫んだ。「あんなすてきな馬車、見たことある？」

隣では、焦げ茶色の髪のぽっちゃりしたドロシーが窓ガラスに鼻を押し当て、近づいてくる馬車をじっと眺めている。「新入生かしら。でも、あんなお金持ちがどうしてうちの学校に？　もう新学期ははじまっているのに」

アナベルは手を叩いた。「そんなにじろじろ眺めるのは失礼よ。すぐに戻りなさい」

「ねえ、お願い、ミス・クイン。もうちょっと見させて」肩越しに振り返り、懇願するような目でコーラが言う。「誰が来たのか、先生は知りたくないの？」

生徒たちは知るはずもない。わたしがすでに訪問者の正体を知っていることを。それに、胃がねじれるような緊張を感じていることを。馬車に乗っているのはレディ・ミルフォードに違いない。

そのレディに、自分が家庭教師にいちばんふさわしいと証明する手立てを考えてみた。何度も何度も。とはいえ、ジレンマを覚えずにはいられなかった。夜中過ぎ、獣脂ろうそく一本だけのか細い明かりの下、ほかの教師たちが今日着るドレスの裾の破れをつくろい、新しいレースを縫いつけながら作戦を練らなければいけなかったからだ。針仕事のあいだ、さまざまな計画をひねり出しては却下した。最大の難関は、もちろんミセス・バクスターだ。女校長は事のなりゆきに目を光らせているだろう。でも、何もかもうまくいけば、道は開けるかもしれない――。

どさどさと本が落ちる音で、アナベルはわれに返った。残りの生徒たちは、彼女の沈黙を無言の許しと解釈したのだろう。みながいっせいに、窓際のコーラとドロシーのまわりに群がっていく。

生徒たちの興奮がアナベルにも伝わってきた。元生徒として、作法に絵画に音楽、その他レディが身につけるべき技術に関する授業が延々と続く退屈さは、いやというほど知っている。教師であるわたし自身が好奇心を抑えきれないのに、この子たちを叱ることなどできない。

威厳を保つべく、ゆっくりと生徒たちのほうへ近づく。今回だけは背の高さが幸いした。生徒たちの頭越しに、砂利を敷いた車道をのぼってくる馬車をじっと見つめる。

少女たちが大騒ぎするのも無理はない。

白馬四頭立ての馬車は車体がクリーム色で、扉には金色の繊細な渦巻き装飾が施されていた。まだらに陽光が落ちる中、ひときわ輝き渡るのは金箔《きんぱく》を貼った大きな車輪だ。前席には深緑色のお仕着せに身を包んだ御者が、後席には白いかつらをつけた従者がふたり乗っている。

アナベルはわれを忘れ、馬車に見入った。こんなに威風堂々とした光景は見たことがない。ここの学校に通う生徒たちは平民で、近辺の地主の娘がほとんどだ。新学期がはじまるとき、彼女たちはここへポニーが引く二輪馬車か、土地柄にふさわしい頑丈な馬車でやってくるのが常だった。

けれども目の前の馬車は、まるでおとぎばなしの中から抜け出てきたかのようだ。壮麗な馬車は正面玄関の前で停車した。従者のひとりがきびきびとステップを駆けおり、馬車の扉を開ける。一瞬ののち、ひとりの女性が姿を現した。小柄でほっそりとしている。流行の長い丈にデザインされた青緑色のドレスに、腰までの短い黒マントといういでたちだ。クジャクの羽根飾りの帽子には黒いベールがついており、女性の顔の特徴を覆い隠していた。

女性がちらっと顔をあげた。一瞬、黒いチュール越しにまっすぐアナベルを見つめたように思えた。だがすぐに顔を伏せると、玄関へと続く階段をのぼりはじめた。

アナベルはすっかり混乱していた。ふいに首筋の肌が粟立ち、その場に立ちすくむ。視線は下にいるレディに釘づけだ。わたしったら、なんてばかなんだろう。あのレディが自分を見つめたと思うなんて。きっとレディ・ミルフォードは、ただ学校の建物を確認しただけなのだ。

玄関にミセス・バクスターが現れた。深々とお辞儀をし、訪問客と言葉を交わす。やがて、ふたりの女性は蔦《つた》が絡まる石造りの建物の中へ消えていった。

少女たちがいっせいにため息をもらした。それから窓に背を向けると、めいめいにおしゃべりをはじめた。

「あの方、ヴィクトリア女王じゃないかしら？」ドロシーが敬意をこめた口調で尋ねる。

「こんな田舎の学校に？」コーラが赤い巻き毛を揺らしながら答える。「まさか。それにヴィクトリア女王はまだ一七歳よ。あのレディはそれよりずっと年上に見えたわ」

アナベルもその意見に賛成だったが、あえて何も言わないことにした。レディ・ミルフォードの立ち居振る舞いには成熟した気品が漂っていた。彼女の優雅な落ち着きを目の当たりにすると、自分のつぎはぎだらけの、くすんだ灰色のウールのドレスが、いかにも野暮ったく感じられる。なぜあんな優美な女性が、自分を雇ってくれるかもしれないなどと夢見てしまったのだろう？

アナベルは頭の中から疑問を追い出した。心配を募らせたところで、なんの役にも立たない。大事なのはわたしの資質だ。それに、公爵の家庭教師にいちばんふさわしいのは自分だと訴えるための強い決意なのだ。

ドロシーが顎のくぼみの下で、ずんぐりした手をぎゅっと握りしめた。「ミス・クイン、どうかあの方のお名前を突きとめて。お願いよ。そうでないとわたしたち、知りたくて知りたくて、もう死んでしまいそう」

ほかの少女たちから、いっせいに賛同の叫びがあがる。

「いずれわかることよ」アナベルは応えた。「さしあたり、きちんとした姿勢を身につけなければね。いつか、ああいう高貴なレディの前に出ても立派に振る舞えるように」

ぶつぶつ言いつつも、生徒たちは頭に本をのせてバランスを取りながら、ふたたび教室の中を歩きはじめた。ところが、部屋には明らかにいつもとは違う空気が残っており、みなの集中力は続かない。誰かが分厚い本を床に落として派手な音を立て、ほかの少女たちが忍び笑いをし、ひそひそ話をはじめる。そんなことが一度ならずあった。

だがアナベルは気もそぞろで、生徒たちを叱るどころではなかった。早く自分の計画を実行に移さなければ。焦りのせいで、平静さを失いそうになる。でも、今はまだ早すぎるわ。彼女はそう自分に言い聞かせた。もう少し待ったほうがいい。そうすれば、レディ・ミルフォードも紅茶と軽食を楽しみながら、しばし女校長と歓談できるだろう。

アナベルは生徒たちに席へ戻り、マナーの教科書を順番に朗読するよう命じた。うわの空で壁の時計がのろのろと時を刻むのを目で追う。永遠にも思える時間——実際にはたったの四五分だったが——が過ぎたとき、ようやく終業のベルが鳴った。生徒たちがおしゃべりをしながら教室をあとにする。ピアノの授業へ向かう者もいれば、聖歌隊の練習へ向かう者もいた。

アナベルは生徒たちのあとについて廊下へ出た。胸を高鳴らせながら、黒い羽目板に隠されたドアを開け、使用人用の急な木製階段をのぼっていく。ミセス・バクスターとレディ・

ミルフォードがほかの教師たちを面接しているあいだに、罠を仕掛けなければならない。運が味方してくれれば、わたしの計画はうまくいく。うまくいかせなくてはならないのだ。

狭苦しく細長い空間にアナベルの足音が響いた。ほかの教師たちは主階段を使っているが、彼女は女校長を避けるために、よくこの近道を使っている。少しでも自由な時間があるそぶりを見せると、山のような仕事を押しつけられてしまうからだ。

ようやく三階の廊下までたどりついた。生徒たちの寮と教師たちの寝室がある階だ。通路を急ぎ、リネン用戸棚で立ちどまって枕カバーを手に取る。それからミセス・バクスターの寝室を目指した。

いつものように、ドアは少し開いていた。ミスター・ティブルを好きなときに出入りさせるためだ。見つかったらどうしよう。ふいに恐ろしくなり、もう一度通路をちらりと確認してから、女校長の寝室にこっそり侵入した。

ブロケード織りの緑色のカーテンと落ち着いたマホガニー材の家具が、高級感たっぷりの広々とした空間を作りあげている。室内には、盛りを過ぎたバラの香りが漂っていた。ほかのときなら、めったに立ち入れないこの部屋をじっくり探険しただろう。でも今日は違う。まずはミスター・ティブルを探さなければ。

「さあ、おいで、猫ちゃん」ささやくように優しく呼ぶ。

日中ここで昼寝をするのが、あの雄猫の日課だ。これまでも、夕方近くに階段をぶらついているのを見たことがある。それなのに、今日にかぎってどこにも見当たらない。ミスター・ティブルは日課を変えてしまったのかしら。それこそが、アナベルが心配していた事態だった。もしかすると別の部屋にいるのかもしれない――外にいる可能性だってある。

アナベルはベッドの下や着替え室、それに家具の中までくまなく探しまわった。炉棚の置き時計がカチッという音を立てるたびに、残り時間が少なくなっていくのを思い知らされる。探すのをあきらめかけた瞬間、窓のカーテンのあいだから、オレンジ色の尻尾の先が見えた。

カーテンのひだをかき分けると、窓辺の日だまりにミスター・ティブルが丸まっていた。アナベルをぎろっとにらみつけ、歯をむき出しにして威嚇してくる。「いい子ね、ミスター・ティブル」彼女はかがみながらささやいた。枕カバーの準備はできている。「あなたにはいい子にしてもらわなきゃ――」

猫が前足を振りあげ、襲いかかってきた。たちまちアナベルの手の甲に赤い四本の引っかき傷がついた。

彼女は歯を食いしばったまま、息を吸い込んだ。すぐそばをめがけて枕カバーを投げ、小さな悪魔をのせてすくいあげる。猫は体をくねらせ、激しい怒りをあらわにした。それでも頑として放さなかった。きれいに漂白した白いリネンが、憤る猫からアナベルを守ってくれていた。

「わたしは優しくしようとしたのに」着替え室に運びながら猫に話しかける。「宣戦布告したのはあなたのほうよ」

それ以上の騒動もなく、着替え室にたどりついた。アナベルは手近な衣装箱を開けると、枕カバーで包んだ猫をペチコートの山の中に落とした。枕カバーを引き抜き、すばやく蓋を閉める。

雄猫は衣装箱の内側でうなり、あたりを引っかいているが、もちろん脱出する手立てはない。アナベルの計画によれば、数分もすれば助け出されるはずだ。駆けつけたミセス・バクスターの手によって。

彼女は階段をおりていった。今度は一階までおり、そっと廊下を見渡す。歳月のせいで黒ずんだ風景画、羽目板張りの壁沿いに置かれた背もたれがまっすぐな椅子、そして廊下のいちばん奥にある閉ざされたドア……。驚いたことに、応接室の外には誰もいない。希望に燃えた教師たちが列をなして面接を待っていると思ったのに。

ふいにアナベルは不安に襲われた。もしミスター・ティブルに仕掛けた罠が徒労に終わったら？　レディ・ミルフォードが最初の候補者を採用していたら？　ミセス・バクスターがメイヴィス・イエーツを推薦して、もうすべてが終わってしまっていたら？

いいえ、あのレディはあらゆる可能性を考慮したいと考えているはずよ。公爵の家庭教師を決めるのは大仕事に決まっているもの。とはいえ、わたしは貴族社会のしきたりを知っているわけじゃない。それに高貴な生まれの人に会う機会もまるでない。ただ一度、学校へ娘を送り届けに来た、もったいぶった年寄りの子爵と会っただけだ。

そう考えたとたん、自信をなくしそうになった。だが、ほんの一瞬だ。栗色の髪を覆うレースキャップの位置を直し、指先でミスター・ティブルの爪跡から血を拭う。ためらっていては何も得られない。今こそ、自分の未来をつかみ取るときなのだ。

腕を振りながら、アナベルは大胆にも大股で通路を進んでいった。応接室のドアをノックして、ミセス・バクスターに愛猫がいないと伝えればいい。そして彼女が部屋を離れた隙に、面接の機会を与えてほしいとあのレディに懇願しよう。

わたしの作戦はうまくいくわ。絶対に。

あと少しで応接室というとき、かすかな衣《きぬ》ずれの音が聞こえた。すぐ隣の部屋から出てきたのはメイヴィス・イエーツだった。

2

メイヴィスは応接室のドアをさっと遮った。褐色の長い巻き毛、黒い瞳、そして面長の顔。すべてが耳の垂れた犬を思い起こさせる。太った体にぴっちりした小豆色のドレスを着込んだ彼女は、危険をかぎつけたかのように小鼻を膨らませていた。

「ここには来るなと言われていたはずよ」顎をあげながらメイヴィスが言う。「やっぱりだわ。あなたは絶対命令にそむくだろうと思ってたのよ」

アナベルはなんとか穏やかな笑みを浮かべた。ここでこの番犬に邪魔されるわけにはいかない。「わたしを待ち伏せしていたのね？　自分が家庭教師に採用されるかどうか、そんなに自信がないの？」

「そんなことないわ！　レディ・ミルフォードが選ぶのはこのわたしよ。わたしのあり余る才能をはっきり褒めてくださったんだもの」

ということは、すでにメイヴィスは面接を終えたことになる。アナベルは磨き込まれたオーク材のドアをちらりと見た。今、部屋の中には誰がいるのだろう？「でも、ほかの候補者とも面接中なんでしょう？」

メイヴィスは口をゆがめた。「形式的なものよ。ミセス・バクスターは、わたしをうんと推薦しておくと約束してくれたんだから」

「それはよかったわね」

「実際、レディ・ミルフォードは、わたしの申し分のない血筋にとっても感心されていたわ」メイヴィスが優越感たっぷりの表情でアナベルをちらりと見る。「うちの父は教区牧師よ。それにさかのぼると、先祖は英国の中でもとっても高貴な家系なの。それだけに、貧しい階層に生まれて自分の血筋もわからない人が気の毒でならないわ」

「そう……」アナベルにはよくわかっていた。ここはあいまいな反応でやり過ごしたほうがいい。「だけど、もし今ドアが開いて、ここでこそこしている姿をレディ・ミルフォードに見られたら、あなたの夢もおしまいになってしまうんじゃない?」

「こそこそだなんて――」

「今のあなたは何かをこっそりかぎまわっているようにしか見えないわ。そんな姿をレディ・ミルフォードに見られたら一巻の終わりよ。公爵の家庭教師ともなれば、絶対に秘密を口外しないという口の堅さが求められるはずだもの」

案の定、メイヴィスは応接室のドアからそろそろと遠ざかりはじめた。「しいっ! 静かに」

「すぐにここから立ち去ったほうがいいわ。あなたのためよ」

これでメイヴィスを追い払えたと思った瞬間、アナベルは眉をひそめた。メイヴィスがでつぷりとした尻の脇でこぶしを握りしめ、ふいに立ちどまったのだ。

「この性悪女！」メイヴィスがぴしゃりと言う。「わたしをここから遠ざけているあいだにレディ・ミルフォードに嘘をついて、家庭教師の職をわたしから奪おうって魂胆ね。ふん！そんな計画がうまくいくはずないわ。ミセス・バクスターはちゃんとお見通しよ」

「そう、あなたの言うとおりよ。だから、誰にも気づかれないうちにあなたは立ち去ったほうがいいと忠告しているの」

アナベルは応接室のドアに手を伸ばした。メイヴィスがすかさず駆け寄ってきて邪魔をする。「だめよ！　そんなの許されないわ。あなたは入っちゃ――」

そのとき、突然ドアが開いた。戸口に立っていたのはプルーデンス・イースターブルックだ。フリルだらけの薄緑色のドレスに、ずんぐりした体を無理やり押し込めている。プルーデンスは茶色い目で、まずメイヴィス――ドアの脇の壁にぴたりと身を寄せている――を、次にアナベルを見た。

「なんなの？」プルーデンスがぼんやりと言った。「もう面接は終わりよ。わたしが最後なんだから」

「ミセス・バクスターに急いでお伝えしたいことがあります」そう言うと、アナベルはメイヴィスにささやいた。「おとなしく隠れていて。盗み聞きしている人を雇おうなんて、誰も思わないはずよ」

そう言ってふたりのそばをさっと通り過ぎ、応接間に入った。蜜蠟《みつろう》と煙る薪の入り混じった濃厚な匂いをかいだとたん、恐怖がよみがえってきた。まだ少女だった頃、この部屋で幾度となく叱られたものだ。ドアの背後にある、細長い花瓶に隠された柳の鞭で打たれたこともある。お仕置きの理由はいつも〝生意気な口をきいたから〟だった。そういう体験を積み重ねた結果、アナベルは我の強さを抑え、プライドを捨てて、謙虚に振る舞うことを学んだのだ。

そして今、彼女がとっているのがまさにそういう態度だった。慎み深い表情を浮かべながら、暖炉のそばに座るふたりの女性に近づいていく。ミセス・バクスター専用の応接室は、三階の寝室と同じく豪華な造りだ。教師と生徒たちの部屋の質素な家具とは大違いだった。背の高い窓を縁取るのは、たっぷりとした赤いベルベットのカーテンだ。壁沿いには紫檀《したん》材のテーブルがしつらえられてあるうえ、どのテーブルと棚にも磁器製の女性の羊飼いやら、猫の置物やら、さまざまな骨董品が飾られている。大理石の炉棚の前には長椅子と肘掛け椅子が置かれ、炉棚では薪のはぜる音が聞こえていた。

アナベルはレディ・ミルフォードをまっすぐに見つめた。彼女は玉座に似た、華麗な装飾が施された椅子に腰かけていて、手袋をはめた手を金箔貼りの肘掛けで休めている。完璧な姿勢だ。クジャクの羽根飾りの帽子を小粋にかぶったままだが、黒いベールはあげられ、顔がはっきりと見えていた。黒髪にスミレ色の瞳。ひときわ目を引く美しさだ。肌には小じわが寄っているものの、それがかえって年相応の落ち着きを感じさせる。

レディ・ミルフォードは振り向き、片方の眉をあげながらアナベルのほうを見た。しかし見下すような表情ではなく、むしろ強い関心を示しているように見える。彼女の容赦ない視線にさらされたとたん、アナベルは自分という人間が観察され、審査されているような気がした。当惑しつつ、レディ・ミルフォードの視点から自分のことを見つめてみる。つぎはぎだらけの灰色のドレスを着た、背の高い女。

マナーのよさで挽回《ばんかい》すべく、アナベルは深くていねいなお辞儀をして口を開いた。

「奥様、ご無礼をお許しください」

「ミス・クイン！　いったいどういうつもり？」

ミセス・バクスターの耳障りな声があたりに響き渡った。骸骨そっくりの顔は不機嫌そのものだ。ここは疑いを持たれる前に、先手を打ったほうがいいだろう。

アナベルはいかにも心配そうな表情を浮かべた。「失礼いたします、校長先生。お耳に入れたい緊急のお話があるのです」

「なんであろうと、お客様が帰られてからでも間に合うはずよ。さあ、早く出ていきなさい」手で追い払うような仕草をすると、女校長はレディ・ミルフォードに向き直り、うんざりするほど甘ったるい声で言った。「奥様、どうかぶしつけな中断をお許しください。命令に従わない横柄な使用人を持つと、本当に苦労が絶えませんわ」

アナベルは両脇でこぶしをぎゅっと握りしめた。使用人ですって？　どうしてほかの教師仲間より下に見られなければいけないの？　屈辱的な扱いを受けたことで決意を新たにした。なんとしても計画を成功させなければ。

アナベルは一歩前に進み出た。「でも、本当に火急の用件なんです。ミスター・ティブルが閉じ込められてしまったんです」

とたんにミセス・バクスターは真っ青になった。薄い唇にレースのハンカチを押し当てる。

「閉じ込められた？　どういうこと？」

「少し前に校長先生の寝室を通りかかったとき、ミスター・ティブルが衣装箱の上によじのぼっているのが見えたんです。でも、たぶんメイドが蓋を閉め忘れたんでしょう。それでミスター・ティブルがバランスを崩して箱の中に落ちたとたん、はずみで蓋が閉まったんです。今、ミスター・ティブルは箱の中で悲しそうに鳴いています」

ミセス・バクスターがあわてて身を乗り出す。「けがはしていないわよね？」

アナベルは心ひそかに、ペチコートの山の中でふて寝している太った老猫の姿を想像した。「なんとも言えません。でも、悲しげな声で鳴いていました」

「まったく役立たずなんだから。どうしてミスター・ティブルを助けてあげなかったの？」

アナベルはここぞとばかりに手の引っかき傷を見せた。「助けようとしたんです。ですが、校長先生もご存じでしょう。ミスター・ティブルがあなた以外の人にはなつかず、攻撃してくることを……」そこでわざと間を置き、言葉を継ぐ。「あの調子なら、自分をひどく傷つけてしまうかもしれません」

「そんな！」はっと息をのむと、ミセス・バクスターは訪問客のほうを見た。「ちょっと失礼いたします、奥様。ほんの数分で戻りますので」

アナベルはめくるめくような高揚感を覚えていた。みごとに計画が成功したのだ。だが、勝利の瞬間はあまりにも短かった。

戸口に向かって歩きだしたミセス・バクスターが、アナベルの腕をむんずとつかんだ。

「一緒に来なさい。あなたがここにいる必要はないわ」

女校長は不信げに目を光らせている。愛猫の危機を前にしても、アナベルに立場をわきまえさせることは忘れていなかったのだ。

「ここに残るべきではないでしょうか」アナベルは言った。「わたしは次の授業まであと三〇分もあります。奥様に軽食でもお持ちするべきかと存じます」

「そんなことを任せるはずないでしょう？　あなたみたいな卑しい生まれの小娘に」しっかりと腕をつかんだまま、ミセス・バクスターはアナベルを思いきり前に引っ張った。「さあ、その生意気な口をつぐみなさい。あなたもそろそろ、必要なときだけ口を開くことを学んでもいい頃よ」

アナベルは引きさがりたくなかった。だが、ここでひと騒動起こしても、レディ・ミルフォードの信用を失うだけだ。しかも、ミセス・バクスターがすでにわたしをおとしめるような暴言を吐いている。ああ、もはや万事休すだ。レディ・ミルフォードに自分の能力を訴え、この学校から逃げ出すチャンスはもうないだろう。

「いてもらってちょうだい」レディ・ミルフォードの心地よい声には、まぎれもない命令の響きが混じっていた。

アナベルの腕をつかんだまま、あぜんとした表情でミセス・バクスターが振り向いた。

「奥様?」

「これで教師全員との面接が終わったとあなたは言ったわ。でも、明らかにこの人のことを忘れていたじゃないの」

「お言葉ですが、彼女はどう考えても面接を受ける資格がありません。どこの馬の骨ともわからない者を家庭教師になどなさりたくない――」

「それでもミス・クインと少し話したいの。さあ、あなたは行ってちょうだい」

ミセス・バクスターはしぶしぶアナベルの腕から手を離すと、鋭くひとにらみして応接室から出ていった。

「ドアを閉めてちょうだい。きちんとプライバシーが保てるように」レディ・ミルフォードが命じた。

アナベルはあわてて言われたとおりにした。一瞬ちらりと見えたのは、ミセス・バクスターのあとを追いかけていくメイヴィスとプルーデンスの姿だ。きっと、アナベルの面接への参加は不公平だ、許すべきではないと文句を言うつもりなのだろう。言わせておけばいい。今回だけは、運がわたしに味方してくれている。それを最大限利用するまでだ。

レディ・ミルフォードに近づきながら、アナベルは必死に頭をめぐらせ、心の中で自分の資質をくり返し述べてみた。高貴な女性の前で立ちどまると、両手をしっかりと握って背筋を伸ばし、礼儀正しい姿勢をとる。重要なのは、自分の目的を成就させることだ。ミセス・

バクスターが戻ってくる前に。

「奥様、わたしは――」

レディ・ミルフォードが片手をあげて制した。「ちょっと待ってちょうだい。あとで話す時間をじゅうぶんあげるから」

彼女は座ったままアナベルを見あげ、じっくりと観察しはじめた。失礼になるのを恐れて、アナベルは見つめ返さないようにした。レディ・ミルフォードはどんな基準で候補者選びをしているのかしら？　もしファッションのセンスや家柄で判断されるなら、わたしは絶望的だ。

先ほどまでの自信はどこかへ吹き飛んでしまっていた。これほど優雅で美しい人に会ったことはない。青緑色のドレスとクジャクの羽根飾りの帽子に身を包んだレディ・ミルフォードは、異国の地からやってきた希少な生き物をほうふつとさせる。なぜこれほど洗練された貴族の女性が、こんなへんぴな地にある田舎の学校に目をつけたのだろう？　家庭教師なら、ロンドンでいくらでも雇えただろうに。もしかすると、ヨークシャー在住の友人か家族を訪問される途中かしら？　でも、今はそんなことはどうでもいい。ここで大切なのは、確実に採用されることなのだ。

「ミス・クイン。わたしはね、あなたのさっきの話はこの部屋に入るための口実ではないかと疑っているの」レディ・ミルフォードは言葉を継いだ。「どうやらあなたは、ケヴァーン公爵の家庭教師の職に興味を持っているようね？」

「はい、奥様。もし許されるなら、ぜひわたしも候補者に加えていただきたいのです」

レディ・ミルフォードはわずかに頭を傾けた。「わたしはここにいる教師全員と面接をするつもりよ。最高の選択をするためにね。たとえどれだけ小さい子でも、公爵に仕えるというのは大変名誉なことだもの」

「公爵様はおいくつか、お尋ねしてもよろしいでしょうか？」

「ニコラスは八歳で、わたしの亡き親友のひ孫に当たるの。あと一年ほどで寄宿学校に入学する予定なのだけど、あの子が本当に城を離れられるか心配なのよ。去年、悲劇的な事故で両親を亡くしたばかりだから」

思いがけない言葉にアナベルは驚いた。てっきり亡くなったのは父親だけだろうと考えていた。そうでなければ、少年が爵位を引き継ぐはずがない。まさか孤児だとは思いもしなかった。ニコラス少年の寂しさを思うと胸が締めつけられる。もし少年の亡き両親を知っていたら、こんな程度の悲しみではすまなかったに違いない。「なんてお気の毒なんでしょう」つぶやくように言う。「公爵様にとって、さぞ恐ろしい出来事だったに違いありません」

「まったくだわ」レディ・ミルフォードは暖炉で揺れる炎を一瞥した。「ニコラスはどちらかというと物静かな男の子だったの。それが今では、さらに内向的になってしまったわ。だからわたしは、あの子には単なる家庭教師や子守り以上の存在が必要だと考えたのよ」アナベルをまっすぐに見つめながら告げる。「ニコラスに必要なのは母親の愛情だと信じているの」

母親ですって？　アナベルは口の中がからからになっていくのを感じていた。育児について、わたしが何を知っているというのだろう。考えられるさまざまな条件の中でも、それこそわたしの経験がいちばん不足している分野だ。そして、ほかの教師たちがわたしより有利に立てる分野でもある。わたし以外の教師たちはみな、地元にある家庭の出身者ばかりなのだから。

「でも、公爵様にはそういう役割を果たされる方がいらっしゃらないのですか？　叔母様とか、それともいとこの方とか」

「あいにく叔父がひとりしかいないの。後見人をつとめるサイモン・ウェズリー卿よ。しかも彼はちょっと……難しい男性でね」レディ・ミルフォードは謎めいた笑みを浮かべると、片手を振って長椅子を指し示した。「さあ、お座りなさい、ミス・クイン。あなたは本当に背が高いのね。見あげていると首が凝ってしまうわ」

「まあ！　申し訳ありません」アナベルは長椅子の隅に腰をおろすと、膝の上で手を重ねた。正直に言って、面接はわたしが思っていたようには進んでいない。レディ・ミルフォードが探しているのは、両親を亡くした少年の〝母親代わり〟なのだ。すでにほかの教師の中からふさわしい候補者を見つけている可能性は高い。それならば、ここで自分の強みを強調しておいたほうがいいだろう。ミセス・バクスターが戻ってきて、わたしをさらに誹謗《ひぼう》中傷する前に。

アナベルは深く息を吸い込んだ。「奥様、どうかお心にとめておいてください。わたしには公爵様のために献身的に尽くす覚悟があります。それに教育面でもお力になれると思うのです。わたしには公爵様がこれから学ばれる学科の知識があります。数学や植物学、文学、地理学、ほかにもたくさんです。もしあなたが学ばせたいとお考えの学科があるなら、公爵様がきちんとその知識を身につけられるまで喜んでお手伝いを――」

レディ・ミルフォードが手袋をはめた手をあげた。「きっとそのとおりなんでしょうね。これでもわたし、人を見る目があるのよ。たしかにあなたはニコラスの家庭教師にふさわしい、知性のある女性に見えるわ。だから、もっと時間をかけてあなたのことを知りたいと思ったのよ」

褒め言葉に大喜びすべきなのか、出自をきかれそうなことを心配すべきなのか、アナベルにはわからなかった。慎重に尋ねてみる。「どんなことをお知りになりたいのでしょう？」

「まず、あなたの洗礼名は？」

「アナベルです、奥様」

またしても、レディ・ミルフォードの唇にうっすらと謎めいた笑みが浮かんだ。

「まあ、すてきな名前ね。それはあなたのご家族の誰かのお名前なの？」

「いいえ……そういう話は聞いたことがありません」アナベルは質問をかわした。

「そう」レディ・ミルフォードが小首をかしげる。「あなたの姻戚関係について興味があるの。ご出身はどちら？」

思わず手を膝の上できつく握りしめた。いちばんきかれたくない質問が素性について――

あるいは素性の知れないことについてなのだ。ここはなんとかうまくやり過ごすしかない。

「ずっと、ここヨークシャーで育ちました。それで今回の職に応募したいと考えたのです。英国の別の場所での生活を体験したいと心から願っています。もし公爵様のお世話ができれば、本当に幸いです」

「なぜここの教師に？」

明らかに、レディ・ミルフォードは出自に関する質問をやめる気がないようだ。アナベルは心の中で、その場しのぎの嘘や出任せを思い浮かべてみた。どうにか奇跡が起きて、過去をきかれずにすむ方法はないかしら？　でも、真実からは逃げられない。たとえわたしの口から話さずにすんだとしても、戻ってきたミセス・バクスターが暴露するに決まっている。

アナベルは顎をあげた。卑しむべき出自のせいで拒絶されるのを覚悟で口を開く。

「それは、わたしが産着にくるまれたまま、この学校の玄関前に置かれていたからです。誰がそうしたかはわかっていません」

ああ、ついに真実を打ち明けてしまった。レディ・ミルフォードはわたしのことを、名前もわからない両親と同じ〝道徳心の低い者〟と見なすのかしら？　たいていの人はそうだ。きっと、わたしの母親は堕落した女だったに違いない。そして父親は農民か鍛冶屋、いいえ、追いはぎの可能性だってある。そんな者の娘が公爵の家庭教師として受け入れられるはずはない。

レディ・ミルフォードが少し前かがみになった。「ミセス・バクスターは、あなたを捨てたのが誰か探そうとはしなかったの？」

〝捨てた〟という言葉に若干の苦々しさを覚えながら、アナベルは首を振った。「当時、ミセス・バクスターは校長ではありませんでした。この学校の前の所有者は、わたしがまだ五歳にもならないうちに亡くなったのです」

アナベルはきつく握り合わせた手をじっと見おろした。もう何年も、そのことについては考えないようにしてきた。遠い過去の記憶がぼんやりと浮かびあがる。子守唄を聞かせてくれる優しい声、わたしの髪を梳《す》いてくれる優しい手……。

「気の毒に」レディ・ミルフォードがぼんやりと言った。「それなら、もう探しようがないわね」

彼女はひどく謎めいた表情を浮かべている。いったい何を考えているのかしら？　それが読み解けたらどんなにいいだろう。そう思わずにはいられなかった。わたしの話を聞いても、レディ・ミルフォードは驚いたそぶりを見せていない。あまりに育ちがいいから、きっと嫌悪感を表に出さないようにしているのだ。

「どうか、わたしに家族がいないことの利点をお考えください」状況を味方につけるべく、アナベルは続けた。「病気の親戚の看病や、身内の結婚式や葬儀に呼び出されることもありません。もし雇っていただければ、片時も離れず公爵様のお世話をして、誠心誠意尽くします。決して寂しい思いはさせません」

「あなたは本当に説得上手ね、ミス・クイン」スミレ色の瞳でじっと見つめながら、レデイ・ミルフォードが声を落とす。「でも、あとひとつだけテストしたいの」

テスト？　なんのテストだろう？　自分が公爵の家庭教師にふさわしいと思う理由を作文にまとめるとか？　あるいは地理学や文学について質問されるのかもしれない。でも、いずれにせよ大丈夫。ほかの教師たちより優秀な解答をする自信がある。

ところが、レディ・ミルフォードは予想外の行動に出た。椅子から立ちあがると前に進み出て、長椅子に座っていたアナベルの隣に腰をおろし、こう言ったのだ。「もしよければ靴を脱いでちょうだい」

「えっ……？」

レディ・ミルフォードが身ぶりでアナベルの足元を指し示す。「それを脱いでほしいの。奇妙に聞こえるのはわかっているけれど、我慢して。すぐにどういうことかわかるわ」

彼女は細長いベルベットの手さげ袋《レティキュール》の中から、見るからに上等な靴を一足取り出して床に置いた。アナベルは驚きに目をしばたたいた。炎のような赤い色をした、サテン地のハイヒールだ。クリスタルビーズの繊細な飾りが暖炉の火にきらめいている。

「まあ」ため息まじりに言った。「こんなに美しい靴を見たのははじめてです」

「ずっと前に友人がわたしにくれた古い靴よ」レディ・ミルフォードは説明した。「着替え室の中で朽ち果てさせるのが残念に思えてね。あなた、これを履いてみてくれない？」

「でも……奥様はとっても華奢です」アナベルは答えた。まばゆいばかりに美しい赤い靴から片時も目を離せず、頭がぼうっとしている。「わたしが奥様のサイズの靴を履くのは、どう考えても無理でしょう」

「やってみなければわからないわ」

ふいに魔法をかけられたかのように、アナベルは頑丈な靴の留め金をはずし、片方ずつ強く引っ張った。茶色くて不格好な靴が、ごつんという音を立てて絨毯に転がる。レディ・ミルフォードの赤い靴を冒瀆《ぼうとく》するかのような代物だ。

赤い靴に恐る恐るつま先を差し入れてみる。驚いたことに、優美な靴はアナベルの足にぴったりだった。安物の靴のようにきつくもないし、すれたりもしない。サテンの履き心地は、雲をまとっているかのように柔らかくしなやかだ。もう片方にもすばやく足を差し入れ、長椅子から立ちあがり、スカートの裾をつまんで赤い靴をうっとりと眺める。きっとプリンセスってこんな感じなのね。くらくらするような幸福感を覚えながら思う。この靴、どこから見ても美しいわ。

ハンサムな王子様の腕の中で踊る自分の姿を夢見ながら、アナベルはとっさにつま先立ちでくるくるとまわりはじめた。「まあ、奥様、本当にぴったりです。いったいなぜでしょう？」

「その靴はあなた向きのようね」レディ・ミルフォードが答えた。「受け取ってもらえるかしら」

アナベルはぴたりと動きをとめた。とたんに夢の世界から現実に引き戻される。スカートをつまむ指先にぎゅっと力をこめながら言った。「もちろん、ご冗談ですよね。こんな高価な贈り物をいただくわけにはいきません」

「もし気が引けるというなら、これを〝借り物〟と考えればいいわ。さあ、受け取ってちょうだい。年寄りの言うことは素直に聞くものよ。しかもわたしは、風変わりなことをするので有名な年寄りなのだから」

スミレ色の瞳がいたずらっぽく輝く。いったいこの女性は何歳なのだろう？

アナベルは不思議に思ったが、赤い靴をまじまじと見つめた瞬間、そんな疑問はどこかに吹き飛んでしまった。なんて心引かれる美しさかしら。それでいて、なんて非実用的なデザインなの。「でも、こんなに美しい靴を履いて、いったいどこへ行けばいいのでしょう？」

「ケヴァーン城の舞踏会やパーティーよ。あそこでは招待客の中で女性の数が足りないとき、家庭教師を出席させることが多いから」レディ・ミルフォードは厳しい視線をアナベルの全身に走らせた。「旅費のほかに、もっといいドレスを用意するための服飾手当が必要ね。公爵のお城に仕えるのに、物乞いのような格好は許されませんよ」

ふいにアナベルは気づいた。「それはつまり……わたしを採用してくださるということですか？」

レディ・ミルフォードが、またしても謎めいた笑みを浮かべた。「ええ、そのとおりよ。あなたほど、あの子の家庭教師の職にふさわしい人はいないわ」

3

郵便馬車が走り去ると、アナベルはぼろぼろの旅行鞄のそばに立ち尽くし、ケヴァーンストウ村のはずれにあるさびれた宿屋を見まわした。むき出しの大地を鶏がつついており、馬小屋の背後にある石塀が続く牧草地では、数頭の馬が草をはんでいる。藁葺《わらぶ》き屋根の宿屋は二階建てだが、小屋と大して変わらない。〈銅のショベル〉という消えかけた宿名を示した看板は、そよ風に揺れてギシギシという音を立てている。

わたしをお城まで運んでくれるはずの荷馬車はどこかしら？　採用が決まったあの日、レディ・ミルフォードは女学校から立ち去る前に、ケヴァーンストウ村へ手紙を送り、すべての手配を整えておくと約束してくれたのだ。なのに、人っ子ひとり見当たらない。

革の持ち手を握りしめ、アナベルは旅行鞄を宿のほうへ引きずった。足元から土ぼこりがもうもうと舞いあがり、ドレスの裾が汚れる。二日半の旅で体じゅうがこわばり、もうへとへとだ。入れ替わり立ち替わり乗ってくる旅行者たちとともに、郵便馬車の中に押し込められてきた。ここまで来たら、一刻も早くケヴァーン城に到着したい。荷馬車が来ていないせいで足止めを食うのはごめんだ。

　宿のドアは開いていた。戸口で立ちどまり、木彫りのパネルを軽く叩きながら、薄暗い室内をのぞき込む。暖炉には泥炭がくべられているが、いくつかあるテーブルには人の姿がなかった。宿の主《あるじ》は二階で昼寝でもしているのかしら？　それとも近くの村まで用足しに行っているの？　こんなへんぴな地域では、毎日の郵便馬車の到着は重要なことのはず。それなのに、どうして主はここにいないのだろう。

「こんにちは」大声を出してみる。「誰かいませんか？」

　返ってきたのは沈黙だけだ。ドアの脇に旅行鞄を置き、中庭を横切って馬小屋をのぞいた。馬たちは塀で囲まれた牧草地に放されており、涼しい小屋の中には生き物の気配がまるでない。思いきって宿の裏手にまわると、巨大な丘のふもとに庭園が広がっていた。日差しを浴びて、不格好な野菜があちこちで育っている。二本の巨大なカシの木のあいだに張られたロープには、洗濯物がはためいていた。

　そのとき、敷地の奥にある厠《かわや》のドアが開き、猫背の老人が中から出てきた。膝丈ズボン《ブリーチズ》をぐいっと引きあげている。老人はアナベルに目をとめると、足早に近づいてきた。

「郵便馬車はもう行っちまったかい？」

「ええ」アナベルは、老人が手織りのシャツをズボンのベルトに押し込んでいるのに気づかないふりをした。ここが新たな生活の地になる以上、土地の人と知り合いになっておいて損はないだろう。「こんにちは。わたしはミス・クインといいます。あなたは？」

「ペンギリーだ」軽いお辞儀をすると、年老いた宿の主はにっと笑ってみせた。歯が抜け落ちている。「わしはオーティス・ペンギリーっていうんだ」

手袋をはめていたことに感謝しながら、アナベルは差し出された彼の手を握った。

「はじめまして、ミスター・ペンギリー。今日、ケヴァーン城からの荷馬車を見かけていないかしら？　わたしを迎えに来るはずなんだけど」

彼は薄くなりかけた白髪をかいた。「いや、見てないね」

唇をすぼめ、アナベルは午後の傾きかけた太陽を見あげた。ぐずぐずしていると、この宿に泊まらざるをえなくなるだろう。貴重なお金を使うわけにはいかない。そういえば、レディ・ミルフォードは、お城は村から歩いてほんの三キロほどだと言っていなかったかしら。

「だったら歩いていくわ。お城までの道を教えてもらえますか？」

節くれ立った指でアナベルの肩越しの一点を指しながら、老人が言う。「放牧場の向こう側にある小道を行くといい。のがわを渡って、きゅうながけをあがるんだ」

のがわ？　きゅうながけ？

アナベルが意味を尋ねるより先に、老人は顎をしゃくり、遠い地平線に浮かんだ黒雲を指し示した。「早く出発したほうがいいぞ。じきにかたまりがびゅーっと来る」

嵐になるということね。アナベルはそう解釈した。老人は、暴風雨が迫っていると考えているらしい。とはいえ、頭上に広がる空は淡い青色にかすみ、あと数時間は暴風雨などないように見える。気分転換によく沼地を散策していたアナベルには、雨が降りはじめる前に城に着けるという確信があった。

城の誰かが取りに来るまで、旅行鞄を預かってくれるよう老人に頼み、アナベルは教えてもらった方向へ歩きだした。敷地の隅にあるごつごつした大きな石を通り過ぎたとき、ミスター・ペンギリーの叫び声が聞こえた。

「夕暮れだから、ようしぇいには気をつけて」

彼女は思わず振り向いた。「なんですって？」

老人が口のまわりを手で囲み、大声を出す。「森で誰かが見張ってたら、絶対にそっちを見ちゃだめだ。魔法にかけられちまうから」

妖精のことね！　そう気づいた瞬間、想像力がかきたてられた。もちろん、あの老人はからかっているに違いない。ただそれにしては、彼の表情は真剣そのものに見える。

元気よく手を振り、アナベルはゆるやかな小丘にうねうねと続く田舎道を進んだ。夏の終わりの快適な午後のひとときだ。気温もちょうどよく、穏やかな晴天だ。木々では小鳥たちがさえずり、どこか上のほうから水が流れ落ちる音が聞こえてくる。足を進めるにつれ、音はどんどん大きくなり、やがて小川にかかる石造りの橋に行きついた。

ああ、これが〝のがわ〟ね。

アナベルは大声で笑った。どうやらこの地方の方言を勉強する必要がありそうだ。〝きゅうながけ〟というのは、きっと小川の向こう側にある急な坂道のことに違いない。坂道は木々や低木が茂った丘へと続いていた。

彼女は古風で趣のある橋を渡りはじめた。小川のあちこちで小魚が飛びまわり、岩場でのかくれんぼを楽しんでいる。先を急ぐ旅でなければ少し立ちどまって、のどかな雰囲気を満喫したいところだ。

でも、今は夢を見ているときではない。この旅には自分の将来がかかっている。一刻も早く家庭教師の職に就きたい。公爵にお目にかかり、新生活をはじめるのだ。そう考えたとたん、笑みが浮かんだ。まだ幼い公爵のお世話をするのは、きっとやりがいのある仕事に違いない。マナーに関する授業を延々と続けるよりもずっと……。

スカートの裾をつまむと、アナベルは丘をのぼりはじめた。どう考えても、これはケヴァーン城へ行く本当の道ではない。ペンギリーは近道を教えてくれたのだ。目の前の道は馬車一台も通れないほど細かった。実際、車輪の跡もどこにも見当たらない。

彼女は上までのぼりつめると、立ちどまって息をついた。眼下に広がるのは、樹木が生い茂る丘陵地帯と、木々の緑に覆われた谷間が織りなす絶景だ。ところどころにある農場の真ん中には、草をはむ羊たちが白い小さな点のように見えている。のんびりした牧歌的な光景は、あたりに感じられる嵐の予兆とはあまりに対照的だ。

だが、今や真っ黒な雲が地平線を覆っていた。はるか遠くに見える海では、激しく白波が立っている。アナベルは畏怖の念を覚えながら、目の前の光景に見入っていた。本で読んだことはあるが、実際の海がこれほど雄大なものとは思ってもいなかった。しかも、その荒れる海の切り立った崖の上には、中世の砦《とりで》を思わせる灰色の石造りの塔がそびえ立っている。

ケヴァーン城。

アナベルは感動でぞくぞくした。なんて壮大な光景だろう。眺めているだけで、さまざまな物語をほうふつとさせる。アーサー王と円卓の騎士、テューダー朝の醜聞、それにトリスタンとイゾルデの悲しい恋の物語……。

暗黒の空を雷鳴が鋭く切り裂いた瞬間、まがまがしい轟音《ごうおん》がとどろいた。一陣の冷たい突風がアナベルの麦わら帽子を強く引っ張り、頭から奪い取ろうとする。だがリボンをきつく締めていたおかげで、帽子はうなじのあたりに引っかかり、事なきを得た。

いくら雷雨が迫ってこようと、この気分の高まりを消せはしない。

アナベルは傾斜した道を下りながら、ここに至るまでの経緯をまたしても思い返していた。なんて幸運だったのだろう。自分以外の者が家庭教師に選ばれてもおかしくなかったのだ。実際、教師たち全員から羨ましがられた。特にメイヴィスとプルーデンスから。ミセス・バクスターはたいそう腹を立てていた。もちろん、レディ・ミルフォードに異を唱えたりはしなかったが、彼女が去るやいなや、アナベルに当たり散らしたのは言うまでもない。したたかで狡猾《こうかつ》な女だの、反抗的なあばずれ女だのとさんざん悪口を浴びせたあげく、しまいには、おまえのような女はろくな死に方をしないと言いだす始末だった。

けれどもアナベルは幸運に舞いあがるあまり、女校長の悪口など耳に入らなかった。今までの生活を捨てることにはなんの後悔もない。ただひとつ心残りがあるとすれば、生徒たちだ。教え子たちからは、灰色の上等なシルクのショールを餞別《せんべつ》として贈られた。生徒たちや数人の教師仲間と別れるのが寂しくなかったと言えば嘘になる。何しろ、アナベルにとって女学校は唯一の家だったのだ。でも、それらはもう過去の一部にすぎない。わたしの前には未来が待っている。輝かしい可能性に満ちた未来が。

そんな気持ちに水を差すかのように、小さな雨粒がパラパラと降ってきた。嵐の前触れだ。空がみるみるうちに暗くなる。強風に乗って、暗雲がものすごい勢いで太陽を覆い隠してしまっていた。ドレスの裾がイバラに引っかかるのも気にせず、アナベルはひたすら前に進もうとした。きっと、このあたり一帯の広大な土地は公爵の領地なのだろう。こんなだだっ広い土地を耕すには、小作人や借地人の手が必要に違いない。だがここに来るまでのあいだ、彼らの姿をまったく見かけなかった。たぶん、みなで小屋に身を寄せ、嵐が通り過ぎるのを待っているのだ。

最後の坂に近づくにつれ、どこからかリズミカルな音が聞こえてきた。海岸に打ち寄せる波の音だ。はるか頭上にある崖の上に、堂々とそびえ立つ銃眼付きの胸壁が見えた。あそこへ到達するためには、うっそうと生い茂る森の中の急な坂道をのぼりきらなければならない。

緑深い木々の陰が、ぼんやりと明るい不気味な空間を作り出している。波の音以外には、地面を踏みしめるアナベルの靴音と、ときおりとどろく雷鳴しか聞こえない。暴風雨を前に、鳥たちでさえ姿を隠している。まるで、この世のものとは思えない静けさが、城と領地に危険な魔法をかけてしまったみたいだ。

〝夕暮れだから、ようしぇいには気をつけて〟

うなじにおくれ毛がほつれかかる。アナベルは漠然とした不安を振り払った。誰かに見られているように感じるなんて、ばかげているわ。スカートをぎゅっとつかみ、岩だらけの道に意識を集中させた。落ちた木の大枝のそばをまたいだとき、視界の隅を何かが横切った。彼女は弾かれたように振り向いた。木の幹のごつごつした樹皮に手を当て、あたりを見まわす。茂みの中で何かがわずかに動いていた。地面近くで、葉がざわざわと揺れている。アナベルはどきどきした。あそこから妖精が出てくるのかしら……。

姿を現したのは、丸々と太ったハリネズミだった。アナベルの存在には気づかないまま、小動物はふたたび低木の茂みに姿を消した。

彼女は思わず大声で笑いだした。本気で妖精の話を信じていたの？　そんな神秘的な生き物は、おとぎばなしの中にしかいないのに。ありもしない空想に恐れおののくなんて、ばかげている。

空に稲妻が光り、雷鳴がとどろいた。これ以上ないほどの焦りを感じ、アナベルは急な坂道をのぼりはじめた。気がはやっていたものの、つまずかないようにしっかりと道を見つめながら先を急ぐ。ようやく頂上近くまでたどりつくと、行く手に青々とした草地と城壁が現れた。けれども正門が見当たらない――。

巨大な花崗岩《かこうがん》の背後から、ひとりの男がぬっと姿を見せた。上背の高さにものを言わせ、脅しつけるようにアナベルの行く手を遮る。「ここで何をしている？」

「まあ！」男にぶつからないよう、彼女はぴたりと立ちどまった。「驚かさないでください」

男がさっとアナベルの腕をつかんだ。「質問に答えなければ、もっと痛い目に遭わせるぞ」

アナベルは悲鳴をあげたが、雷鳴にかき消された。「やめて！　放して！」

「なぜここにいるのか言うまでは放さない」

男の攻撃的な態度にアナベルは怖《お》じ気《け》づいた。彼は筋肉隆々で、まさに男盛りという感じだ。城の衛兵かしら？　いいえ、そんなはずないわ。だって手織りのシャツに、作業人がよくはいているブリーチズという姿だもの。

どきどきしていたものの、彼女は男に冷ややかな視線を投げかけた。聞き分けのない生徒たちによく使っていた手だ。「こんな手荒な扱いを受けて答える気にはなれません。すぐに手を離してください」

男がアナベルをにらみおろす。きらきら輝く灰色の瞳を、日に焼けた浅黒い肌がいっそう引き立てていた。きっと戸外で働くことが多いのだろう。強風にあおられ、黒髪がぼさぼさに乱れている。

アナベルの全身に奇妙な緊張が走った。今まで男性にこれほど近づいたことはない。ましてや、これほど敵意をむき出しにした男性には。その気になれば、彼はわたしをすぐに取り押さえてしまうだろう。だからそうなる前に、険しい目つきでにらみつけ、おとなしく引きさがるつもりはないという意思を伝えなければ。

男がふいに手の力をゆるめ、彼女の腕を放した。「名前を言え。きみはぼくの領地に不法侵入している」

アナベルは目をしばたたいた。ぼ、く、の、領地？　どういうことかしら？　公爵はまだ八歳のはずなのに。「ここの領地はケヴァーン公爵のものでは？」

見知らぬ男がそっけなくうなずく。「彼はぼくの甥だ」

はっと気づいて、アナベルは歯噛みする思いだった。この無礼でだらしない格好の男性こそ、サイモン・ウェストベリー卿に違いない。まだ幼い公爵の後見人であり――わたしの雇い主でもある。悔しいけれど、彼の失礼な言動には目をつぶらなくては。そうしないと、何もはじめないうちから職を失うことになってしまう。

「わたしはミス・アナベル・クインといいます」手袋をはめた手を差し出す。「あなたはサイモン卿ですね。お目にかかれて光栄です」

彼の憎らしいほど整った顔に、疑念の表情がありありと浮かんだ。眉根を寄せながら、アナベルがやむなく引っ込めるまで彼女の指先をじっと見つめ続けた。「きみはぼくが何者か知っているんだな」皮肉っぽい言い方だ。「何を売りに来たのか知らないが、ぼくは興味がない。さあ、とっとと帰ってくれ」

向きを変え、サイモン卿は大股で城のほうへ進みはじめた。

何を売りに来たのか知らないが、ですって？　この人、どうしてわたしを旅の行商人だと思ったのかしら？　なんの品物も持っていないのに。

困惑しつつも、あわてて彼のあとを追いかけた。「レディ・ミルフォードからお手紙を受け取ってはいませんか？　二、三日前に届いたはずです」

サイモン卿は立ちどまると、軽蔑するような目でアナベルの頭の先からつま先までじっと見つめた。「なぜクラリッサはきみをここへよこしたんだ？　また見合いをさせるつもりなら、もっとそれらしい女性を送ってくるはずだろう？」

なんてがさつな男！　マナーの授業を受けるべきだわ。でも、もちろんそんなことは言えない。

アナベルは歯を食いしばり、なんとか笑みを浮かべた。「ご存じないようですね、閣下。わたしは公爵様の新しい家庭教師なんです」

サイモン卿が顔をしかめる。「ばかな！　あの子にはもう個人教師がいる……くそっ！」

そのとき、ののしり言葉をたしなめるかのように天空がぱっくりと割れ、ついに嵐の激しい怒号が大地に響き渡った。たちまち肌を突き刺すような冷たい雨が降りだし、ふたりはあっという間にびしょ濡れになった。アナベルは両手を頭上にあげて身を守ろうとしたが、土砂降りに視界をかき消され、体がみるみるうちに冷えてくる。

「まったく、ひどい嵐だ」サイモン卿はつぶやくと、たくましい腕をアナベルの背中にまわし、城のほうへぐいっと押した。だが、ずぶ濡れのスカートと吹きつける強風のせいで前へ進むどころではない。立っているのが精一杯だ。すると、彼は小麦粉袋のようにアナベルを引っつかんで自分の脇に引き寄せ、暴風雨の中を進みはじめた。

サイモン卿の体の熱がアナベルを包み込む。いつのまにか彼にしがみついていた。バケツを逆さにしたような激しい雨を避けるため、本能的に顔を彼の肩にうずめた。

豪雨をものともせず、サイモン卿は大股でアナベルを楽々と運んでいく。彼女自身、その力強い足取りに身を任せていた。心のどこかで、彼の筋肉質の体にぴたりと寄り添う自分に呆れている。けれど、今は処女としての慎み深さうんぬんを言っている場合ではない。屋根のある場所にたどりつくのが先決だ。

城に着いて角を曲がったものの、サイモン卿は巨大な鉄門の前を通り過ぎた。大粒の雨の中、まばたきして目を凝らしながら、アナベルはふと気づいた。この人、崖に向かおうとしている……。激しい雨音に崖の下の荒れ狂う波音が重なる中、ふいに恐怖に襲われた。もしかして、わたしを海に放り投げるつもり？

アナベルは抵抗しようともがいた。「やめて――」

サイモン卿はびしょ濡れの顔で、彼女をにらみつけてきた。唇が動いたが、狂ったような風の音にかき消され、何を言ったのかわからない。彼は石壁にはめ込まれた小さな木製の扉を肩で押し開けると、中へ足を踏み入れた。そして雨から解放されたとたん、あっさりアナベルを放した。

体から水滴をしたたらせたアナベルが立っているのは、トンネルのような通路だった。寒さに両腕をこすって身を震わせる。ああ、彼の体の熱が恋しい。そう考えた瞬間、頬が染まった。どうか暗闇で見えませんように、と祈らずにはいられない。それにしても、なんて愚かだったのだろう。たとえ一瞬でも、サイモン卿がわたしを殺そうとしていると考えてしまうなんて。正気を失ったのは嵐の激しさのせいだ。

それに、彼に抱き寄せられたときに感じた、あの奇妙な感覚のせい。

濡れた髪を指で梳きながら、サイモン卿がいらだたしげにちらりとこちらを見た。明らかにわたしを厄介者と考えているのだろう。びしょ濡れのドレス姿は、さぞ家庭教師に不向きに見えるに違いない。雨がやんだらすぐに、荷物をまとめて帰らせるつもりかしら？

「か、閣下」寒さに歯を鳴らしながら言う。「もし――もしお許しくだされば、わ、わたしがここに来たいきさつを説明させてほしいのですが――」

「来い」サイモン卿はぴしゃりと遮った。

石畳の床にブーツの音を響かせながら、彼が通路を遠ざかっていく。アナベルは憤りを覚えずにはいられなかった。これではまるで犬扱いだ。命令すればなんでも従うとでも思っているの？

しかし次の瞬間、アナベルは分別を働かせ、あわてて彼のあとを追った。この人が命令を下すのは当然よ。そう自分に言い聞かせる。だってわたしはただの使用人だもの。いいえ、もっと悪いことに、単に家庭教師の志願者にすぎない。自分はあの職を勝ち取ったと信じていた。それなのに、今や失業の危機にさらされている。

石畳の床に、彼女の濡れた靴がぴちゃぴちゃという音を立てる。明るい未来を思い描いていた、先ほどまでの楽しい気持ちはすっかり消えていた。今は困惑と不安しか感じられない。なぜ彼はわたしの到着を知らされていないのだろう？　レディ・ミルフォードの手紙は行方不明になったに違いない。それに問題はそれだけじゃない。彼は家庭教師が雇われたという事実そのものを知らされていない様子だ。どうしてレディ・ミルフォードは、公爵の後見人の許しを得ずにわたしを採用したの？

サイモン卿が狭い螺旋《らせん》階段をのぼりはじめる。アナベルもすぐあとに続いた。窓の切れ込みから激しい雨が吹き込んでいる。不安を感じているにもかかわらず、彼女は興味津々であたりを見まわした。丸みを帯びた壁から察するに、ここは塔の中に違いない。何百年も使用されているせいで、石段の真ん中がすり減っている。ふいに〝この城にまつわる歴史を学びたい〟という気持ちが高まった。はたしてそういうチャンスはあるのかしら？

アナベルは胃にねじれるような痛みを感じていた。追い払われるかもしれない。そう考えると、ギロチンにかけられているみたいな気分になる。バクスター女学校に戻るわけにはいかない。もうあとには引き返せないのだ。それに以前の生活に戻ることは、〝冒険したい〟という自分の夢をあきらめることを意味する。外の世界をまるで知らないまま、学校という牢屋のように狭い空間にとらわれたまま、老女になっていく……。そんな自分を想像して、彼女はぶるっと身を震わせた。

今、わたしの運命は、先を歩くこの男性の手にゆだねられている。長い廊下をひたすら進んでいくサイモン卿に。廊下には、ほこりだらけの古びたつづれ織りや、石壁に吊された楯《たて》などが飾られていた。いかにも領主らしい傲慢さを持つ彼は、建物が醸し出す陰鬱な雰囲気にぴったりだ。アナベルは、彼が騎士としてよろいに身を包み、決闘で敵と戦う姿を想像した。そして彼は、勝利の知らせを急いで自分のレディに伝えに行くのだ……。

アナベルはサイモン卿の広い背中をじっと見つめた。この人には奥様がいるのかしら？

いいえ、いないはずよ。レディ・ミルフォードは、公爵には母親代わりになる女性の親戚がいないと言っていたもの。きっとサイモン卿はがさつな態度をとって、礼儀正しいレディたちをことごとく驚かせているのだろう。

まったく、彼はミスター・ティブルより気難しい。

アナベルは口に手を当て、間の悪いくすくす笑いを抑えようとした。だめよ、雇い主になるかもしれない人を性悪の雄猫と比べるなんて。でも実際、あまりに状況が悲惨すぎて笑うほかない。もし笑わなければ、泣いてしまいそう。

サイモン卿は開け放された戸口で立ちどまると、アナベルの胸に一瞥をくれ、顔に視線を戻した。「服を乾かす必要があるだろう。どうせほかに着替えは持っていないだろうから」

わたしって、そんなふうに見えるの？　彼女は皮肉めかして言い返した。「旅行鞄は宿屋に預けています。ここまでやってくる手段がなかったので」

彼の眉間のしわが深くなる。「家政婦に何か着るものを用意させる。着替えたら、すぐにぼくの書斎へ来るように」

相変わらずの愛想のなさで、サイモン卿はくるりと背中を向けると、廊下を大股で立ち去っていった。アナベルは口を開きかけ、城の中のことはよくわからないと言おうとした。けれど、ここは何も言わないほうがいいだろう。何を尋ねても――たとえ書斎への行き方であっても――彼にこう思わせてしまうだけだ。こいつは弱々しくて、頭も鈍い。公爵の家庭教師になるには不向きな人物だ、と。

アナベルは身を震わせた。寒気を感じているのは、びしょ濡れのドレスのせいではない。自分のあやふやな未来に対する不安のせいだ。女嫌いのサイモン・ウェストベリー卿に気おくれしてはだめ。ひるむわけにはいかない。どうにかして、わたしが必要不可欠な存在だとあの人に認めさせなければ。

4

サイモンは机に向かい、目の前に広げた会計帳簿に意識を集中していた。いや、少なくとも集中しようとしていた。すでに二度も、ずらりと並んだ数字の暗算を試みている。だが、どこまで計算したかわからなくなり、結局最初からやり直しだ。一度目は外の雷鳴に、二度目は暖炉の薪がはぜる大きな音に気が散ってしまった。

彼は銀のインク壺に羽根ペンを戻した。いずれにせよ、今日の書斎はあまりに薄暗すぎる。まだ五時半だというのに、雲で覆われた空にはすでに夕闇が迫っていた。

椅子をうしろに引くと、サイモンはろうそくを何本かつかみ、暖炉まで歩いていった。一本を炎に近づけ、その火を使ってほかのろうそくにも火をつける。机は明るくなったものの、退屈な仕事を再開する気にはならなかった。

吸い取り紙の下に半分隠れている手紙を一瞥する。手に取り、内容をもう一度読むと、うんざりしたように投げ捨てた。まったく。どう考えても今度のクラリッサはやりすぎだ。たとえ亡き祖母の大親友であっても、ぼくの権威を失墜させるような行為は許しがたい。

なぜ彼女はこんなことをしたのだろう？　ニコラスを育てるのに、ぼくでは力不足だと考えているのだろうか?

身を刺すような罪悪感に襲われたものの、サイモンはその感情を無視しようとした。ぼくは自分自身の計画や野心を犠牲にして、孤児となった甥の後見人を務めている。エジプトやギリシアへ古代遺物を探しに行くための長期旅行も取りやめた。これから農業をしながら退屈な日々を過ごすのだ——少なくとも、甥が寄宿学校へ通えるくらいに成長するまでは。

それ以上、ぼくにどうしろというのだ?

いらだちを感じながら、彼は背の高い窓の前まで行き、暗くなったあたりの景色をじっと眺めた。土砂降りはおさまって霧雨に代わり、ときおり突風が窓枠をガタガタと揺らしている。切り立った海岸線では白波が砕け散り、水しぶきをあげていた。子どもの頃、台風のあとはよく浜辺に出かけ、打ち寄せられた残骸を拾ってきたものだ。瓶や海草、それに片方しかない靴——すべてが宝物のように思えた。

しかし今は、野性味豊かな海岸の美しい光景を見ても、なんの関心も持てずにいる。それ以外のことに気を取られているからだ。しかめっ面をしながら、サイモンは心の動揺の本当の原因を認めた。

あの女だ。ミス・アナベル・クイン。

彼女の予期せぬ出現で、ぼくは最悪の振る舞いをしてしまった。それでなくても湿気のせいで脚に負った戦傷が痛みだし、あのときはひどくいらいらしていた。そのせいで彼女を見た瞬間に、裕福な貴族男性との結婚を狙う狡猾な女だと早合点したのだ。そういう女はこの近辺にごまんといる。今日の午前中も、ひとり追い返したばかりだ。だがよく考えてみれば、そういう女たちは切り立った崖をのぼってきたりしない。たいていは城に馬車を乗りつけるか、ぼくがケヴァーンストウ村へ出かけたときに待ち伏せしている。

しかもミス・クインの簡素な服装を見れば、彼女の目的が夫探しでないことは一目瞭然だ。ドレスはいい仕立てだが、地元の名家の子女たちが好むフリルやひだ飾りがまったくついていない。それに彼女たちとは異なり、ミス・クインは作り笑いをしたり、誘いかけてきたりはしなかった。それなのに、なぜぼくは彼女の訪問の目的を読み誤ったのだろう？　森の中から精霊のように現れた彼女に、理性的な思考を奪われてしまったのだろうか？

古典的な美人というわけではないが、ミス・クインは人好きのする顔をしていた。髪は栗色で、体の曲線も実に女らしい。丘をのぼっているとき、彼女のことをひそかに観察していたからわかる。青い瞳の輝きは、人生への熱意の表れだろう。彼女からにじみ出ていた純粋さに、ぼくは一瞬魔法にかけられたのかもしれない――むろん、そんな魔法は一瞬で解けたが。

サイモンは顎に力をこめた。本当に純粋な若い女性などこの世にはいない。少なくとも、結婚という手段で自分の未来を安泰なものにしようともくろんでいる。彼女たちはみな、男を惑わす機会を狙う、抜け目のないご都合主義者なのだ。

だからミス・クインの腕をつかみ、ペテン師呼ばわりをした。しかし、あれは決して褒められた行為ではない。特にこの手紙によって、彼女の主張の正しさが証明された今となってはなおさらだ。ミス・クインは、結婚しか頭にない浅はかな貴族の女性ではなかった。単に職を求めてここへやってきた平民だったのだ。

サイモンは間違いを犯すのが嫌いだった。物事は整然と、組織立っているほうがいい。すべてがおさまるべきところにおさまっているのが好きだ。これは軍隊で身についた習性にほかならない。戦場での生死とは、自分の身のまわりに細心の注意を払えるかどうかで決まるものなのだ。

今やミス・アナベル・クインの存在が、サイモンをひどくいらだたせていた。順調にまわっている〝この城〟という歯車を狂わせる〝ひと粒の砂〟――そんな存在に思えて仕方がない。一刻も早く、ここにきみの仕事はないと彼女に申し渡さなければ。

サイモンは誰もいない戸口を肩越しにちらりと見た。いったい、あの女は何をしているんだ？　ぼくは数分で濡れた衣類を着替えたというのに。ミス・クインが城内で迷っているはずはない。彼女を案内するよう、メイドにちゃんと伝えてある。おそらく、どの女もそうであるように、ミス・クインもだらだらと時間をかけて身支度するのが好きなのだろう。

ふいに、物憂げにタオルで体を拭きながら、一糸まとわぬ姿で暖炉の前に立つ彼女の姿が鮮やかに思い浮かんだ。ミス・クインが豊かな胸の持ち主であることはわかっている。土砂降りの中で引き寄せたとき、彼女の胸がぴたりと押しつけられたからだ。それに丸みを帯びたヒップに女らしいウエスト。完璧にくびれのある体つきは実に蠱惑《こわく》的だった。

サイモンは冷たい窓ガラスに額を押し当てた。くそっ、本能に従って行動するわけにはいかない。そうでなくても、彼女に対してはすでに無礼な態度をとっているのだ。

そのとき、開かれたままの書斎のドアを軽く叩く音がした。つまみ食いをしようとしたところを見つかった少年のように、サイモンはさっと振り向いた。戸口に立っていたのは、彼の官能的な妄想の相手だった。

〝ぱっとしない服装だ〟――それが最初に頭に浮かんだ考えだった。続いてこう思った。〝ありがたいことに〟

みずみずしい魅力を振りまく精霊はどこかへ行ってしまった。目の前にいるミス・アナベル・クインは灰色のぶかぶかのドレスを着込み、喉元までボタンをかけている。豊かな栗色の髪は白いキャップで覆われていた。先ほどとは打って変わった変身ぶりだ。一〇歳は老けて見える。今や彼女はどこから見ても野暮ったい、きまじめな家庭教師そのものだった。

彼女が書斎に視線を走らせた。壁にずらりと並ぶ書物から象足型の足のせ台、旅行中にサイモンが収集した小像や小物などをすばやく見まわす。それから顎をわずかにさげ、サイモンの言葉を辛抱強くじっと待った。まさに慎み深さを絵に描いたような態度だ。

ミス・クインの従順さにサイモンは満足感を覚えた。腰が低い使用人のほうが、先ほどの頑固で強情な彼女よりも、はるかに扱いやすい。「入ってくれ」机の隅に腰かけながら話しかける。

彼女がこちらに向かって歩いてきた。借り物のドレスは背の低い女性用なのだろう。短い裾の下から頑丈そうな靴とほっそりした足首がわずかにのぞいている。敷物の真ん中で立ちどまると、彼女は優雅なお辞儀をしてみせた。

「こんばんは、閣下」柔らかく抑えられた声だ。森の中で憤っていた女性と同一人物とは思えない。「支度に時間がかかり、申し訳ございません。わたしに合うサイズの服がなかなか見つからず、家政婦にも迷惑をかけてしまいました」

「気にしなくていい」サイモンは机から手紙を取りあげ、てのひらに軽く打ちつけた。「おかげでレディ・ミルフォードからの手紙が見つかった」

ミス・クインが瞳をきらきらと輝かせた。サイモンにとってありがたくないことに、すこぶる愛らしい表情だ。「まあ、よかった！　どこにあったのですか？」

「パーティーの招待状と勘違いして、引き出しの中へ放っておいたんだ」

「それなら、わたしの話は本当だとわかっていただけたのですね。奥様がわたしを公爵様の家庭教師として採用してくださったと」

彼はそっけなくうなずいた。「ああ。きみに謝らなければいけない。あんな態度をとるべきではなかった」

「そんな。だって、あなたはわたしを行商人だと思っていらしたんですもの」

「とはいえ、紳士らしからぬ振る舞いをした。深く反省していることをわかってほしい」

「もちろんです、閣下。わたしなら、まったく気にとめておりません」

ミス・クインのきまじめな表情や温かい瞳を目の当たりにして、サイモンはふいに困惑を覚えた。まさにこれから、彼女をがっかりさせる言葉を口にしようとしていたからだ。

彼は立ちあがり、両手をうしろに組みながら暖炉のほうへ向かった。「きみの職のことなんだが、実は途方に暮れている。その件について、ぼくはレディ・ミルフォードからなんの相談も受けていなかった。誰かを雇う許しを彼女に与えた覚えもない」

「それはどういうことでしょうか？」

「きみがここまでやってきたこと自体、無駄な骨折りだったんだ、ミス・クイン。甥は家庭教師など必要としていない。彼の世話なら、ここの使用人たちが完璧にこなしている」

彼女の瞳の輝きがすっと消えた。両手をきつく握りしめながら、サイモンのほうへ一歩踏み出す。「レディ・ミルフォードから、家庭教師のことを本当に一度もお聞きになっていませんか？　そのようなことをほのめかされて、それをお忘れになっているだけでは？」

「そんなことはあるはずが……」

ふいにぼんやりとした記憶がサイモンを黙らせた。そういえば数カ月前、最後にクラリッサがここへやってきたとき、たしかにニコラスについて短く言葉を交わした。クラリッサから〝ニコラスには教育と同じくらい愛情も必要だ〟と言われたが、甥を甘やかしたくなくて、サイモンはその意見をはねつけたのだ。それなのに今、彼女はみずから家庭教師の採用に口を挟んできている。

「レディ・ミルフォードは公爵様の曾祖母のご親友だとうかがっています」ミス・クインは続けた。「愛情たっぷりに公爵様のことをお話しされていました。まるでご自分のひ孫であるかのように。実際、あの方は公爵様のためをいちばんに思っていらっしゃるに違いありません」

サイモンは歯を食いしばった。おい、さっきまでの従順で素直な態度はどこへ行ったんだ？　ぼくの言葉を受け入れ、書斎から出ていき、二度と姿を現さないのが筋というものだろう。それなのに、彼女はぼくの気を変えようとしている。そんな手に乗るとでも思っているのか？　自分の下した決定について、たかが使用人と話し合うつもりはない。

彼は大股で窓辺まで歩き、くるりと向き直って申し渡した。「ニコラスの後見人はこのぼくだ。彼の世話をどうするか決めるのもぼくだ。そのぼくが、あの子はもう家庭教師をつけるほど幼くはないと言っているのだ」

「あなたはすばらしい後見人に違いありません」顎を引き、従順さを装いながらミス・クインが言う。「ですが、女性には子どもに対する母性本能があります。レディ・ミルフォードは、公爵様にそういった女性ならではの保護も必要だと考えていらっしゃるのです」サイモンが異議を唱える前に、彼女はふいに尋ねた。「どうかお教えください。公爵様はどんなお子様なのでしょう？」

「おとなしくて行儀のいい子だ。だからこそ、ぼくはニコラスを変に甘やかす必要はないと考えている」

ただし、ニコラスはおとなしすぎるかもしれない。サイモンは心の中でしぶしぶ認めた。そもそも毎日、甥のことを気にかけているわけではない。面と向き合うのは、あの子が勉強の進み具合を報告しにやってくる金曜日だけだ。そのときでさえ、ニコラスは痛ましいほど内気で、こちらから働きかけないと話そうとはしない。

「公爵様を取り巻く状況は、同じ年齢のほかの少年たちとはまるで異なります」ミス・クインが意見を述べる。「ご両親の悲劇的な死を考えると、公爵様の人生に常に寄り添い、頼りになる者をそばに置いたとしても、甘やかすことになるとは思えません。むしろ公爵様のためになるのではないでしょうか……母親のような役割の者を置くほうが」

クラリッサもまさに同じことを言い、ぼくと口論になったのだ。ときどき、クラリッサは甥に対するぼくの憤りに気づいているのではないかと思うことがある。もちろん、ぼく自身はその感情を隠そうと必死だ。両親の罪を子どもになすりつけるほど、恥ずべき行為はない。

しかしニコラスを見るたびに、ダイアナを思い出してしまう。美しくて、気まぐれで、嘘つきのダイアナ。これだけの歳月が経っても、サイモンは亡き義姉に対する憎悪を拭えずにいた。

ミス・クインは期待するような目でこちらを見つめている。あたかも、ぼくがニコラスにとって正しい選択をすると信頼するかのごとく。まったく。なぜこんなばかげた話し合いを許してしまったのだろう？

「立ち入りすぎだぞ、ミス・クイン。こんな会話を続ける理由はない」

「お気を悪くさせるつもりはまったくありません」そう言うと、彼女は少し頭を垂れ、長いまつげ越しにサイモンを見あげた。「わたしはただ、公爵様のことを考えているだけです。レディ・ミルフォードから、わたしなら彼に大きな慰めと助言を与えられると言っていただいたものですから」

「レディ・ミルフォードは間違っている。振りまわされたきみには気の毒だが、ぼくの知ったことではない」

彼女はこちらをじっと見つめた。「では、あなたはわたしを追い出すおつもりなんですね？」

この瞳だ。大きく見開かれた青い瞳が、懇願するようにぼくを見ている。

「そうだ」サイモンはきっぱりと言った。「だが、今日はこんな悪天候だ。すでに時間も遅い。だから、きみがひと晩泊まるための部屋を用意するよう家政婦に申しつけるといい。さあ、もう行ってくれ」

しかし、ミス・クインが立ち去る様子はない。胸の下で両手をぎゅっと握りしめ、彼女は小さく一歩進み出た。「閣下、もしよろしければ、もうひとつだけお話しさせてください。実は……あなたにご提案があるのです」

サイモンは上半身の血がすべて下半身に集中するのを感じていた。ミス・クインを見つめ、まるで彼女に引き寄せられるがごとく、やや前かがみになる。彼はつぶやくようにくり返した。「提案……」

ミス・クインがうなずく。「わたしはまだ、自分があなたのお役に立てると確信しています。もし最後までわたしの話を聞いてくださるなら……」

「続けたまえ」熱に浮かされたように、サイモンはベッドに裸で横たわる彼女の姿を思い描いていた。あのまばゆいばかりの髪が枕に広がる様を見てみたい。それに青い瞳が情熱に煙る様子も……。

「ありがとうございます」ありったけの勇気を振り絞るかのように、ミス・クインは一瞬ためらった。「閣下、試用期間をいただけないでしょうか。試しに二週間ほど――もしお望みなら、それより長くても構いません。そのあいだ、わたしの奉仕に対する報酬はいただかなくて結構です――あなたがわたしの仕事に完全に満足してくださるまで」

ぼくの愛人になるための試用期間？　サイモンは困惑しながら彼女を見つめた。

「無報酬でいいというのか？」

「はい」うなずきながら彼女が答える。「そうすれば、わたしの滞在を許しても、あなたが失うものは何もないことになります。少なくとも、わたしの指導が公爵様のためになるかならないか、あなたご自身の目で確かめていただくまでは無報酬で構いません」

ニコラス。彼女は甥のことを話していたのだ。これほど自分を愚かだと感じたことはなかった――それにこんな激しい欲求不満も。サイモンは腕組みをした。ミス・クインがぼくの妄想に気づかなかったことを祈るほかない。「はっきり言おう。きみは甥の邪魔になるだけだ」

「決して邪魔はいたしません。公爵様の個人教師やほかの使用人たちともうまくやっていきます。公爵様はまだお小さくて、母親を必要としています。だからわたしは――自分の価値を証明する機会をいただきたいのです」

彼女の瞳にわずかに混じる絶望の色が、サイモンの心をわしづかみにした。クラリッサの手紙によれば、ミス・クインはヨークシャーで教師として働いていたという。それ以外の経歴は何ひとつわからない。そして今、彼はミス・クインにたいそう興味を募らせている自分に気づいた。彼女は無数の貧しい女たちのうちのひとりにすぎないのだろうか？　それとも彼女の過去に、これほど絶望的なまなざしにさせる何かが起きたのか？

だめだ。ぼくの使命は薄幸な女を救うことではない。

にもかかわらず、サイモンは不本意ながらこう口にしていた。

「よし。きみの提案を受け入れよう。ただし、今後はよけいな口出しをするな。きみのことも、甥のこともだ」

5

家政婦のあとに続き、迷路のような暗い廊下を歩きながら、アナベルは小躍りしたい衝動を必死に抑えていた。やったわ。サイモン卿を説得し、家庭教師として雇ってもらえることになった——まあ、一時的ではあるけれど。先ほどの交渉で、当分給料がもらえなくなったのは痛い。けれど、なんの当てもないまま城から放り出されるのに比べたら、半月分の収入など大したことはない。少なくとも、今のわたしには雨露をしのげる場所がある。それに自分の価値を証明するためのチャンスも。

なんとしても優秀な家庭教師であることを証明してみせる。あの気難しくて、尊大で、人を食ったような貴族に認めさせるのだ。わたしなしではやっていけないことを。

腰に鍵束をぶらさげた、白髪頭で不機嫌そうな顔つきのミセス・ウィケットが、閉ざされたドアの前で立ちどまった。手にしたオイルランプが落とす影のせいで、地味な顔立ちが怪物のように見える。「ここが子ども部屋ですよ」彼女がきつい訛りで言う。「公爵様の邪魔にならないよう、お静かに」

「ということは、すでに眠っていらっしゃるの？」

「六時きっかりに夕食をとって、六時半から少し本を読んで、七時にはおやすみです」

「八歳にしては、少し早いように思うけれど」

「ご主人様のお言いつけなので」ミセス・ウィケットが唇を引き結ぶ。「閣下が作られた予定表は絶対に守らねばなりません。この部屋を入ってすぐの壁に貼ってあります」

　家政婦はドアを開けると子ども部屋に入った。ランプの揺らめく光が、広々とした教室を照らし出す。小型の机と椅子が置かれており、教師用の机には地球儀がのっていた。背丈の低い本棚にはさまざまな本がぎっしり詰まっている。窓を叩く雨音がしており、表はほとんど暗くなっていた。

「そこをまっすぐ行ったら公爵様のお部屋です」ミセス・ウィケットが、長い廊下の先にある戸口を指差しながらささやく。扉からはかすかな明かりがもれていた。「ああ、あれは子守りですよ」

　公爵の部屋の真向かいの部屋から、地味なドレスとエプロン姿の丸々と太った女性が出てきた。手で口元を隠しながらあくびをしている。教室に入ってくると、女はご機嫌を取るようにミセス・ウィケットに軽くお辞儀をした。

「ミス・クイン」家政婦が言う。「これはエロウェンです。子ども部屋の掃除と、公爵様の入浴や着替えの手伝いをしてます。エロウェン、こちらは公爵様の新しい家庭教師のミス・クインよ。今からはミス・クインの言うことに従うように」

　エロウェンはどんよりとした目でアナベルを見た。「あい、わかりました。ころもは眠りました」

エロウェンの訛りはミセス・ウィケットよりもさらにきつかったが、アナベルはなんとか理解した。きっと〝ころも〟とは子どものことなのだろう。

「じゃあ、ミス・クインの夕食のトレイを持ってきて」家政婦が命じる。「ほら、さっさとしなさい」

エロウェンは重い足取りでドアから出ていった。

ミセス・ウィケットが舌打ちをした。「あれはのろまでね。でも公爵様には忠実だし、よくお仕えしてます。さあ、こっちへ。先生の部屋は別の翼ですよ」

ミセス・ウィケットは教室の脇にある、公爵の部屋とは反対側にある戸口を通り、短い通路を進んでいった。あとをついていくアナベルの前に小さな寝室が現れた。狭い鉄製のベッドと引き出し付きの整理戸棚、そして背もたれのまっすぐな椅子が一脚置かれている。石壁に飾りは何もなく殺風景だ。だが、アナベルにはわかっていた。旅行鞄が届いたら陰鬱な雰囲気も少しは改善されるだろう。心の中ではすでに、刺繍の基礎縫いや、子どもの頃から大切にしている小さな木製の十字架をどこに飾ろうかと考えはじめていた。

ぶつぶつ言いながら、家政婦はエプロンの端で、洗面台の上にあった陶器の鉢を拭いた。「クモの巣だわ」彼女がぼやく。「もし来ることがわかってたら、ちゃんと掃除しておいたのに」

「大丈夫。自分で片づけるわ。誰の手も煩わせたくないの」

「掃除はメイドの仕事ですよ」ミセス・ウィケットがとがめるような表情で言う。「いったいどんな屋敷から来なさったんです？」

アナベルはへまをしたことに気づいた。女学校では、マナーを教えるという教師の仕事に加え、使用人としての仕事もこなさなければならなかった。それこそ郵便物の配達から皿洗いまで、なんでもだ。でも家庭教師となった今は、使用人たちの中でも高い地位にいる。日々の単純労働は、彼女より身分が低い者の仕事と考えられているのだ。

「ヨークシャーでは、お屋敷ではなくて学校で教えていたの」ミセス・ウィケットの怒りを静めるべく、アナベルは言葉を継いだ。「すぐにここのやり方を身につけられると思うわ」

「ふん」ミセス・ウィケットがランプのガラスの笠をあげ、炎を利用してベッド脇の机のろうそくに火を灯した。それからベッドの掛け布を取り払い、腕の下に押し込む。「夕食を持ってきたあと、エロウェンに火をおこさせます。あと、夜明け前には支度しといてください。ご主人様はだらしない人が嫌いですから。じゃあ、おやすみなさい」

ミセス・ウィケットはランプを手にして、せわしげに部屋から出ていった。「おやすみなさい」アナベルはうしろから呼びかけた。

家政婦のきびきびとした足音が遠ざかっていくと、アナベルは椅子に深く腰かけ、興味津々であたりを見まわした。とめどない幸福感がこみあげてくる。ついに家庭教師になった。幼い公爵が寄宿学校へ入学するまでは、この石壁の部屋がわたしの新しい家なのだ。

もちろん、サイモン卿に解雇されなければの話だけれど。

アナベルの高揚感はあっという間にしぼんだ。遠くで波の砕け散る音がしている。高窓に打ちつける雨の音を聞きつつ、しみじみと思った。わたしは本当にひとりぼっちなんだわ。しかも事態はそれほど好転していない。ここへ来るために、長いこと郵便馬車に揺られながら想像していた状況とは大違いだ。

サイモン卿はわたしが必要だとは考えていない。でも、お城全体を支配しているのは彼なのだ。実際、彼は自分の考えを明らかにしていた。〝ニコラスの後見人はこのぼくだ。彼の世話をどうするか決めるのもぼくだ。そのぼくが、あの子はもう家庭教師をつけるほど幼くはないと言っているのだ〟

とはいえ、サイモン卿はわたしを一時的に雇ってくれた。彼が見かけほど頑固者ではなく、いい人だという可能性はないかしら？　それとも彼は金の亡者で、わたしにただ働きをさせるのが目的なの？　いずれにせよ、彼の別れ際の言葉を心に刻みつけておかなければならない。

〝ただし、今後はよけいな口出しをするな。きみのことも、甥のこともだ〟

アナベルは思わずぶるっと身を震わせた。部屋の寒さのせいだけではない。サイモンの厳しい言葉を思い出したからでもある。いちばん近しい身内にあんなふうに遠ざけられて、幼い公爵はいったいどんな気持ちなのだろう？　わたしにできるのは想像することだけ。もし公爵がすでに眠っていなければ、今夜会えるのを楽しみにしていたのに。

寝室には時計がなかったが、今が七時をとうにまわっているとは思えない。長くつらい一日だったにもかかわらず、アナベルは元気があり余って眠れずにいた。荷をほどき、読書や針仕事で時間がつぶせたらどんなによかっただろう。親切なレディ・ミルフォードが過分な服飾手当をくれたので、ドレスを数着仕立てられるだけの生地と糸を買っておいたのだ。だが残念ながら、持ち物はすべて〈銅のショベル〉に預けてきた旅行鞄の中にある。

ここにじっと座り、ただ薄暗がりを見つめているだけというのも能がない。アナベルはもどかしさを感じていた。一刻も早く新しい職に就き、ここでの自分の地位を確固たるものにしたい。そのためには、公爵の毎日の予定を把握しておくのがいちばんだ。

合金製のろうそく立てを手に取り、アナベルは思いきって暗い教室に足を踏み入れた。ろうそくを掲げながら、ゆっくりと室内を一周する。教師用の机を調べてみると、石版と白墨のほかにペンと紙、かけ算表を見つけた。おもちゃはどこにも見当たらず、揺り木馬やおはじきさえもない。お金持ちの子どもだから、おもちゃやゲームをたくさん持っていると思っていたのに。少なくとも話を聞くかぎり、バクスター女学校の少女たちはそうだった。たぶん、公爵のおもちゃはどこか別の場所に保管されているのだろう。

アナベルはドアの脇の壁に近づき、鋲《びょう》でとめてあった予定表を眺めた。ろうそくの揺らめく明かりの中、男性の力強い字で黒々と記された長いリストを読んでみる。七時に起床と着替え。七時半に朝のお祈り。八時に朝食。八時半から一一時半は授業。一二時に昼食。一二時半から一時半は自習……。リストはさらに続き、どの日にどの科目を教えるべきかという注意書きもあった。授業は毎日午後四時四〇分までだ。さらにそのあと、自室で読書をするのが望ましいと書かれてある。

公爵にはふつうの子どものように外で遊んだり、自然と触れ合ったりする機会がないのかしら？　この予定表を見るかぎり、まったくないのは明らかだ。

窓にバラバラと叩きつけるような雨音を聞きながら、不安とともにあれこれ思いをめぐらせる。少なくとも予定表からわかるのは、楽しみが与えられていないという事実だ。ニコラスの時間割には遊び時間がまるでない。なんて悲しいことだろう。まだ幼い子がこれほど厳しく管理された生活を送っているなんて。アナベルはふと自分の少女時代を思い出していた。メイドたちの掃除を手伝うのが当たり前だったあの頃。自分も縄跳びや木のぼりをしたくてたまらず、何度となく外を眺めていたものだ。

公爵であるとはいえ、ニコラスは年相応に遊ぶ時間さえ与えられていない。せめて、ほかの子どもたちと友だちになる機会を作ってあげるべきではないかしら？　それともサイモン卿は甥をケヴァーン城に閉じ込めて、外の世界から切り離すつもり？

〝ただし、今後はよけいな口出しをするな。きみのことも、甥のこともだ〟

ふいに彼の冷淡な言葉を思い出し、アナベルはそれまで以上にいらだちを覚えた。できることなら今すぐ予定表を破り捨て、ごみ箱に投げ入れてやりたい。でもたぶん、判断を下すには早すぎるだろう。現状を変えようとがむしゃらに突き進む前に、二、三日様子を見たほうがいい。

ニコラスには個人教師がついている。それに、わたし自身が公爵の日々の予定にどう関わるかもまだあいまいだ。きっと教科書を調べれば、ニコラスの学業の進み具合がわかるに違いない。

教室から廊下に出た瞬間、アナベルは公爵の部屋からほのかな光がもれているのに気づいた。ニコラスはまだ起きているのかしら？　あるいは暗闇が怖くて、ランプを灯したまま眠っているのかもしれない。

その答えをぜひとも知りたいと思った。机にろうそくを置き、忍び足で廊下を進んでいく。公爵の部屋の扉は少し開いていた。軽くノックをしたが返事はない。室内をのぞいてみると、目の前に大きくて立派な寝室が広がっていた。

外にもれていたのは、暖炉にくべられた薪の小さな火の明るさだった。暖炉のそばには机と椅子二脚が置かれ、居心地のよい空間を作り出している。アナベルは影の落ちた家具類から四柱式ベッドへ視線を移した。青と金色の豪華な布が吊されており、ブロケード織りの上掛けは小さな人の形に盛りあがっている。

公爵は眠ってしまったに違いない。

すぐに出ていかなくては。アナベルは自分に言い聞かせた。わたしにはここにいる理由がない。先ほど、家政婦からニコラスの邪魔をするなと注意されたばかりではないか。それなのに、気づくとつま先立ちでベッドに近寄っていた。もちろんニコラスを起こすつもりはない。自分の寝室に見知らぬ女がいるのを見たら、きっと怯《おび》えてしまうだろう。でも、何しろ英国のほぼ半分を縦断した長旅のあとだ。アナベルはひと目だけでも、彼の顔を見ておきたかった。

ベッドの脇のテーブルには、礼服を身にまとった気品ある若い男性の額入りの細密画が飾られていた。男性のかたわらにいるのは金髪の美しいレディだ。彼らこそ、少年の両親に違いない。そう気づいて、アナベルは胸がつぶれる思いだった。なんて悲しいことだろう。ニコラスが両親を失ってしまったなんて。両親なら、あの薄情な叔父がニコラスに与えようとはしない愛情をたっぷり注いであげたはずなのに。

ベッドの上にかがみ込んだアナベルは、ニコラスが上掛けに深くもぐっていることに気づいた。こんなふうで、ちゃんと呼吸できているのかしら？　夜のあいだに息苦しくなっては大変だと思い、そっと上掛けをずらす。

ベッドはもぬけの殻だった。毛布の下にあったのは並べられた羽毛枕だ。

息をのみ、アナベルは弾かれたように体を起こした。衝撃で心臓が早鐘を打っている。公爵はどこへ行ってしまったのだろう？　もしかして、眠ったままどこかをさまよっているの？　すぐに誰かを呼ぶべきかしら？

わたしがここへやってきた最初の夜に、彼の身に何かあったらどうしよう。なんて恐ろしいことなの……。

ドアに向かって二歩進んだ瞬間、アナベルは暖炉のそばのかすかな気配に気づいた。椅子に半分身を隠しながら、小さな人影が絨毯にしゃがみ込んでいる。家具のあいだから目だけをのぞかせ、こちらの様子をじっとうかがっていた。

ニコラス。

安堵のあまり、アナベルはくずおれそうになった。あの態度から察するに、彼が身を隠したいと考えているのは明らかだ。

かわいそうに。ニコラスはわたしが誰だかわからず、戸惑っているに違いない。それに、黙ってベッドから抜け出した罰を恐れているんだわ。

アナベルは少年の心配を軽くする方法を思案した。指で顎の先を軽く叩き、大きな声で言う。「まあ、どうしましょう。公爵様の身に何が起きたのか心配だわ。新しい家庭教師として雇われて、お目にかかるのを心から楽しみにしていたのに」

ニコラスは動こうとしない。

「ああ、どうすればいいかしら？」心配そうな表情で行ったり来たりしながら続ける。「公爵様はこの時間、ベッドでおやすみのはずよ。もしここにいらっしゃらないなら、わたしはサイモン卿にお知らせしなければ。でも、本当はそんなことしたくないわ。こんなささいなことで公爵様に迷惑をかけたくないもの」

なんの動きもない。

アナベルは大きなため息をついた。「まあ、わたしにできることは何もないようね。それならすぐに叔父様を探さなきゃ……」

戸口に向かって歩きはじめた瞬間、火のそばでカサカサという音がした。くしゃくしゃの亜麻色の髪をした少年が椅子の陰から姿を現し、こちらをじっと見つめている。彼はあわてたように小さな声で言った。「お願い……やめて……」

だぶだぶのナイトシャツが、少年の華奢な体をすっぽりと包み込んでいる。繊細な顔立ちは細密画の女性にそっくりだ。青白い顔に浮かんだ不安が手に取るように伝わってきた。

アナベルは片手を頰に当て、驚いたふりをした。「まあ！　まさか人がいるとは思わなかったわ。もしかすると、あなたがケヴァーン公爵ニコラス様かしら？」

少年はすばやくうなずいただけだった。そういえば、レディ・ミルフォードもサイモン卿も、公爵は内気な性格だと言っていた。でも、臆病になるのも当然だろう。何しろ両親を亡くし、いきなり使用人の手で育てられることになってしまったのだから。しかも、血のつながった叔父から重荷と見なされているのだ。

アナベルは膝を曲げてお辞儀をした。「お目にかかれて光栄です、公爵様。わたしはミス・アナベル・クインと申します。ヨークシャーからやって参りました」

少年は腰を曲げて上品なお辞儀をした。ちゃんとマナーを教わっているのだ。弱々しい緑色の瞳でアナベルを見つめながら、彼がささやいた。「本当に……本当にぼくの家庭教師なの？」

「ええ、そうですとも。それにもうひとつ言わせていただければ、あなたにお会いするためにはるばる長い道のりをやってきたのです。明日の朝まで待ちきれなかった無礼を、どうかお許しください」

ニコラスがゆっくりとうなずく。そのとき、アナベルは彼が手に何か握りしめていることに気づいた。

興味を抱きつつ、少年を怖がらせないように数歩近づく。暖炉前の敷物の上にちらりと見えたのは、ずらりと並んだおもちゃの兵隊だった。アナベルはふいに胸を打たれた。この子の遊び時間はこんなにわずかしかないのだろうか？　しかも床に就いたあと、こっそりとだなんて。

たぶんそうなのだろう。ベッドに枕を並べていたのは、誰かが様子を見に来たときに寝ていると思わせるために違いない。

アナベルはひざまずき、ニコラスの目線からおもちゃの戦場を見てみた。小さな像がずらりと並んでいる。どうやら彼は兵士の一群と騎兵の一群を向き合わせ、戦わせているらしい。ただ、おもちゃの兵士たちの軍服はやや昔風だ。それに頻繁に使われているかのように、塗料もところどころはがれている。

「なんて恐ろしい戦いでしょう。兵隊さんをもっとよく見てもいいですか？」

ニコラスが小さな肩をすくめる。

アナベルはそれを同意の印だと受け取った。編隊を崩さないよう注意しながら、マスケット銃を抱えている赤く塗られた兵士を持ちあげてみる。小さな像はてのひらにすっぽりとおさまったが、びっくりするほど重たい。顔をあげた瞬間、ニコラスが馬に乗った騎兵の像を持っているのが見えた。少年はこちらをちらちら見ながら、小さな像を大事そうに指先で撫でている。

「それは特別な兵隊さんなんですか？」アナベルは尋ねた。

またしてもニコラスは肩をすくめた。明らかに何もしゃべりたくない様子だ。

なんてかわいそうな子。彼女は警戒心を解こうしない少年を責める気にはなれなかった。

新しい家庭教師が到着することを、誰もこの子に教えていないのだ。わたしが何かを告げ口したり、大切なおもちゃを取りあげたりしない人物かどうか、ニコラスは知るよしもない。

わたしと一緒にいても安全だということを、どうしても気づいてほしい。たぶん、兵隊のおもちゃを使えばうまく伝えられるだろう。

「この兵隊さんたちは前から使っているのかしら？」アナベルは優しく尋ねた。

ニコラスは頭を垂れた。いかにもうしろめたそうだ。

「ベッドから出ていたことを叱るつもりはありません。少なくとも今回は」片手を胸に当てて言う。「神に誓います。わたしは公爵様から打ち明けられたことを誰にも話しません」

少年は小さな裸足のつま先をじっと見おろしていたが、しばらくすると目をあげてささやいた。「ぼくが見つけたの」

「見つけたって、どこで？」

彼は部屋の隅にある収納箱を指差した。「あそこで」

「それなら、これは公爵様のものですよ」

ニコラスは顎を少し傾け、首を横に振った。「ううん、これはパパのもの……それにサイモン叔父様のものなの。許しがなければ、ぼくは触っちゃいけないんだ」

なぜニコラスは、父親の古いおもちゃで遊ぶのを禁じられたのだろう？　本来、ケヴァーン城にあるすべてのものが与えられて当然ではないか。ただし、少年の後見人であるサイモン卿が権力を一手に握っている場合、話は別だけれど。「それなら叔父様のお許しを得なければいけませんね」

真っ青になりながら、ニコラスは顎をあげて懇願するようにアナベルを見た。

「お願い、言わないで……叔父様が怒っちゃう」

彼女は心にねじれるような痛みを感じた。なんてこと。この子はこんな簡単なことを叔父に願うのさえ恐れている。あの男は甥を手荒に扱ってきたに違いない。ニコラスの心に恐れを植えつけるほどに。

アナベルはサイモン卿に対する激しい嫌悪感を覚えずにはいられなかった。家族とは愛し合うべきもののはず。相手が両親を失い、愛情に飢えている孤独な少年ならなおさらだ。

そのとき、廊下の物音が彼女の注意を引いた。すっと立ちあがり、唇に指を当てて静かにするようニコラスに伝える。彼が目を丸くして見守る中、アナベルはドアに向かうと、そっと外の様子をうかがった。

教室にぽっちゃりとした女性の姿が見えた。机にトレイを置き、アナベルの寝室に通じる廊下へと消えていく。子守りのエロウェンだ。おそらく火をおこしに行ったのだろう。

アナベルはニコラスのところへ戻った。「わたしに夕食を運んできたメイドです。彼女には、あなたの寝室の様子は確認したから、もう行く必要はないと言っておきますね」

少年は何も言わず、小さな騎馬をつかんですっくと立ちあがった。あまりにも内向的で、身構えている彼の様子を目の当たりにし、アナベルは思わず抱きしめてやりたくなった。でもこの様子を見るかぎり、今はまだ早すぎるだろう。

「わたしは三〇分したら戻ってきます」彼女は言った。「ここでもう少し遊んでいていいんですよ、公爵様。でもわたしが戻ってきたときには、この軍隊を片づけてベッドでやすんでいてくださいね。あなたはそれができる方です。わたしはそう信じております」

ニコラスは慎重なまなざしでアナベルを見つめている。あわてて戦争ごっこに戻ろうともしない。こちらを信頼していれば、すぐにそうするはずなのに……。彼女が寝室を出ていくときも、少年は森の中にひそむ用心深い生き物のように微動だにしなかった。

6

翌朝、家庭教師としての初日だというのに、アナベルは大失敗をしてしまった。寝坊したのだ。

目覚めると、カーテンの隙間からまぶしい朝日が差し込んでいた。一瞬、自分がどこにいるのかわからなくなる。石壁、一枚だけの高窓、狭い寝床の真向かいにある洗面台。その上に置かれた陶器の鉢。

急いで身を起こすと、昨日の出来事が脳裏によみがえってきた。暴風雨の中、サイモン・ウェストベリー卿に引きずられ、ケヴァーン城へやってきたこと。彼の敵意むき出しの、失礼きわまりない扱いに衝撃を受けたこと。家庭教師として雇ってくれるよう、やっとの思いで彼を説得したこと。まあ、一時的ではあるけれど。今日、サイモン卿にその決断を後悔させる口実を与えるわけにはいかない。

どれくらい寝坊してしまったんだろう?

アナベルは上掛けを振り落とし、ベッドから飛び起きた。石の床の冷たさが素足を刺すようだ。よく考えもせずに戸口へ駆け寄り、力任せにドアを開け、外をのぞいてみる。教室から男性のくぐもった声が聞こえてきた。聞き覚えのない声だ。

ニコラスの個人教師に違いない。もう教室にいるんだわ。

遅れをとったことに愕然《がくぜん》としながら、アナベルはあわてて顔や手を洗った。旅行鞄はまだ届いていない。だから、昨夜は借り物のドレスのまま眠らなければならなかった。びしょ濡れになった衣類は、メイドが持っていってしまっている。夜明けに起きて自分で取ってこようと考えていた。その頃にはじゅうぶん乾いているはずだった。それなのに、まだ昨日の午後と同じ、だぶだぶのドレスを着たままだ。

ああ、なんてこと！　女学校ではいつも、狭い自室の外にある大時計のボーンという音で目覚めていたものだ。けれどもここは、城内の物音すべてが分厚い石壁に吸収されてしまう。聞こえる音といえば、海岸に寄せては返す波音だけだ。

思わず天を仰いだ。今日はなんとしても、有能で仕事ができる家庭教師に見せなければならない。もし寝坊したことをサイモン卿に知られたら、即刻首になってしまう。

身をかがめて洗面台の小さな鏡をのぞき込み、手早く髪をピンでとめる。あわただしく上でひとつにまとめ、白いキャップをかぶせた。温かい紅茶とトーストが欲しかったが、朝食をとっている暇はない。早足で薄暗い廊下を進み、教室を目指した。

教室の戸口で、アナベルは足をとめた。教師用の机の正面に置かれた小型の机には、ニコラスが座っている。少年を横から見おろしているのは、教授のローブをまとった中年の男性だ。その個人教師が背中を向けた瞬間、白っぽくなった茶色の髪がわずかに残っているはげ頭が見えた。アナベルに見られているとも知らず、彼がふいに定規を高く振りあげた。「叔父様に言いつけますぞ！」男性は定規を振りおろし、ニコラスの指関節を強く打った。

一瞬のことで、アナベルはまったく動けなかった。

ニコラスが椅子の中で縮こまる。引き結んだ唇から弱々しい泣き声がもれた。

個人教師がまたしても定規を振りあげた瞬間、アナベルは教室へ駆け込み、男性の腕をしっかりとつかんだ。空いているほうの手で、木製の定規を叩き落とす。定規は床にぶつかって大きな音を立てると、机の下に滑っていった。

男性が少し体をぐらつかせ、振り向いてアナベルと向き合った。キツネに似た細面の顔が怒りにゆがんでいる。「いったい何を――」早口で言った。「おまえは誰だ？　よくも邪魔をしたな！」

「わたしはミス・アナベル・クインといいます。公爵様の新しい家庭教師です。二度と公爵様をあんなふうに叩かないでください」

男性はにらみつけると、茶色い目でアナベルの全身をじろじろと見た。「家庭教師？　新しい使用人が来るなんて、サイモン卿からは聞かされていない」

さもありなんだわ、とアナベルは思った。サイモン卿は甥の教育にこれっぽっちも関心を示さない。そんな彼が、家庭教師の採用を〝伝えるべき重要な話〟と考えるわけがない。

アナベルはおとなしく座ったままのニコラスをちらりと見た。華奢な肩を落とし、がっくりとうなだれている。まるでそのまま小さくなり、この場から消えたいと願っているかのようだ。袖口を使い、膝にのせた石版から何かをこっそり拭き取っている。その姿を見て、アナベルの中にある衝動がわいてきた。ニコラスを守ってあげたい。彼へのひどい仕打ちを許すわけにはいかない。この男性にも、サイモン卿にも。

「閣下は、わたしの採用を昨日お決めになったばかりなんです」アナベルは個人教師に告げた。「今から公爵様のお勉強はわたしが見ます」

「なんだと？　もしサイモン卿がわたしの授業をお気に召さないなら、直接そうおっしゃるはずだ。わたしが優秀な教師であることはご存じなのだから」

教師は教師でも、あなたはいじめ教師じゃないの。

アナベルは反論の言葉をのみ込んだ。今の不安定な立場を考えると、ここは穏やかな態度をとったほうがいい。どれほどこの男性を忌み嫌っていても。それにニコラスの前で、人を侮辱するわけにはいかない。

「わたしがここへやってきたのは、公爵様に幅広い教育を受けていただくためです」アナベルは言った。「それに必要とあらば、公爵様の身の安全をお守りするためでもあります。さあ、教えてください。こんなやり方で叱りつけることの、どこが公爵様のためになるというんです？」

「彼はわたしの歴史の授業中に、くだらないいたずら書きをしていたんだ」個人教師がニコラスから石版を取りあげ、彼女の前に突き出す。「ほら！　これを見ればわかるだろう」

アナベルは白墨で描かれた馬のスケッチを眺めた。ニコラスは消そうとしていたものの、スケッチは彼の卓越した絵の才能をはっきりと示している。なんてすばらしい表現力だろう。どこか、昨夜ニコラスが手にしていた小さな騎兵の像をほうふつとさせる。あのあと、アナベルが夕食をすませて彼の寝室へ戻ると、おもちゃの兵士たちはきれいに片づけられ、ニコラスも床に就き、ぐっすり眠っていた——ひょっとすると、熟睡しているふりをしていたのかもしれない。しかしアナベルは、ニコラスがすんなり自分の指示に従ってくれたのが嬉しかったのだ。

でも今となっては、彼が罰を恐れてそうしたように思えて仕方がない。もしかしてニコラスはこれまで——めったに——この個人教師やサイモン卿から優しくされたことがないんじゃないかしら？ そんなニコラスが、わたしに彼ら以上のことを期待するわけがない。ことによると、自分が間違いを犯すたびに、わたしが逐一報告すると思っているのかもしれない。あの忌々しい叔父に。

「ええ、たしかにわかります。公爵様がたぐいまれな芸術的才能をお持ちだということが」アナベルはニコラスに石版を手渡した。「こんなすばらしい能力は罰するよりも、もっと伸ばしてあげるべきだと思います。ところで、あなたのお名前を教えていただけますか？」

「パーシヴァル・バンティング牧師だ」男性が優越感たっぷりの口調で言う。「村にあるザンクト・ガレン教会の教区牧師を務めている」

教区牧師ですって？ アナベルはようやく男の白い詰め襟に気づいた。まさか彼が聖職者だとは思いもしなかった。知っている聖職者といえば、ヨークシャーにいた牧師だけ。しかもそれは丸々と太っていて気のいい、子ども好きの牧師――今、目の前にいる意地悪そうな牧師とは正反対のタイプ――だったのだ。

「ということは、公爵様の個人教師はご病気でしょうか?」混乱しながら、アナベルは尋ねた。「あなたはその方の代役なのですか?」

「代役などではない。わたしは公爵様の教育を一手に任されているんだ」バンティングの口が皮肉っぽくゆがんだ。「少なくとも、そう自負している」

「でも、教区でのお務めはどうされているんですか? 病気の人を慰問したり、説教を考えたり、礼拝を行ったり……」

「わたしが不在のときは、牧師補がそういった日々の雑事をこなしている」

今こそわたしが役に立つことを訴えるチャンスだ、とアナベルは思った。「それなら、わたしがここにいれば、あなたにもそういうお仕事をする時間の余裕ができますね」

バンティングは尊大な様子で肩を怒らせた。「ケヴァーン公爵の教育よりも重要な仕事などあるわけがない。この領地の統治者にふさわしい方になっていただかなければ。その仕事を任される資格があるのは、あなたではなく、どう考えてもこのわたしだ。何しろオックスフォード大学で教鞭《きょうべん》をとっていたのだから」

オックスフォード大学! 彼の言葉にアナベルはうろたえた。個人教師はそこそこの学歴で、簡単に替えがきくのだとばかり思っていた。でも、バンティングの学歴は申し分なく高い――つまり、わたしを取り巻く状況はいっそう厳しくなったということだ。

彼女の動揺を悟ったかのように、バンティングは前に進み出ると、細面の顔に薄笑いを浮かべた。「それで、あなたはどんな資格を？」

「わたしはヨークシャーにある由緒正しい学校で教えていました」アナベルはすらすらと口にした。「数学から科学、文学まで、ありとあらゆる教科に精通しています。そうでなければ、サイモン卿もわたしを雇わなかったでしょう」

　彼女はバンティングの視線を正面から受けとめ、目をそらそうとはしなかった。事実を脚色したことへのためらいを、あえて打ち消そうとする。もしわたしが女学校でマナーしか教えた経験がないのを知ったら、彼はサイモン卿に告げ口するだろう。即座に解雇されてしまうに違いない。

　そうなれば、ニコラスは擁護者もいないまま城に取り残されることになる。なすすべもなく、この男性の冷酷な仕打ちにさらされてしまうのだ。

「ヨークシャーね」バンティングが頭を振りながら言った。「羊と不毛な沼地しかない、そんな田舎に何があるというんだ」

「あら、コーンウォールほど田舎ではありませんわ」アナベルは反論した。身をかがめ、机の下にある定規を取る。「あなたもおわかりのとおり、こんな話で貴重な授業時間をつぶすのは意味がないと思います」バンティングの許可を得ないまま、彼女は手近な椅子に腰かけ、膝の上に定規を置いた。

「そこで何をするつもりだ？」彼が不機嫌に言う。

「あなたの授業を見学させてもらいます。公爵様の勉強の進み具合を知りたいので」

一瞬、バンティングはアナベルをにらみつけた。教室から追い出すための口実を探しているようだ。しかし結局、黒いローブをひるがえして机まで戻った。「好きにするがいい」つぶやくように言う。「だが、これはわたしに対する侮辱にほかならない。今回のことはサイモン卿と話し合うつもりだ」

アナベルは努めて穏やかな表情を浮かべた。ここは反論すべきではない。もし言い返せば、この人はそれを攻撃材料にして、わたしに対する不平不満をサイモン卿に申し立てるだろう。そう、絶対に文句を言うに決まっている。これ以上、彼に攻撃材料を与えないようにしなくては。

バンティングは咳払いをすると、英国の植民地に関する長談義をはじめた。植民地化された場所の名前と日付を延々と述べていく。すべて、机の上に広げた教科書に書いてあることのくり返しだ。数分後、アナベルは彼の授業のあまりのつまらなさに衝撃を受けていた。小難しい政治的、あるいは歴史的な事実について早口でしゃべりまくっても、八歳の少年の興味を引けるわけがない。

実際、ニコラスは牧師のうしろにある窓の景色をぼんやりと眺めている様子だ。昨日の雨雲がすっかり消えて空は晴れ渡り、その青色のパレットの中をカモメたちが舞っている。アナベル自身、授業に意識を集中し続けるのはひと苦労だった。時間が経つにつれ、苦しさが募っていくばかりだ。

どう見ても、バンティングは小さい子どもに教えるのに向いていない。公爵の興味をまったく引けずにいる。こんな授業では、大学生ですら退屈になるだろう。サイモン卿はいったい何を考えて、こんなに堅苦しくて尊大な男性を雇ったのかしら？

アナベルは唇をすぼめた。サイモン卿は甥の幸せについて関心がない。そこが問題だ。彼にとって、ニコラスは厄介な存在でしかない。だから子ども部屋に閉じ込め、自分の目に触れないようにしているのだ。

〝ただし、今後はよけいな口出しをするな。きみのことも、甥のこともだ〟

レディ・ミルフォードが、ニコラスにはどうしても家庭教師が必要だと考えたのも無理はない。彼女は、幼い公爵をサイモン卿とバンティングのふたりから保護したいと考えたのだ。だからこそ、女学校の数多《あまた》いる教師の中からわたしを採用したに違いない。そう、レディ・ミルフォードは、孤児となった少年に同情できる誰かを探していた。かつて孤独にさいなまれ、いろいろと傷ついたことのある誰かを。今、ニコラスが感じている気持ちを正しく理解できる誰かを。

彼のためなら、喜んで闘いたいと思う誰かを。

膝の上の定規をきつく握りしめながら、アナベルは思わず心の中で祈った。レディ・ミルフォードの期待を裏切るようなことがありませんように。このケヴァーン城で家庭教師の職をつかみ取るには、如才なさと外交手腕が必要になってくる。かんしゃくを起こさないよう、自分を厳しく戒めなければ。すでにわたしはバンティングを怒らせてしまった。彼はこれ以上、こちらの話に耳を傾けようとはしないだろう。もしわたしが解雇されたら、ニコラスは味方を失ってひとりぼっちになってしまう……。

ニコラスは膝の上に両手を重ね、彫像のようにじっと座っている。なんてかわいそうな子。彼は誰も信用していない。でも、それを責めることなどできるだろうか？　この子はずっと大人たちに裏切られてきたのだ。不慮の事故で亡くなった両親にも、彼の存在に無関心なサイモン卿にも、体罰が好きなバンティングにも。

でも、今は違う。ニコラスには擁護者であるわたしがいる。

アナベルはふいに力がわいてくるのを感じた。生まれてはじめて、本当の天職を見つけたような気がする。バクスター女学校で甘やかされた女の子たちを教えていたときには感じたことのない目的意識を、はっきりと見いだしたのだ。

この機会をみすみす失ってはならない。家庭教師として正式に雇ってくれるようサイモン卿を説得するまで、二週間の猶予がある。その二週間で、わたしが必要不可欠な存在だと証明しなければ。同時に、バンティングをケヴァーン城から完全に追い出す手立てを見つけるのだ。

村での用事をすませて城に戻る途中、サイモン卿は泥だらけの道の向こうから、見慣れた二輪馬車がやってくるのに気づいた。運転者が片手をあげ、偉そうに手を振っている。

サイモンはののしり言葉をつぶやいた。予定より帰宅時間が遅れているうえに、これで昼食をとるのはさらに遅れるだろう。そうでなくても太腿の古傷が痛み、いらいらしているというのに。

今日は夜明けからずっと馬に乗り、領地をくまなくまわって、暴風雨の被害を調べている。収穫直前だったトウモロコシと大麦の畑が壊滅的な被害を受けていた。豪雨のせいで小作人たちの小屋の屋根がつぶれ、すぐに屋根葺き職人を手配しなければならない。おまけに壊れた柵から羊の群れが逃げ出しており、すぐに連れ戻す必要がある。

そして今度は、気難しい個人教師をなだめる必要に迫られていた。

緑の広い黒い帽子の下で、パーシヴァル・バンティングはしぶい表情を浮かべている。当然だろう。今朝、彼はあのミス・アナベル・クインに会ったはずなのだ。

サイモンは二輪馬車とポニーの脇へ馬をつけた。手綱にぎゅっと力をこめ、前後に行き来する灰色の去勢馬をおとなしくさせる。「バンティング」そっけなく会釈しながら言った。「授業を終えるには少し早すぎやしないか?」

「わたしが悪いわけではありません」低い二輪馬車から、バンティングが憤然とした表情で見あげてきた。「ここでお会いできたのは本当に幸運でした、閣下。すぐにお話ししなければなりません。よろしければ、牧師館までお越し願いたいのですが」

「今日は忙しいんだ。今ここで話を聞かせてくれ」

四方を森に囲まれているというのに、バンティングは用心深くあたりを見まわした。まるで木々のうしろにいる盗聴者を警戒するかのようだ。「ミス・アナベル・クインに関することです」苦りきった表情で彼女の名前を口にする。「今朝のわたしの驚きを想像してみてください。彼女が教室にずかずかと踏み込んできたのです。わたしはあの女性が雇われたことを聞かされていなかったんですよ」

「それはうっかりしていた。許してくれ」サイモンは淡々と応えた。「だが、きみのことだ、冷静に対処したんだろう？」

「もちろんですとも！　わたしほど臨機応変な対応ができる人間はそういません。ただ正直に申しあげて、彼女を雇ったあなたの目的がよくわからないのです。わたしの授業に不満があれば、どうかおっしゃってください。すぐに改善してみせましょう」

まずは、その尊大な態度をやめたほうがいい。「そう大げさに考えるな。ぼくはただ、甥にとっていちばんためになることをしているだけだ。ミス・クインはニコラスの勉強を見てくれるし、母親代わりにもなってくれる」

「母親代わりですって？　公爵様は家庭教師をつけるほど幼くはないということで、わたしたちの意見は一致していたはずですが」

「そのとおりだ。だが、レディ・ミルフォードの意見は違ったらしい。そしてぼくは、この件は彼女に任せると決めたんだ」

とはいえ、サイモンはまだ憤慨していた。なぜクラリッサは、ぼくの許可も得ずに家庭教師を選んだりしたのだろう？　数カ月前、クラリッサから〝ニコラスには母親代わりが必要だ〟と言われたとき、〝あなたの意見はばかげている〟とはっきり拒絶したはずだ。ダイアナみたいな母親から、ニコラスが愛情や思いやりを受けていたはずがない。あの子が失ったものなど何もないように思える。亡きケヴァーン公爵夫人は自分のことばかりにかまけて、息子に注意を払うどころではなかったのだから。

残念ながら、何年も前にはじめて会ったときは、ダイアナの自分勝手な性格に気づかずにいた。だがやがて、そのことをいやというほど思い知らされたのだ。ダイアナがぼくの求婚を一蹴し、公爵の称号に目がくらんで兄のジョージへ乗り換えたときに。

バンティングは愚痴をこぼし続けている。「閣下、どうかあなたのご決断に疑問を抱いているなどと思わないでください。ただ教室に女性がいると、悪しき影響が出ると言わざるをえません。ミス・クインは公爵様の学習意欲をそいでしまうでしょう」

「彼女が何かしたのか？」

「ミス・クインは、空想にふけっていた公爵様を叱ろうとしたわたしを邪魔したんです。ですがあなたもご存じのとおり、もし来年イートン校へ入学させたいなら、公爵様を甘やかしてはなりません。彼女が干渉を続けるかぎり、教室の厳しい規律を保つのは無理でしょう」

サイモンは彼らのつまらない小競り合いには関わりたくなかった。「きみなら妥協案を見つけられるだろう。話はそれだけか？」

「いいえ、まだあります！　ミス・クインは厚かましくも、公爵様に城を案内してもらうから、今日の午後の授業は中止にすると言ったのです。公爵様の貴重な勉強時間を無駄使いするとは何事でしょうか。ただちに彼女に注意すべきです！」

「半日授業を休んで楽しんでも構わないだろう。そうしたからといって、甥に悪影響が及ぶとは思えない。空いた時間を利用して、きみが彼女との授業の分担を決めたらいいじゃないか」

「なんですと？」教区牧師が口を真一文字に結ぶ。「ミス・クインが教師として適切とはとうてい思えません。彼女にはオックスフォードでの高等教育が欠けています。そんな女性に家庭教師など務まるわけがないじゃないですか」

「ミス・クインを選んだのはレディ・ミルフォードだ。それはぼくにとって、どんな推薦状より信頼できることなんだよ。では、これで」

サイモンは馬をせきたて、城へ通じる曲がりくねった道を駆け抜けていった。こんなことはもう終わりにしてほしい。あのふたりのいさかいの仲裁役をさせられるのはごめんだ。そもそも、使用人は出しゃばらずに自分の仕事を黙々とこなすべきだろう。かつてぼくの指揮下にいた騎兵たちが、つべこべ言わずぼくの命令に従ったように。

よもや、自分が一族と広大な領地を監督することになろうとは思いもしなかった。本当なら、今頃はトルコかギリシア、あるいはどこか異国の古代遺跡で失われた財宝の発掘調査をしていたはずだ。昨年の秋、ちょうどドーヴァーの港で乗船を待っていたときに、ジョージとダイアナの悲劇を知らせる手紙が届いたのだ。

あと数時間あれば、アテネに向けて旅立っていたのに……。

恨みと後悔にさいなまれそうになり、サイモンはそういった感情を心の引き出しにしまい込んだ。コーンウォールに戻るのは、さほどつらいことではなかった。結局のところ、ケヴァーン城はぼくが少年時代を過ごしたわが家だ。どこもかしこも知り尽くしている。この森も、岩だらけの浜辺も、海岸線沿いにある洞窟も、丘も、牧草地も、入り江も。それに、甥のために広大な領地を監督する責任から逃れるわけにはいかない。どう考えても、それが人の道というものだろう。

あれこれ悩みは尽きないが、いつも行きつくのは甥のことだ。毎週金曜日の午後、お茶の時間になると、教区牧師が勉強の進み具合を報告するために、ニコラスをぼくの書斎へ連れてくる。だが、甥のおどおどした態度がどうにも気に入らない。ぼく自身は子どもの頃、もっと騒々しく、おしゃべりで、大人を恐れたりしなかった。亡き祖母はよくウィンクをしながら、〝おませな子ね〟と言ったものだ。

しかし、ニコラスはひどく臆病だ。たどたどしい口調で、短い言葉を口にするだけ。だがミス・アナベル・クインなら、あの子をもっとしゃべらせられるかもしれない。

サイモンは心からそう願っていた。ミス・クインの説得力は大したものだ。実際、彼女はやすやすと、ぼくに試用期間を認めさせたのだから。あの表情豊かな青い瞳に見つめられ、いつもの理性が働かなくなった。〝あなたにご提案があるのです〟——そう彼女から告げられた瞬間、てっきりぼくの愛人になりたがっていると思い込んでしまったのだ。

サイモンは顔をしかめた。ぼくはなんて愚かなのだろう。この身にぴったり押しつけられたミス・クインの女らしい体つき——それに雨に濡れたドレスでいっそう強調されていたあの胸――をくり返し思い出してしまうとは。ミス・クインはぼくの使用人だ。どう考えても密通などありえない。それに下手に欲望を募らせても問題が増えるだけだ。これまでの経験で、よくわかっているだろう?

青葉と木々のあいだからケヴァーン城の小塔が見えてきた。はるか遠くから聞こえてくるのは、断崖に打ちつける波の音だ。風に乗って海の匂いが漂っている。家に帰ってきたという安堵感が、たちまちサイモンのいらだちを和らげていった。夜明け前からずっと馬に乗りっぱなしで、いいかげん休みたい。書斎にトレイを持ってこさせ、ドアを閉めて、穏やかなひとときを過ごすとしよう。

一気に駆けあがった瞬間、城壁の外側に優美な馬車がとまっているのが見えた。扉の金色の紋章を見て、食いしばった歯のあいだから思わずうめき声をもらす。訪問客だ。くそっ、紳士として優雅に振る舞わなければならない。ただし、このまま姿を見られずに隠れていられれば……。

馬車からふたりのレディがおりてくるのを見て、サイモンの希望はすぐさま打ち砕かれた。

7

「まあ、なんて立派なんでしょう！」ニコラスとともに細長い部屋に足を踏み入れながら、アナベルは声をあげた。アーチ形をした石造りの天井の下、羽目板張りの壁には絵画がずらりと並び、鑑賞のための椅子が置かれている。「ここはなんというお部屋なのかしら」

ニコラスが消え入るような声で何かを言う。

教室で昼食をとったあと、アナベルはバンティングを説得し、午後の授業を取りやめさせた。そのうえでニコラスに城の中を案内してほしいと頼んだのだ。彼女の狙いは城の内部をよく知ること、それにニコラスとの距離を縮めることにあった。それゆえこの数時間、ふたりは上の階から下の階まで、迷路のように入り組んだ部屋を見てまわっている。食料貯蔵室から礼拝堂や大広間、さまざまな塔までも。

問題は、ニコラスがほとんど何もしゃべろうとしないことだった。アナベルの横で押し黙ったまま、とぼとぼと歩き続けている。質問に答える以外、自分からは言葉を発しようとしないため、彼女はひとりで話し続けなければならなかった。でも、そんなことは気にならない。一緒にいれば安心だとニコラスにわかってもらうためには、それなりの時間と忍耐が必要なのだ。

せめて、わかってもらえる日が来ると信じたい。

「ごめんなさい、よく聞こえなくて」アナベルは優しく促した。「もう少し大きなお声で教えてくれますか？」

「絵画室」

「あら」上等なトルコ絨毯の上を歩きながら、彼女は言った。「そうですよね、こんなにたくさん絵があるんですもの。すぐに気づくべきでした。ここに描かれている方たちはどなたなのか、教えてもらえますか？」

ニコラスが小さな肩をすくめる。

「きっとケヴァーン一族のご先祖様に違いありません」アナベルは代わりに答えた。一瞬、胸に切ない痛みが走ったが、自分と祖先の絆が断たれているという事実にはあえて目を向けないようにした。でも、わたしの身内はこんな美しい服に身を包んだ貴族ではない。たぶん、どこかの使用人か商売人かもしれない——立派な肖像画を描かせるようなお金の余裕がない平民だったのだろう。「公爵様は本当に運がいいですね。だって、わたしは家族の肖像画を一枚も持っていないんですよ」

少年はためらいがちに彼女を見あげたが、何も言おうとしない。それでも彼の重苦しい緑色の目が、好奇心で一瞬きらりと輝いたように見えた。

「思いきって、公爵様にわたしの秘密を打ち明けてしまおうかしら」ニコラスの興味をそそるような言い方で、アナベルは切り出した。「ものすごく重要な秘密なんです。だから、絶対にわたしの信頼を裏切らないと約束してくれなければ教えられません。約束してくれますか？」

しばし考え込んだあと、ニコラスは重々しくうなずいた。

アナベルは彼をブロケード織りの椅子に座らせ、自分はすぐ近くのクッションに腰をおろした。これでほぼ同じ目の高さだ。声をひそめ、いわくありげにささやいた。「お城の誰も知らない内緒の話です。実は、わたしは生まれたときから孤児だったんですよ。両親には一度も会ったことがありません。もちろんおじにも、おばにも、いとこにも、祖父母にも」

ニコラスが目をしばたたいた。アナベルにも子どもの頃があったということ、しかも孤児だったということに驚いている様子だ。奇跡的に、彼は自分から質問してきた。「でも……誰が面倒を見てくれたの？」

「わたしは若いレディたちのための学校に置き去りにされていたんです。寂しいときもあったけれど、そこの学校でお友だちもできたんですよ」

とはいえ、友だちのほとんどは使用人だった。女学校の同級生たちは、わたしのような事情のある生徒とは関わりたがらなかったのだ――女校長からさげすまれていたのだから当然かもしれない。でも、それは胸にしまっておこう。わざわざ惨めな少女時代の話を聞かせて、ニコラスにいやな思いをさせることはない。わたしも両親がいない悲しさや痛みを知っているということが、彼に伝わるといいのだけれど。「大きくなってからは、そこの学校の先生になりました。そして今、こうしてここにいるんですよ」

ニコラスがこちらをじっと見つめた。椅子の金箔張りの肘掛けに腕を休めている姿は、玉座に座る小さな王子をほうふつとさせる。「パパが言ってた。大きくなったら、ぼくは議会でずっと座って、退屈な演説を聞かなければいけないんだって」

アナベルは笑った。ニコラスが警戒をゆるめてくれたのが嬉しかった。何しろ、彼は今まででいちばん長くしゃべってくれたのだ。「ええ、そうなるでしょうね。でもありがたいことに、まだずっと先のことですよ」

ふたたび黙り込み、目を伏せたニコラスを見てアナベルは思った。この子はお父様のことを考えているのかしら？　レディ・ミルフォードによれば、公爵とその夫人は去年の秋、悲劇的な事故で亡くなったという。ニコラスはある朝目覚めた瞬間に、両親がいなくなったことを知らされたのだろうか。ひどい話だ。こんな幼い子が、自分をいちばん愛してくれた大人ふたりを一度に失わなければならなかったなんて。

「お父様のこと、さぞ恋しいでしょうね」アナベルはささやいた。「お父様とはよくお話をされたんですか？」

「パパとママはしょっちゅうロンドンに出かけてたんだ」明らかにそれ以上は何も言いたくない様子で、ニコラスは半ズボンの縫い目の糸を指でいじった。その拍子に、指関節に残るかすかな赤みが見えた。

とたんにアナベルは同情と激しい怒りに襲われた。あの忌々しい教区牧師のせいだわ！

ニコラスみたいな少年をことあるごとに脅しつけるなんて、どう考えても間違っている。子どもはみな、自分を愛し守ってくれる人々に囲まれ、くつろげる環境でのびのび育つのが当然なのに。

そういう安心感をニコラスに与えてあげたい。アナベルは心からそう願っていた。そのためにまず必要なのは、彼の信頼を得ることだ。でも、ここは慎重にならなくては。ニコラスから過去の話を無理に聞き出そうとしてはだめ。根掘り葉掘り質問して彼を困らせるよりも、ゆっくりと時間をかけて、ことに当たったほうがずっといい。

話題を変えようと、アナベルはクッションから立ちあがり、羽目板張りの壁に飾られた一枚の肖像画に近づいた。「このすてきな紳士は、きっとエリザベス女王時代の方ね。ほら、この首のまわりのごわごわしたひだ襟が見えるでしょう？　こんな襟を毎日つけなければいけなかったなんて、想像するだけでかゆくなってしまいます」

その言葉に、ニコラスは内気そうな笑みを浮かべた。ふたりで絵画室を歩きながら、アナベルは根気強く話しかけ続けた。肖像画の興味深い点を指摘しつつ、それに関する英国の歴史を少しだけつけ加えていく。心なしか、ニコラスは先ほどよりもくつろいでいる様子だ。

「公爵様は絵を描くのが好きなんですね」彼女は言葉を継いだ。「きっと、あなたの描かれた絵が絵画室に飾られる日がやってくるでしょう」

そんなことは一度も考えたことがないとばかりに、ニコラスが眉根を寄せた。それからアナベルを見あげ、おずおずと言った。「ぼく、人の絵を描くのは得意じゃないんだ」

「そうなんですか？　それなら馬小屋にいる馬を描けばいいんです。どうでしょう？　それも立派な目標だと思いませんか？」

「でも……公爵は絵描きにはなれないよ」

「貴族の方たちも趣味を楽しんで、気晴らしすることは許されています。それに公爵様にはスケッチの才能があるんですもの。これまで絵の先生に教わったことはありますか？」

ニコラスが急にしゅんとなり、首を横に振った。「美術はレディのためのものなんだ。牧師様がそう言ってた」

アナベルはますますパンティングが嫌いになった。「そんなことはありません。有名な画家のほとんどは男性です――レンブラントやレノルズ、それにゲインズバラだって」

ニコラスはアナベルの考えが気に入った様子だ。つと立ちどまり、草地にいる馬たちを描いた風景画に見入っている。ここは彼にひとりで考える時間を与えたほうがいい。アナベルはそう考え、一面に張りめぐらされた背の高い窓のほうへ歩み寄った。

ケヴァーン城は、彼女が本で見たことのある要塞とはかなり異なっている。たしかにゴシック建築の尖ったアーチや銃眼付きの胸壁、恐ろしげなガーゴイルの彫像などはある。だが先代のケヴァーン公爵が城の中心部分を拡張したため、今では果てしなく続く石壁に囲まれた巨大な領主邸のようだ。

見晴らしのよい絵画室から、アナベルは中庭を見おろした。イルカをあしらった噴水がゴボゴボという陽気な音を立てている。おとぎばなしのような光景を目の当たりにし、自然と想像が膨らんでいった。一瞬、噴水のそばで戯れる中世の乙女と輝く甲冑《かっちゅう》姿の騎士の姿が思い浮かんで……。

三人の人物が視界に入ってきた瞬間、その空想は立ち消えて、彼女は現実に引き戻された。真ん中にいるのはサイモン卿だ。ふたりのレディが両脇に立ち、彼の腕に手をかけている。アナベルは興味津々で、窓の波形ガラスに鼻をくっつけた。あのレディたちは近隣の方かしら？　それとも、ここへ泊まりにやってきた招待客？　いずれにせよ、女性ふたりは流行の最先端をいく装いをしていた。若いほうは薄桃色のドレスをまとい、金髪に羽根飾りのついたボンネットをかぶっている。年長のほうは藍色のドレスで風格たっぷりだ。

サイモン卿は、鬼のように恐ろしく見えた昨日の午後とは別人のようだった。ふたりのレディを連れて石畳の小道をそぞろ歩く姿は、絵に描いたような魅力的な紳士そのものだ。うっとりしている様子のレディたちに感じよく微笑み、話しかけている。

そのとき、サイモン卿が絵画室のほうを見あげた。

アナベルは心臓が口から飛び出しそうになった。体の奥底から熱いものがあふれ出し、全身に広がっていく。頬を染めながら、彼女はあとずさりして見えないところに隠れた。彼はわたしのことを見たのかしら？　たぶん、中庭を軽やかに飛ぶ鳥を目で追っただけなのだろう。

彼女はなんとか動悸を静めようとした。こんなに息苦しくなるなんてばかげている。たとえサイモン卿がこちらを見たのだとしても、わたしは何も悪いことはしていないのだから、こそこそする必要はない。

ニコラスが彼女の横にやってきた。つま先立ちになり、高い窓から外を眺めようとしている。「ねえ、ミス・クイン、何を見ているの?」

「なんでもありません」叔父のことを持ち出して、ニコラスを緊張させたくない。アナベルは彼の腕を取り、窓から引き離した。「ただのカモメですよ。ぼうっとしていたのは、昨日までカモメを一度も見たことがなかったからなんです」

「一度も?」

「ええ、一度も。わたしが育ったのは山奥で、海からは遠く離れていました。近くにあるいちばん大きな水辺といえば、村の草地にある池くらいだったんですよ」わざと快活な声で続ける。「さあ、お茶の時間の前にお城めぐりを終わらせなければいけません。まだ見ていないお部屋はあるかしら?」

ニコラスは首をかしげて考えた。「まだ図書室に行ってないよ」

「まあ、すてき! わたしは図書室が大好きなんです」彼女は軽くお辞儀をし、ニコラスに前へ進むよう手ぶりで促した。「さあ、連れていってくださいな、公爵様」

ニコラスのあとについて、アナベルは迷路のように続く廊下を進んでいった。奇跡でも起きないかぎり、ケヴァーン城の歩き方は覚えられそうにない、と彼女は思った。アーチ形のドアを何度か通り抜け、螺旋階段をおりていく。石壁にこだまするのはふたりの足音だけだ。いかにも古めかしい要塞の様子に、驚きを感じずにはいられなかった。今に至るまでの途方もない歳月のあいだ、この城に住み、歴史を紡いできた人々が数えきれないほどいるのだ。そう想像しただけで圧倒されてしまう。城の石壁の内側には、今までどんな秘密が隠されてきたのだろう?

通路を歩きながら、アナベルはニコラスを見おろした。いいえ、それよりもっとききたいことがある。この子は心の内側にどんな秘密を隠しているの?

ふたたび口を閉ざしてしまったものの、ニコラスは少なくとも絵画室では自分から話しかけてくれた。とにかく、まずはそこからだ。ニコラスにはふつうの子どもらしく、平穏で安らかな生活を送ってほしい。わずかに眉根を寄せている彼は、八歳の男の子にしてはあまりに大人びているし、まじめすぎる。

心の中が見える窓があればいいのに。ニコラスは今、いったい何を考えているのかしら?

ふいに彼が口を開いた。「ミス・クイン」ためらいがちな口調だ。「ぼく、本当に絵の勉強ができると思う?」

「もちろんです。絵の描き方の基本なら、わたしがお教えします」女学校では、ほかの教師が病気になったときのための代役もこなさなければならなかった。それも全教科だ。マナーと姿勢の授業を割り当てられてはいたが、アナベルは美術や音楽、言葉遣いなど他の教科の知識も身につけていた。

ニコラスがしょんぼりした顔つきになった。「サイモン叔父様が許してくれないよ」

アナベルは唇を引き結んだ。あの気難し屋に、この子の夢を奪わせてなるものですか。ニコラスの才能をこのまま伸ばしてあげたい。どうにかして、そのための方法を見つけ出さなければ。指を定規で叩かれるようなことが二度とないように。

たぶん一日の授業が終わって教区牧師が帰ったあとなら、絵の手ほどきができるだろう。サイモン卿がニコラスのために考えた予定表を見直す必要がある。できることなら今すぐあの予定表を破き、ごみ箱に捨ててしまいたい。

この際、サイモン卿のルールを完全に無視してやろうかしら？　でも、今問題を起こすのは得策ではない。折を見てサイモン卿をどうにか説得し、ニコラスが絵の授業を受けられるようにしたほうがいい。

アナベルは振り向き、ニコラスに微笑んでみせた。「絵の授業のことはわたしに任せてください。じきに石版と白墨よりも本格的な道具が必要になると思います。たとえばスケッチブックに色鉛筆とか、絵の具とか……これまで絵を描くための専門的な道具を使ったことはありますか？」

憧れに目を輝かせたものの、ニコラスは無言で首を横に振った。その様子を見て、アナベルは胸をつかれた。間違いない。この子は自分のために一緒に闘ってくれる誰かを必要としているんだわ。

「それなら」ニコラスを見おろしながら言う。通路の曲がり部分に差しかかっていた。「何か手を打たなくては――あっ！」

丸々と太ったメイドと正面衝突しそうになり、アナベルは足をとめた。メイドが息をのみ、あわてて脇へよける。彼女が持っている大きな銀製のトレイの上で、ティーカップや皿がガタガタと音を立てた。

「ごめんなさい！」アナベルは叫んだ。「あなたのことが見えなくて――」

その瞬間、磨き込まれたトレイの上を小さなボウルが滑っていった。アナベルはとっさに手を伸ばしてボウルをつかんだものの、中身がこぼれ落ちるのまでは防げなかった。床に角砂糖がばらまかれる。

彼女はすぐさま膝をつき、角砂糖を拾おうとした。割れた角砂糖が至るところに落ちているのを見て、思わずうめきそうになる。ああ、ついてない。こんな最悪な自己紹介の仕方があるかしら。階下にいる使用人たちはみな、新しい家庭教師は出来が悪いと噂するに違いない。

「本当にごめんなさい」肩越しにメイドに言う。「わたしのせいだわ」

角砂糖の破片を拾い集めつつ、アナベルは石造りの床を這いまわっていた。応接室の入口付近に敷かれた大きなアクスミンスター絨毯の上にも、角砂糖がいくつか落ちている。すばやく前に進んで手を伸ばすと、角砂糖の先によく磨かれた黒いブーツが見えた。

男物の片方のブーツ。いや、すぐ隣にもう片方もある。

ふいにアナベルは凍りついた。そろそろと頭をあげてみる。目に入ってきたのは、ズボンに包まれた二本の脚、濃い青色のベスト、そしてこちらを見おろしているサイモン卿の顔だった。

彼はにこりともせず、片方の黒い眉をつりあげている。何を考えているのか、濃い灰色の瞳からは何も読み取れない。アナベルはふと、彼の日焼けした肌に白く優雅な首巻き《クラヴァット》がよく映えていることに気づいた。サイモン卿が暖炉のほうへ視線を向けたのはそのときだ。

暖炉近くの長椅子には、女性がふたり並んで腰かけていた。先ほどサイモン卿が中庭でエスコートしていたレディたちだ。年配の女性と若い女性。どちらも金髪と青い目であることから察するに、母と娘に違いない。近くで見ると、彼女たちは絵画室の窓から見たときよりも、はるかに垢抜けている。

アナベルは急に、借り物でだぶだぶの自分のドレスが恥ずかしくなった。手足は凍りついたまま動かないのに、頬だけがかっと熱くなる。床を這いまわっているわたしは、さぞかし滑稽に見えることだろう。

致命的な失態に気づき、彼女は視線をサイモン卿に戻した。言葉が何も出てこない。悔しさと屈辱を感じながらも膝をついて四つん這いになったまま、なすすべもなく彼を見あげる。

サイモン卿が片手を腰に当てて立ちあがった。濃い青色の上着がめくれあがり、引きしまったウエストが現れる。「ミス・クイン」彼は皮肉をこめた口調で言った。「なぜここにいる？　どうして教室にいないのだ？」

乾いた唇を湿らせて、アナベルは小声で答えた。「公爵様に……お城を案内してもらっていたんです」

サイモン卿が彼女の向こう側を見る。「ならば、彼はいったいどこにいる？」

アナベルはあたりを見まわした。レディたちの前にあるテーブルで、メイドがお茶の用意を整えていた。だが、ニコラスの姿はどこにもない。「それが……ほんの少し前まで一緒にいたんです」

「ほう」

その短いひと言には多くの意味がこめられていた。非難とさげすみ、そして何か別のもの――その〝何か〟のせいで、まるで彼がわたしの不運を楽しんでいるように思える。若いレディが母親のほうへ身を乗り出して何事かささやいたとき、その不愉快な印象がさらに強まった。ふたりは同時に笑ったのだ。

この女性たちは、女学校にいた高慢で意地悪な同僚教師によく似ている。ことあるごとに、わたしに恥をかかせて喜んでいた彼女たちに。

アナベルはなんとか立ちあがろうとした。けれどもスカートがもつれているうえ、両手は角砂糖のかけらでいっぱいだ。なお悪いことにレースのキャップがずれて、今朝あわててまとめた髪がゆるみかけている。

そのとき、肘をしっかりと手でつかまれた。サイモン卿だ。わたしが立つのを助けようとしている。でも、彼の助けなど借りるものですか。このお高くとまった人たちとは、いっさい関わりたくないわ。

とはいえ、断れるはずもない。立ちあがった瞬間、サイモン卿のほのかなスパイスとなめし革の香りがふわりと漂ってきた。ふと見ると、彼は口元にかすかな苦笑を浮かべている。

たちまち先ほどまでの怒りが和らいだ。もしかして、彼はわたしの失敗を気の毒に思っているのかもしれない。あざ笑っていると思ったのは勘違いだったのかしら？

長椅子から若いレディが立ちあがり、サイモン卿の横へすっと寄ってきた。彼の腕をつかみ、アナベルの向こう側をまっすぐに見つめる。まるでアナベルなど存在していないかのように。「サイモン、公爵様は近くにいらっしゃるの？　あのかわいい坊やに会いたいわ」

「ルイザは子どもが大好きなのよ」年長の女性が言った。ポットを手に取って紅茶を注ぎながら、甘ったるい笑顔を娘に向けている。「きっとすばらしい母親になると思うわ」

アナベルにはすぐにぴんと来た。この女性は、娘をサイモン卿とくっつけたがっているのだ。こんなあからさまな言い方があるだろうか。

ふたりのレディに微笑みかけているところを見ると、サイモン卿もいやがってはいないのだろう。サイモンとレディ・ルイザ。とびきり美しく、お似合いのカップルだ。長身で濃い色の上着を着たサイモン卿のそばに立つと、金髪で華奢なルイザはいかにも貴婦人然として見える。それに比べて、わたしはどうだろう。まるで、まっさらな羊皮紙に垂れてしまったインクの染みみたいだ。

それにわたしは、上流階級の人たちの歓談を中断した侵入者でもある。ここはさっさと退散したほうがいい。アナベルは両手で角砂糖のかたまりを抱えながら、ぎこちなくお辞儀をして戸口に向かおうとした。

「ミス・クイン」サイモン卿が呼びとめた。「あの子が外の廊下で待っていないか、見てほしい」

ニコラスをこの応接室へ連れてくるつもり？　それは感心できない。ここで彼女たちの相手をさせられるのは、人見知りのあの子にとって拷問に等しいだろう。叔父ならば、内気な甥の抱える問題に気づいてもいいはずなのに。たぶん、そんなことは気にもかけていないのだ。

廊下には誰もいなかった。アナベルはほっとしつつも、念のために左右を見渡した。きっとニコラスは子ども部屋に戻ったに違いない。「廊下にはいらっしゃいません、閣下」

サイモン卿は一瞬、レディたちに申し訳なさそうな笑みを見せた。「残念ですが、甥に会うのはまた別の機会になりそうです。姿を消してしまうといつも、あの子を見つけるのは至難の業なんですよ」

レディたちが同情したり残念がったりしている中、アナベルは応接室の前で立ち尽くしていた。〝姿を消してしまうといつも〟ってどういう意味？　ニコラスはそんなにしょっちゅう逃げ出しているのかしら？　叔父が怖くて？　なぜサイモン卿はそれが気にならないのだろう？　あんなそっけない言い方をするなんて信じられない。

彼の無関心ぶりに、アナベルはいらだちを覚えた。ニコラスは無防備な子どもなのだ。野良犬や野良猫とはわけが違う。今こそ、サイモン卿にそのことを気づかせるべきときだ。

彼女はふたたび戸口に戻った。「閣下、お話ししてもよろしいでしょうか」

年長のレディからティーカップを受け取る途中で、サイモン卿が動きをとめた。暗い瞳に射抜くように見つめられ、思わず肌が粟立つ。明らかに、彼は使用人から何かを要求されることに慣れていないのだろう。

サイモン卿はティーカップをおろし、女性たちに断って中座すると、早足で廊下までやってきた。「なんだ？」ぴしゃりとはねつけるように言う。

間近で見ると、彼はさらに威圧的だ。アナベルは半ば後悔した。どうして衝動的にあんなことを言ってしまったのだろう？　でも、ニコラスは絵の授業を心から受けたがっている。もし彼のためにわたしが闘わなければ、ほかに誰が闘ってくれるというの？「公爵様の予定表について、ご相談したいのです」

「何も今でなくてもいいだろう？」

彼はぞんざいな口調だったが、アナベルは冷静な声を保ち続けた。「では、閣下のご都合のよろしいときにお約束させていただきたいのですが」

せっかく落ち着きを装っていたのに、ひと房のほつれ髪が頬をくすぐった瞬間、調子が狂ってしまった。髪を払いたいが、両手は角砂糖でべたべただ。手首をこすりつけて払おうとしたら、かえって髪が口にかかってしまった。何も考えず、唇をすぼめ、息でふっと髪を吹き払う。

サイモン卿がアナベルの口元をじっと見つめた。心なしか、眉間のしわがいっそう深まったようだ。彼は上着の内ポケットから折りたたんだハンカチを引っ張り出すと、軽く振って開き、そのまま差し出した。「それをここへ」うなるように言う。

驚いたアナベルはまっさらなハンカチを見つめ、それから彼を見た。「大丈夫です。手はすぐに調理場で洗えますから」

「頼むからそうしてくれ」

その声に切実さを感じ取った彼女は少しためらったあと、ハンカチに砕けた角砂糖を落とし、てのひらの汚れを払った。くるまったハンカチを差し出され、それを受け取る。

「約束する気はない」サイモン卿が冷たい表情で言い放った。「わざわざきみに会う必要などないからな」

彼の声の厳しさにアナベルはあわてた。どうしよう。わたしはぎりぎりの境界線を踏み越えてしまったのかしら？　彼はわたしを首にするつもりなの？

とてつもない不安に襲われた。ああ、どうして今日はサイモン卿の前で失敗してばかりなのかしら。マナーを教える者として、ほかの誰よりも適切な行動について知っているはずなのに。彼はわたしのことを無能で作法を知らない、公爵の家庭教師にはまったく不向きな女だと考えているに決まってる。

「閣下、どうかわたしの話をお聞きください」

「きみが何を言いたいかは、もうわかっている」サイモン卿は非難するように口をゆがめた。「さっき、道でバンティングに会った。きみとふたりではやっていけないと言われたよ」

「彼がそんなことを……？」

「また不平を延々と聞かされるのはごめんだ。それに教室内のいさかいの仲裁をするつもりもない。バンティングとの問題は自分で解決してくれ――できなければ、この城から出ていくんだな。どちらを選ぶかはきみ次第だ」

踵《きびす》を返すと、サイモン卿は客の待つ応接室へ足早に戻っていった。ハンカチの包みを握りしめたまま、アナベルはひとり残された。わたしはただ、ニコラスの絵の授業について相談したかっただけなのに。でも、説明するにはもう遅すぎる。

今や選択肢はほとんど残されていない。それでも、ニコラスのあの過酷な予定表を変えさせる方法を探さなければ。そう、職を失う危険を覚悟で。

8

地下貯蔵室へと続く急な階段をおりながら、アナベルはパンを焼く香ばしい匂いと湿った石の匂いを吸い込んだ。夜が明けたばかりで、ニコラスはあと一時間は眠っているはずだ。できればこの時間を利用して、使用人たちから少しでも情報を聞き出したい。

地下にある階では、貴族たちには見えないところで、使用人たちが日々の仕事をせっせとこなしている。ずらりと並んでいるのは調理場や洗濯室、ワイン貯蔵室、食器室、そしてさまざまな貯蔵室だ。アナベルは細い通路を進み、柔らかい明かりがこぼれている戸口を目指した。たぶん、あれが調理場に違いない。

その部屋はバクスター女学校の調理場よりもはるかに広かった。ぴかぴかに磨かれた銅の鍋が吊され、広々とした食器戸棚には皿やガラス製品が収納されている。一方の壁沿いには、子豚の丸焼きができる巨大な炉床があった。

太い腰に白いエプロンをきゅっと結んだ白髪の女性が火のそばで前かがみになり、鉄の大釜の中身をかき混ぜていた。部屋の中央の細長い作業台では、ひだ飾りのついた帽子をかぶった年若いメイドがふたり、山のようなジャガイモの皮をむきながらおしゃべりをしている。

メイドのひとりが戸口に立つアナベルに気づき、もうひとりの少女のほうへ身を寄せて何かささやいた。ふたりはふいに黙りこくって見つめ合った。木製のさじを手にした白髪の女性が、少女たちをとがめるようにくるりと振り返る。

アナベルを見たとたん、女性は目を丸くして、メイドのひとりに言いつけた。「リヴィ、ぼけっとしてないで、さっさと代わりにかき混ぜな」

小柄なほうの少女が飛びあがり、女性の仕事を引き継いだ。料理人の女性は節くれ立った手をエプロンで拭くと、あわてて前に進み出た。火を使っていたせいで、地味だが人好きのする顔は真っ赤だ。「あたしはミセス・ホッジっていいます」彼女は自己紹介をした。「新しい家庭教師の先生ですね。朝食を用意しましょうか」

「紅茶とトーストをもらえれば嬉しいわ」

ミセス・ホッジは舌打ちをした。「もっとたくさん食べなくちゃ。一日のはじまりなんだから。それにベルを鳴らしてくれればよかったんですよ。それかエロウェンをよこしてくれたら、トレイを運ばせたのに」

実は、子守りのエロウェンが教室の床の掃除で忙しくしている合間に、わざと部屋を抜け出してきたのだ。「ここまでおりてくるのは全然手間じゃなかったわ。ここのテーブルに座ってもいいかしら？」

ミセス・ホッジは心底驚いたような顔をした。「調理場で食べるんですか？　あなたみたいなレディが？」

アナベルはその言葉を訂正したくなった。わたしはレディのように見えるだけ。今朝はレディ・ミルフォードから与えられた流行のブロンズ色のドレスに身を包んでいる。それに女学校で教えていたため、上流階級の人のような言葉遣いと振る舞いもできる。だが、いつも使用人と一緒にいるほうが居心地がいいと感じていた。少なくとも彼らは、孤児だからといってわたしを見下したりしないからだ。「ええ、本当にここで食べたいの」

「なら、どうぞご自由に。このおしゃべりなふたりはリヴィとモイラです。彼女たちに食事を運ばせますから」

邪魔にならないよう、アナベルはすぐに作業台の端に腰かけ、熱い紅茶をすることにした。そのあいだもミセス・ホッジは調理場をせわしなく動きまわっている。食料品室にレーズンの袋を取りに行き、戻ってきたかと思うと、パンがのったトレイの準備に取りかかった。はにかむような笑みを浮かべながら、リヴィが薄切りのトーストを運んできた。添えられていたのは、できたての粥《ポリッジ》の皿と、クリームの入った小さな壺だ。彼女は膝を曲げてお辞儀をすると、急いで作業台の反対側に戻り、ふたたびジャガイモの皮むきに取りかかった。

社交界デビューのための勉強をしていた女学校の生徒たちを除けば、これまで誰もアナベルに片膝をついてお辞儀などしようとはしなかった。新たな体験に、自分とほかの使用人たちとの歴然とした身分差を意識させられる。家庭教師であるわたしは、ケヴァーン城の使用人たちの頂点に立っているのだ。けれども今日は、彼らにわたしのことを〝自分たちの仲間〟だと思ってもらったほうがやりやすい。

アナベルはポリッジにクリームを注ぎながら、ふたりのメイドが興味津々でこちらを盗み見ているのに気づいた。おしゃべりもぱたりとやめている。見知らぬ他人の存在に緊張しているのだろう。有益な情報を得たいなら、こちらから働きかけ、彼女たちの警戒心を解く必要がある。

アナベルは片方の少女と目を合わせた。「あなたはモイラね?」微笑みながら言う。「昨日、サイモン卿とお客様に紅茶のトレイを運んでいたでしょう」

モイラは丸々とした顔を赤らめた。「あのときはごめんなさい。ぶつかってしまって」

「とんでもない。あれはわたしが悪かったの。角砂糖のことも含めてね。公爵様に話しかけるのに夢中で、まったく前を見ていなかったのだから」

リヴィが半分皮をむいたジャガイモを、エプロンの胸当てに押しつけた。「あたし、モイラから話を聞いてずっと考えてたんです。もしかして、先生のスカートにいたずらしたのはようしょいじゃないかって」

アナベルはすんでのところで笑いをのみ込んだ。少女はふざけているわけではない。いたって真剣なのだ。茶色の目を大きく見開きながら、そばかすのある顔をこちらへ向けている。真向かいにいるモイラもうなずいて同意を示した。〈銅のショベル〉の主も、森では〝ようしょい〟に気をつけろと注意してくれた。ここではそんな夢のような話が広く伝わり、地元の人々に信じられているのだ。

「ありがとう。そんな優しいことを言ってくれて」アナベルは応えた。「でも、自分の失敗を自分以外のもののせいにするのは気が引けるわ。それに、どこにもようしぇいの姿は見えなかったもの」

リヴィが身を乗り出し、作業台に肘をつく。「見えるわけがありません。あの生き物は、あたしたち人間には見えないんです。だからたくさんいたずらをしたり、悪さをしたりするんですよ」

モイラも言った。「ようしぇいはものを隠すことでも有名なんです。それに牛乳を腐らせたり、パンを焦がしたりもするんですよ」

「あたし、少し前の夜に」リヴィが秘密を打ち明けた。「お城の下にある丘の斜面に、ようしぇいたちの小さな光がちかちかしてるのを見たんです。ようしぇいたちは夜になると、毒キノコを囲んで輪になって踊るって言われてます」

「ふん、くだらない」ミセス・ホッジがオーブンからひとかたまりのパンを取り出し、レーズンパンのトレイを滑り込ませながら言った。「もうそれくらいにしな！　牛乳が腐るのは仕事を怠けてるからだよ」

アナベルもミセス・ホッジの意見に賛成だった。メイドが話した出来事はすべて、人間の不注意が原因と考えられる。

少女たちの話を一笑に付さないよう注意しながら、アナベルは話題を変えようとした。

「ようしぇいのせいか、わたしの不器用さのせいかは、きっと誰にもわからないわね。ただひとつだけ言えるのは、あの場でサイモン卿に首にされなくて本当にありがたかったということよ」

「閣下にかぎって、そんなことはありません」ミセス・ホッジがパン生地を伸ばしながら言う。「閣下はたしかに厳しいです。でも公平な方ですよ」

公平な方？　それなら、なぜ彼は甥に対してあんなに薄情なの？　アナベルはそう尋ねたくてたまらなかった。でも、ここは慎重にならなければいけない。使用人とは、主人に対して非常に忠実なものなのだ。

「それを聞いて安心したわ」アナベルは言った。「そういえば、サイモン卿はご親切にも、自分のハンカチを貸してくださったの。わたしがこぼした角砂糖を包むようにって」ポケットからしわくちゃになったハンカチを取り出し、作業台の上に置く。「ミセス・ホッジ、これを洗ってサイモン卿に返してもらえるかしら？」

「だったら、今から洗濯室に持っていきます」両手についた粉を払いながら、ミセス・ホッジが請け合った。「閣下の朝食のことで従者と話す用事もあるんで」

彼女はハンカチを手に取ると、小走りで調理場から出ていった。

作戦は想像以上にうまくいっている。ミセス・ホッジの厳しい目が届かないところで、メイドたちから話を聞く機会をうかがっていたのだ。もし彼女たちの信用をうまく勝ち取れたら、一族について知っていることを話してくれるに違いない。

ボウルに入ったポリッジをスプーンでかき混ぜながら、アナベルは言った。「こんなすばらしいお城で働けるなんて、本当にありがたいわ。あなたたちもここで働くのは好き？」

ふたりのメイドは同時にうなずいた。

「畑を耕したり、牛の世話をしたりするよりずっといいです」皮をむいたジャガイモをリヴィに手渡し、モイラが言う。

「父さんの手伝いで、ショベルで肥やしをすくうのよりもね」手渡されたジャガイモを切りながら、リヴィがつけ加えた。

モイラは鼻にしわを寄せた。「ああ、あんなにいやな仕事はないわ。前に大きな肥だめに落ちちゃったときのこと、話したっけ？　あのときは一週間も匂いが消えなかったのよ。教会でも、誰もあたしの隣に座りたがらなかったんだもの」

少女たちはくすくすと笑いだした。

アナベルは話題を戻した。「公爵様は本当にかわいい方だわ。なんてお気の毒なんでしょう。あんなに小さいのに、ご両親を亡くしてしまうなんて。もしよければ、ご両親の身に何が起きたのか教えてもらえないかしら？　その話を誰からも聞いたことがないのよ」

モイラがまじめな顔になった。「事故で馬車がめちゃくちゃになったんです。先代の公爵様が公爵夫人を乗せて運転されているときに、道からそれてしまって」

「場所はロンドンです」リヴィが重々しく言う。「サムハインのあと、すぐでした」

「サムハイン？」

「一〇月の最後の日です」リヴィは説明した。「その日は大きなかがり火をたいて、みんなで踊って、新しい年を迎えるお祭りをするんです」

ハロウィンのことだわ。アナベルはこの土地の風習についてもっと聞きたくなった。だがいかんせん、尋ねたいことが山ほどあるのに、あまりに時間がなさすぎる。「事故のせいで公爵様はあんなに物静かで内気になってしまったのかしら。それとも、前から気が小さいところがあったの？」

ふたりの少女はアナベルを見た。「気が小さい？」まだ皮をむいていないジャガイモに伸ばしかけた手をとめて、モイラが言う。「公爵様は立派でお行儀のいい方です」

「いつもていねいで礼儀正しい方です」リヴィがつけ加えた。「あたしたち、公爵様にお仕えできることを誇りに思ってます」

明らかに、ふたりは公爵への高い忠誠心から、ひと言の批判も口にしてはいけないと考えているのだろう。「あら、わたしは悪口を言っているんじゃないのよ」アナベルはあわてて言い足した。「公爵様が、ご両親を亡くした悲しみからまだ立ち直れずにいるのか知りたいだけなの。それがわかれば、もっと公爵様のお力になれるから」

「ああ」リヴィが訳知り顔でうなずいた。「エロウェンは、公爵様みたいにすばらしい男の子はいない、孤児になっても絶対に大丈夫だって言ってます」

どうやら子守りのエロウェンは、自分の鼻にハエがとまっても気づかないくらい鈍い女性のようね、とアナベルは思った。もっとも、この意見を口にするつもりはない。

「ありがとう」アナベルは言った。「教えてもらえてよかったわ。ほかに公爵様とご家族に関する話はないかしら。どんなことでも、とっても助かるんだけど」

メイドたちがにっこりした。ふたりとも、先ほどよりくつろいでいる様子だ。ジャガイモの皮をむき、切るという作業をせわしなくこなしている。「あたしたち、ほとんど調理場にいるんです」モイラが言った。「でも、ときどきそういう噂を耳にすることがあります」

噂好きに見えないよう、アナベルはそこで間を置いた。ポリッジをひと口味わってから言う。「去年の秋、サイモン卿が公爵様の後見人になられたことは知っているの。公爵様はさぞほっとしたでしょうね。悲しくてどうしようもないときに、よく知っている叔父様がお城にやってきてくれたんだもの」

「でも、閣下は公爵様のことをまるで知らなかったんです」リヴィが言った。「一度も会ったことがなかったから」

アナベルはスプーンを取り落とした。「一度も?」

「はい」モイラが請け合う。「閣下は騎兵隊の大尉だったんです。何年も外国で戦っておられました」

まったく意外だ。サイモン卿がそんなに勇ましい男性だったとは。アナベルはふと、軍服に身を包んで馬に乗った彼が部下たちに大声で命令を下し、勇猛果敢に突撃していく姿を思い浮かべた。なるほど。そういうことなら、彼のぶっきらぼうな態度も説明がつく。たぶん、サイモン卿にとって絶対服従は当たり前なんだわ……。ふいにまったく別の光景が思い浮かんだ。ニコラスがおもちゃの騎馬兵をしっかりと握っている姿だ。もしかすると、ニコラスは叔父を恐れるのと同じくらい尊敬しているんじゃないかしら?

どうにかして、その答えを見つけ出さなければ。サイモン卿と甥のあいだの亀裂を修復できるか、なんとしても確かめたい。アナベルの意欲はいっそう高まった。

「どうして誰も彼のことを〝サイモン大尉〟と呼ばないのかしら？」アナベルは尋ねた。

「閣下は、その呼び方は堅苦しすぎると考えたんです。すでに軍隊は辞めているからって」リヴィが答える。「ミセス・ウィケットが、あたしたちにそう教えてくれました」

「ミセス・ウィケットっていうのは、このお城の家政婦です」モイラはつけ加えたが、すぐに真っ赤になった。「やだ、もう彼女には会ってますよね」

「ええ。それにしても信じられないわ。サイモン卿が休暇中もここへ一度も戻らなかったなんて」アナベルは言った。「公爵様はもう八歳よ。そんなに長いあいだ、サイモン卿がご家族と会わなかったというのは……」

ふたりのメイドが顔を見合わせる。アナベルの言葉にどう応じるべきか、目と目で話し合っているようだ。

「閣下がケヴァーン城に近寄らなかったのは当然です」戸口をちらりと見ながら、モイラが言った。「あたしがその理由を話しても、絶対におしゃべりだと思わないでくださいね」

一気に興味をそそられ、アナベルはボウルを脇へ押しやった。「わかったわ。どうか教えてちょうだい。わたしにとって大切なのは、公爵様の人生に起きたあらゆる出来事を理解することなの。あなたの信頼を決して裏切ったりしないわ」

「はい」モイラが応える。「ちょっと耳にしたことがあるんです。閣下は公爵夫人が結婚する前の恋人だったたって。なんでも、亡き公爵様が彼女を閣下から奪ったとか」

「閣下は、自分の愛する人がお兄様と結婚したのに耐えられなかったんです」リヴィがつけ加えた。「それであの方は騎兵隊に入隊して、英国を離れたそうです。結婚式にも出席されなかったと聞きました」

アナベルは椅子に深く座り直し、驚くべき新事実をなんとか理解しようとした。サイモン卿は、かつてニコラスの母親と愛し合う仲だった。彼がニコラスと関わりたがらないのは、そのせいなのかしら？　甥を見るたびに、失恋した相手を思い出すのがつらいから？

〝ただし、今後はよけいな口出しをするな。きみのことも、甥のこともだ〟

とげとげしい言葉がふいによみがえり、サイモン卿への同情心が芽生えてきた。でも、いくら同情できる理由があっても、彼の態度は許せない。サイモン卿は温かな心を持たない、冷淡でよそよそしい貴族だ。彼のニコラスに対する不当な扱いをやめさせるためなら、なんだってしてみせる。

われに返ったアナベルは、メイドたちがまだサイモン卿についての噂話を続けていることに気づいた。

リヴィがモイラに言う。「レディ・ルイザはしょっちゅうここを訪ねてくるわ。閣下は彼女とつき合ってると思う？」

「そんなのわかんない。でも、昨日は彼女に夢中に見えたわ。にっこり笑ったりして」モイラが答えた。「たぶん春あたりに結婚するんじゃないかしら」

リヴィは荒れた手で頬杖をつき、夢見るようにため息をついた。「そうなってほしいな。レディ・ルイザはすてきでかわいい方よ。傲慢なミス・グリスウォルドとは大違い」

「それに幽霊みたいなレディ・ジョーンともね。あの人ときたら骨と皮だけなんだもの！」

「もし結婚したら、閣下は彼女にたくさんクリームを食べさせて太らせなきゃいけないわ。そうしないと、ベッドでもどこにいるか見えないもの」

少女たちはくすくす笑った。アナベルも笑みを浮かべたものの、一緒に笑うどころではなかった。今の彼女たちの言葉を考えるだけで精一杯だったのだ。明らかにサイモン卿は、結婚を狙う近隣のレディたちから引っ張りだこらしい。

そう考えたとたん、胃にねじれるような痛みを覚えた。もしサイモン卿が結婚したら、ここでのわたしの立場にどんな影響が及ぶのだろう？　彼の花嫁はニコラスの母親役を喜んで引き受けるに違いない。サイモン卿にとって、わたしは用済みになってしまうのかしら？　結局、レディ・ミルフォードが家庭教師を採用したいちばんの理由は、公爵の母親代わりを見つけることだったのだ。

こうなったら一刻も早く教区牧師を追い払い、ニコラスの授業を引き継がなければ。そうなってはじめて、わたしはケヴァーン城に欠かせない存在になれるのだから。

9

ニコラスは週に一度、金曜日の午後のお茶の時間にサイモン卿の書斎を訪れることになっている。だが今日、アナベルはニコラスを見つけられずにいた。ついさっきまで寝室にある窓側の椅子で丸くなって読書をしていたのに、次の瞬間には姿を消していたのだ。

アナベルは少なからず責任を感じていた。ニコラスがいなくなる前、自分の外見を確認しに少しだけ自室へ戻っていたのだ。サイモン卿と顔を合わせるのは角砂糖事件以来になる。あのときは借り物のドレスで、さぞかしだらしなく見えたに違いない。もしかするとサイモン卿は、わたしの教師としての能力を見た目だけで判断するのではないだろうか――そんな疑念に駆られて、アナベルは決めたのだった。今日はいちばんよいドレスで彼に会おうと。だから、新しい三着の中でもっとも高級なもの――瞳の色を引き立てる青色のシルクのドレス――に身を包み、きっちり結いあげた髪の上からレースキャップをかぶっている。洗面台の上にある鏡に映っているのは、どこから見てもまじめで有能な、まさに公爵の家庭教師にふさわしい女性だった。

けれどもニコラスを見つけられないとなれば、せっかくの準備がすべて水の泡になってしまう。いったい公爵はどこへ行ったのかしら？

アナベルはベッドの下やカーテンのうしろ、それに衣装戸棚の中まで、ニコラスの寝室をくまなく探してみた。窓辺の椅子には『ロビンソン・クルーソー』の本が置かれたままだ。でもニコラスが寝室を離れたなら、教室を歩く彼の足音がわたしにも聞こえたはず。自室に数分間だけ戻っていたときも、ドアは開けておいたのだから。

「公爵様？」アナベルが呼びかけた。「どこにいらっしゃるの？　もうすぐ叔父様と会う時間ですよ」

返答はない。

廊下に出て、今度は子守りのエロウェンの部屋をのぞいてみた。質素な家具しかなく、少年が隠れられそうな場所はない。しかもエロウェンに公爵探しの手伝いは頼めない。今、彼女は階下の使用人用の部屋で紅茶を飲んでいるところなのだ。

それからいくつかの部屋を隅々まで探してみたものの、ニコラスはどこにも見当たらなかった。きっと彼は叔父との面会がいやで逃げ出したのだろう、とアナベルは考えた。そうとしか思えない。先日城の中を案内してくれたときも、応接室にいるサイモン卿とレディたちに遭遇したとたん、あの子はどこかへ姿を消してしまったのだ。

でも、ニコラスは〝自分を守ってくれる人〟として、少しずつわたしを信頼しはじめている気がする。ここ三日で、ずいぶん打ち解けたそぶりを見せるようになっていた。教区牧師が授業を終えて帰ったあとは、絵の授業に熱心に打ち込んでいる。ふたりで階下の図書室まで行き、本選びも楽しんだ。それに毎晩、彼の部屋でおもちゃの兵隊を使って戦争ごっこもしている。けれども、たしかに今日はニコラスの態度がいつもよりよそよそしかった。叔父との面会を恐れていたからに違いない。それに気づけなかったことで、アナベルは自責の念に駆られていた。

時計をちらりと眺める。約束の時間まで、あと一〇分もない。「公爵様！」アナベルはもう一度呼びかけてみた。「どうか出てきてください。かくれんぼをしている時間はありませんよ」

返ってきたのは遠くから聞こえる波音だけだ。ニコラスはケヴァーン城を隅から隅まで熟知している。姿を隠せる場所は一〇〇以上あるだろう。

アナベルは早足で教室から出て、曲がりくねった石の階段を駆けおりた。階下ではぞうきんとバケツを持ったメイドが四つん這いになり、床を磨いている最中だった。尋ねてみたところ、太ったメイドから〝公爵の姿は見ていない〟と言われ、アナベルはますます困惑した。子ども部屋から外へ出るには、この階段を通る以外に方法はないはずなのに。

とはいえ、ニコラスは音を立てずにこっそりと逃げ出す方法を知っている。たぶん、メイドが背を向けた瞬間に通り抜けたのだろう。

前回いなくなったとき、ニコラスはまっすぐ子ども部屋に戻っていたわけではない。ふたたび姿を現したのは一時間もあとのことだ。しかも、彼は頑としてどこにいたのか言おうとしなかった。それにアナベルも無理に聞き出したくなかったのだ。

でも今にして思えば、無理にでも聞き出しておけばよかった。ニコラスには、いやなときに逃げ込める避難場所があるに違いない。

切迫感に駆られて、アナベルは足早に城の中を探しまわった。しかし大広間にも、応接室にも、礼拝堂にも、ニコラスの姿は見当たらない。地下貯蔵室にもいなかった。ひょっとしてと思い、もう一度子ども部屋まで引き返してみる。

だが、見つからない。

息を切らしながら、アナベルは隙間風の入る石造りの廊下で立ちどまり、ほかに探すべき場所はないかと頭をめぐらせた。今日の叔父との面会の立会いは、やっとのことでバンティングから奪い取ったチャンスだ。そう考えて暗い気持ちになる。おそらくニコラスは、教区牧師から逃げ出そうとしたことは一度もないはずだ。あのかわいそうな少年は、ぶたれる恐怖から牧師には従順に従っていたに違いない。

牧師に比べて、わたしはいかにも弱々しく無力に見えたのだろう。しかしどんな事情があるにせよ、わたしはサイモン卿に甥がいなくなったことを知らせる義務がある。そしてどう考えても、彼はその知らせを気に入らないだろう。

アナベルは重い足取りで、北翼にあるサイモン卿の書斎まで歩いていった。けれども開かれたままのドアを見た瞬間、ふいに足がすくんでしまった。今ならまだ教室へ引き返せる。サイモン卿宛の手紙を届けるよう従者に頼めばいい。ニコラスの気分がすぐれないので面会は延期してほしい、という手紙を。

だめよ。ここで卑怯者になるわけにはいかない。むしろこれをニコラスの勉強について話し合うための機会と見なすべきだわ。今日ならば、サイモン卿も忙しさを言い訳にはできないだろう。甥との面会時間は予定に組み込まれているのだから。

アナベルは大きく深呼吸をして勇気を振り絞った。開かれたドアを軽くノックし、書斎に足を踏み入れる。だが、部屋には誰もいない。身構えていた分、よけいに拍子抜けして途方に暮れた。

サイモン卿までいないなんて。

マホガニー材の机の向こうにある椅子は、たった今、彼が立ちあがったかのような位置のままだ。よく磨かれた机には書類が山積みで、いちばん上に羽根ペンが置いてある。暖炉の脇のテーブルには、紅茶のトレイが手つかずのまま残されていた。かすかになめし革とスパイスの香りが漂っている。くらくらするほど男らしい香り。まぎれもなくサイモン卿の香りだ。

彼はニコラスを探しに行ったのかしら？　いいえ、そんなはずはない。炉棚の飾り時計によれば、わたしが遅れたのはほんの数分だけ。いくら時間にうるさい人でも、こんなにすぐに面会をあきらめるはずがない。

ここで待とう。そう心に決めて、アナベルはさらに数歩室内へ足を踏み入れた。前回この部屋に入ったのは城に到着した日だった。夕方遅くだったので、この書斎も薄暗かったのを覚えている。でも今は明るい陽光が差し込み、はるかに生き生きとした雰囲気だ。窓の外にはきらめく青い海と、岸壁に砕け散る真っ白な波しぶきが見えている。

別の日なら、目の前に広がる壮大な海の景色を何時間でも堪能しただろう。海がなく陸地に囲まれたヨークシャーの風景とはあまりにも違う。けれども今はのしかかる緊張感のせいで、それどころではない。なんとしてもサイモン卿との面会を実現して、やりとげなければならない。

高ぶった神経をなだめようと、書斎の中をゆっくりと歩いてみた。壁のオーク材の棚には会計帳簿がびっしりと並んでいる。中には、ひび割れたり色あせたりしている古ぼけた帳簿もあった。本棚以外の部分は、見たこともない興味深い品々が飾られていた。気をまぎらわせるために、それらにも目を向けてみる。

ギリシア風のローブをまとった、頭部のない雪花石膏《せっこう》の女性像。どことなくリュートに似た、洋梨の形をした弦楽器。原始的なデザインの部族の木彫りのお面……。

きっとサイモン卿は軍隊時代、いろいろな国に駐屯したのだろう。これらの品は旅の途中で集めたものなのかしら？　きっとそうに違いない。アナベルはふいに焼けつくような羨望を覚えた。なんて楽しそうなんだろう。世界じゅうを旅してまわり、よその国の人々の暮らしぶりを目の当たりにするなんて。女学校時代、彼女は外国のさまざまな文化への興味を募らせ、図書室にある地理学や歴史学の本を片っ端から読みあさった。だから遠く離れた国々に関する知識には自信がある。でも実際にこういったものを見ると、自分の知識など取るに足りないものだと思わずにはいられない。

机に置かれた見たこともない品にアナベルは目を引かれた。一見すると、複雑な装飾が施された銀製の花瓶のようだ――ただし、中央からヘビに似たホースがぶらさがっている。いったいこれは何かしら？　興味を覚え、前かがみになって匂いをかいでみた。かすかに煙のような匂いがする。ヨークシャーで村の鍛冶屋が使っていた喫煙パイプと同じ匂いだ。

アナベルはホースを手に取り、道具の使い方を考えてみた。もし喫煙のための道具なら、どこに刻み煙草を詰めて、どうやって火をつけるのだろう？　それにもっと小さいほうが使いやすいだろうに、どうしてわざわざこんな複雑な形にしてあるの？

「何か探し物でも？」

突然サイモン卿の声がして、アナベルは飛びあがった。その拍子にホースを落としてしまい、甲高い音が響き渡った。あわてて振り返ると、彼がドアの枠にもたれかかっていた。上着もクラヴァットも身につけておらず、シャツの袖はまくりあげられ、たくましい腕があらわになっている。黒い膝丈のブーツにふだん着姿のサイモン卿は、貴族というよりも海賊のようだ。彼の姿を見たとたん、アナベルは体の奥底から喜びがわきあがるのを感じた。

まさか。これは喜びなんかじゃない。ついにニコラスのための話し合いができるという安堵感よ。

マナーを守るべく、彼女はお辞儀をした。「まあ、サイモン卿、びっくりしましたわ」

「ほう？　だが、ここはぼくの書斎だ。バンティングの代わりに、なぜきみがここにいる？」

「牧師様は今日の仕事を終えて帰られました」面会の立会いを譲ってくれるようバンティン

グを説得するのは至難の業だった。それこそ、猫を紐につないで散歩に連れ出すのと同じくらいに。「ですから、今日はわたしが責任をもって公爵様をお連れしようと思ったんです」

「それなら、なぜ甥が一緒にいないのか説明してもらえるかな?」

サイモン卿がそう言いながら、アナベルの全身にゆっくりと視線を這わせた。前よりもきちんとした格好をしていることに気づいてくれたのかしら? でも、そんなそぶりは少しも見えない。彼の顔は冷静そのもので無表情だ。

アナベルは指を組み合わせた。レースキャップから髪がほつれていないか、むやみに手で確かめないようにするためだ。「今日はふたりだけでお話しすることを許していただければ、と思っています。公爵様の教育について話し合うことが大切だと——」

「どうやらニコラスはまた逃げ出したらしいな」

言葉を濁すことはいくらでもできる。アナベルの脳裏に、言い訳がいくつも浮かんでは消えていった。でも、いくら否定しても無駄だろう。サイモン卿はやすやすと真実を見つけ出すに決まっている。「残念ながらそうなんです」素直に認めた。「ただ、お城のどこかにはいるはずです。お話が終わったらすぐ探しに行きます」

「彼がここにいないのなら、もう話は終わったも同然だ。ではこれで、ミス・クイン」

サイモン卿はトレイのほうへ向かうと、身をかがめて銀製のポットからティーカップに紅茶を注いだ。

途方に暮れたまま、アナベルは立ち尽くした。どうしてサイモン卿は、わたしのことをこんなふうにはねつけるのだろう？　甥の教育に無関心すぎる彼の態度を厳しく非難してやりたい。今ここで。でも、ニコラスのことを考えなければ。何より大切なのは彼のことだ。あの子のためなら誇りを捨ててでも、この忌々しい男性のご機嫌取りをしてみせる。

「閣下、お願いです。とても大切なことなのです」

サイモン卿が振り向き、こちらをにらみつけた。「甥の授業に関しては、きみとバンティングのあいだで解決してほしいとはっきり言ったはずだ」

「ええ、おっしゃるとおりです」自分が不安定な立場にいることは百も承知だった。だからこそ、ここは〝口やかましい〟というよりも〝有能だ〟と思われるような言い方を心がけなければならない。「ただ、わたしにはわからないのです。閣下は教室のゆゆしき状況に気づいていていらっしゃいますか？　公爵様はとても利発なお子様ですが、勉強に関してはやや遅れているように思えます。公爵様が勉強に無関心なのは、教区牧師のお粗末な授業のせいです。あの人の教え方は、子どもにはとても理解できないレベルだと思います」

サイモン卿がいらだたしげにかぶりを振った。「ばかな。甥の勉強の進み具合は完璧だ。毎週ニコラスはぼくの前で、自分が学んだことを暗唱しているんだぞ」

「公爵様の記憶力は抜群です。でも教室では大半の時間、ぼんやりと外を眺めています。本当ならよく耳を傾け、学ばなければならないのに」

「問題があるのはきみのほうではないのか、ミス・クイン？」角砂糖を入れた紅茶をかき混ぜながら、サイモン卿はとがめるような表情を浮かべた。「はっきり言って、バンティングは毎週時間どおりにニコラスをここへ連れてきているんだぞ」

「もちろん、そうでしょうとも」アナベルは応えた。気をつけていたつもりなのに、つい不満げな声になってしまった。「ミスター・バンティングは脅かしたり、罰を与えたりすることであなたの甥を従わせているんです」

「優しくしてもニコラスのためにはならない。来年はイートン校入学という試練が待っているんだ」

「従わせるために叩くのだって、彼のためにはなりません」

スプーンを置きながら、彼はふいに向き直ってアナベルをにらみつけた。「叩く？」

「ミスター・バンティングは定規で、ニコラスの指をぴしゃりと叩きました。授業中、石版に絵を描いていたというだけで」

サイモン卿の表情が少し和らいだ。「そのことなら当日にバンティングから聞かされた」

「では、あなたは彼のしたことを認めたんですか？」

彼はアナベルのほうへやってきて、紅茶の入ったティーカップを手渡した。「鞭を惜しめば子どもをだめにする。ことわざでも、そう言っているだろう、ミス・クイン？」

アナベルは湯気を立てているティーカップを呆然と見おろした。口論の最中だというのに、なんて優雅な振る舞いだろう。あまりに洗練されすぎている。とはいえ、これはわたしが数分間ならここにいていいと彼が考えている証拠だ。「でも……公爵様はあなたの被後見人です。彼を不当な暴力から守ってあげたいでしょう？」

「男の子にはしつけが必要だ。そうしないと不作法な振る舞いをする。避けがたい人生の現実だ」

「暴力を振るえば、子どもをしつけられることはわたしもわかっています。でも、それはニコラスのためにはならないんじゃないでしょうか。なぜなら、彼に教えるべきなのは道徳と責任感だからです」

自分のティーカップに紅茶を注ぎながら、サイモン卿が肩越しにちらりとこちらを見る。

「いや、彼が学ぶべきは、力ある者の言葉にはちゃんと従うことだ。しかしぼくにとって、きみがそれをどうあの子に教え込むかは大した問題ではない」

彼は甥に対して無関心すぎる。そのことがアナベルをいらだたせていた。息を吹いて紅茶を冷ましながら、ふと調理場で聞いたメイドたちの話を思い出す——サイモン卿がかつてニコラスの母親と恋仲にあり、兄に彼女を奪われたという話だ。それ以降、サイモン卿は家族との関係を断ち、長いあいだ国を離れていたという。彼は当時の心の傷と怒りを、亡き兄の息子であるニコラスに向けているのだろうか？

アナベルは紅茶をひと口飲んだ。もうひとつ、別の可能性も考えられる——サイモン卿はもともと冷淡で、思いやりのない性格だという可能性だ。その冷淡さゆえに、ニコラスの亡き母親は彼から離れていったのかもしれない。そう、サイモン卿にとって、彼女は単に美しい所有物にすぎなかった。そしてそんな彼女から振られたのを、彼のちっぽけなプライドが許さなかったのかも。

いずれにせよ、甥に対するサイモン卿の無関心の言い訳にはならないだろう。純粋無垢な子どもが両親の罪の報いを受けるなんて、あってはならないことだ。

無駄な議論はするべきではない。理性の声はアナベルにそう告げていた。でも、どうしても黙っていられない。ニコラスの幸せが脅かされている今はなおさらだ。彼女はサンドイッチの皿を手にして近づいてくるサイモン卿を見つめた。

「たぶん、あなたはもう少し理解しようと努めるべきだと思うんです。なぜ公爵様がああいう振る舞いをされているのか」アナベルは手を振ってサンドイッチを断りながら、言葉を継いだ。「彼が隠れるのはあなたを恐れているからだと、わたしは考えています」

「なんだって？　ぼくはあの子に手をあげたことなど一度もない」

「でもはたして、あなたが今後も手をあげないだろうということが、公爵様にちゃんと伝わっているでしょうか？　彼にとって、あなたは見知らぬ人なんですよ、閣下。ご両親が亡くなる前は一度も会ったことがなかったのですから」

サイモン卿は氷のような目でアナベルを見据えると、皿を机の上に置いた。「使用人たちから噂を聞いたのか、ミス・クイン？」

冷ややかなまなざしに背筋が寒くなる。でも、あきらめるわけにはいかない。彼にわかってもらえるよう最善を尽くさなくては。説得力のある声を出そうと努めながら、アナベルは答えた。「公爵様を取り巻く状況を把握するのは、わたしにとって大切なことです。そうでなければ、彼を助けることなどできません」

「ならばきみは、自分のもとからニコラスが逃げないようにできると言うんだな？」

「公爵様はあなたから逃げています。彼が恐れているのはあなたなんです。もしあなたがある程度の愛情と思いやりを示せば、きっと公爵様も喜んであなたのもとを訪ねるようになるでしょう」

サイモン卿の表情が曇った。「もうじゅうぶんだ」ぴしゃりと言う。「家庭教師に説教されるほど、ぼくは未熟者ではない」

その言葉でアナベルは気づいた。わたしは彼を追いつめすぎている。たった二週間の仮採用の分際で。反抗的だという理由で、サイモン卿がわたしを今すぐ城から放り出してもおかしくない。けれど、もしそうなればニコラスのために何もできなくなる。

彼女は手近なテーブルに紅茶を置いた。ティーカップがソーサーに当たって、かちゃんと音を立てた。「お許しください、閣下」目を伏せながら言う。「出すぎたことを申しました。そろそろ失礼いたします。公爵様を探しに行かなければなりません」

お辞儀をして、アナベルは戸口に向かいはじめた。だが、あと二歩でドアというところで、サイモン卿に腕をつかまれた。「待て」彼がうなるように言う。

ドレスの袖の薄いシルク越しに、彼の指先の熱が伝わってきた。意外な展開に、アナベルは思わず抑えたうめき声をもらした。サイモン卿は怒りのあまり、暴力を振るおうとしているの？　そんな恐怖に駆られ、アナベルは視線をあげて彼をまっすぐに見つめた。

だが、いらだった表情を浮かべているものの、サイモン卿は暴力を振るおうとしているようには見えない。むしろ、目をそらせないほど強烈なまなざしでこちらを見おろしている。なんて美しい灰色の瞳だろう。それになんて黒くて長いまつげなの。ここに到着した暴風雨の日――サイモン卿に抱きかかえられて城にやってきたとき――を除いて、アナベルはこれほど男性に近づいたことがなかった。はじめての体験に脚の力が抜け、心臓がいきなり跳ねあがる。まったく思いがけない反応だ。

サイモン卿がアナベルの口元をちらりと見て、少しだけ目の表情を和らげた。彼は頭をわずかに傾け、顔をアナベルの顔に近づけて、低いバリトンの声で言った。「ミス・クイン、もしきみさえ――」

彼が何を言うつもりだったにせよ、その言葉を言い終えることはできなかった。背後からふいに足音が聞こえて、驚いたアナベルは肩越しに振り向いた。お仕着せを着た中年の女性が戸口に立っていた。

家政婦のミセス・ウィケット。

アナベルは瞬時に気づいた。今の状況はどう見てもまずい。しかし彼女が動く前に、サイモン卿がつかんでいた腕を放すと一歩さがった。形のよい眉を片方だけあげてみせ、家政婦が何か言うのを待っている。

「お許しください、閣下」ミセス・ウィケットがお辞儀をしながら言った。「お茶や軽食がじゅうぶん足りているか確認しに来たんです」

サイモン卿がじっと見つめる中、家政婦は書斎から出ていった。だがその直前に、彼女は意味深な目つきでちらりとアナベルを見た。

アナベルは動揺せずにはいられなかった。どうしよう。サイモン卿とわたしがこんなに近づいているのを見て、ミセス・ウィケットはどう思ったかしら？　使用人たちのあいだで色恋沙汰に関する噂を立てられるのだけは避けたい——それで首になるのはもちろんごめんだ。今すぐここから出ていけば、ミセス・ウィケットはわたしの姿を目にするだろう。やましいことは何もなかったのだと気づくに違いない。

「本当にこれで失礼しなければなりません」アナベルはそう言うとドアへ向かった。

「待て」サイモン卿が命じる。「ぼくも一緒に行く」

「一緒に——？」

「あの子の居場所に心当たりがある。ランプが必要だ」彼は大股で書斎を横切ると、暖炉の種火からオイルランプに火をつけ、アナベルの脇をさっと通り抜けて廊下へ出た。

「ついてきたまえ」

興味をそそられ、彼女はあわててサイモン卿のあとを追った。ミセス・ウィケットの姿がすでに廊下から消えていたのは残念だったが、アナベルの心は今、もっと大切な問題で占められていた。態度を豹変させたサイモン卿のせいで、すっかり調子が狂ってしまった。もしニコラスの居場所を知っていたなら、なぜすぐにそう言わなかったのだろう？　それにどうして明かりが必要なの？

石造りの床に鋭い足音を響かせながら、サイモン卿は大股で通路を進んでいく。アナベルがついてきているか、振り返って確かめることさえしなかった。まるで彼女の存在など忘れたかのようだ。〝ミス・クイン、もしきみさえ――〟

あのあと、彼はなんて言おうとしたのだろう？

〝もしきみさえ、ぼくをいらだたせるのをやめてくれたら〟？

〝もしきみさえ、ぼくの言うことに素直に従ってくれたら〟？

〝もしきみさえ、情熱的に愛し合うことを許してくれたら〟？

まさか！　そんなこと、あるわけがない。彼はわたしと一緒にいるのは耐えられないと、はっきり態度で示していた。これ以上悩まされるのはごめんだと言おうとしたに違いない。ただそれだけのことよ……。

アナベルはあとに続きながら、サイモン卿を好意的な目で見ている自分に気づいた。彼の動きはなめらかで無駄がない。男らしい力強さに満ちあふれていると同時に、どこか優雅でもある。あまりに動きがすばやくて、こちらが小走りにならないとついていけないほどだ。でもたぶん、そう感じるのはさほど奇妙なことではないのだろう。女学校で育ってきたわたしは、これまで数回しか男性に会ったことがない――もちろん、サイモン卿のように息をのむほどハンサムな男性ははじめてだ。

それに、彼ほど傲慢で威圧的な男性も。

使用人たちから聞いた噂によれば、近隣の若い女性のほとんどがサイモン卿の気を引こうと躍起になっているという。きっと誰も彼の冷淡な性格を知らないか、あるいは気にしていないかのどちらかだろう。彼の住む高貴な人々の世界では、富と血筋がすべてなのだ。

もしわたしが結婚するとしたら、断然愛のためだわ。

それはアナベルが心の奥にずっと閉じ込めてきた思いだった。結婚についてはあれこれ考えないようにしている。わたしのように複雑な環境にある女性は、未婚であることがほとんどだからだ。労働者の気を引くには、わたしは教養がありすぎる。でも紳士の気を引くには、あまりに貧しすぎる。しかも生まれのせいで、きちんとした男性と結ばれる機会にも恵まれない。だからこそ、自分にゆだねられた子どもたちに愛情を注ぐことを一生の仕事にしようと決めているのだ。わたしには幸せにしてくれる男性など必要ない……。

アーチ形の出入口に入ったサイモン卿を追いかけ、アナベルもすぐうしろに続いた。意外にも、彼が足を踏み入れたのは礼拝堂だった。両側に小ぶりな信者席が三列設けられ、奥の高いところに優美な石彫りの祭壇がある。祭壇のうしろには十字架が飾られていた。色鮮やかなステンドグラス越しに差し込む陽光が、室内に宝石のような色合いを落としている。

「公爵様はここにはいません」静寂を乱したくなくて、アナベルは小声で言った。「あなたの書斎へうかがう前に確認しました」

「きみは本当に探すべき場所を知らないだろう？」

ランプを掲げながら、サイモン卿はアナベルを引き連れて自信たっぷりに進んでいく。まっすぐ祭壇へは行かずに右に曲がり、石造りの壁の前に立った。収穫の恵みに感謝の祈りを捧げる農夫たちの姿を描いた、巨大な中世のタペストリーが吊されている。

サイモン卿はタペストリーを引っ張りおろすと、彼女にランプを差し出した。

「持っていてくれ」

年代物のタペストリーから舞いあがるほこりで鼻がむずむずしたが、アナベルは素直にランプを受け取った。繊細なステッチに目がとまり、少しだけサイモン卿から注意がそれる。次の瞬間、彼が壁を押していることに気づいた。

「いったい何をしているんです？」彼女は尋ねた。

「どの石だったか探しているんだ。あまりに昔のことすぎて……ああ、これだ」

軋むような音を立てて、壁の中のひとつの石が動きだした。驚くアナベルの目の前で壁全体が奥に引っ込み、小さな入口が現れた。先には薄暗い通路が伸びている。

入口は床よりも数十センチ高い場所にあった。サイモン卿がひらりと入口に飛びあがり、手を伸ばしてアナベルからランプを受け取った。

それから、彼女に手を差し伸べた。

10

アナベルはためらった。「ここに何があるんです？」

「これは牧師のための隠れ穴だ。宗教改革が起きた時代、ここの領地の牧師一族もクロムウエルの追手からすぐに逃げ出す必要があった。このトンネルのおかげで牧師も――そしてその家族も――無事だったんだ」

あるいは、これはたちの悪いいたずらかもしれないわ。アナベルの脳裏にふとばかげた考えがよぎる。サイモン卿は、二度と誰の目にも触れないような場所にわたしを閉じ込めようとしているんじゃないかしら。そして今から数百年後、誰かがここで骨と青いシルクのドレスの切れ端を見つける……。

アナベルの心を読み取ったかのように、サイモン卿がふいに唇をゆがめ、魅力的な笑みを浮かべた。「さあ」彼女に向かって人さし指を振りながら言う。「きみだって興味津々なんだろう？」

なるほど。彼はこの微笑で多くのレディたちを魅了しているのね。でも、わたしはそれほどばかじゃない。礼儀正しさという仮面を脱いだあとの、素のサイモン卿を知っている。それに彼の冷淡な性格も。わたしにとって大切なのはニコラスだけ。あの子を見つけるためなら、どんな危険も冒してみせる。

サイモン卿の力強い手をつかんだとたん、アナベルはあっという間に入口まで引きあげられた。足元がふらつかないよう、彼の片手がウエストに添えられる。気をつけていたはずなのに、サイモン卿の手が触れた瞬間、彼女の胸は高鳴った。こんなの、おかしいわ。わたしはこの人を尊敬してもいないし、ましてや好きでもないのに。

特に今はなおさらだ。目の前のサイモン卿は、片目に黒い眼帯をして、口に片刃《カトラス》の短剣をくわえたほうがお似合いに見える。

「こっちだ」彼が言った。

広い背中を丸めながら、サイモン卿が狭いトンネルを下りはじめる。彼と同じく、アナベルも低い天井にぶつからないよう首をすくめなければならなかった。背後ではタペストリーがはためいている。もしランプがなければ、あたりは完全な闇になってしまうだろう。

ランプの明かりが石造りの壁の奇妙な影を映し出す。頭上のあちこちにクモの巣が張り、空気は湿っぽく淀んでいて、かすかに海の匂いがした。アナベルはスカートの裾を持ちあげ、ほこりで汚れた床や壁にこすれないよう意識を集中させた。薄暗い周囲の様子にいっそう想像力をかきたてられ、またしても思わずにはいられない。不思議だわ。どうしてわたしはサイモン卿を信頼してしまったのだろう？　だって、どう考えてもおかしい。こんな奇妙なやり方でニコラスを探すなんて。

「公爵様はどこにいるんです？」アナベルは尋ねた。

サイモン卿が肩越しに振り返った。「もうすぐわかる。子どもの頃、ぼくもここのトンネルでよく遊んだんだ」

その言葉を理解するのに少し時間がかかった。「まさかニコラスがここにいると？　そんな……ここはあまりに恐ろしすぎます」

ふたりはトンネルが三つの方向へ分かれる分岐点に到達した。四方の壁は硬い岩で、天井が少し高くなっている。サイモン卿は立ちどまると、ランプをかざしてアナベルを見つめた。

「男の子は冒険好きなものだ。甥が女々しい子ではないとわかって、本当に安心したよ」

だが、アナベルの考えは違った。あんな臆病な子が、みずからこんな暗い迷路に入るわけがない。肌寒さに両腕をこすりながら、彼女は考えをめぐらせた。でも今はその点をくどくど論じるのはやめて、論点を変えたほうがいいだろう。「彼がけがをしていないか心配ではないんですか？」

「もしニコラスが何日も姿を現さなければ、どこを探せば見つかるかはちゃんとわかっている。さあ、これで心優しき乙女の心配は解消されたかな？」

あざけりの言葉は無視して、アナベルは彼の無関心な態度を指摘し続けた。「ニコラスは道に迷っているかもしれないんですよ」

「トンネルはまっすぐで、ごく簡単な造りだ」サイモン卿がゆるやかな下り坂になったトンネルを指差す。「あれは地下貯蔵室につながっている。あちらのトンネルは図書室だ。向こうにある急な階段をのぼれば居住棟に出られる。子守りの部屋も含めてね――城が攻撃された場合、世継ぎをこっそり逃がすのが子守りの仕事だからだ」

アナベルははっと息をのんだ。「今日、ニコラスはトンネルを使ってわたしから逃げたと考えているんですか？」

「ああ、なんなら命を賭けてもいい。さあ、あのいたずら小僧をつかまえたいなら急がないと」ランプを手に、サイモン卿は城の居住棟へ通じる階段をのぼりはじめた。

アナベルもスカートを引っつかみ、勇ましく彼のあとに続いた。急な階段なのに、手すりがどこにもない。足を滑らせたらどうなるかは考えたくもなかった。まったく正気じゃないわ！　ニコラスにこんな勇気があるわけないじゃない。叔父を避けるために、こんなクモの巣だらけの薄暗い場所にひそむなんて。「どうしてニコラスがこの道をたどったと思うんです？　もしかしたら別のトンネルに行ったかもしれませんわ」

「いや、こっちだ。秘密の部屋を見つけていれば、必ずこっちに来る」

「秘密の部屋？　どういう意味です？」

「じきにわかるさ。さあ、静かに。ニコラスに聞こえてしまう」

アナベルは声を落とした。「これが無駄足にならないといいんですが」

サイモン卿が肩越しにちらりと見る。ランプの明かりの中、彼の瞳は海賊さながらにぎらぎらと光っていた。「一度くらい、ぼくに従ってくれてもいいだろう？」

唇をすぼめながら、アナベルは階段をのぼることに集中した。サイモン卿の言うとおりだ。

わたしはもっと彼に対して従順になるべきなのだろう。けれどもどういうわけか、しゃくに障るサイモン卿は、わたしの最悪の部分を引き出してしまうのだ。だが少なくとも、彼には行き先がわかっているらしい。ほかに選択肢がないなら、黙ってあとをついていくしかない。

トンネルのような階段をのぼっていくと狭い踊り場があった。踊り場の先は左右に分かれている。サイモン卿はアナベルのほうに体を寄せると左側を指差した。薄ぼんやりとした影の中、上部にドアが浮かびあがって見える。「あれが子ども部屋だ」アナベルの耳元で、彼はささやいた。「だが、ニコラスはこちらにいるに違いない」

サイモン卿が首を傾け、右側のほうを指し示す。短い階段の先にあるのは頑丈そうな木製のドアだ。

彼はアナベルにランプを手渡すとかがみ込み、鍵穴から〝秘密の部屋〟をのぞいた。それから顔をあげ、彼女に大きくうなずいてみせた。アナベルは自分の目で確かめたかったが、サイモン卿はさっと立ちあがるとドアの取っ手に手を伸ばした。あまりに険しい表情に、彼女は凍りついた。まさか彼はニコラスを脅しつけるつもり？

思わずサイモン卿のたくましい腕をつかんだ。「お願いです」必死にささやく。「まずわたしにニコラスと話をさせてください」

「だめだ。きみは黙っていろ」

彼はそう言うとドアを大きく開け、首をすくめて室内に足を踏み入れた。

アナベルもあわててあとに続き、暖かくて小さな部屋に入った。曲線状の壁を見て、ここが塔にある部屋のひとつだとわかった。細長いガラスの切り込みから差し込む陽光が、わずかばかりの家具とすり切れた絨毯を照らし出している。

そしてニコラスの姿も。

ニコラスは房のついた大きなクッションにあぐらをかいて座っていた。絨毯の上に並べてあるのはおもちゃの兵隊だ。お気に入りの騎馬兵を痩せた胸の前に抱えると、彼は叔父を見あげた。明らかに衝撃を受けている様子だ。唇をわななかせ、緑色の目を大きく見開いている。青白い顔にはまぎれもない恐怖の色があった。

サイモン卿が前に踏み出し、腰に手を当てた。「ぼくの書斎に来るよう言ったはずだ」厳しい口調で言う。「なぜ命令に従わなかったのか、理由が知りたい」

ニコラスは両肩をすくめた。あまりの恐怖に言葉も出てこない様子だ。

アナベルは急いでサイモン卿のそばに走り寄った。「公爵様に悪気はなかったのだと思いま――」

「ミス・クイン、あとひと言でもしゃべったら、きみを追い出すぞ」

それは文字どおりの意味だろうか？　サイモン卿はわたしに荷造りをさせ、ケヴァーン城から放り出すつもりなの？

きっとそうだわ。彼の氷のごとき灰色の瞳には断固たる決意が表れている。アナベルは唇を引き結び、反論をのみ込んだ。こんなに機嫌の悪い彼に、わざわざ異議を申し立てるほどの度胸はない。

サイモン卿がニコラスに近づき、ぬっと立ちはだかった。「おまえは自分が隠れることで、ミス・クインにとんでもなく怖い思いをさせた。ケヴァーン公爵にあるまじき卑怯《ひきょう》な行為だ。ぼくの言っている意味がわかるか？」

恐怖に目を見開きながら、ニコラスが小さくうなずく。

「今すぐ彼女に謝りなさい」

ニコラスは頭をさげると、むにゃむにゃと何か言った。

「もっと大きな声で」サイモン卿がせっついた。

「ご……ごめんなさい、ミス・クイン」

心の痛みを覚えながら、アナベルは同情の笑みを返した。かわいそうに。ニコラスは本当に惨めな顔をしている。できれば腕の中に抱きしめて彼を守ってあげたい。でも、サイモン卿の目の前でそんな愛情表現をする勇気はない。

「おまえは自分の責任を逃れるためにトンネルを使った」サイモン卿がニコラスに話しかける。「二度とそういうことはしないと誓うんだ」

「はい、誓います」消え入るような声でニコラスは言った。

「約束を破っておいて、罰を受けずにすむとは思っていないだろうな」

そこで言葉を切ると、サイモン卿は甥を見おろした。その謎めいた表情を見て、アナベルはふと思った。サイモン卿はニコラスに、かつて愛した女性の面影を見ているのかしら？自分を振って兄を選んだ美しい女性のことを？

どうかここで復讐しようなんて思わないで。アナベルは心からそう祈らずにはいられなかった。甥に対してこれほど厳しく接するサイモン卿を見るのははじめてだ。彼女はこぶしをぎゅっと握りしめ、サイモン卿のさらに厳しい言葉を覚悟した。ああ、彼はニコラスにどんな罰を与えるつもりだろう？　来月いっぱいパンと水を与えないとか？　それとも地下牢に何日か閉じ込める？　まさか、柳の鞭で五〇回叩くつもりでは……？

もしそんな冷酷な仕打ちをするなら、わたしが黙ってはいない。そんな気持ちが強すぎて、アナベルはサイモン卿が罰を言い渡すまで、ひと言も口を挟めずにいた。

「命令に従うことの大切さについて作文を書きなさい。書いたら、ミス・クインにちゃんと見てもらうように」サイモン卿が彼女をそっけなく一瞥した。「明日の朝には、ぼくの机に届けておいてくれ」

日曜日、アナベルはニコラスをケヴァーンストウ村にあるザンクト・ガレン教会に連れていった。きっと教区牧師の説教はつまらないだろう。でも、ニコラスには地元の教会でしっかりとした宗教心を身につけてほしい。彼は日曜ごとに聖書の一節を読んでいるが、それだけではじゅうぶんとは言えない。子どもには、友だちや隣人たちと一緒に神に祈りを捧げるという体験をさせるべきなのだ。

驚いたことに、城にはニコラスに付き添って礼拝に行く者が誰もいなかった。もちろん教区牧師は、その役をぜひサイモン卿にやってほしいと考えているに違いない。いや、実際そう勧めたのかもしれないが、だとすれば、バンティングの努力は無駄だったことになる。家政婦の話によれば、サイモン卿はクリスマスや復活祭などの特別な機会にしか教会を訪れないらしい。

御者はアナベルたちを、村の中心にある大きなカシの木の下に立つ教会の前でおろした。こぢんまりした石造りの教会の横には古い墓地が広がっており、ところどころにシャクナゲとアジサイが咲き乱れている。開かれた扉の前に集まっているのは、大勢の村人たちと地元の貴族たちだ。アナベルとニコラスが馬車からおりると、彼らの多くがいっせいに振り向いた。

みなが年若い公爵に興味を寄せるのはもっともなことだ。ほとんど城の中に閉じこもっているニコラスは、ここ何年も彼らの前に姿を現したことがない。そんな彼にいろいろな人と友だちになってほしい……。そんな願いをこめ、アナベルは目が合った人たちに愛想よく微笑んでみせた。

だが人込みの片隅に、太った紳士とともに立っているレディ・ルイザと母親を見つけた瞬間、アナベルの笑みは消えた。ほっそりとした貴族令嬢は磁器の人形のようだ。今日は麦わら帽子にピンク色のひだ飾りのついたドレスを合わせている。ふたりはアナベルのほうへ近づいてきた。公爵のご機嫌取りをしたいに違いない。けれどもタイミングよく尖塔の鐘が鳴り、人々が教会の中へ入りはじめた。

アナベルはニコラスの手を握って通路を進み、祭壇の真正面にあるケヴァーン一族の信者席へと連れていき、彼の隣に腰かけた。茶色の上着と半ズボンという垢抜けた姿のニコラスは足をぶらぶらさせながら、周囲の彫像やろうそくを興味深そうに見まわしている。まるでふつうの少年のようにくつろいだ様子を見て、アナベルは嬉しくなった。ニコラスはまじめすぎるきらいがあるからだ。

オルガン奏者が演奏をはじめると、聖具保管室からバンティングが登場し、同じく聖衣をまとった若い男性を従えて祭壇までゆっくりと歩きだした。ふいに信者たちのあいだにささやきが広がる。どうしたのかしら？　アナベルは不思議に思った。これから礼拝がはじまるというとき、教区民たちには何よりも静粛さが求められるはずなのに。

そのとき、ざわめきの原因が信者席に滑り込んできた。サイモン卿だ。彼はアナベルとは反対側の、甥の隣の席に腰かけた。

アナベルはとっさに身を硬くした。心臓がどきどきして、膝の上の手袋をはめた指を思わず握り合わせる。いったい彼はここで何をしているのだろう？　彼女はちらりと盗み見た。今日のサイモン卿は瞳の色に合う濃い灰色の上着をまとい、一段とハンサムだ。ニコラスはといえば、もぞもぞ動くのをぴたりとやめ、明らかに心配そうな様子で叔父のほうをちらちら見ている。

信者たちが賛美歌を歌いだした。アナベルも祈禱書《きとうしょ》を開いたが、歌詞は見なくてもそらで歌える。だが歌っている最中も、ほかの人々の声に混じって聞こえるサイモン卿のよく響くバリトンを意識しすぎて、心ここにあらずの状態だった。

彼が突然教会に姿を見せたのは偶然ではないだろう。わたしがニコラスを連れていったことを、ミセス・ウィケットから聞いたに違いない。わたしは何か間違ったことをしでかしたのかしら？　たしかに彼の許しを得ずに、あの厳しすぎる予定表にはない行動をした。そのことでわたしを非難するつもり？

いいえ、そんなことはないはずよ。わたしは大げさに考えすぎている。おそらくサイモン卿は、ただ自分の魂を清めるために教会へやってきたんだわ。

塔の部屋に隠れていたニコラスを見つけて以来、サイモン卿の姿を目にするのは丸二日ぶりだ。次の日、ニコラスの作文を届けに行ったときも書斎には誰もいなかった。ニコラスが何時間もかけてようやく仕上げた作文だ。きっと完璧な作文にしたかったのだろう。叔父に気に入られたいという少年の思いに、アナベルは胸を打たれた。

サイモン卿は甥の作文を読んだかしら？　それとも読みもせずに、すぐごみ箱に捨ててしまったの？

いずれにせよ、あの作文はみごとな〝罰〟だったと認めざるをえない。作文を書くことで、ニコラスは自分の責任を果たすことの大切さをじっくり考えることになった。高い地位に就く者としての責任感を学ぶ、貴重なレッスンになったのだ。まさに価値ある課題と言えるだろう。あの一件で、わたしもサイモン卿に対する考え方を見直さざるをえなくなった。たぶん、彼は鬼のように恐ろしいだけの人ではないのだろう。

〝ただし、今後はよけいな口出しをするな。きみのことも、甥のこともだ〟

それなら、サイモン卿のぶっきらぼうな態度は単なる見せかけなのかしら？　アナベルにはよくわからなかった。ひとつだけたしかなのは、彼がしぶしぶ後見人になったことだ。週に一度の面会を除けば、サイモン卿はニコラスの世話を使用人に任せている。わたしも公爵の教育について彼と話そうとしたが、にべもなく無視された。すでに二度も。

今日、サイモン卿が教会に来てくれたのはよかったのだろう。少なくとも、彼も教区牧師のうんざりするほど退屈な話を聞くことになるのだから。

祈りと聖書からの引用とともに、バンティングが礼拝をはじめた。階段をのぼって説教台につき、隣人に対して寛大になるという美徳についての教えを説いていく。意外なことに、彼の長い話は退屈な授業よりも出来がよく、感動的な部分さえあった。明らかに、バンティングは教鞭をとるよりも説教をするほうが向いている。

信者にとってはよいことだろう。だが、アナベルにとっては違う。これでバンティングをニコラスの教室から追い出すという望みが打ち砕かれてしまった。サイモン卿がわたしの訴えを無視したのも無理はない。この牧師が教師になると、説教のときとは別人になるとは思いも寄らないだろう。

礼拝の最後に、集まった人々が敬意を表して信者席から立ちあがった。アナベルは、彼らがまず公爵が先に出ていくのを待っていることに気づいた。ニコラスの小さな手を取ると、教区牧師ともうひとりの男性のあとに続き、通路を出口に向かって進んでいく。すぐあとからサイモン卿が続いた。

陽光の中に出ると、アナベルはサイモン卿をちらりと見て、好奇心から思わず口走った。「あなたがここにおいでになるとは思いませんでした」小声でつけ加える。「ミセス・ウィケットから、あなたはあまり教会にはいらっしゃらないと聞いたものですから」

彼は片方の眉をあげた。「ぼくを叱りつけるつもりか、ミス・クイン？　言っておくが、叱るのは最良の方法とは思えない。ぼくの参列しようという意欲をそいでしまうぞ」

濃い灰色の瞳のいたずらっぽい輝きに、アナベルは思わず頬を染めた。サイモン卿はわたしをからかっているの？　それとも、いつもの皮肉めかした会話をしているだけ？　それがよくわからない。彼のそばにいるだけで、こんなに息苦しくなるなんてばかげている。ここは口をしっかり閉じて、彼の言葉をやり過ごすほうがいい。

バンティングが教会からぞろぞろと出てくる信者たちを出迎えている。彼はアナベルを無視して、サイモン卿に愛想のいい笑みを見せた。「今日はあなたと公爵様をお迎えできて大変光栄です。実にすばらしいタイミングと言わざるをえません。というのも、ちょうど今週、牧師補が代わったばかりなのです。閣下にミスター・ハロルド・トレメインを紹介させていただきたく存じます」

バンティングがそばに立っている聖衣を着た若い男を指し示した。アナベルはトレメインを見て、すぐに思った。なんだか慎《つつ》ましくて貧しい聖職者というより、社交界きっての遊び人みたいだわ。豊かな茶色の巻き毛の持ち主で、わざとひと房だけ前髪を額に垂らしている。歯はまぶしいほど白く、整った顔立ちだ。地味な黒の聖衣を着ていても、どこか貴族的で垢抜けた感じがする。

トレメインはサイモン卿と握手をしたあと、両手を膝に当てて身をかがめ、ニコラスに話しかけた。「あなたにお仕えできることを本当に光栄に思っています、公爵様」

ニコラスは用心深い目でトレメインを一瞥すると頭をひょいと引っ込め、自分の靴先をじっと見つめた。その姿を見て、アナベルは心から願わずにはいられなかった。この子が内気さを克服できるよう、手助けをしてあげたい。ただ、はじめての外出に多くを期待しすぎるのはよくないだろう。結局のところ、ニコラスは領民たちと打ち解けて対話することを学ぶ必要があるのだ。そう、いつか自分が統治することになる人々と――。

「こちらの愛らしいレディはどなたですか?」

アナベルはトレメインが自分のことを言っているのだと気づいた。思わず一歩さがる。わたしはただの雇われの身。自己紹介をする資格などない。

「ミス・クインはぼくの甥の家庭教師だ」サイモン卿が答えた。

「ああ」トレメインは青い目で感心したようにアナベルを見つめ、手を差し出すと、手袋をはめた彼女の手を軽く握った。「ミスター・バンティングと授業を分担されている方ですね。彼からそう聞いています。しかし彼は、あなたがこんなに美しい方だとは教えてくれませんでした」

微笑みながら、アナベルはトレメインの手から手を引き抜いた。いつも自分の器量は十人並みだと考えているのに、思いがけないお世辞を言われて、ひどく居心地が悪い。とはいえ、これほどハンサムな男性に褒められたのは嬉しかった。「ありがとうございます。でも外見的なことよりも、できれば教える能力で褒められたいですわ」

「あなたは教養のある知的な女性《ブルーストッキング》なんですね。読書はお好きですか？　ぼくは歴史が大好きなんです。いつかゆっくりお話しできるといいですね」

「それは楽しそう――」

「公爵の予定が詰まっていて、彼女にはほとんど自由時間がない」サイモン卿が割って入った。「今もニコラスと彼女はケヴァーン城へ戻るところだ」

サイモン卿はアナベルの背中に手を当て、カシの木の下にとめてある公爵家の馬車のほうへ進ませた。ニコラスが小走りでやってきて横に並ぶ。明らかに、その場にいる人々から解放されて喜んでいる様子だ。

アナベルは当惑しながらサイモン卿を見あげた。ドレス越しに伝わってくる彼の手のぬくもりに、今にもへなへなとくずおれてしまいそうだ。ありがたくない反応に、ますますいらだちが募る。「どうしてあんなふうにせかしたんです？　まだ会話の途中だったのに」

サイモン卿が冷ややかな視線を浴びせてきた。「地元の者といちゃつかせるために、きみを雇っているわけじゃない」

「いちゃつく？　わたしはそんな――」

「サイモン卿！」ふいに甲高い声がした。「まさか、もうお発《た》ちではないでしょう？」

アナベルは肩越しに振り返った。レディ・ルイザが上流階級のお仲間を引き連れ、こちらに近づいてくる。金髪で見目麗しい彼女は、優美な手袋をはめた手を振っていた。

「さあ、行くんだ」サイモン卿はアナベルを馬車のほうへ押しやると、レディ・ルイザのほうへ振り向いた。

アナベルはふいに彼を困らせたくなった。だが、命令に背く勇気はない。それに貴族の令嬢たちの黄色い歓声にニコラスをさらしたくもなかった。

ニコラスが馬車によじのぼっているあいだに、アナベルはサイモン卿の様子を盗み見た。彼はレディ・ルイザのかたわらに立ち、小首をかしげて、彼女の話に熱心に耳を傾けている。それから微笑むと肘を差し出し、レディ・ルイザとともに教会の中へ戻っていった。

その光景を目の当たりにして、アナベルはたちまち不愉快な気分になった。これはきっと、サイモン卿の人となりに失望したせいだわ。そう、少なくとも、どうして彼が突然教会に来たかという謎は解けた。

彼はレディ・ルイザがここに来ることを知っていたのだ。

11

月曜日は苦情申し立ての日だ。

サイモンは一週間の中でも月曜日を忌み嫌っている。苦情申し立ての日は、借地人たちの取るに足りない口論をことごとく解決しなければならない。何より彼をいらだたせるのは、物干し用ロープから洗濯物が盗まれただの、牛から酸っぱい乳しか出ないだのという申し立てを聞くあいだ、何時間も座っていなければならないことだった。

慣習により、謁見はケヴァーン城の本館にある図書室で行われることになっている。サイモンが座るのは、先祖たちが代々使ってきた玉座のような椅子だ。彼の父親の時代からそうであったように椅子のクッションはでこぼこで、肘掛け部分の金箔ははがれている。

サイモンのかたわらに立ち、いかなる求めにも応じられるよう待機しているのは、使用人の古株であるラドローだ。とはいえ、彼がきちんと役割をこなしているとは言いがたい。白髪頭の老人は関節炎のせいで背を丸めている。儀式のあいだじゅう寄りかかっている長い柄の金色の職杖がなければ、今にも節くれ立ったカシの大木のように倒れてしまいそうだ。

今、サイモンに求められているのは、中年のミセス・マディヴァーと隣人の若者、ジェンキンズのけんかの仲裁だった。ジェンキンズの飼っているヤギが彼女の庭に入り込み、植物を根こそぎ食べてしまったのだという。

ミセス・マディヴァーが若い農夫の前に立ちはだかり、でっぷりとした腰に手を当てて声をあげた。「あたしの庭には茎しか残ってなかったんだ。バラもアスターも——みんな食われちまったんだよ！」

「あんたは門扉に鍵をかけてなかったじゃないか」ジェンキンズも負けじと反論した。「悪いのはあんたのほうだ」

ミセス・マディヴァーが彼の胸に指を突きつける。「あんたがヤギを放し飼いにしてたんだろう。きっちり賠償してもらうよ。一〇シリングだ。一ペンスも負ける気はないね」

「一〇シリング——」ジェンキンズが怒りを爆発させた。「そんなの払うもんか！　おれを殺して奪いでもしないかぎり無理だね」

「じゃあ、そうしてやるよ！」

「もういい」サイモンはぴしゃりと言った。

ふたりは言い争いをやめようとしない。ラドローが床に職杖を激しく叩きつけると、まだ口論を続けながらも、ようやくふたりがサイモンのほうを向いた。

「ハーブも全部食べられちまったんですよ、閣下」ミセス・マディヴァーが愚痴をこぼす。「パースニップもめちゃくちゃにされました」

「また生えてくるさ」ジェンキンズが言った。「それが自然ってもんだ」

「もう冬はすぐそこだよ。そんな奇跡が起きるとでも思ってんのかい？」

「まだ九月じゃないか。まあ、腕が悪い庭師なら冬作物にも失敗するだろうがね」

ミセス・マディヴァーが怒りのうなり声を発する。ふたりがつかみ合いのけんかをはじめる前に、サイモンはすばやく決定を申し渡した。「ミセス・マディヴァー、城の庭園から何種類か種を持って帰り、荒らされた畑に植えなさい。ジェンキンズ、おまえのヤギからこしらえたチーズを彼女にあげなさい——いちばん大きくて最高の味のチーズを」

ふたりとも、いっせいに抗議の声をあげた。そんな罰は厳しすぎるというのがジェンキンズの言い分。彼がチーズに毒を盛るかもしれないから金で賠償してほしいというのがミセス・マディヴァーの言い分だ。サイモンは、もし命令に従わないならどちらにも罰金を課すと脅しつけた。

ふたりがぼやきながら図書室から出ていくと、サイモンは安堵のため息をついた。

「これで今日は終わりだといいんだが」ラドローに話しかける。

「確認してまいります、閣下」

職杖にしがみつきながら、年老いた使用人がのろのろと戸口へ向かう。サイモンは数カ月前、引退するようラドローを説得しようとした。しかし彼は首を縦に振ろうとはせず、サイモンはいまだにこの問題に悩まされている。ただ、ラドローの気持ちもわからないではない。サイモン自身、いつか自分が閑職に追いやられるのかと思うとぞっとする。男とは、常に自分が役に立っていると感じていたい生き物だ。膝掛けをかけられ、揺り椅子におとなしく座っているだけの生活などごめんこうむる。

立ちあがったとたん、サイモンは左の太腿の激痛に顔をしかめた。そう、彼とラドローには脚に痛みを抱えているという共通点があった。湿っぽい天候と長時間座り続けたせいで、サイモンの古傷の痛みは悪化していた。痛みにいちばん効くのは、戸外で体を動かすことだ。そんなわけで、サイモンは一刻も早くこの仕事を切りあげ、表に出たくてうずうずしていた。そうでなくても、視察や調査が必要な仕事が山積みだ。領地の東側では作業人たちが排水溝を掘っているし、南側では侵入者の目撃情報が報告されている。

けいれんする脚の筋肉をほぐすべく、サイモンは図書室の中をのろのろと歩いた。背の高い本棚が並び、革表紙の独特の匂いがするこの部屋は昔から大好きだった。間違いなく甥もそうらしい。家政婦の話によれば、午後の授業が終わると、アナベルはニコラスをよくここへ連れてきているという。

アナベル。いつからだろう、彼女のことをこんなふうに親しみをこめて考えるようになったのは。彼女と一緒にいたいというだけで、わざわざ教会に出かけていった日の前日からか？　いや、違う。それより前から、ぼくはすでに彼女を意識していた。ただ外見に惹かれる気持ちが、正真正銘の興味に取って代わったのだ。どの瞬間か正確に特定するとすれば、秘密のトンネルを通ったときだろう。冒険を前にしたアナベルの目の輝きにすっかり魅了されてしまったのだ。ぼくの知り合いの中でも、暗くて汚い迷路のようなトンネルを嬉々《きき》として探険するレディはまずいない。

実際、あれほど大胆で恐れを知らない女性はほかに思いつかない。だからこそ考えてしまうのだ。ぼくのベッドの中で、アナベルは炎のように激しく燃えあがるのだろうかと。

サイモンは椅子の背もたれに片手を置き、下を向いて太腿を手荒に揉みほぐした。使用人との官能的な妄想にふける気はない。メイドや家庭教師相手に楽しもうとする貴族の男たちをいつも軽蔑してきた。使用人には従うしか選択肢がないからだ。従わなければ、その屋敷での職を失わざるをえないだろう。だが、サイモンはそんな仕打ちをアナベルにはしたくないと考えていた。彼女がニコラスの幸せを心底願っていると、自分の目で確かめられた今はなおさらだ。

たとえ、アナベルが過保護すぎるとしても。

ついでに言えば、彼女にこれ以上教区牧師の不満を言わせるつもりはない。あの男はニコラスのしつけをきちんと行っている。ニコラスに必要なのはアナベルのように甘やかすことではなく、むしろ厳しくしつけることだ。任務には黙って従う必要があることを、彼女自身にもわかってもらわなければならない。

「どこかおけがでも、サイモン卿？」

一瞬、自分の想像がアナベルの声を呼び出したのかと思った。戸口から彼女が駆け寄ってくるのを見て、サイモンは急いで背筋を伸ばした。あとからラドローが重い足取りでのろのろとやってくる。

アナベルの突然の登場に、サイモンは不意をつかれた。気遣わしげな表情を浮かべているせいで、なおさらだった。いつもぼくに対しては挑戦的か強情、あるいは非難がましい表情しか見せたことがないのに――心配そうな顔というのははじめてだ。

かたわらにやってくると、アナベルは彼の脚を見おろした。「先ほどまで、なんだか痛そうにしていらっしゃいましたね」

「なんでもない。ただの古傷だ」サイモンはそっけなく応じた。「あまり長いあいだ座っていると脚がこわばるんだ」

いや、体の中でこわばっているのは古傷だけではない。アナベルが近くに来ただけで、全身の血がたぎるようだった。おかしいじゃないか。彼女はいかにも家庭教師然とした装いだ。灰色のドレスをいちばん上のボタンまできっちりととめ、ひとつにまとめた髪にレースキャップをかぶっている。それなのに想像せずにはいられない。ぼくのベッドの中で、彼女の髪はどんなふうに広がるのだろう？　だめだ。彼女を追い出さなければ――ぼくの想像上のベッドからも、この部屋からも。「きみは階上《うえ》で授業中だとばかり思っていたが？」

「ええ、わかっています。でも……」

アナベルは押し黙り、ラドローに説明を任せた。老人は脚を引きずりながらようやくサイモンのところへ到着すると、昔ながらの儀式に乗っ取り、職杖で床をどんと叩いた。

「閣下、ミス・クインは苦情申し立てに来たのです」

「なんだって？」サイモンはアナベルをにらみつけた。「きみには許されないことだ。苦情申し立ての日は借地人のためにあるのだから」

「わたしはあなたにお仕えしています」理性的な口調で彼女が言う。「このお城で働いているとはいえ、わたしも一種の借地人のようなものです。しかも、わたしは解決しなければならない問題を抱えています。とても重要な問題なのです」

「甥の教育に関することなら、話はもうすんだはずだ」

「たとえこれが一〇〇〇回目だとしても、わたしは苦情を申しあげるつもりです。慣習に従えば、あなたは申し立てられた苦情に対して判断を下す前に、問題のあらゆる側面について耳を傾ける必要があるはずです。今朝、調理場にいる使用人たちがそう話しているのを聞きました」

「たしかにそれが規則であります。閣下」ラドローが震える声で歌うように言う。「先祖代々伝えられてきた大切な規則なのです」

忌々しい。サイモンには以前のような言い争いをくり返す気などさらさらなかった。アナベルはすでに自分の言い分を述べている。しかもそれは彼女らしからぬ、やや説得力に欠ける言い分だった。とはいえ、アナベルの粘り強さには感心せざるをえない。おそらく、これを最後にきっぱりと彼女を黙らせるのが得策だろう。

「ならば好きにするがいい」サイモンはいらいらしながら、手をさっとひと振りして申し渡した。「ただし、今日のぼくの判断は絶対だ。一度判断が下されたら、きみは二度とその話題を持ち出してはならない」

「わかりました——ただし、あなたが公爵様の教育に変わらぬ関心をお寄せになってくださ

「ることを切に望みます」

サイモンは歯を食いしばった。この遠慮のない物言いの女は、なぜこうもぼくの罪悪感をかきたてるのだろう？ ぼくは自分の人生設計を台なしにしてまで、ニコラスの世話をしているというのに。これ以上ぼくに何を求めようというのだ？

それこそ、むごい要求というものだ。

ラドローが咳払いをする。「閣下、審判の玉座へ」

時代遅れの伝統を思い出し、サイモンはしぶしぶ背の高い椅子に座り、でこぼこのクッションに身を任せた。やむをえない。あとひとつだけ不愉快な話を聞くとしよう。

「手短に話してくれ、ミス・クイン。もう少しで昼食の時間なんだ」

彼の言葉にも、アナベルはいっこうに動じない様子だ。図書室に入ってきたときの心配そうな様子とはまるで違う。腰に手を当ててしっかりと立つ姿は、厳しい家庭教師そのものだった。昔サイモンが世話になった家庭教師たち全員の厳格さをすべて足したような迫力だ。

「ご存じのとおり」アナベルが口を開いた。「わたしは公爵様の学習がはかどっていないことを深く憂慮しており、その原因は授業の質の低さにあると考えています。しかもあなたが公爵様に課している予定表は、彼の能力や関心を伸ばすのに役立っていないと思うのです」

「戯言を言うな。甥が伸ばすべき能力はただひとつ、数学や文学といった勉学に必要な能力だけだ」

アナベルがきまじめな瞳で彼をひたと見据える。「わたしは勉強の能力のことを言っているのではありません。特別な、神から与えられた能力のことです。あなたは公爵様の天賦の才能にお気づきでしょうか？」

サイモンの封印していた記憶の中から、笑いながら彼の肖像画を描くニコラスの母親の姿が突然よみがえった。彼はゆっくりと首を横に振りながら答えた。「いいや」

彼女は口をゆがめて非難の表情を浮かべた。「でしたら申しあげます。公爵様の午後の授業のうち、何時間かを絵の授業に代えることをお許しください」

「よかろう。それで話は終わりなら――」

「終わりではありません」きっぱりとアナベルが言う。「あなたに知っていただきたいのです。公爵様の予定表は見直す必要があります。一日を管理されすぎているのです。あれでは遊ぶ時間さえありません。たぶん、あなたは気づいていらっしゃらないのでしょうが、どんな子どもも外で駆けまわる自由を必要としています。それは健康と幸福のために不可欠なことなのです」

「たしかに、予定表どおりにやっているかぎり、あの子に自由な時間などないだろう」

彼女は眉根を寄せて首をかしげた。「それなら、なぜそんな予定表を立てるのです？　あれでは休みなく勉強せよと無理強いしているようなものです」

そうなのだろうか？　アナベルの確信に満ちた物言いに、サイモンの自信が揺らいだ。

「数カ月前に予定表を見た記憶はあるが、あれはバンティングが立てたものだ。考えたのはぼくではない」

「でも、それを認めたのはあなたです」

彼はふいに法廷で厳しく追及されているかのような気分になった。「ああ、そういうことになる」そっけなく認めて続ける。「だが、きみは大げさに言っているに違いない。もしきみが言うほど厳しい内容なら、ぼくも認めはしないだろう」

「でしたら、どうか確かめてください」アナベルはドレスのポケットから一枚の紙を取り出し、前へ出てサイモンに手渡した。「あなたがご覧になった予定表とはこれでしょうか？」

彼は紙を広げ、ざっと目を通した。悔しいことに、その予定表は本当に細かすぎた。夜明けから夕暮れまで、ニコラスのあらゆる時間を厳しく管理している。

サイモンはふと考え込んだ。ぼくが大した注意も払わずに、この予定表を認めた可能性は高い。ジョージとダイアナの突然の死からの数週間は、とにかくめまぐるしかった。張り裂けそうな心を抱えたまま、さまざまな仕事をこなさなければならなかったのだ。悲しみを封印しようと、領地運営のための業務に没頭した。甥の面倒は個人教師と城の使用人たちに任せきりだった。それでいいと思っていた。

「たしかにこれはバンティングの筆跡だ」サイモンは言った。「だが去年の冬に彼から報告を受けて以来、予定表が変更されたかどうかがわからない」

つりあがった片方の眉を見れば、アナベルがぼくをどう考えているかよくわかる。ニコラスの日々の行動に関心を持とうとしないぼくに、さぞかし呆れているのだろう。あの日、書斎で彼女はなんと言っていた？

〝公爵様はあなたから逃げています。彼が恐れているのはあなたなんです。もしあなたがある程度の愛情と思いやりを示せば、きっと公爵様も喜んであなたのもとを訪ねるようになるでしょう〟

サイモンは身じろぎしたい衝動と闘っていた。いいや、当時の混沌《こんとん》とした状況を考えれば、自分は最善を尽くしたはずだ。うしろめたく思う必要はない。彼は紙を折りたたんで上着の内ポケットにねじ込んだ。「予定表を見直すよう、バンティングに言っておく。それでいいだろう？」

「いいえ、まだあります。教区牧師の教え方に関することです」アナベルはサイモンの玉座の前を行ったり来たりした。ドレスの裾が床にこすれる音がする。「ミスター・バンティングは子どもの関心を引く方法をご存じないようです。彼の授業はあまりに退屈すぎます。あなたは授業をご覧になったことがありますか？」

サイモンは首を横に振った。「そんなことをする理由はない。さあ、これでじゅうぶんだろう。きみの時間は終わりだ」

「問題のあらゆる側面について耳を傾けなければ、あなたは判断を下せないはずです」彼女がサイモンの背後に視線を移す。「そうですよね、ラドロー？」

玉座の背後に年老いた使用人が立っていることを、サイモンはすっかり忘れていた。ラドローが膝を曲げ、大仰なお辞儀をする。「はい、そうです、ミス・クイン」

アナベルはふたたび注意をサイモンに戻した。「閣下、あなたにはやるべきことがひとつあります。どうか子ども部屋に来て、あなた自身の耳でミスター・バンティングの授業を聞いてみてください」

「そんなことは時間の無駄だ」彼はアナベルをにらみつけた。彼女がここまで頑《かたく》なに言い張るのが不思議だった。「きみの魂胆はわかっている。バンティングを追い出し、ニコラスの教育係としての仕事を独占するつもりだろう？　ならば聞かせてくれ。どういう根拠があって、きみは彼よりも教えるのがうまいと言えるんだ？」

「わたしが子どもの気持ちを理解できるからです。それに、孤児としてひとりぼっちで育った寂しさもよく覚えているからです」

意外な告白をするなり、アナベルは向きを変えて立ち去ろうとした。彼女の育ちについてサイモンが知っていることといえば、ヨークシャーの女学校で教えていたということだけなのだ。彼女には家族がひとりもいないのだろうか？　いや、そんなことは気にしなくていい。アナベルは一介の家庭教師にすぎないのだ。それもかなり生意気な。

アーチ形の出入口へ向かう代わりに、アナベルは図書室の中をゆっくりと歩き、本棚に近づいてまじまじと眺めはじめた。いったい何をしているのだろう？　サイモンには彼女の意図がわからなかった。今は読書のための本を探すべきときではない。そう言いかけた瞬間、ふとアナベルのヒップの揺れに気を取られた。図書室の机に彼女を押し倒し、生意気なことを言う唇をキスでふさいでしまいたい……。

そのとき、アナベルが暖炉の脇で立ちどまり、石壁に指先を走らせた。

彼女に、そして自分自身にもひどく腹を立てながら、サイモンは噛みつくように言った。

「いったい何をしている?」

「入口を探しているんです。ひとつは図書室に通じているとおっしゃっていたでしょう?」

なんのことか、サイモンにはすぐにわかった。トンネルだ。あれは一族の秘密だと、ぼくは彼女に口止めしなかっただろうか? どうやら言い忘れていたらしい。

あわてて玉座から立ちあがり、大股でアナベルの横へ行く。目を合わせて顔をしかめてみせ、それ以上しゃべるなと無言で告げた。だが、彼女は唇を開いて何か言おうとしている。サイモンは彼女の手首に手を伸ばし、警告の意味をこめて軽く握った。

もくろみどおり、アナベルはびくっとしておとなしくなった。

サイモンはラドローのほうを振り向いて言った。「今日は以上だ。さがっていい」

老人はしわだらけの顔に頑固な表情を浮かべた。「まだ判断を下していらっしゃいません」

「すべての証拠を集めるまで延期しなければならない。さあ、出ていってくれ。これは命令だ」

「はい、サイモン卿」職杖に寄りかかり、ぶつぶつと何かつぶやきながら、ラドローはのろのろと戸口へ向かいはじめた。

サイモンには、ラドローが出ていくまでの時間が永遠に思えた。押さえつけた手の下で、アナベルの手首が激しく脈打っているのがわかる。彼女の肌は温かく、すべすべしていた。柔らかなてのひらを親指でなぞりたくてたまらない。かすかに漂う誘惑的な香りにふと思う。

この香りは彼女の胸の谷間から立ちのぼっているのだろうか。

そんなこと、どうでもいいだろう？

ラドローが廊下へ出ていくと、アナベルは握られた手を引き抜いてあとずさりした。

「わたし、何かいけないことを言ったのでしょうか？」

「トンネルのことは一族の者しか知らない。ずっと秘密にしておきたいんだ。使用人たちが逢い引きの場所に使うかもしれないからな」

「でも、わたしには教えてくれましたよね」

それはサイモンが彼女を信頼しているからだ。ただ正直なところ、彼は自分でもその理由がよくわからなかった。「あのとき、きみはニコラスのことで動揺していた。それにあの子がまた姿をくらました場合どこを探せばいいか、きみに教えておいたほうがいいと思ったんだ」

アナベルはその説明をすんなり受け入れた様子だ。とはいえ、まだ困惑の表情を浮かべている。「公爵様はどうしてトンネルのことを知ったのですか？　あなたから教わったのではないんでしょう？」

「ジョージが――彼の父親が――教えたに違いない」

アナベルの眉間のかすかなしわが完全に消えた。「そういうことなら、わたしはあなたの一族の秘密を絶対に他言しません。お約束します」くるりと壁のほうを向くと、彼女はまた指先で石壁をなぞりはじめた。「では、入口はどこなんです？」

「ここそする必要はない。主階段を使えばいいだろう」

アナベルが肩越しにサイモンをちらりと見る。いらだったような表情だ。「それではだめなんです。誰にも見られずに子ども部屋のある翼に忍び込むためには、トンネルを使わないと」

なるほど、そういうことか。「きみはぼくにバンティングの様子を探らせる気だな？」サイモンは不快そうに首を横に振った。「それはできない。スポーツマン精神に反することだ」

「そんな……。これはスポーツではありません。ニコラスの人生がかかっていることなんです。それにあの牧師の本当の姿を知るために、ほかにどんな方法があるというのです？」

アナベルはテーブルからろうそくを手に取ると、ゆっくりと身をかがめ、暖炉で火をつけた。サイモンは知らず知らずのうちに、彼女の白鳥のごとくほっそりとした首と、繊細な形の耳をうっとりと眺めていた。彼のすぐそばでアナベルがふたたび立ちあがる。指で頬を愛撫できるほどの近さだ。もっとも、そんなばかげたことをするつもりはない。

アナベルが顎を引き、いかにも謙虚な態度をとった。「どうかお願いです、サイモン卿。入口を教えてもらえませんか？」

ああ、この瞳だ。大きくて吸い込まれるように青い瞳……こんな目で見られたら、彼女の頼みを断れるはずがない。

「きみは間違った場所を探している」サイモンはそっけなく答えた。

大股で図書室を横切り、本棚がずらりと並ぶ壁へ行くと、古い本を何冊か動かした。背後に隠されているのは小さなかんぬきだ。かんぬきを一度引っ張って強く押すと、本棚の一部が軋んだ音を立てながら外に向かって開いた。

「まあ、すごい」アナベルが感嘆の声をあげる。「ここに扉が隠れているなんて思いもしなかったわ」

「ぼくは蝶番《ちょうつがい》がさびていなかったことのほうに驚いているよ。おそらく、もう何十年も使われていないはずだ」

彼女がサイモンを通り越して先にトンネルへ入った。「さあ、急いだほうがいいですわ。そうしないと、ミスター・バンティングの歴史の授業が終わってしまいます」

サイモンもあとに続いた。つと立ちどまり、背後で重々しい扉が閉まるのをきちんと確認する。ふたたび振り向いたとき、アナベルはすでに数メートル先へ進んでいた。明かりが消えないように彼女が手でろうそくを覆っているせいで、漆黒の闇の中にかすかな輝きが長い尾を引いている。

身をかがめてトンネルを進みながらも、サイモンはアナベルの体の女らしい曲線から目が離せずにいた。レースキャップにクモの巣が引っかかっても、彼女は大げさに騒いだりせず、さっと払いのけている。今、主導権を握っているのは間違いなくアナベルだ。彼女は城の主であるぼくに形だけの服従しか示さない。こんな小生意気な女と結婚する男は大ばか者だろう。

しかし一方で、その男は彼女を自分好みに変えていく喜びを味わえることになる。

サイモンは頭の中からよけいな考えを追い出した。今、大切なのは注意を怠らず、アナベルの早足に遅れずについていくことだ。トンネルの分岐点に達すると、彼女は子ども部屋へ通じるトンネルをまっすぐ進みはじめた。肩越しにサイモンをすばやく見てから、急な階段をのぼっていく。

彼は考えていた。重要なのは、アナベルがあれ以上ぼくを説得しようとしなかったことだ。ぼくに実際の現場を見せたほうが話が早いと考えたのだろう。とはいえ、まだぼくの疑念が晴れたわけではない。たしかにバンティングは古くさくて退屈だが、暴君のように残忍な人物ではない。たとえニコラスを束縛するような予定表を立てたとしても。

階段の上のほうでは、アナベルが子ども部屋へ通じる扉に到達していた。サイモンは一段抜かしで残りの階段を駆けあがって追いついた。彼女は誰もいない小さな寝室へ足を踏み入れた。ここで子守りが寝起きしているのだ。そのことをサイモンは今さらながら思い出した。まるで時間をさかのぼっているような気分になる。あたりに漂うチョークの粉や蜜蠟の匂いは、ぼくが子どもだった頃とまるで変わらない。

教室から教区牧師のくぐもった声が聞こえてきた。

アナベルがろうそくを吹き消し、そっとテーブルに置く。彼女はサイモンと目を合わせ、人さし指を立てて唇に当てると、忍び足で扉へ向かった。

やれやれ、くだらない。サイモンはかつて兄とやった追いはぎごっこを思い出した。よくふたりでおもちゃのピストルを手にして、使用人にこっそり忍び寄ろうとしたものだ。

とはいえ、彼は注意深く狭い通路に足を踏み入れた。アナベルが開け放したままの戸口の少し手前で立ちどまり、壁にさっと体を押しつける。見通しのよい場所からでも、見えるのは教室のほんの一部だ。ニコラスもバンティングも姿は見えない。

ただしここまで来ると、バンティングの声はよく聞こえた。彼が講義しているのは、ランカスター家とヨーク家による内戦を経てテューダー朝が成立するくだりだった。中世の戦いでいかなる陰謀が張りめぐらされ、血生ぐさい戦いが繰り広げられたかを、わくわくして聞いていた子どもの頃を思い出す。当時のサイモンの家庭教師は、その物語にケヴァーン一族の歴史を織り込んで聞かせてくれたので、いっそう鮮やかに覚えているのだ。だが、なんということだろう。バンティングは年号を淡々と口にしているだけだ。ヘンリーとリチャードの関係がだらだらと述べられ、退屈きわまりない。

さらに悪いことに、バンティングは説教台で見せるみごとな抑揚や強調をまるで使っていなかった。あんな一本調子のしゃべり方では、八歳の男の子が集中できずにそわそわするのも無理はない。

アナベルは腕を組み、目をぐるりとまわしてみせた。〝ほらね〟とでも言いたげな様子だ。認めるのはしゃくだが、彼女の評価は正しかった。この数カ月、ぼくは甥の教育にもっと注意を払うべきだったのだ。領地のことばかりにかまけるべきではなかった。たとえ、ニコラスの顔を見るたびにダイアナの裏切りを思い出すとしても……。

そのとき、教室から怒声が聞こえてきた。バンティングが声を荒らげている。

「まったく、言うことを聞かない子だ！　すぐにそれをよこしなさい」

サイモンは身をこわばらせ、開け放たれた戸口をじっと見つめた。ぴしゃりという音のあと、押し殺したような子どもの泣き声がした。腕にかけられたアナベルの指が震えているのがわかる。

先に入ろうとした彼女の前に飛び出し、サイモンは教室へ足を踏み入れた。ニコラスの机にもたれ、声をあげているバンティングの姿が目に飛び込んできた。「これを聞いたら、叔父様は絶対に鞭でお仕置きしますぞ」

サイモンは牧師のローブを引っつかみ、うしろにさがらせた。「いいや、ぼくの甥をまた虐待したら、おまえこそ鞭で打ってやる」

キツネに似たバンティングの顔がたちまち真っ青になる。手から落ちた定規が、磨き込まれた木の床に転がった。「サイモン卿！　あ――あなたがいらっしゃったとは。まったく気づきませんでした」

「まさかきみがこんな悪党だったとはな。それを教えてくださった神に感謝しなければ」サイモンがぐいっと押しやると、バンティングはよろめきながら教師用の机に倒れ込んだ。「今すぐ荷物をまとめてここから出ていけ。二度と戻ってくるな」

「ですが閣下――」

「早くしないと牧師館からも追い出すぞ」

苦りきった表情で、バンティングは机から私物を集め、引き出しをぴしゃりと閉めた。サイモンには近づかないようにしていたが、アナベルを敵意に満ちた目でにらみつけている。

彼女はニコラスの椅子のかたわらに立ち、少年に腕をまわしていた。

バンティングが教室から急ぎ足で出ていくと、ニコラスは椅子から立ちあがり、牧師が床に落としたものを拾いあげた。サイモンには見覚えのある、小さな騎馬兵の人形。幼い頃に遊んでいたおもちゃのうちの一体のようだ。ニコラスはすかさず安全なアナベルの腕の中へ飛び込んだ。彼女は少年の涙を拭いてやりながら、慰めの言葉をささやいた。

アナベルが顔をあげ、鋭い目でサイモンを見る。「公爵様はおもちゃの兵隊で遊ぶことを禁じられていました。その命令を下したのはあなたですか——それともミスター・バンティングでしょうか？」

「まさか。ぼくのはずがない」

サイモンは顔をしかめてアナベルを見つめた。なぜ彼女は、ニコラスが古いおもちゃで遊ぶことにぼくが反対したなどと考えたのだろう？　すぐに答えが浮かんだ。ぼくがそんな人間ではないことを態度で示していないからだ。甥に対して、ずっと厳しい態度を崩さずにいるからだ。

〝公爵様はあなたから逃げています。彼が恐れているのはあなたなんです。もしあなたがある程度の愛情と思いやりを示せば、きっと公爵様も喜んであなたのもとを訪ねるようになるでしょう〟

サイモンの先ほどまでの怒りは嘘のように消えていった。できることなら、ニコラスの頭を撫でてやりたい。あるいはしゃがみ込んで目の高さを合わせ、話しかけてやりたい。だがぼくの中に、これまでの習慣が深く根ざしてしまっている。今さら、てのひらを返したように甥をかわいがるのはおかしいじゃないか。そうだ、何も変わりはしない。ニコラスを避けたいというぼくの気持ちを変えることなどできない。この子がダイアナ譲りの金髪と緑色の目、それに端整な顔立ちでなければ、状況は違っていただろう。しかしどうあがいても、現実を変えることはできないのだ。

サイモンはアナベルに視線を移した。「さて、ミス・クイン。これできみはぼくの甥の、ただひとりの教師になったことになる」

彼女がこちらを見あげた。その顔に得意げな表情は見当たらない。そこにあるのは、ただ深い感謝の念だけだ。「ありがとうございます」

その言葉に居心地の悪さを感じてしまう。もともと後見人としての責任を怠っていたのはぼくなのだ。「きみのおかげだ。ひとつ借りができたな。では、これで」もっとそこにいたい気がしたが、サイモンは向きを変えると足早に教室から出ていった。

12

それから三週間後、アナベルは自分の寝室の床にひざまずき、旅行鞄を開けていた。中身の大半はすでに出してあったものの、すぐに必要のない品々のいくつかは鞄の中に入れたままだったのだ。端切れの山をかきまわし、青色のドレスを仕立てたときに余った長いシルクの布を探し出す。急げば、これを使って間に合わせのリボンが作れるだろう。

今から一時間後、階下で開かれるパーティーに出席しなければならない。従者によって招待状が届けられたのは、ほんの一〇分前のことだ。いや、正確に言えば招待状ではなく、サイモン卿からの簡潔な命令と言ったほうがいいだろう。折りたたまれた紙には、黒いインクで記された短い一文に彼のイニシャルが添えられていた。

〝今夜七時からの正餐に出席するように。ＳＷ〟

アナベルは完全に不意をつかれた。どうしてサイモン卿は間際になってから知らせてきたのかしら？　こんな短時間では、上流階級の人々が集う場所にふさわしいドレスを縫う余裕もない。ふだん着ているドレスで間に合わせるほかないだろう。

大勢の招待客を迎えるための準備があわただしく行われているのは知っている。客の中には、何日かケヴァーン城に滞在する人もいるに違いない。面接のとき、レディ・ミルフォードからは、家庭教師もそういった社交的な集まりに参加する場合もあると聞かされていた。でも、本当にそんなことが起こるとは夢にも思っていなかったのだ。そもそもサイモン卿はめったに宴席を設けようとしない。せいぜい午後の短い時間、数人の訪問者を受けつける程度だ。そのうえバンティングの解雇以来、サイモン卿はわたしを無視し続けている。まるでわたしなど存在していないかのように。

アナベルは鞄の中にあった灰色のシルクのショールのひだ飾りを指先でなぞった。餞別として女学校の生徒たちがくれたものだ。このショールなら、紺青色のドレスによく合うだろう。

ショールの下には小さな包みがあった。少し体を引き、柔らかな革製の小袋を開けてみる。中には赤いハイヒールが入っていた。

レディ・ミルフォードがくれた優雅な贈り物だ。不思議なことに、今の今までこの靴の存在をすっかり忘れていた。

アナベルはあがめるように、真っ赤なサテン地にそっと指を滑らせた。高い窓から差し込む陽光にクリスタルビーズの飾りがきらめく。こんな上品な靴が自分のものだなんて信じられない気がする。今まで生きてきて、これほど美しい品物を持ったことはない。

この赤い靴を履きたい。そんな思いがむくむくと頭をもたげてきた。でも現実的に考えれば、どう考えても無理だろう。郊外のディナーパーティーよりもむしろ、都会の大舞踏会にふさわしいデザインだ。そのうえ、靴に合うようなドレスも持っていない。

アナベルは残念に思いながら、赤いハイヒールを鞄に戻した。わたしがこれを履く機会なんて来るのかしら？　永遠に来ない気がする。それでも鞄の中にこの靴があると思うだけで嬉しい。すてきな秘密を抱えている気分だ。

青い布の余分な部分を切り取り、へりを縫っていく。針仕事を終えたときには、身支度のための時間がほとんど残っていなかった。アナベルはいちばん上等な青色のシルクのドレスを急いで着た。結いあげた髪に飾ったのは、できあがったばかりのリボンだ。不安と期待でいっぱいになりながら、洗面台の上の小さな鏡をのぞき込む。どうしよう？　レースキャップをはずしてしまおうかしら？　でも、それは大胆すぎるかもしれない。

レディ・ルイザと母親は今夜のディナーに参加するのだろうか？　もし最先端の装いをしているふたりの近くにいることになったら……そう考えただけで落ち込んでしまう。いくら外見にこだわっても、彼女たちと比べれば、わたしなど野暮ったい田舎者にしか見えない。

いいえ、そんなことはどうでもいい。誰もわたしに注目なんてしないだろう。一介の家庭教師に求められるのは礼儀正しさだけ。きっとサイモン卿は高貴な生まれのレディたちを褒めそやすのに大忙しだ。もちろん、彼が誰といようがわたしは気にしない。絶対に。

頭の中からサイモン卿のことを追い出し、灰色のショールを手に取ると、薄暗い教室を抜けてニコラスの寝室へと向かった。揺り椅子では、豊かな胸に顎をめり込ませながら、エロウェンがうたた寝をしている。暖炉の前ではニコラスが腹這いになり、おもちゃの兵隊で遊んでいた。

ニコラスが顔をあげ、緑色の瞳を輝かせる。「ミス・クイン！　今、ウォータールーの戦いごっこをしていたんだ」

「まあ、わたしにも見せてください」アナベルは身をかがめ、小さな戦場を見まわした。おもちゃの兵隊の一群がひっくり返っている。「ナポレオン軍は大敗したようですね」

「王室騎兵隊がフランスの奴《フロッグ》らを皆殺しにするんだ。行けーっ！」ニコラスはお気に入りの騎兵の人形をさっとつかみ、一群を襲わせて、ばらばらに蹴散らした
いかにも子どもらしい振る舞いを見て、アナベルは思わず微笑んだ。教区牧師が追放されてから数週間のあいだに、ニコラスはどんどん活発になっている。それにアナベルが彼の年齢に合った教え方をしているため、今や学力も向上しつつあった。まだ内気で遠慮がちではあるものの、少なくとも不安げな様子は見られない。ニコラスが常におどおどしていたのは、長いあいだバンティングに恐怖心を植えつけられていたせいなのだろう。サイモン卿は一度もニコラスを叩いたことがない。それなのに、あの牧師は恐ろしい脅し文句と体罰で少年の心に恐れという種をまき、育ててあげてしまっていたのだ。

実際のところ、サイモン卿がニコラスに課していると思っていたことの大半は、バンティングが勝手にやっていたことだった。厳しすぎる予定表も、子ども部屋におもちゃがないことも。

アナベルはこれまでの人生で、あの日ほどわくわくしたことはなかった。特にサイモン卿

が教室へ乗り込んだ瞬間だ。傍目《はため》で見ていても、彼の怒りはすさまじかった。バンティングの首根っこをつかまえて徹底的に非難した姿が忘れられない。彼は言葉という武器を使って甥を立派に守った。そして自分の人選が間違っていたと認めることになっても、バンティングをこの城から追放したのだ。

あのとき、アナベルは確信した。この一件でようやくサイモン卿も気持ちを和らげるだろう、ニコラスに対してもっと素直に愛情表現をするようになるに違いない、と。サイモン卿は甥にひと言も言葉をかけずに部屋から出ていったが、彼に対するアナベルの期待は揺らがなかった。

ところが日が経つにつれて明らかになったのは、がっかりするような真実だった。サイモン卿はそれまでの習慣を少しも改めようとしない。以前のようにニコラスにはほとんど関心を向けず、子ども部屋にも一度も姿を見せない。アナベル自身、城の通路でときおりちらっと彼を見かけるだけだ。ただし、日曜日にニコラスと彼女とともに教会へ行くようになったことは評価してあげるべきだろう。とはいえ、礼拝後はふたりを馬車まで送り届けたあと、サイモン卿はすぐにレディ・ルイザやほかの女性たちとおしゃべりをしに行ってしまう。週に一度の面会以外は、ニコラスがこの世に存在していないかのような振る舞いだ。

〝ただし、今後はよけいな口出しをするな。きみのことも、甥のこともだ〟

これで満足しなければいけない。アナベルはそう自分に言い聞かせた。ニコラスは今、前よりもずっと幸せになったのだから。すべての子どもがそうであるように、彼も心身ともに安全に守られて当然なのだ。とはいえ、あの子に必要なのは家庭教師の愛情ではなく、身内からの愛情だろう。いくらニコラスのことを大切に思っていても、わたしの愛情ではだめなのだ。

敷物の上で、ニコラスはお気に入りの騎兵を全速力で走らせ、歩兵隊に突撃攻撃を仕掛けている。「もうしばらくは遊んでいられそうですね、公爵様。寝る前に兵隊さんたちを片づけるのを忘れないでくださいね」

そこでニコラスがはじめてアナベルのドレスに目をとめた。「とってもきれいだね。パーティーに行くの?」

「階下《した》で開かれるディナーに出席するだけです。さあ、おやすみを言ってくださいな」

ニコラスは立ちあがり、彼女の首に抱きついてきた。この行為も、彼がはじめて会った頃の臆病な少年から変わりつつある証拠だ。ニコラスから信頼されていることの嬉しさを嚙みしめつつ、アナベルは抱擁を返した。叔父が与えようとしない分まで、ありったけの愛情を彼に注ぐことをひそかに誓いながら。

とはいえ、ここであきらめるわけにはいかない。どうにかしてサイモン卿に気づかせなければ。彼のニコラスに対する義務は、単に教育を授けることだけでなく、彼自身がニコラスにとって愛すべき父親になることなのだと。もうとっくにそうなってもおかしくない時期だ。

数分後、アナベルはダイニングルームの前の廊下に立ち尽くしていた。アーチ形の戸口からは人々の話し声と食器の触れ合う音がもれている。彼女はふいに不安に襲われた。マナーと作法を生徒たちに教えてはきたものの、これまで社交的な集まりには一度も出席したことがない。メイドのお仕着せを着て、シャンパングラスのトレイを運んでいたほうが、まだ気が楽だ。

弱気になってはだめよ。アナベルは自分を叱りつけた。ここに集まっている貴族たちは、たまたま生まれが幸いしたにすぎない。血筋よりも性格のほうがはるかに大切なはず。今夜は彼らの一員であるかのように、毅然《きぜん》と振る舞うことにしよう。

アナベルは顎をぐっとあげて戸口に足を踏み入れ——困惑して立ちどまった。

従者が数人おしゃべりをしながら、リネンがかけられたテーブルに銀食器やグラスを置いている。別の使用人は銀の枝付き燭台《しょくだい》にろうそくを灯していた。部屋のはるか向こう側では、家政婦が大騒ぎしながら豪華な花々を生けている。

招待客たちはどこへ行ったのだろう?

ミセス・ウィケットが戸口に立つアナベルに気づいた。口をきっと引き結び、腰につけた鍵束をじゃらじゃら鳴らしながら急ぎ足でやってくる。「ミス・クイン! ここはあなたの来るところじゃないですよ」

「でも……サイモン卿からディナーに招待されたのよ。来るのが早すぎたかしら?」

「そうです」家政婦は平べったい顔に非難の色を浮かべながら言った。「閣下のお客様たちは応接室にいます。どらが鳴るまで、ここには来ませんよ」

そんなことも知らないのかとばかにする目で見られ、アナベルはにこやかな表情を崩さないよう必死だった。ミセス・ウィケットにとって、わたしが間違ってダイニングルームに来たのはしゃくに障ることなのだろう。ほかの使用人たちとは異なり、ミセス・ウィケットは決してわたしと仲よくしようとはしない。なぜかはわからないけれど、わたしに対して憎しみを抱いているようだ。いつか彼女がわたしを〝よそ者〟として見なくなる日が来ることを祈るしかない。

「ありがとう」アナベルは優美な微笑をたたえながら言った。「お仕事の邪魔をしてごめんなさい」

くるりと振り向いて出ていこうとした瞬間、ミセス・ウィケットが不愉快そうにささやいた。「そんなお上品ぶっても無駄ですよ」

「お上品ぶる？」

ほかの使用人に聞かれないよう、ミセス・ウィケットは廊下に一歩出た。腰に巻いた白いエプロンを節くれ立った指で握りしめながら、アナベルのほうへ顔をぐっと突き出す。

「サイモン卿を丸め込んで、牧師様を教室から追い出したんだろう？　ディナーに招待されたのだって、色仕掛けが成功したからじゃないのかい？　あたしは使用人の中にそんな悪魔がいることが我慢ならないんだ」

アナベルはさっと頰を染めた。なるほど。それでこの女性はわたしを憎んでいるのね。でも、ミセス・ウィケットは、わたしがサイモン卿に下心を抱いていると考えているんだわ。

どうしてそんな勘違いをしたのかしら？

アナベルはふいにニコラスが行方不明になった日のことを思い出した。ちょうどサイモン卿に腕をつかまれた瞬間、ミセス・ウィケットが書斎に入ってきたのだ。いかにも親しげに寄り添うわたしたちを見て、いちゃついていると勘違いしたのだろう。本当は言い争いをしていたのに。そのあと秘密のトンネルを通ってニコラスを探した興奮があまりに大きくて、あの出来事をすっかり忘れていた。

「わたしの性格を誤解していると思うわ」アナベルはミセス・ウィケットに話しかけた。「あなたが今言ったことは事実とまるで違うもの」

ミセス・ウィケットはさげすむような目で、アナベルのドレスと髪をじろじろと眺めた。

「ふん！　きっと時間が経てばわかることだよ。結局あんたはケヴァーン城から追い出されて——善良な牧師様が個人教師として戻られるに違いないさ」

踵を返すと、ミセス・ウィケットは大股でダイニングルームの中へ戻っていった。早足といい、頑なな態度といい、勘違いを改める気持ちは毛頭ないらしい。

困惑しつつ、アナベルは廊下を進んでいった。ミセス・ウィケットの辛辣な言葉で、今からはじまるパーティーに暗い影が投げかけられた気がして仕方がない。心の中に動揺がじわじわと広がっていく。たしかに書斎で近づいたとき、わたしはサイモン卿に抵抗しがたい魅力を感じていた。ミセス・ウィケットの鋭い目は、そんなわたしの気持ちを見抜いていたのではないかしら？　わたし自身でさえ、恐ろしくて認められずにいるというのに。

話し声や笑い声が聞こえてくる応接室の前にたたずみ、アナベルは肩にかけたショールを直した。今すぐ安全な子ども部屋に逃げ帰りたいと思う自分がいる。でも、そんな臆病なまねをしてなるものかと思う自分もいた。そうよ、めったにない機会を楽しもうと心に決めたじゃないの。

アナベルは顎をあげて、アーチ形の戸口へ足を踏み入れた。中では四〇人ほどの優美な装いの紳士と貴婦人たちが、少人数のグループに分かれて立っていた。暖炉のそばでは、年長の女性たち数人が座っておしゃべりをしている。アナベルの視線が真っ先にとらえたのは、その部屋にいる男性たちの中でいちばん背が高いサイモン卿だった。こちらに背中を向けており、若いレディたちに囲まれている。もちろん、その中には美しいレディ・ルイザもいた。

彼女たちはみな、サイモン卿の関心を引こうとしている様子だ。

彼の姿を見つけたとたん、なぜかアナベルは心臓が口から飛び出しそうになった。これはきっとニコラスをほったらかしにしている彼への嫌悪感のせいよ。甥と過ごす時間の余裕はないくせに、女性と楽しむ時間はたっぷりあるのね。直接そう言ってやれたらどんなにいいかしら――でも、そんなことをすればたちまち職を失ってしまう。サイモン卿の前で口を慎むことを学ばなければならない。かつてミセス・バクスターと同僚教師たちの前でそうしていたように。

通りかかった従者からシャンパンのグラスを受け取り、アナベルはあたりを見まわした。男性よりも女性のほうがやや多いようだ。でも、それはおかしい。わたしは男女比のバランスを取るために呼ばれたはず。たぶん、これから到着する予定の紳士が何人かいるのだろう。

眉をつりあげ、何かささやき合っているふたりの白髪の女性以外は、誰もアナベルに注意を払おうとしなかった。落ち込むよりも場の雰囲気を楽しもうと心に決め、彼女はシダの鉢植えのそばにある椅子に腰をおろした。きっと家庭教師には客と会話を楽しむことが求められていないのだろう。ならば、生まれてはじめてのシャンパンを飲みながら、目立たない場所からひっそりと身分の高い人たちの習慣を観察していればいい。

アナベルは喉越しがよくおいしいシャンパンを味わおうとした。だがすぐに、別のものに気を取られた。人の輪の中から抜け出し、大股でこちらへ向かってくる若い紳士だ。

最初は誰だかわからなかった。聖衣を着ていないせいだ。深緑色の上着に淡褐色のブリーチズを合わせ、茶色の巻き毛をきっちりと撫でつけている。ハロルド・トレメインは牧師補というよりもむしろ、おしゃれな遊び人に見えた。

トレメインが身をかがめ、アナベルの手の甲にキスをした。「親愛なるミス・クイン。ぼくを救いに来てくれたんですね？」

少なくとも見知った顔がひとりいたことを嬉しく思いながら、彼女は手近なテーブルにグラスを置いてにっこりした。「まあ、ミスター・トレメイン。いったい何からあなたを救うのでしょう？　ここにはなんの危険もないように思えますけど」

「あなたがやってくるまで、ぼくはあまりの退屈さに死にそうになっていたんですよ」軽口を叩きつつ、トレメインは身ぶりで隣の椅子を指し示した。「座っても構いませんか？」

「ええ、どうぞ。お話し相手ができて嬉しいですわ」

上着の裾がしわになるのも構わず、彼は腰をおろした。「ありがとう。あなたもここでは新参者だから、ぼくと同じであまり知り合いがいないんじゃないかと思ったんですよ」

「あら、あなたは教区の良家の方たちをご存じではないんですか?」

「名前を知っているからといって、その人と友だちのように打ち解けて話せるわけではありません。ここに着いてから五分で、ぼくは天候とこの部屋の美しさについての話をくり返すのにすっかりくたびれてしまいました」

トレメインは、わたしとは打ち解けて話しているように見える。アナベルはふと疑問に思った。もしかすると、彼はわざと気安く話しかけることで、こちらの警戒心を解こうとしているのでは? そこでまた別の疑念がよぎり、たちまち落ち着かない気分になった。牧師補が来ているということは、牧師も招待されているのかもしれない。

さりげなく人々を眺めてみる。客の多くは立ったまま、いくつかのグループに分かれており、アナベルの場所から全員が見えるわけではなかった。「おひとりですか?」彼女はトレメインに尋ねた。

「はい。残念ながら、ミスター・バンティングは招待を断ったんです」

アナベルは安堵の気持ちをなんとか隠そうとした。ここでバンティングと顔を合わせたら、相当気まずかったに違いない。日曜日に教会で会うたび、彼に冷たい態度をとられているのだからなおさらだ。「そうですか」

「そんなに気にしなくても大丈夫ですよ」トレメインがいたずらっぽく笑いながら言う。「彼にはここにいてほしくない……あなたがそう考えたとしても当然です。数週間前、ここの教室で大騒ぎがあったばかりなんですから」

アナベルは赤面した。きっとバンティングは牧師館でわたしに対する不満をぶちまけたんだわ。「こんなことになって本当に残念です」

トレメインが彼女の手に手を重ねてきた。「安心してください。ぼくはあなたのことを悪くは考えていませんから、ミス・クイン。むしろ逆です。あなたに文句があるとすれば、ひとつしかありません」

アナベルは彼の親密すぎる態度にまごついた。そっと手を引き抜き、膝の上できつく握りしめる。「なんでしょう？」

「バンティングが牧師館に毎日やってくるようになったことです。がみがみとうるさいあの人を牧師館に戻すことで、あなたはぼくを苦しめようとしているんでしょう？」

不謹慎にも笑いそうになり、彼女はあわててこらえた。「まあ、ミスター・トレメイン。そんなぶしつけなことを言ってはいけませんわ。でも、どうか教えてください。今夜あなたがここへ来ることに、ミスター・バンティングは反対なさったのではありませんか？」

トレメインが肩をすくめる。「彼に思い出させたんですよ、ぼくが実家の関係で招待されていることをね。実は、ぼくの亡き祖父はメリマン子爵なんです――といっても、ぼく自身は次男である父から生まれた次男です。それでこうして聖職者として、自分の食いぶちを稼がなければならないわけで」

貴族的だという第一印象は正しかったんだわ、とアナベルは思った。「立派なご職業を選びましたね。正式に牧師様になるのはいつなんですか？」

「首尾よくいけば来年の予定です。それまではあなたの宿敵と一緒に過ごさなければなりません」

バンティングに対する彼の物言いは愉快ではあったが、どこか不適切にも思えた。

「そんな言い方をしてはいけませんわ。それに、わたしはミスター・バンティングになんのわだかまりも持っていないんです。じきにみなさんもわたしたちの不和を忘れてくれるものと思っています」

「わかりました」優しく笑いながら、トレメインは話題を変えた。「それなら本について話しましょう。無礼にも盗み聞きした人たちは、ぼくたちの高い知性に腰を抜かすはずです」

「まあ、そんなふうにからかって」

「こういうパーティーで男がやることといえば、いちばん美しい女性をからかって笑わせることと相場が決まっているんですよ」

その愚かしい発言に、アナベルは思わず笑ってしまった。「そんなお世辞を真に受けるには、わたしは年を取りすぎています。それに、そうしないだけの分別もあるんですよ、ミスター・トレメイン。あら、お引きとめしすぎたようですわ。きっとほかのレディたちがお待ちかねですよ。あなたのお眼鏡にかなう、もっとすばらしい女性がいるはずです」

「ああ、慎み深いとはあなたのような人のことだ。ほかのレディといえば、彼女たちの関心は今夜の主催者がひとり占めしているようですよ」

サイモン卿の話が出たついでに、アナベルは彼のほうを見てみた。いつもながら周囲には美しい女性たちが群がっている。悔しいけれど認めざるをえない。今夜の彼はひときわハンサムに見える。濃い青色の上着をまとい、純白のクラヴァットが日に焼けた顔と黒髪をいっそう引き立てていた。がっしりした体格のサイモン卿が醸し出す力強さと揺るぎない自信に比べると、この部屋にいるほかの男性たちがみな生白く見えてしまう。

ふいにサイモン卿が振り向き、アナベルをまっすぐに見た。濃い灰色の瞳に見つめられたとたん、体の奥深くが狂ったように脈打ちはじめる。体が火照ったようになり、彼女は扇を持っていないことをひどく後悔した。サイモン卿はわたしがここにいることが気に入らないのかしら？　それとも、トレメインと一緒に座っているのが気に入らないの？

ザンクト・ガレン教会をはじめて訪れた日、サイモン卿はわたしとトレメインの会話に割って入り、せかすように馬車のほうへ連れ去った。そしてこう言ったのだ。〝地元の者といちゃつかせるために、きみを雇っているわけじゃない〟

そんなばかな。そもそも客と話すことを認めないつもりなら、サイモン卿がわたしをパーティーに出席させるわけがない。

彼に見せつけるかのように、アナベルはわざと愛想のいい笑みを浮かべてトレメインに告げた。「たしかにほかのレディたちは忙しそうで、あなたも部屋の隅でわたしと一緒にいるしかなさそうですね。それならディナーがはじまるまで、ふたりで楽しい時間を過ごしましょう」

「ああ、親愛なるミス・クイン。あなたのかわいらしい唇からこぼれるどんな言葉も、ぼくを魅了してやみません」トレメインが身を乗り出し、情感たっぷりの声で言う。「きっと、あなたにもそのことがわかってもらえるはずです」

アナベルはトレメインの情熱的な表情に困惑した。彼の態度はどう考えてもぶしつけすぎる。教会に人生を捧げようとしている人なら、なおさらだ。たぶん高貴な生まれのせいで、権利意識が身についているのだろう。もしこの人が家庭教師を格好の遊び相手と見なす紳士の仲間なら、これ以上気を引かないよう注意しなければならない。

トレメインから逃げる口実をひねり出そうとしていたとき、サイモン卿の声が響き渡り、応接室のざわめきがぴたりとやんだ。

「おお、ついに主賓のご到着だ」

取り巻き連中を残して、サイモン卿が扉のほうへ進み出る。濃い赤紫色のドレスに身を包んだ風格のあるレディが、静々と部屋に入ってきた。サイモン卿が彼女の両肩に手を置き、身をかがめて頬にキスをする。濃い色の髪の女性は微笑みながら彼を見あげ、何か話しかけた。だが、客たちのささやきにかき消されてよく聞こえない。

アナベルは嬉しさに息をのんだ。「レディ・ミルフォードだわ！」

そのとき、ある考えが頭に浮かんだ。だからわたしは今夜のパーティーに呼ばれたのかしら？　レディ・ミルフォードがわたしの出席を望んだから？　そうよ、そう考えればすべて納得がいく。わたしが招待されたのは、サイモン卿の寛大な計らいなどではない。彼が一族にとって大切な友人の希望を尊重したからなのだ。

「彼女のことを知っているんですか？」トレメインが尋ねてきた。

彼がやけに熱心にこちらを見つめているので、アナベルは説明した。「レディ・ミルフォードは、わたしを公爵様の家庭教師に採用してくださった方なんです。彼女にはいくら感謝してもしきれません」

「そう……なんですか」

「何かおかしいことでも？」

トレメインは言葉を探すかのように唇をすぼめた。「ただ驚いただけです。彼女はみずから家庭教師を探すようなタイプじゃない。だって……」

レディ・ミルフォードのことを何も知らないアナベルは、その先が聞きたくなった。

「どうか続けてください」

「いや、あなたのように高潔な若いレディの耳に入れることではありません。ぼくはすでにしゃべりすぎてしまいました」

「遠慮なさらないで、ミスター・トレメイン。わたしは世の中の事情がわからないほど無知ではありません」

「なら、仰せのとおりに。かつてレディ・ミルフォードは、あの乱心王ジョージ三世の息子の愛人だったんです。どの息子かは思い出せないんですが、とにかく恐ろしい醜聞を巻き起したんですよ」

レディ・ミルフォードが王子の愛人だった？　アナベルは大きな衝撃を覚えた。だが同じくらい、その事実に魅了されてもいた。あれほど優しくて優雅な女性が、そんな悪名高い過去を背負っていたとは思いもしなかったのだ。

応接室を横切るレディ・ミルフォードを、ほかの客たちが出迎えている。彼女は時の流れに左右されない美貌だけでなく、肉体を超越した美しさの持ち主だ。高齢にもかかわらず男性たちを引き寄せ、ほかの女性たちの羨望を集める魅力にあふれている。

アナベルはトレメインをちらりと見た。「それをどうやって知ったんです？　あなたは王室の一員なんですか？」

「ぼくの両親は上流社会に出入りしていました。それで子どもの頃に、そういう噂を耳にしたそうです」彼は言葉を切って目を細めた。「たしか彼女は婚外子として生まれたはずです。そういう女だから不倫をするんでしょうね」

その言葉に傷ついたが、アナベルは唇を引き結んだ。今ここにいる誰ひとりとして、わたしが孤児である事実を知らない。だからトレメインは、レディ・ミルフォードだけでなくわたしも侮辱したなどとは夢にも思っていないのだろう。「でも、あの方はレディという称号にふさわしい人です」

「実際、王子は彼女と結婚したがっていたと聞いています。かたやレディ・ミルフォードの夫はもう相当な年寄りだったから、自分の若く美しい妻が愛人を持ってもいっこうに構わなかったんでしょう……」アナベルの恥ずかしそうな表情に気づき、トレメインは赤面した。「これは失礼しました。あなたを困らせてしまいましたね。こんな話をするなんて本当に無粋でした」

彼女はそっけなくうなずいた。嫌悪感を覚えている本当の理由を邪推されるよりも、乙女らしい慎み深さのせいで当惑していると思わせておいたほうがいい。今聞かされた噂話で、わたしのレディ・ミルフォードに対する忠誠心がより強くなったことを、トレメインは知るよしもない。生まれのせいで、わたしもレディ・ミルフォードもいわれなき批判に傷つけられているのだ。

レディ・ミルフォードと改めて親しく話してみたい。アナベルはそう思わずにはいられなかった。醜聞の有無にかかわらず、彼女がわたしの恩人であることに変わりはない。たぶん、このパーティーで彼女と言葉を交わす機会もあるだろう。

そして、それはいきなり実現した。

レディ・ミルフォードがわずかに身を乗り出し、サイモン卿に何か話しかけた。彼が彼女の手を取って、応接室を横切っていく。

ふたりはまっすぐアナベルのほうへ向かってきた。

13

アナベルは椅子からさっと立ちあがり、肩にかけたショールを直した。トレメインのような噂好きの人に、わたしたちの会話を聞かせるわけにはいかない。「よろしければ失礼します」彼女はトレメインに言った。「奥様と個人的にお話ししたいので」

牧師補も弾かれたように立ちあがる。「もちろんです。よければあとで……」

彼の言葉が聞こえなかったふりをして、アナベルは立ち去った。あんな鼻持ちならない考えの男は、これ以上相手にしないほうがいい。少なくとも、彼が婚外子を見下しているのは事実だ。それだけで彼がどういう人物かわかったも同然だろう。

応接室の中央でサイモン卿とレディ・ミルフォードと顔を合わせたアナベルは、喜びとともに膝を曲げて深々とお辞儀をした。「奥様、ここでまたお目にかかれて本当に光栄です」

レディ・ミルフォードは温かな微笑でアナベルを迎え、頬にキスをした。ほんのりと甘いライラックの香水が漂う。「また会えて本当に嬉しいわ、ミス・クイン。今夜は特にすてきよ。そうでしょう、サイモン?」

サイモン卿は冷ややかな視線をアナベルの全身に走らせた。「ええ、そうですね。牧師補などと鉢植えのうしろに隠れているのはどうかと思いますが」

「ミスター・トレメインはご親切にも、わたしの話し相手になってくださっていたんです」

サイモン卿の口調にあざけりを感じ、アナベルは同じ調子で応じた。「批判されることだとは思いません」

サイモン卿がわずかに眉根を寄せた。「別に批判したわけじゃない。ただふつうは、招待客全員と交流するものだと言っただけだ」

〝批判したわけじゃない〟ですって？　よく言うわ――アナベルは心の中でつぶやいた。明らかに、サイモン卿は自分の雇っている女性使用人にはいかなる男性とも関わってほしくないのだろう。「悲しいかな、ここでわたしが存じあげているのはミスター・トレメインだけなんです」アナベルは言葉を継いだ。「もちろん、あなたを除いて、という意味ですが。ただあなたはお忙しそうだったので……崇拝者の方たちに囲まれて」

本当なら〝ハーレム〟と言ってやりたいところだわ、と彼女は思った。ただ、それはあまりにぶしつけだ。そうでなくても、サイモン卿は戸惑ったような表情を浮かべている。たぶん、せっかくパーティーに呼んでやったのにと言いたいのだろう。挑発するかのように、アナベルは彼の視線をしっかりと受けとめた。ここで使用人らしく縮こまるつもりは毛頭ない。

レディ・ミルフォードはかすかな笑みを浮かべながら、ふたりのやりとりを眺めていたが、やがてアナベルの腕に手をかけて言った。「さあ、三人で座っておしゃべりを楽しみましょう。ニコラスのお勉強の進展具合について、ミス・クインからたくさん聞かせてもらえるはずだわ」

「申し訳ありませんが、ぼくは用事があります」サイモン卿が言う。「使用人頭にいろいろと指示を出さなければなりません。ディナーがすぐにはじまるので」

まさしくそのとき、廊下からどらの音が響き渡った。招待客たちが身分の順番に従い、ぞろぞろとダイニングルームへ移動しはじめる。

レディ・ミルフォードはさっとアナベルの手を取り、サイモン卿の腕にかけさせた。それから自分は反対側に移って、彼の肘に手をかける。「さあ、サイモン。ディナーにふたりのレディをエスコートすれば、あなたの評判はさらにあがること請け合いだわ」

アナベルは当惑しきっていた。これはありえない事態だ。家庭教師が自分たちより先に入室すれば、貴族は腹を立ててしまうだろう。今ここで辞退して、慣習どおり列の最後尾に並ぶべきかしら？　とはいえ、レディ・ミルフォードの気分を害したくはない。わたしに親切に接してくれるただひとりの人なのだ。

サイモン卿が片方の眉をあげた。「ご存じのとおり、しきたりを無視するわけにはいきません」

「おやまあ！」レディ・ミルフォードが指をひらひらさせて言う。「ただの田舎の、非公式なディナーじゃないの。都会のように厳しい基準に従う必要はないはずよ。もっとも、あなたがささいな規則も破れない、退屈きわまりない男でなければの話だけど」

サイモン卿は一瞬レディ・ミルフォードをにらみつけると、大声で笑いだした。

「まったく、あなたという人は男を操る達人ですね、クラリッサ」

そう言うと、彼はふたりの女性を連れたまま列の先頭へ進み出た。ほかの客たちの視線やささやきを痛いほど感じていたものの、アナベルは顎をしっかりとあげていた。わたしは彼らのように選ばれた人々の一員ではない。だから彼らにどう言われようと関係ない。だったら、もっと今を楽しんだほうがいい。だって、こんなにハンサムな――腹立たしくはあるけれど――公爵の息子にエスコートされる日が来ようとは夢にも思わなかったのだから。

今のわたしを見たら、女学校の同僚教師たちはどんなに羨ましがるだろう。もちろん、高貴な生まれの人たちの中にまぎれ込んだ〝冒険〟はあくまで一時的なものだ。今夜が終わる頃には、わたしは子ども部屋の一部である小さな部屋に戻らなければならない。そして家庭教師としての平凡な生活をふたたびはじめることになる。

一同は廊下を進み、ダイニングルームへと入った。ミセス・ウィケットの姿はない。アナベルはほっとした。もし部屋の隅からあの家政婦ににらまれていたら、ディナーを楽しむどころではなかっただろう。サイモン卿はレディ・ミルフォードに長テーブルの上座にある席を示したあと、アナベルに近くの席を指し示した。そこには彼女の名前が記された小さな白い名札が置かれている。

サイモン卿が椅子を引いてくれたのでアナベルは腰をおろし、彼を見あげて礼儀正しくお礼の言葉を述べた。しかし驚いたことに、彼はじっとアナベルのほう――いや、むしろ彼女の胸――を見おろしている。ふたりの視線が絡み合った一瞬、アナベルには彼の瞳に暗く激しい何かがよぎるのがわかった。彼女の心をどうしようもなくかき乱す何かが。けれども次の瞬間、サイモン卿は自分の席へ足早に歩いていってしまった。

頬が赤くなっていないかしら？　アナベルは顔を伏せ、列をなしてダイニングルームに入ってくるどの客とも目を合わせないようにした。ふいに全身が震える。サイモン卿がわたしの中に巻き起こした、嵐のようなこの反応の正体がわからない。あのまなざしはどういう意味だったのだろう？　彼はわたしに惹かれているの？

まさか。そんなことはありえない。サイモン卿はわたしに対して失礼な態度ばかりとっている。ロマンティックな感情を抱いているそぶりさえ、一度も見せたことはない。ただし数週間前に、書斎で彼に腕をつかまれているところをミセス・ウィケットに見られてしまったときは別だ。

それに図書室で一緒にいたときもそうだった。ラドローの前でうっかり秘密のトンネルの話をしそうになったとき、サイモン卿はわたしの手をつかんで黙らせようとした。あの瞬間、彼のあまりの近さに膝の力が抜けそうになったのだ。とはいえ、あれはわたしの一方的な過剰反応に違いないと思っていた。そう、今までは。

けれど、もし彼もわけのわからない渇望を感じていたとしたら？

そう考えたとたん、アナベルは興奮でぞくぞくした。もちろん冷静に考えれば、燃えるようなまなざしや軽い触れ合いだけで結論を出すのは早すぎるとわかっている。それに、彼のような高い身分の男性が家庭教師と結婚などするはずがないことも。相手が出自不明の家庭教師ならなおさらだ。

従者が蓋付きのスープの深皿を運んでくる。ビーフコンソメを自分のボウルによそうあいだも、アナベルは無意識にテーブルの端にいるサイモン卿を目で追っていた。彼は両脇に座った若いレディたちとにこやかに談笑している。ひとりはひどく痩せている金髪の女性、そしてもうひとりは美しいレディ・ルイザだ。

サイモン卿が妻に選ぶのは、まさにああいう女性にほかならない。

アナベルは妬ましさを感じずにはいられなかった。公爵の息子がわたしみたいな女に求愛するはずがない。その厳然たる現実が身にしみた。彼がわたしを求めるとすれば、目的はただひとつしかない――そしてわたしには、そんな不埒《ふらち》な密通をする気はまったくないし、サイモン卿にはそんな下心がないことに、たぶんわたしは感謝すべきなのだろう。

一方で、アナベルは心にわき起こる幸福感を否定できずにいた。ダイニングルームは目を見張るような壮麗さだ。銀の枝付き燭台の明かりの中、リネンがかけられたテーブルに美しく生けられた赤いバラと白いアスター、陶器の食器と刻印付きの銀器が照らし出されている。かつらをかぶった従者たちが客のあいだを行き来して給仕するかたわらで、執事がクリスタルグラスにブルゴーニュ産ワインを注いでいた。

長テーブルの中ほどにトレメインの姿が見えた。ありがたいことに、わたしを会話に巻き込むにはあまりに遠すぎる場所だ。サイモン卿は、わたしがトレメインと話すのが気に入らないようだった。先ほどの皮肉めいた言葉は嫉妬のせいなのかしら？

そんなことを考えるなんてばかばかしい！　でも、もっとばかげているのは、わたしがサイモン卿のことをあれこれ気にしていることだろう。たぶん、これまでほとんど男性を知らずに育ってきたから、彼と一緒にいるだけでどきどきしてしまうのだ。女学校を離れてはじめて出会ったハンサムな紳士に惹かれるのは当然かもしれない……。

「なじみのあるお顔ですな」アナベルの横に座っている、頭のはげあがった紳士が話しかけてきた。レディ・ルイザの父親、ダンヴィル卿だ。赤鼻に赤褐色の頬ひげを生やした、人好きのする顔立ちの男性だった。「どこかでお会いしましたか？」

アナベルは礼儀正しい微笑を浮かべた。「ミス・クインと申します。たぶんザンクト・ガレン教会でお会いしたのではないでしょうか。わたしはケヴァーン公爵のお伴で、毎週日曜の礼拝に出席しておりますので」

「ああ、なるほど！」ダンヴィル卿はにっこりした。「だからですな。だが、あなたの目は誰かに似ている……そう、ヴィクトリア女王ですよ。きれいな青い瞳がそっくりだ！」

でっぷりとした夫の向かい側に座っているのは、対照的にほっそりしたレディ・ダンヴィルだ。彼女はにべもなく言った。「その人はただの家庭教師ですよ、ナイジェル」

ダンヴィル卿が無言で妻を一瞥する。「ああ――それはいい」彼は混乱したような表情で言い足した。「本当に結構なことだよ」

彼が自分のスープに注意を戻した隙に、レディ・ダンヴィルがさげすむような目でアナベルをちらりと見た。アナベルはいっそう彼女のことが嫌いになった。角砂糖を床にこぼした日、レディ・ダンヴィルとその娘に冷たく笑われたことは今でも忘れられない。

　レディ・ダンヴィルがいわくありげな目つきでこちらを見る。「でも、あなたにもそっくりな方たちがいるはずよね、ミス・クイン。いったいどちらのご出身なの？」

「ヨークシャーです、奥様」

「それで、ご家族やご親戚はどういう方たちなのかしら？」

　ワインをひと口飲み、アナベルは不安を隠そうとした。「わたしは孤児なのです。両親をずっと前に亡くしています」

　うつむいて悲しげな表情を浮かべながら、アナベルは心の中で祈った。どうかこの女性が思いやりを示し、これ以上詮索してきませんように。

　だが、レディ・ダンヴィルは引きさがらなかった。「あら、ご両親の名前くらい知っているでしょう？　そんなにもったいぶらないで教えてちょうだいな」

　テーブルの上座からレディ・ミルフォードの声がした。「ハリエット、あなたの質問に答える義務はミス・クインにはありませんよ。彼女がとびきり優秀だということを知っていればじゅうぶんでしょう。ミス・クインのおかげで、公爵の成績がめざましくあがっていると聞いて、わたしも嬉しく思っているのよ」

「恐れながら、ミスター・バンティングはその件について異を唱えるでしょう」レディ・ダンヴィルが言う。「彼から聞いたんです。彼女の妨害のせいで、自分はケヴァーン城の教室から締め出されたのだと」

レディ・ミルフォードがアナベルをちらりと見る。明らかに、教区牧師の解雇について聞かされていなかった様子だ。それから彼女はスプーンを置くと、冷ややかな目でレディ・ダンヴィルを見つめた。「ミス・クインはこのわたしが選んだ人よ。今度彼女に関する噂を口にするときは、まずそれを思い出してちょうだい」

レディ・ダンヴィルが目を泳がせた。驚いたことに、彼女は唇を引き結んで何も言い返そうとはしなかった。なぜレディ・ミルフォードは、この口やかましい女性に対してこれほどの威力を発揮できるのだろう？

レディ・ミルフォードが声を和らげて言う。「ナイジェル、狩りについて話を聞かせてちょうだい。たしか明後日の予定でしょう？」

ダンヴィル卿は肉づきのいい顔をほころばせた。「はい、大勢の方々が参加します。ルイザも社交界にデビューしましたので、今年は参加の予定です。わが娘は射撃の名手なんですよ。たぶん、われわれ紳士全員に大恥をかかせるに違いありません！」

「紳士のみなさんは、ルイザの美しさのほうに関心を寄せるに決まっていますわ」テーブル越しに娘を見ながら、レディ・ダンヴィルが訂正する。「ある紳士は特に」

サイモン卿のことだわ。

とたんにスープの味がわからなくなったが、アナベルはなんとか食べ終えた。サイモン卿がどの貴族の娘に求婚しようと関係ない。わたしと彼は違う世界に住んでいる。それにあんなに粗野で、傲慢で、鼻持ちならない男性なんて好きじゃない。

ただし、教区牧師の冷酷な仕打ちからニコラスを守ってくれたときのサイモン卿は別だ。そう、あのときの彼は物語に登場する英雄のようだった。それだけに、あれ以来甥に愛情のかけらも見せようとしないサイモン卿の態度が残念でならない。

従者がスープの皿をさげ、レディ・ミルフォードが巧みに話題をロンドンの最新ファッションへと誘導する中、アナベルはなるべく口をつぐみ、控えめに振る舞うよう心がけた。自分から関心がそれたことに安堵せずにはいられない。これ以上サイモン卿のことを考えるのはよそう。よけいなことを考えて、めったにない贅沢な一夜を台なしにしたくない。

代わりにアナベルは豪華なごちそうを味わうことに集中した。白身魚とウズラの卵のチーズ料理と、続いて出されたアンズのクリームケーキを堪能する。ケーキは今朝、ミセス・ホッジが調理場で作っていたものだ。まさか自分が良家の人々と一緒にケーキを味わえるなんて思いもしなかった。子ども部屋でニコラスとふたりで食べるのとは大違いだ。

ディナーのあと、レディたちは紅茶と噂話を楽しもうと応接室へ戻る一方、紳士たちはポートワインを飲むためにダイニングルームに残った。この隙に姿を消そうとしたアナベルを強く引きとめたのはレディ・ミルフォードだ。ほかの女性たちの聞こえないところで長椅子に座って話そうと誘われた。

「実は聞きたくてうずうずしていたのよ」アナベルの手の甲を軽く叩きながら、レディ・ミルフォードが打ち明けた。「あなたが教室からあの不愉快な男を追い出したと聞いて、わたしがどれほど嬉しかったか、きっとわからないでしょうね。さあ、どうやってそんなに手早く牧師を追い出したのか教えてちょうだい」

アナベルはすべてを話した。はじめにバンティングのお粗末な教え方に気づいたことから、ニコラスの厳しすぎる予定表を見てくれるようサイモン卿を説得しようとしたこと、さらには牧師がニコラスを叩いている現場をふたりで目撃した瞬間まで。

整った顔をしかめながら、レディ・ミルフォードは頭を振った。「前にここへ来たとき、ニコラスがちっとも幸せそうに見えなくて、牧師のせいではないかという疑いを持ったの。だけど、サイモンはわたしの意見にまったく耳を貸そうとしなかったのよ」

「あの方はなかなか人を信じませんから」アナベルは認めた。「わたしも三回お話しして、ようやく説得できたんです」

「サイモンはときどきわからず屋になってしまうの。よくそれに耐えたわね。あなたの我慢強さには感心するわ」

「すべては公爵様のためです。ニコラスはあんなに愛らしい子なんですもの。わたしは彼のことがますます好きになりました」

レディ・ミルフォードの美しいスミレ色の目に涙が浮かんだ。「あなたは完璧な家庭教師になると思っていたのよ。しかも、わたしが望んでいた以上のことをやりとげているわ」

褒め言葉をもったいなく思い、アナベルは膝の上に視線を落とした。「わたしはニコラスのために最善を尽くしています。それでも彼には愛情が必要なのです――」サイモン卿への批判と取られたくなくて、そこで言葉を切る。

「叔父からの愛情がね」うなずきながら、レディ・ミルフォードが鋭い指摘をした。

「ここは腹を割って話さなくてはいけないわ、アナベル。きっとあなたも、サイモンが甥を避けている理由を噂話で聞いたんじゃないの？」

「彼は亡き公爵夫人とおつき合いをしていたと聞きました」アナベルは正直に答えた。

「サイモンはダイアナのことをめったに口にしないわ。だけど決して彼女の裏切りを忘れてはいないはずよ。心の底から愛した女性に振られると、男性はよけいに苦しんでしまうものなの」レディ・ミルフォードがアナベルの手をぎゅっと握りしめる。「彼の心を癒す手助けをしてあげなければいけないわ、アナベル」

「癒す？」

「ええ、そうよ。ダイアナの息子を受け入れるよう、彼を説得することでね。どうかニコラスとサイモンを結びつけてやって。あなただけが頼りよ」

アナベルは一瞬とまりそうになった息を吐き出した。ああ、よかった。レディ・ミルフォードは、わたしがサイモン卿を異性として意識していることに気づいたわけではないんだわ。

「その方法がわかればいいんですが」

レディ・ミルフォードが神秘的な微笑を浮かべる。「あなたは機知に富んだ女性のようね。あなたならきっと、そのための方法を見いだせるはずよ」

彼女の言葉にアナベルはひるんだ。レディ・ミルフォードは自分が言っていることの意味をちゃんとわかっているのかしら？　ニコラスの学習方法を立て直すことと、城の主であるサイモン卿の私事に立ち入ることはまったくの別物だ。おまけに、わたしはすでにニコラスにもっと注意を払ってほしいと彼に訴えている。そして結局、きっぱりと拒絶されてしまった。

レディ・ミルフォードにそう言おうとしたとき、男性陣が応接室へ戻ってきた。若いレディたちがサイモン卿を取り囲み、ダンスをしてほしいとせがんでいる。彼の命令により、家具が脇によけられ、絨毯が丸められた。従者がふたりがかりでピアノを運び込み、部屋の隅に置く。身分がいちばん低いことを意識して、アナベルはみずから演奏を申し出た。

ダンスにふさわしい楽譜を選び、ピアノの前に座って鍵盤の上に指を滑らせる。それだけで、なぜか慰められた。アナベルは決してピアノの名手というわけではない。だが客たちは踊ったり笑ったりするのに夢中で、こちらのささいなミスには気づいていないようだ。室内をよく見通せる隅の場所から、彼女は紳士と淑女が優雅に踊る姿を見つめていた。

ともすると、サイモン卿に目が行ってしまう。彼は老若にかかわらずさまざまなレディたちをエスコートしていた。思えば、サイモン卿はまるで正反対の性格をあわせ持っている。冷淡で気難しいときもあるけれど、客人には気のきいた対応をして、たいそう魅力的だ。甥は無視できるのに、レディたちには細やかな心配りを見せている。それにわたしにはとげとげしくてきつい言い方をするのに、ときおり骨が溶けてしまいそうなほど熱い視線を投げかけたりもする。

〝心の底から愛した女性に振られると、男性はよけいに苦しんでしまうものなの〟

レディ・ミルフォードの言葉に困惑せずにはいられない。本当にサイモン卿は一途な愛を貫くタイプなのかしら。おそらくレディ・ミルフォードは、自分が思っているほど彼のことをよく知らないのだろう。ひょっとすると、彼女自身の男性経験をもとに〝サイモン卿はこういう男性だ〟と推測しているのかもしれない。もし彼が本当にそれほど崇高な人物なら、ニコラスにもう少し愛情を示してもいいはずだろう。でも実際は、甥の面倒を誰が見ようとお構いなしの様子だ。

そのとき、楽譜をめくりにトレメインがやってきた。「あなたがここに座っているのが残念ですよ」彼が言う。「あなたと踊りたかったのに」

自分の考えに没頭したくて、アナベルは演奏に集中しているふりをした。「構いませんわ。演奏は楽しいですから」

驚いたことに、トレメインはピアノの横に残り、たわいもない話を続けた。おかげで視界を遮られ、ダンスに興じる人々が見えない。ふと気づくと、アナベルは作り笑いをしながら歯を食いしばっていた。ほかの客たちの様子が見えない今、楽しいはずのピアノ演奏がつまらない仕事に感じられて仕方がない。

トレメインは彼女のいらだちにまるで気づいていない様子だ。「あなたとの会話は楽しくてたまりません。明日、一緒に散歩へ行きませんか？」

「申し訳ありませんが遠慮しておきます。公爵様のお相手で、ずっと忙しくしているので」

「少しのあいだ、子守りに彼の面倒を頼めないんですか？」

「わたしは家庭教師という自分の役割をとても真剣に受けとめているんです、ミスター・トレメイン。だから空き時間はないものと思っています」

これだけきっぱり言えばあきらめるだろうと思っていたのに、トレメインは何も聞かなかったかのようにおしゃべりを続けている。一曲弾き終わったところへ、シャンパングラスを手にしたサイモン卿が大股でこちらにやってくるのが見えた。

「ミス・クインは休息が必要だ」彼はトレメインに告げた。「心優しいきみなら、彼女の代わりに弾いてくれるレディを見つけられるだろう?」

トレメインの顔がかすかにゆがんだ。ふたりの男は互いの腹を探るようにじっと見つめ合った。次の瞬間、トレメインはアナベルに向かってうなずくと、足早に人込みの中へ消えていった。

アナベルはサイモン卿の目をまともに見られずにいた。こんなに胸が高鳴っているのは、彼がわたしを助けに来てくれたせいではない。そんなの、あってはならないことだわ。

サイモン卿が手を差し伸べてきた。ここで断るのはあまりに失礼だろう。椅子から立ちあがって手を軽くつかんだ瞬間、アナベルは彼の指の力強さを痛いほど意識した。

あわてて手を引っ込める。「ありがとうございます。長い時間座ったあとに立ちあがると、さすがにほっとします」

サイモン卿がシャンパンを手渡しながら言う。「ほとんど二時間近く、きみは何も飲まず食わずで休みも取っていない。あまりに気の毒だと思ってね」

「自分の務めを果たせて幸せですわ」

「今日はなぜそんなに控えめなんだ？　ぼくに説教をするせっかくのチャンスだぞ」

「わたしはお城の主を非難する立場にはありませんから」

サイモンがにやりとした。「前はさんざん非難したじゃないか。さあ、とにかく飲むんだ」

アナベルはよく冷えたシャンパンをひと口飲んだ。心地よい泡の感触を舌で味わう。不謹慎かもしれないが、この一夜の宴の華やかさが戻ってきた瞬間、どうしてもサイモン卿に笑みを返さずにはいられなかった。ろうそくの火に照らし出された、美しい調度品でいっぱいの応接室は、まるでおとぎばなしの一場面のようだ。そこでわたしはハンサムな王子様のかたわらに立っている……。

それとも、サイモン卿の正体は恐ろしい鬼なの？

その答えを知ることができればいいのに。

サイモン卿がピアノに寄りかかり、ふたりの距離がさらに近くなった。手を伸ばせば、指先で彼の唇をなぞれるほど近くに。「もし誰かが弾いてくれたら」彼が口を開く。「ぼくと踊ろう」

アナベルの心臓が跳ねあがった。「それは申し込みですか？　それとも命令ですか？」

サイモン卿は含み笑いをした。「命令だよ、きみは反抗心旺盛だと知っているからね、ミス・クイン」

サイモン卿と一緒に踊りたい。彼の腕に抱かれたら、どんな心地がするのだろう？　ほんの一瞬でいいから、部屋の中でいちばんすてきな紳士に誘われたレディの気分を味わってみたい。誘いを受けるのは賢明なことには思えない。だけど……。

彼女がためらっているうちに、サイモン卿の笑みは冷ややかな表情に取って代わった。「遠慮せずに断ってくれていい」彼が言う。「どのみち、これはクラリッサの考えなんだ。彼女はきみがまったく楽しめないのは不公平だと考えたんだろう」サイモン卿は振り返って客たちのほうを見た。視線の先には、気品のある年配の貴婦人たちと立ち話をしているレディ・ミルフォードの姿があった。

アナベルの心は一気にしぼんだ。脇のテーブルにシャンパンのグラスを置くあいだ、意志の力でなんとか感じのよい表情を保ち続けた。「正直に言えば、少し疲れてしまったんです。家庭教師は早寝早起きしなければならないので」

見計らったように、廊下の時計が夜の一二時を告げた。響き渡る鐘の音で、一刻も早くここから立ち去りたいという気持ちがかきたてられる。

「午前零時だな」サイモン卿がアナベルを見つめながら言った。「シンデレラが屋根裏部屋に戻る時間だ」

「ええ、そうですね」彼女はショールを手に取りながら明るい調子で応えた。「戻る途中で靴をなくさないよう注意しますわ。それではおやすみなさい」

アナベルは彼から離れ、アーチ形の戸口に向かった。なんて奇妙な偶然だろう。この部屋がおとぎばなしの一場面のようだと思ったすぐあとに、サイモン卿の口からシンデレラの話が出るなんて。ときどき、彼はわたしの考えを読めるのではないかと思う瞬間がある――わたしには彼の考えていることがさっぱりわからないのに。

彼女は最後にもう一度振り返り、きらびやかな人々を見ずにはいられなかった。サイモン卿はまっすぐレディ・ルイザのもとへ向かい、会話を楽しんでいる。彼の家庭教師に対する興味など、こんな程度のものだったのだ。その現実を受け入れるのが驚くほどつらい。

サイモン卿が身をかがめ、レディ・ルイザの耳元に何かささやいた。そのときアナベルは、ふいにルイザが誰に似ているかに気づいた。金髪に繊細で美しい顔立ち。公爵のベッドの脇に置かれた細密画の女性。

ニコラスの母親。サイモン卿が手ひどい失恋を経験した相手だ。

14

「見て、ミス・クイン！」

アナベルが岩だらけの砂浜を恐る恐る歩いていると、しゃがみ込んでいたニコラスが突然叫んだ。そばまでたどりつくと、彼がこちらを見あげる。興奮して顔が輝かんばかりだ。強風で亜麻色の髪はくしゃくしゃになり、両手は泥だらけ。まさにこの年齢ならではの、探険に夢中な少年そのものだった。

「ねえ、見える？」引き潮によって岩場にできた浅い潮だまりをのぞき込みながら、ニコラスが言った。

アナベルは身をかがめた。「いろいろなものが見えますね」

幾筋もの赤みがかった海草がゆらゆらと揺れる中、水中にはさまざまな種類の貝やヒトデ、それに海面植物のかたまりが見える。教区牧師が城から追放されて以来、アナベルは自然科学の授業のために、ニコラスを海辺へ連れてくるようになった。ヨークシャーの沼地しか知らない彼女にとって、海岸はニコラスと同じように新鮮で興味深い。図書室で海岸沿いに自生する動植物の挿絵が描かれた本を見つけたので、ふたりでそれを参考にして、ありとあらゆる種類の海の生き物の名前を学習している。同時に、クラゲやウニなど触ってはいけないものの知識も仕入れた。

「岩のところにエビが隠れているんだ」ニコラスが指差しながら言う。「ぼくたちに足を振ってみせてるんだよ」

「それはエビの触角ですよ」アナベルは教えた。「頭についているものなんです」

「ねえ、つかまえてもいい？　瓶の中で飼って、パンくずをあげたいの」

アナベルは悲しげな笑みを浮かべた。「エビのおうちはここですよ、公爵様。家族と一緒に過ごさせるのがいちばんいいと思います」

ニコラスはまじめくさった顔でうなずくと、岩をよじのぼって次の潮だまりへ向かった。片手に彼が集めたものを入れた布袋を持ち、もう片方の手を顎の下で結んだ麦わら帽子のリボンに添えながら、アナベルもあとに続いた。こんなさわやかな日でも、冷たい風に帽子をさらわれそうになる。あたりには、魚や海草の塩気のある匂いが漂っていた。最近アナベルもようやく慣れてきた匂いだ。「洞窟を探検してもいい？」ニコラスが崖の奥を指差して尋ねた。「海賊が埋めた宝物が見つかるかもしれないよ」

引き潮になると、崖の根元にある巨大な岩々が姿を現し、洞窟の黒々とした入口も見えてくる。だがアナベルは、家政婦から決して公爵を洞窟で遊ばせないようきつく言われていた。

〝潮はあっという間に満ちてきます〟ミセス・ウィケットはそう言っていた。〝すぐに足をすくわれておぼれちまいますよ〟

アナベルは残念そうにニコラスに向かって微笑んだ。「あいにく洞窟の中は真っ暗です。でも、わたしたちはランプを持っていません。それにまず叔父様のお許しを得なければいけませんよ」

「だめだって言われるだけだよ」

明らかにがっかりした様子で、ニコラスはふたたび宝物探しに戻っていった。サイモン卿に関するニコラスの意見は正しいわ。唇をすぼめながら、アナベルは考えた。あの人は甥にこれっぽっちも関心を寄せようとしない。でも、腹立たしい男性のことをくよくよ考えて、こんな美しい一日を台なしにしてなるものですか。

崖のはるか上のほうにはケヴァーン城が見える。アナベルは青空を背景にそびえ立つ城の砲塔や尖塔をほれぼれと見あげた。なんて壮大な光景だろう。何度見ても見飽きない。陽光の中、水晶が混じった城の石材は、銀色がかった灰色に輝いている。

彼女は別のものも光っていることに気づいた。地面に近いところで、何かが鏡のように太陽の光を反射してちかちかしている……。

もっとよく見ようと、目を細めて何歩か足を踏み出した。その瞬間、ちかちかする光は消えてしまった。上にいる誰かが望遠鏡でわたしたちを見ていたのかしら？　気づかれたことに感づいて、見えない場所へ引っ込んだの？

そんなばかな。サイモン卿と招待客たちは今朝早くに、数キロほど離れたダンヴィル卿の領地へ狩りに出かけている。城に残っているのは使用人だけだ。

謎の観察者のことを考えれば考えるほど、ひどく滑稽に思えてくる。たとえ誰であろうと、ニコラスとわたしをこっそり観察する理由が見当たらない。たぶん、金属混じりの岩石が陽光を浴びて光ったのだろう――あるいはガラスの破片かもしれない。

不安がおさまったところで、アナベルは城にくるりと背を向けた。幸いニコラスは何も気づいていない。少し離れた場所で、砂の中から貝を掘り出そうとしていた。

彼が夢中になっているあいだに、そろそろと水辺へ近づいてみる。果てしない海や寄せては返す波を見ていると、畏怖の念に打たれてしまう。海の光景なら何時間でも見ていられそうだ。夜明けのピンク色の輝きから、日中の緑がかった青色へ、さらに夜が近づくとどんどん深い黒へと色を変えていく。とはいえ、これほど美しい海にも水面下には危険なものがひそんでいるのだ。海のあちこちで突き出しているのは鋭い岩石だった。使用人たちの話によれば、嵐に巻き込まれた何艘《なんそう》もの船がこの海岸で座礁しているという。

カモメが急降下し、耳障りな声で鳴いている。アナベルは風の流れに運ばれていく鳥をぼんやりと眺め、それからニコラスがとうとう戦利品を掘り起こしたことに気づいた。彼は大きすぎる貝殻を自分のポケットに詰め込もうと四苦八苦している。

アナベルは思わず笑いそうになった。どう考えても、あの貝殻をポケットにしまうのは不可能だろう。実際、ニコラスは半ズボンの上にざらざらと砂をこぼしているだけだ。

「それは布袋に入れますか、公爵様?」

「うん、お願い」

ニコラスが巻き貝をアナベルに手渡す。海岸にはじめてやってきたとき、彼は目に入るものをなんでも集めたがった。だからそれ以来、宝物を収納できるように彼女は布袋を持ってくるようにしている。ひからびたヒトデから美しい石、波間を漂っている空き瓶まで、ニコラスにとってはどんなものでも宝物だ。アナベルはそれらのがらくたを教室に持ち帰り、授業で使うようにしていた。特に興味深いものを見つけると、絵の授業でニコラスにスケッチさせることもある。

彼女は貝殻を布袋の中に入れ、ひもをぎゅっと絞った。「まあ、ずっしりと重いわ」ニコラスに声をかける。「そろそろ教室に戻る時間ですよ」

彼は目を細めて太陽をちらりと見ると、アナベルを見あげた。「ねえ、もう少しだけ。いいでしょ?」

「もうすぐ地理の授業の時間です。お天気と潮の流れにもよりますが、明日もまたここに来ましょう」

聞き分けのよいニコラスは、それ以上駄々をこねたりはしなかった。アナベルの先に立ち、崖に沿って作られた急な階段のほうへすたすたと歩いていく。急勾配の道をしばらくのぼると、やがて城へと通じるなだらかな下り坂に変わった。

子猿のように敏捷な動きで、ニコラスが階段をのぼっていく。「公爵様、足元に気をつけてくださいね」アナベルはうしろから声をかけた。

その言葉は強風にかき消されたが、ニコラスに聞こえたのはわかった。彼がうしろを振り返り、手を振ってみせたからだ。ニコラスがどんどんのぼっていく一方、アナベルは布袋と長いスカートのせいでゆっくりとした足取りになった。階段の半分にも到達しないうちに、先を行く彼の姿は見えなくなってしまった。

ニコラスは自分がひとりで先に行ってはいけないことを知っている。にもかかわらず、アナベルは急がずにはいられなかった。壮大な海の眺めを楽しむ余裕もない。ようやく階段をのぼりきったときには息が切れていた。階段は森林に覆われた丘のところで終わっている。ケヴァーン城にはじめて来た日、アナベルがのぼってきた丘だ。

一瞬立ちどまり、あたりを見まわした。ニコラスの姿がどこにも見当たらない。ふいに背筋が寒くなった。もし本当に誰かがわたしたちを監視していたとしたら？　公爵を誘拐してしまったら……？

一陣の風に麦わら帽子をさらわれそうになった。何も考えられず、アナベルは帽子のリボンが首のうしろで引っかかるのに任せた。ニコラスはどこ？

そのとき、木々に半分隠れた巨大な岩の上に座っている少年が見えた。ほっとしながら思う。ばかね。あんな縁起でもない想像をするなんて。

アナベルが急いで近寄っていくと、ニコラスは大きなため息をついた。「なんでそんなに時間がかかったの？」彼が言い足す。「ぼく、もう永久に待たされるのかと思ったよ」

彼女は思わず笑った。「まあ、大げさだこと」それから言葉を継いだ。「さあ、道を下っていきましょう、公爵様。お城まであと少しです」

ニコラスは岩から飛びおりた。「ぼくは騎兵隊の大尉だ。ミス・クインを敵から守ってあげるんだ」

少年は早足で道をおりていった。わざと道の端を進みながら、ときおり額に手をかざして森の中にも注意深く目を走らせている。ニコラスがほかの子どもたちのように〝ごっこ遊び〟をする姿を、アナベルは目を細めて眺めた。本当にびっくりするほどの変わりようだ。一カ月前、はじめて会ったときの怖がりの少年と同一人物とは思えない。ニコラスは思いやり深い指導と、守られているという安心感、それに何より愛情を必要としていたのだ。でも、あの牧師はそれを与えようとはしなかった――それに彼の叔父も。

不本意ながら、ついサイモン卿のことを考えてしまっていた。ディナーパーティーのあと丸二日間、彼の姿を一度も見ていない。調理場の使用人たちの話によれば、サイモン卿は客をもてなすのに忙しくしているという。今朝も早くから狩りのグループを引き連れ、レディ・ルイザの父親の領地へと出かけている。今頃は、あの華奢な美しい女性と一緒に狩りを楽しんでいるのだろう。彼女をひとけのない場所へ誘い出し、こっそりキスをしているかもしれない……。

だめよ、そんなことを考えては。わたしには、彼らを妬んだり羨ましく思ったりする資格がない。わたしとサイモン卿は住む世界が違う。それは厳然たる事実だ。彼がどんな時間を過ごそうと、わたしには関係ない――ただし、レディ・ミルフォードから課された難題は解決しなければ。

〝心の底から愛した女性に振られると、男性はよけいに苦しんでしまうものなの。彼の心を癒す手助けをしてあげなければいけないわ、アナベル。どうかニコラスとサイモンを結びつけてやって。あなただけが頼りよ〟

アナベルは土の道をにらみつけた。サイモン卿がニコラスの母親に振られてから、すでに一〇年近い歳月が経とうとしている。恨みを抱き続けるなんて間違っているわ――特に、その恨みを純真でかわいらしい子どもに向けようとするなんて。でも、そんな微妙な話題をどうやって持ち出せばいいの？　やり方がわからない。そんなことをすれば、家庭教師の職をすぐさま首になってしまうだろう。

サイモン卿の心を癒すだなんて！　レディ・ミルフォードはわたしに、ロープもはしごも使わずに城の壁をよじのぼれと命じたも同然よ。

なお悪いことに昨日の午後、子ども部屋にやってきたレディ・ミルフォードは、ニコラスとアナベルの三人でお茶を楽しんだあと、ロンドンにいる自分へ定期的に手紙を書くようにと言ってきた。〝サイモンの件がどう進展しているのか知りたいの〟部屋を出ていくとき、レディ・ミルフォードはそうささやいたのだった。〝約束を忘れないでちょうだいね〟

レディ・ミルフォードをがっかりさせたくはない。わたしにとって彼女は恩人なのだ。どうにかしてサイモン卿を説得し、ニコラスともっと一緒に過ごすように仕向けなくては……。

アナベルはふいにニコラスが寄り道をしていることに気づいた。城にまっすぐ通じる道ではなく、木々に覆われた丘の斜面を下っている。

「公爵様！」大声で呼びかけた。「どこへ行くつもりです？」

ニコラスの前にある低木の茂みで、一羽のウサギが飛び跳ねた。上機嫌であとを追いながら、彼が肩越しに言う。「敵をつかまえるんだ」

アナベルは自分に言い聞かせた。そんなに長くはいないのだから、ニコラスが森の中で迷子になることはないだろう。そのうえ、この丘の真上にある谷間に広がるのは牧草地と農場だ。さらに上には、木々の切れ目から崖にそびえ立つケヴァーン城が見えている。

それでもアナベルは、獲物を追って坂を下っていくニコラスのあとを急ぎ足で追いかけた。あまりにも長いあいだ、あの子の想像力はバンティングによって抑えつけられていたのだ。ごくふつうの少年みたいに冒険を楽しむのはよいことに違いない。

とはいえ、ニコラスは半ズボンだ。下生えにスカートを引っ張られているアナベルのほうが明らかに分が悪い。イバラの茂みから裾をはずそうと身をかがめた瞬間、彼女は背後で小枝の折れる音を聞いた。

誰かいる？

あとをつけられているの？　そう考えて、肌が一気に粟立った。もしかして、崖の上から望遠鏡で見られている気がしたのは思い違いではなかったのかもしれない。

アナベルは振り返り、音のしたほうを眺めた。背の高いモミの木とブナの木、それに年代物のカシの木のあいだから陽光が降り注ぎ、小さな青い花々とびっしり生えた草木をまだらに浮かびあがらせている。頭上の丘には誰ひとり見当たらない。だが森の中のゆるやかな坂道には、人が隠れられるくぼみやへこみがたくさんある。おまけに巨大な岩々や太い木の幹は、姿を見られたくない者が身をひそめるにはうってつけだ。

いいえ、もしかすると〝ようしぇい〟かもしれない。

そう考えたとたん、少し不安が和らいだ。きっと迷信とはこうして生まれるのだろう。自然が生み出した音や光景を、人間が勝手に誤解してしまうのかもしれない。アナベルの理性は告げていた。もし森に別の存在がいるとすれば、それは人でしかありえない――きっと城の使用人か作業員が近道をしたのだろう。

調理場で侵入者の話を聞いたことがあるけれど、あれは広大な領地の最南端で起きた出来事だ。しかも、わざわざ城のこんな近くまで立ち入る愚か者などいない。見つかったときの危険があまりに大きすぎる。

ここにいれば、ニコラスとわたしは完全に安全だわ。

振り返ると、丘を下る途中で立ちどまっている彼の姿が見えた。どういうわけか、地面をじっと眺めている。アナベルは思わず苦笑いを浮かべた。たぶん、ニコラスは哀れなウサギをつかまえそこねたのだろう。そうであってほしい。もしつかまえたウサギをペットとして飼いたいとあの子が言い張れば、怯えてもがく動物を布袋に入れるのは至難の業であることを、よく言って聞かせなければならない。

けれど、ペットを飼うのも悪くないかもしれない。馬丁の誰かに頼めばウサギ小屋を作ってくれるだろう。ウサギに餌をやったり育てたりする責任を持たせれば、ニコラスにとっていい勉強になるはずだ。

そう考えながら、アナベルは深い森の急な坂道を慎重におりていった。落ち葉のあいだを細い水の流れが走っており、濡れた岩をまたいだ瞬間、足がつるりと滑った。あわてて手近な木の幹に手をつき、体を支える。

怒ったハチがぶんぶんと音を立てながら、彼女の耳元を通り過ぎていった。その瞬間、耳をつんざくような銃声が響き渡った。

はるか先で、ニコラスが地面に倒れるのが見えた。

15

銃声が森に、渓谷に響き渡った。信じられない思いにアナベルの体が一瞬凍りつく。侵入者、侵入者。やはり侵入者に違いない。

彼女は手から布袋を落とし、すばやくあたりを見まわした。「待って！」声をかぎりに叫ぶ。「撃たないで！　子どもがいるのよ」

あたりはしんと静まり返っている。森の中の坂道や高い木々の上をあわてて見てみたが、なんの動きもない。銃を撃った者が隠れている気配も感じられない。

早くニコラスを見つけなくては。

濡れ落ち葉の斜面にずるずると足を取られながらも、アナベルは必死で丘を滑りおりた。スカートの裾に泥と汚れがついたが、そんなことはどうでもいい。頭にあるのはニコラスのことだけだ。あの子は撃たれたの？

ああ、神様、ニコラスは撃たれたに違いない。斜面を下っていたのに、急に視界から消えたんだもの。重傷を負ったのかしら……それとも……死んでしまったの？

恐怖のあまり、喉から嗚咽《おえつ》がもれる。そんなはずはない。あっていいわけがない。ニコラスはどこ？　たしかこのあたりにいたはずなのに……。

数メートル先にニコラスの姿が見えた。よろよろと立ちあがり、両手を見おろしている。亜麻色の髪はくしゃくしゃで、服も汚れていた。それでもアナベルにとって、これほど嬉しい光景はなかった。彼女はがっくりと膝をつき、ニコラスの両肩をつかんで全身に目を走らせた。ありがたいことに、どこからも血は出ていない。

ニコラスの小さくて温かな体をぎゅっと引き寄せる。「ああ、公爵様。あなたが倒れるのが見えたんです。大丈夫でしたか？」

彼はうなずいた。顔には恐怖というよりも好奇心が浮かんでいる。「誰かが銃を撃ったの？」

アナベルはなんとか気を静めようとした。まだ心臓が早鐘のごとく打っている。だが、ニコラスを怖がらせてはならない。どうにかして冷静な口調を保たなければ。「ええ、そうだと思います。たぶん……侵入者に違いありません」

ニコラスがつんと顎をあげた。「侵入者はここに入っちゃだめだ。奴らにぼくのウサギを殺される前に追い払わなくちゃ」

少年の強情そうなしかめっ面を見て、アナベルはこみあげてきたヒステリックな笑いをのみ込んだ。保護が必要なのはウサギではなく、ニコラスのほうなのだ。でもありがたいことに、彼はどれほど近くで発砲が起きたか気づいていないらしい。もし銃弾がニコラスに当たっていたら……。

アナベルは震える脚で立ちあがった。今すぐ発砲した者を突きとめたいのはやまやまだが、最優先すべきはニコラスだ。彼を安全な教室まで連れ帰らなければならない。「ええ、あなたのおっしゃるとおりです。すぐにこのことをあなたの叔父様にご報告します。さあ、帰りましょう。ただちにお城へ戻らなければ」

彼女はニコラスの体に手をまわし、一刻も早く戻るべく彼をせかした。ここから逃げなくては。まだ狙撃者がいるかもしれない。警戒を怠ってはだめ。身に迫る危険はじゅうぶん承知しているけれど、わたしには公爵を守るすべがない。せいぜいできるのは、自分のそばにニコラスを引き寄せて盾代わりになりながら丘の斜面を横断することだけだ。あたりはやけに静まり返っている。聞こえるのは、やぶの中を進むふたりの足音と、崖のはるか向こう側で波が砕ける音だけだ。こずえでさえずる鳥の鳴き声さえしない。まるで森全体が静寂に包まれたかのようだ。

銃を撃った者はどこにいるのだろう？　どこにも痕跡は見当たらない。また発砲してきたらどうすればいいの？

いいえ、それはありえない。わたしが大声で叫んだとき、相手も自分の間違いに気づいたはずだ。きっと今頃は身をかがめ、こっそり逃げ出す機会をうかがっているに違いない。ああ、その腰抜けを激しく叱責できたらどんなにいいだろう！

ふいにぞっとするような疑惑が心に浮かんだ。相手が侵入者じゃなかったら？　もし発砲が偶然ではなく、わざとだったとしたら？

理性が即座にその可能性を否定する。絶対にそんなことはない。いったいなんの目的で、こんなかわいい少年を撃つというの？

ただし、ニコラスはふつうの少年ではない。裕福なケヴァーン公爵であり、広大な領地の所有者であり、王族を含む高貴な血筋を引く子孫なのだ……。

ニコラスがアナベルの腕を引っ張った。「ねえ、これ見て。ぼくが見つけたんだ」そう言うと、汚れたてのひらの中の小さなものを掲げてみせた。

彼女は気もそぞろに、ちらりと一瞥した。ほこりまみれの、模様のようなものが刻まれた金属片だ。ニコラスを怖がらせないように、できるだけふだんどおりの話し方で応える。

「まあ、すてき。どこで見つけたんです？」

「あそこで拾ったの。さっき銃声を聞いた場所だよ」

ふいに恐怖の瞬間がよみがえった。ニコラスが視界から消えたのは、この金属片を見つけたからなんだわ。これを拾おうとかがみ込んだ瞬間、弾が発射されたに違いない。

偶然が重ならなければ、今頃どうなっていただろう？　そう考えると身震いせずにはいられなかった。

「それを拾ってくださって本当によかったです」アナベルは言った。「心から嬉しく思います」

森を抜けると、ケヴァーン城へ通じる坂道が現れた。背の高い灰色の尖塔やそびえ立つ銃眼付きの胸壁がすぐそばに見える。この光景を目にして、アナベルは今ほど幸せを感じたことはなかった。ニコラスを安全な城の中に連れていきたい一心で、開け放たれた城門の鉄製の落とし格子に向かって急いだ。

ふいに背後からひづめの音が聞こえてきた。うっそうとした森に隠れて姿は見えないが、馬に乗った誰かが近づいてくる。でも、おかしい。誰も来る予定はない。招待客たちは一日じゅう外出している。唯一心当たりがあるとすれば狙撃者だ。アナベルは本能的に、ニコラスを木立の陰へとせきたてた。

「どこへ行くの？」ニコラスが混乱したように尋ねる。

「少しのあいだ、ここにいてください」

しかし彼を隠す間もなく、アナベルの視界に馬に乗った人物が飛び込んできた。美しい狩猟服に身を包んだサイモン卿だった。濃い赤紫色の上着に鹿革のブリーチズを合わせ、黒い膝丈のブーツを履いている。森に面した草地にいるふたりに気づき、彼は手綱を引いて大きな灰色の牡馬《ぼば》をとめた。馬が前足をあげてうしろ足で立ち、鼻をシューッと鳴らす。

アナベルはなんとも言えない安堵感に包まれていた。サイモン卿の姿を見て、こんなに嬉しいと思ったことはない。だが、馬の鞍《くら》のうしろに縛りつけてあるものを見た瞬間、全身の血が凍りついた。

猟銃。

ふたりを見つめながら、サイモン卿が大声で尋ねた。「なぜこんなところにいる？　何かあったのか？」

「公爵様とお散歩に出かけていただけです」ニコラスをしっかり引き寄せたまま、彼女はなんとか笑みを浮かべた。「今日は――一日じゅう外出されているのかと思っていました」

「レディ・ルイザの具合が悪くなって、狩りが早々と中止になったんだ。ほかの客たちは村へ買い物に出かけた」サイモン卿はひらりと飛びおり、馬の手綱を引いてふたりのほうへ歩いてきた。左脚をかばうように少しだけ引きずっている。彼は鋭い目でアナベルを見つめた。明らかに彼女の不安に気づいた様子だ。「何かあったんだろう。さあ、聞かせてくれ」

アナベルはためらった。なんと言うべきなのかわからない。発砲騒ぎのあと、猟銃を持ったサイモン卿がわたしたちのあとを追うように現れたのはただの偶然なのかしら？

いつの日かニコラスが結婚して男子をもうけるまでは、サイモン卿が推定相続人だ。もしニコラスの身に何かあれば、サイモン卿がケヴァーン公爵となる……。

そんな。私利私欲のために幼い甥の暗殺をくわだてるなんて、考えるだけで恐ろしい。

ニコラスがぎゅっと手を握りしめてきた。用心深い目で叔父を見つめながら、小さな声で言う。「侵入者です、叔父様。森の中で銃を撃ってきたの」

サイモン卿は甥を見おろして表情を曇らせ、視線をさっとアナベルに向けた。「それはきみたちふたりが外出していたときのことか？」

彼女は体を小刻みに震わせながらうなずいた。ここはひとまず〝侵入者〟という説明に話を合わせておこう。「はい、ほんの少し前のことです。わたしたちが立っていた場所のすぐ近くに銃弾が撃ち込まれました。それですぐにここへ戻ってきたんです」

サイモン卿の顔が憤怒《ふんぬ》の形相に変わる。アナベルはこれほど激怒した彼を見たことがなかった。牧師がニコラスを叩いたのを目撃したときでさえ、こんな表情は見せなかった。

「いったい誰だ？　どんな奴だったか詳しく教えてくれ」

「それがわからないんです。姿を見たわけではないので」

「場所は？」

「あちらです」アナベルは森の中を指差した。「海岸から戻る途中、ニコラスが道をそれたんです。彼は……ウサギを追いかけていて、そのとき――」声が詰まり、それ以上何も言えなくなった。

サイモン卿は彼女の背中に手を添えると、城のほうへ促した。「来い」彼が命じる。だが冷たい口調ではない。「ふたりとも中に入ったほうがいい」

三人は急ぎ足で中庭へ向かった。アナベルの不安とは裏腹に、イルカの彫刻が施された噴水が陽気な音を立てている。サイモン卿は大声で、馬を厩舎《きゅうしゃ》へ連れていくよう馬丁に命じた。背中に添えられた彼の手のぬくもりに、アナベルは思わずたじろいだ。この指が猟銃を握り、ニコラスを狙って引き金を引いたのだろうか？

サイモン卿はそこまで甥を嫌悪しているの？

勝手な憶測をしてはだめよ。アナベルは厳しく自分に言い聞かせた。まだすべての事実が出そろったわけではない。もっと時間をかけて考えなければ。断片的な情報を集め、この状況を論理的に説明する必要がある。けれど何よりもまず、ニコラスを危険から守らなければならない。そうしてはじめて答えを探せるようになるのだから。

ありがたいことに、ニコラスは先刻の出来事になんら影響を受けていない様子だ。おそらく、銃弾が自分のすぐ近くに撃ち込まれたのに気づかなかったからだろう。彼は小走りでまっすぐ噴水へ向かうと身を乗り出し、ゴボゴボと音を立てている水で小さな宝物の汚れを落としはじめた。

彼のあとを追おうとした瞬間、アナベルはサイモン卿に手首をつかまれた。「ニコラスを子守りのところへ連れていってくれ」彼が低い声で言う。「それからすぐにここへ戻ってきてほしい。そのあいだ、ぼくはあたりを見まわっている。きみが戻ってきたときにぼくがここにいなければ、待っているように」

サイモン卿は踵を返し、大股で巨大な城門へと向かった。


一五分後、アナベルは中庭をゆっくり歩いていた。エロウェンしかいない子ども部屋に、おもちゃの兵隊で遊ぶニコラスを残していくのは不安でたまらなかった。たとえ一瞬でも公爵から目を離さないようエロウェンに約束させ、なんとか出てきたのだ。

穏やかな天気にもかかわらず、アナベルは両腕をさすり、骨の髄まで凍るような肌寒さを和らげようとした。太陽のまばゆい光さえ、暗く沈んだ心を浮き立たせることはできない。どうしても一連の出来事をあれこれと考えてしまう。たしかにあのとき、誰かが崖の上からニコラスとわたしのことを監視していた。もし同じ人物が浜辺から戻ってくるわたしたちを待ち伏せしていたとすれば、発砲は狩猟者がうっかり撃ったせいではないことになる。

その悪党はケヴァーン城に通じる森の中に身をひそめていたに違いない。ところがわたしたちが道をそれて森に入ってきたため、別の場所に移らざるをえなくなったのだ。それが背後で誰かが小枝を踏む音を聞いた瞬間だったのだろう。そしてすぐに発砲が起きた。

でも、いったい誰が？　なんの目的で？　最悪なのは、その直後に猟銃を携えたサイモン卿が姿を現したことだ。あれは本当に単なる偶然なの？

アナベルの理性は、ニコラスの死によって得をする唯一の人物こそサイモン卿だと告げている。けれども彼女の心は、サイモン卿が殺人者だと信じることを断固拒否していた。もし甥の死を望むなら、どうしてこんな昼日中に狙い、わざわざ疑いを招くようなまねをしたのだろう？　通りかかった農夫や使用人に目撃される危険性は考えなかったの？　偶然の死に見せかけるなら、もっと簡単なやり方がある。たとえばニコラスの食事に毒を盛るとか。あるいは城の胸壁に彼を呼び出し、崖の下へ突き落とすとか……。

身の毛もよだつ映像が思い浮かび、アナベルは身震いした。真実が明らかになるまで、細心の注意を払ってニコラスのそばについていなければならない。それに勝手な憶測をしないようにしなければ。確固たる証拠がない以上、サイモン卿のような権力を持つ男性を告発する勇気はない。

アナベルは噴水のまわりを歩きながら、ほかにニコラスの死を望む者がいないか考えてみた。レディ・ルイザはサイモン卿と結婚したがっている。そしてもしニコラスの身に万が一のことがあれば、彼女は単なる〝次男の妻〟ではなく、晴れてケヴァーン公爵夫人になれるのだ。それに彼女の父親であるダンヴィル卿はディナーパーティーの席上、娘は射撃の名手だと自慢していた。もしかしたら、レディ・ルイザは具合が悪くなったと言って、ひそかにここへ戻ってきたのかもしれない。

とはいえ、あの優雅なレディがやぶの中に身を隠し、獲物をつけ狙っている姿など想像できない。こんな考えを抱くこと自体、ばかげているのだろう。ただし、レディ・ルイザが誰かを雇って悪事を働かせた可能性もある。

ほかにもいろいろと考えられる。発砲が本当に故意ではなかった可能性を含めれば、あれは〝シチュー鍋に入れるウサギが欲しい一心で地元民がうっかり発砲しただけ〟という筋書きもありうるのだ。

砂利を踏みしめる音が聞こえ、アナベルはくるりと振り返った。大股で中庭を横切ってくるサイモン卿の姿が見えた。先ほどよりもいくぶん表情が和らいでいる。

彼女は前に進み出た。「誰かいましたか?」

「いいや。だが、これを見つけた」サイモン卿は海辺の宝物を入れた布袋を手にしていた。

「まあ、すっかり忘れていました!」

「きみがこれを落としておいてくれて助かったよ」彼が言う。「おかげできみたちが立っていた場所がわかった。しかし、現場近くで証拠の銃弾を見つけることはできなかった」

サイモン卿は濃い眉を片方だけあげ、疑いを含んだまなざしを向けてきた。あの出来事はわたしの想像の産物だろうとほのめかしているの？　実際には起きていないことだと？

「銃弾がそばをかすめていく音をたしかに聞いたんです」アナベルは主張した。「ヒューンという奇妙な音でした。次の瞬間、谷間じゅうに大きな発砲音が響き渡ったんです。ニコラスも聞いています」

「よければ一緒に来てほしい。きみがいれば、弾がどこから発射されたのか特定しやすくなる」

サイモン卿と一緒に森へ行くと考えただけで、彼女の心臓は縮みあがった。上背のある彼が、威嚇するようにこちらを見おろしている。森でふたりきりになったら、わたしなど簡単に力でねじ伏せられてしまうだろう。しかも、攻撃されても目撃者は誰もいない場所だ。でも、ここは危険を冒さなければならない。ニコラスのために。

アナベルは唇を噛んでうなずいた。「ええ、もちろんです」

彼は布袋を中庭に置くと、森のほうへ向かった。葉の生い茂ったカシの木や、背の高いモミの木の枝に陽光が遮られて揺れている。イバラやツタが絡まる光景が幻想的な雰囲気を漂わせ、文明とは無縁の太古の森のようだ。先ほどは、この坂がこれほど急で歩きにくいことに気づきもしなかった。もちろん、一刻も早くニコラスを城に連れて帰りたい一心だったからだろう。

ふいに腕をつかまれ、アナベルは息をのんでサイモン卿を見あげた。彼はまじまじとこちらを見ていた。

「驚かせるつもりはなかった。ただ、木の幹をまたぐのに助けが必要だろうと思ってね」

サイモン卿が近くに来たことで、アナベルの不安はいっそうかきたてられた。でも、彼が近づいてくるたびにびくびくしてはいけない。彼を疑っていることに気づかれてしまう。

「ちょっと気が立っているんです」アナベルは言った。「本当に侵入者はどこかへ行ったと思いますか？」

「ああ、間違いない。城のこんな近くで発砲するような向こう見ずな奴が、いつまでもこんなところでうろうろしてつかまるわけがない」

サイモン卿は彼女の腕をしっかりつかむと、朽ちた木の幹の残骸をまたぐ手助けをした。まさに紳士的な行為だわ。ふつうの状況なら、親切な行動に感謝しただろう。けれども今日はふつうではないことばかり起きている。

それからすぐに、ふたりは落ち葉のあいだを細い水の流れが走っている場所に到着した。

「わたしが布袋を落としたのはここです」アナベルは説明した。

「ぼくが来たときは、あのブナの木の根元に転がっていた」サイモン卿が数歩先に立ち、彼女を見つめながら言う。「何が起きたか正確に話してほしい。どんなささいなことも省略しないでくれ。いいかい？」

彼女はうなずいた。あの出来事を正確に説明するためには、サイモン卿が何も知らないし、何も隠していないという前提に立たなければならない。でも、致し方ない。崖の上から誰かに監視されていたところから話さなければならないだろう。ただ、もしあれがサイモン卿だったなら……。

「先ほども言ったとおり、ニコラスとわたしは浜辺から戻る途中でした。城にまっすぐ通じる道を歩いていたんですが、ウサギを見つけたニコラスがあとを追いかけて、森の急な坂道へ入っていったんです。それでわたしもあとを追って、この坂をおりていきました」背後に広がる下り坂を指し示す。

サイモン卿は地面をじっと観察した。「ちょうどここにヒールの跡が残っている。きみは足を滑らせたのか？」

「はい。水の流れで地面は湿っていました。わたしは落ち葉に足を滑らせて、ここにある木に手をついたんです」ひやりとした瞬間を思い出しながら、なめらかな樹皮にてのひらを置く。「銃声を聞いたのはそのときでした。まるで怒ったハチが耳元を飛んでいるような音がして、ニコラスが突然視界から消えたんです。わたしはてっきり……もう恐ろしくて……」

たちまち恐怖がどっと押し寄せてきた。なすすべもなく身を震わせ、アナベルは小さなうめき声をもらした。もし発砲のタイミングが一瞬早ければ、ニコラスは殺されていたかもしれない。小さくてかわいいニコラスが……死んでしまっていたかも……。

ふと気づくと、サイモン卿の腕の中に引き寄せられていた。予想外の行動に抵抗する間もなく、彼に抱きしめられる。たくましい胸に驚くほどの安心感を覚え、彼の体の熱によって、冷えきった心がたちまち溶かされていった。アナベルにとって、これほど男性に近づいたのは生まれてはじめてのことだ。男の人に抱きしめられると、こんなに安心できるものだなんて。たしかに守られているという安堵感に、理性も良識も押し流されてしまいそうだった。

衝動のおもむくまま、アナベルはサイモン卿の首元に顔をうずめて腰に両腕をまわした。規則正しい彼の鼓動に、不安がますます和らいでいく。わたしはこういう親密な抱擁を心の底から求めていたんだわ。まるで天国にいるみたい。サイモン卿の腕に抱かれているのが、このうえなく正しいことのように思える。自分でも信じられないほどに。

サイモン卿は彼女の背中を優しく撫でている。「もう終わったことだよ、アナベル」彼はささやいた。「ニコラスは安全だ。もう大丈夫」

アナベル。はじめてそう呼ばれた瞬間、体の奥底に震えが走り、彼女はふいに気づいた。こんな抱擁は不適切だわ。サイモン卿はわたしの雇い主なのよ。わたしには手の届かない高貴な身分の男性。しかも最悪なことに、発砲したのは彼かもしれない。もしかすると、こちらの疑いをそらす目的で、わざとわたしを誘惑しているのかも……。

はっとわれに返り、サイモン卿の腕から逃れてあとずさりした。「も――申し訳ありません、閣下。自分でもわけがわからなくなってしまって……」

彼は冷静な瞳でこちらを見つめている。「きみは恐慌状態に陥っただけだ。謝る必要はない」

「あの瞬間は、これほど感覚が麻痺しているようには思えなかったんですが」

「きみは本能的にやるべきことをやったんだよ。ぼくの甥に走り寄って、撃たれていないかどうか確かめてくれた」

「ええ」アナベルは唇を噛み、目をそらした。「ニコラスの姿が見えなくなって、それで恐ろしくなったんです」

「もし覚えているなら、あの子が立っていた場所を教えてくれないか?」

その質問のおかげで、ようやくサイモン卿から離れる口実ができた。「ええ、もちろんです」

アナベルは慎重な足取りで、緑に覆われた斜面を下っていった。サイモン卿に抱擁され、それまでの警戒心が簡単に吹き飛んでしまったことに動揺を覚えずにいられない。ここは頭をすっきりさせて、冷静にならなければ。彼を信用するのはきわめて危険だということを、心にとめておく必要がある。ほかの誰よりもニコラスの死を願う理由があるのだ。それに彼の場合、公爵の位を引き継ぐよりも、サイモン卿にとって、ニコラスは自分を拒絶した女性を常に思い出させる存在にほかならない。

ふたりは丘の中腹に突き出た、狭くて平らな場所にたどりついた。小さな高原を見おろす平地では、古いカシの木の上で鳥たちがさえずっている。「ニコラスはここに立っていました」地面を指差しながら、アナベルが説明した。「ほら、彼が膝をついていた場所の落ち葉がくぼんでいます」

サイモン卿が彼女の横で立ちどまり、眉根を寄せた。「ニコラスにこんな場所までやってくる度胸があったとは意外だな。きみにべったりくっついているものだとばかり思っていた」

「ええ、ニコラスはウサギを追いかけて走っていたんです。わたしの足ではとても追いつけませんでした」

彼はアナベルから離れ、近くにある木々を調べはじめた。しゃがみ込んで、彼女のそばにあるカシの木をまじまじと眺める。「ぼくたちはついている」肩越しに言った。

「どういう意味です?」

「すぐにわかるさ」

サイモン卿はポケットからペンナイフを取り出し、樹皮から何かを切り取ると、アナベルのところへ戻ってきて手を広げてみせた。そこにはぺちゃんこになった丸いものがあった。

「銃弾だ」

彼女の心臓がどくんと脈打った。ふいに、いびつな形の弾に指先で触れてみたい衝動に駆られた。こんなもので人を殺すことができるのかしら? あまりに小さすぎるわ。「では、侵入者は猟銃でこれを発射したんですね」

「違う」サイモン卿は決然と首を横に振った。「猟銃にしては弾が小さすぎる。これはピストルの弾だ」

16

ピストル！　アナベルは安堵感から全身の力が抜けていくのがわかった。つまり、あの発砲とサイモン卿が鞍のうしろに縛りつけていた猟銃とはなんの関係もないことになる。彼が猟銃を持っていたのは、ダンヴィル卿の領地へ狩りに行くためだったのだ。

とはいえ、サイモン卿の容疑が完全に晴れたわけではない。アナベルは自分を戒めた。彼の言葉を真に受けないよう注意しなければ。もしかすると、彼はわたしをだまそうとしているのかもしれない。サイモン卿には公爵の暗殺をくわだてるじゅうぶんな動機がある。それに、鞍に取りつけてあった袋にもっと小型の武器を隠していた可能性もある。

「つまり……決闘に使うピストルのことでしょうか？」アナベルは尋ねた。裕福な紳士たちはそんな武器など持たないものじゃないかしら？　男性は名誉を傷つけられたときに決闘をするものだと本で読んだことはあるけれど、実際にはよくわからない。

サイモン卿は上着の内ポケットに弾をしまった。「ピストルにはいろいろな種類がある。だが興味深いのは、一般的に狩猟者なら猟銃を使うはずだということだ。彼らの狙いは、遠くにいる獲物をより正確にしとめることにあるからね」

心臓がどくんと跳ねあがるのを感じつつ、アナベルは長いまつげの下から彼を見つめた。

「つまり、銃を撃ったのはただの侵入者ではないと？」

「ぼくは〝一般的に〟と言ったまでだ。ただピストルだけ持っていたとなれば、そいつが何か企《たくら》んでいた可能性がある」日に焼けた顔をしかめ、心ここにあらずという様子でサイモン卿が言う。「ここで待っていてくれ。ふたつの場所から弾の軌道を割り出せば、そいつが隠れていたところがわかるだろう」

彼はカシの木のふもとからまっすぐ坂をのぼり、銃声が聞こえた瞬間にアナベルが立っていた場所へと向かった。下生えをじっと見つめながら、ゆっくりとした足取りで、丘をさらに数メートルのぼっていく。

アナベルは不安げにサイモン卿を見ていた。彼はもう何かに気づいているのかしら？　それともわたしを欺くために、わざとあんなことをしているの？

きっとすぐにわかるだろう。それまで気をまぎらわそうと、アナベルはカシの木々のまわりをぶらつくことにした。坂にもかかわらず、このあたりの地面は平らだ。唯一の例外は、びっしりと蔓草《つるくさ》に覆われた小山だった。腰までの高さがあり、まるで大きすぎる祭壇のように見える。葉が青々と生い茂って枝ぶりもいいカシの木々が、ちょうど小山を囲むように四隅に生えていた。まるで自然の神様がお造りになった大聖堂に立っているみたいだわ、と彼女は思った。

われながら、なんて奇妙な空想だろう！

丘を見あげると、サイモン卿が城に向かってさらに高くのぼっているのが見えた。いったい彼は何をしているのだろう？　狙撃者が残した痕跡でも見つけたのかしら？

じっとしていられず、アナベルはカシの木々の周辺を大きく一周することにした。行きついたのは、ニコラスが視界から消えた場所だ。彼がウサギを追いかけていた足をとめ、地面に落ちていた小さな宝物を見つけた場所だった。

アナベルは身をかがめ、ニコラスの視点であたりの景色を見てみた。こうするだけで、世界の見え方がずいぶん違うことに驚いてしまう。ふだんよりも周囲のいろいろなものに焦点を当てやすくなる気がする。濃厚に漂ってくるのは、大地を覆う落ち葉や腐葉土からの自然の香りだ。少し離れた場所では、地面に落ちた大枝から分かれた、干からびた小枝のあいだにクモが巣を張っていた。カシの木々の中心にある小山の上には、木もれ日が優しくまだらに降り注いでいる。

そのとき、もつれ合う蔓草の下で何かがきらりと光った。アナベルは急いで近づき、蔓をかき分けて、積もった木の葉の中をのぞき込んだ。

手を差し入れて引き抜くと……園芸用スコップが出てきた。

驚きとともに、小さなスコップをまじまじと眺める。かなり新しいもののようだ。明らかに、何年間も打ち捨てられていたものではない。ごく最近、誰かがこれをここでなくしたのだろうか？　それとも、わざと隠したのかしら？

でも誰が、なぜこんなものを隠すの？　木々に囲まれたここの斜面が耕作に向いているとは思えない。

不思議に思いながら、アナベルはあたりを見まわした。誰かがこのあたりを掘り起こした形跡はないかしら？　ふいに先ほどニコラスが立っていた場所に目が行った。落ち葉の上に土がかかっている場所が何箇所かある。まるで一帯の腐葉土を掘り起こし、その痕跡を隠したかのようだ。

スコップを使って腐葉土や落ち葉をどけていくと、すぐに柔らかくなった地面の表面が現れた。間違いない。たしかに誰かがごく最近、ここを掘り起こしたんだわ。だけど、いったいなんのために？

答えを見つける方法がひとつある。

アナベルは丘の頂上近くにいるサイモン卿のほうを見あげた。彼が戻ってくるまでの時間つぶしに、一帯の土をかき出してみることにする。複雑に絡み合った根っこに作業を邪魔されたものの、数分もすると、土から出てくるのは小石やカブトムシだけになっていた。

ふいに鈍い光が彼女の注意を引いた。穴に手を突っ込み、ゆるんだ泥の中から小さなものを取り出す。ひどく汚れた硬貨のようだ。

埋蔵された宝物？

興味を引かれ、親指で硬貨の表面についた汚れをこすってみた。金でできているようだが、英国のどの硬貨にも似ていない。太陽の光にかざしてみると、ありがちな模様——葉の生い茂った木々に囲まれた馬——が刻されているのがわかった。裏面には、巨大な枝角を持つ牡鹿が描かれている。

なんて奇妙なのだろう。どう見ても形は硬貨なのに、価値を表す数字はどこにも刻印されていない。それに、どこの国の硬貨かを示す言葉さえ記されていない。

近づいてくる足音で、サイモン卿が戻ってきたのがわかった。彼が何をしに行っていたのかを思い出し、アナベルはあわてて立ちあがって出迎えた。「何かわかりましたか?」

「奴は道からはずれたところで待ち伏せしていたに違いない。あそこの落ち葉が踏みつぶされていて――」サイモン卿は突然言葉を切り、浅い穴と脇に盛られた土を見おろした。「いったいここで何をしているんだ?」

「誰かがあそこの蔓草の下に園芸用スコップを隠していたんです」彼女は手で小山を指し示した。「あたりを見まわしていたら、落ち葉の下に掘り起こした跡があるのに気づきました。そこから出てきたものを見てもらえますか?」

アナベルはサイモン卿に硬貨を手渡した。彼は片方の眉をあげ、木もれ日にかざしながら裏表を調べた。「これは珍しい」その声にはかすかな興奮が感じられた。彼女がこれまで聞いたことのない声色だ。「かなり古い時代のもののようだ」

「ニコラスもここで小さな金属片を見つけたんです」アナベルは言った。「彼がそれを拾おうとしゃがんだ瞬間、銃が発射されたんです」

サイモン卿が鋭い目で彼女を見た。「それできみはニコラスが撃たれたと思ったんだな」

「はい。これは古代ローマ人の硬貨でしょうか?」

指で硬貨の表面を軽くこすりながら、彼は首を横に振った。「ケルト人のものではないだろうか。博物館で似た硬貨を目にしたことがある。ローマに占領されていた時代、ケルト人は英国の先住民だったんだ」

「ケルト人は自然を崇拝する多神教だったんですよね」アナベルは熱心につけ加えた。「彼らを司《つかさど》っていた神官はドルイドと呼ばれていました。大プリニウスやキケロが彼らのことについて書き記しています」

この日はじめて、サイモン卿はかすかに笑った。実に男らしく魅力的な笑みだ。

「きみはラテン語の本を読むのか？　もしそうなら驚きだな」

じっと見つめられて、彼女は頬を染めた。「ええ、読みます……かつてドルイドたちが、ここの森を神聖な場所と考えていた可能性はないでしょうか？　もしかすると、屋外の教会と見なしていたのでは？　ここにあるカシの木々は相当古い時代からあるように見えます」

「ああ、実際そうなんだ」サイモン卿は巨大な四本の木のまわりをゆっくりと歩き、節くれ立った枝を見あげて立ちどまった。「ドルイドはカシを特に神聖なものと考え、どの木にも自然の神が宿っていると信じていた。今日でもなお、コーンウォールにはカシにまつわる迷信がある。カシの木を切るとよくないことがあると言われているんだ」

「この小さな空き地は屋外にある大聖堂のようだと思いませんか？　カシの木にちょうど四隅を囲まれています」アナベルは中心にある小山を手で指し示した。「祭壇はここです」

「鋭い観察力だな、ミス・クイン」濃い灰色の瞳を輝かせながら、サイモン卿は周囲を見まわした。「子どもの頃、このあたりをよくぶらついたものだ。だが、ここが特別な場所だとはまったく気づかなかった」

「でも、ほかの誰かが気づいたに違いありません」一歩彼に近づき、アナベルは言った。「埋められた宝物を掘り起こそうとしている誰かが」

サイモン卿が厳しい顔になる。「たしかに。きみはそのスコップをどこで見つけた？」

彼女は祭壇と思われる小山の真下を指差した。「あそこです」

彼は小山の反対側へまわり込んだ。覆いかぶさるように生えている植物をいきなり脇へ押しやり、大型の鋤《すき》を取り出した。蔓草の下に隠されていたのだ。「謎の採掘者は準備万端のようだな。そう考えるといろいろとつじつまが合う」

「どういう意味です？」

サイモン卿は鋤を小山に立てかけた。「思っていたとおりだ。もともと侵入者などいなかったんだ。それに発砲された現場を見た瞬間、狙われたのがニコラスではないこともわかった。銃を撃った者にとって、ニコラスの場所はあまりに遠すぎる。それで唯一の結論にたどりついた。悪党が狙っていたのはきみなんだ」

あっけにとられて、アナベルは一瞬言葉を失った。彼の説明はすべてもっともに思える。最後の結論以外は。「わ、わたしを？　どうして？」

「きみがここでスコップを見つけなければ、ぼくにも答えがわからなかっただろう。銃を撃ったのは、鋤とスコップを隠したのと同一人物に違いない」サイモン卿が彼女を見つめながら言う。「発砲は、ここには近づくなというきみへの警告だったんだ」

サイモン卿は穴をふたたび埋め、枯れ葉を厚くかぶせて、もとどおりに見えるようにした。鋤とスコップも蔓草の下の隠し場所へ戻しておく。現時点で、これ以上できることはないだろう。そう判断した彼はアナベルの腕を取り、道に通じる険しい坂をのぼりはじめた。

「この一帯を衛兵に遠くから見張らせるつもりだ」サイモン卿が言う。「一刻も早く見張りを立てなくてはいけないな。運がよければ、ここに戻ってきた悪党をつかまえられるかもしれない」

彼の言葉で、アナベルはふと思い出した。「そういえば数週間前、調理場のメイドが、この斜面のあたりで小さな光がちかちかしているのを見たと言っていました。妖精のせいだと信じていたみたいです」

「妖精だって？　悲しいかな、それはピストルを持った悪党だったに違いない」サイモン卿は含み笑いをしながら、彼女がイバラの茂みを踏まないように導いた。「とにかく、そのメイドの話からひとつわかったことがある。悪党は少なくとも夜にここで作業をしているということだ。今晩はぼくが見張りについたほうがいいかもしれない」

「でも、お客様方のおもてなしはどうするんです？　大勢いらっしゃるのに」

「彼らはみな、明日にはここを発つ。きっと今夜は早めにやすむだろう」彼は口をぎゅっと引き結んだ。「もし本当に古代遺物がここに埋蔵されているとしたら、それはケヴァーン公爵のものだ。ニコラスの後見人として、ぼくはそれらが盗まれるのを全力で阻止しなければならない」

サイモン卿の毅然とした表情を見て、アナベルの心は震えた。ニコラスが受け継ぐべき財産を守るという彼の決意には、揺るぎない真実が感じられる。ああ、神様、どうしてわたしはサイモン卿を疑うなどという間違いを犯してしまったのでしょう？　なぜ彼がやぶの中に身を隠し、自分の甥を銃で狙う卑劣漢だなどと考えてしまったの？

それはきっと、わたしがサイモン卿の最悪の部分に目を奪われてしまったからだわ。結局のところ、彼は許しがたい理由でニコラスをずっと遠ざけているんだもの。けれど子どもを毛嫌いするのと、その子を殺すのとでは天と地ほどの差がある。

アナベルはなんとも言えない決まり悪さを感じていた。本来なら、わたしはサイモン卿に謝らなければいけないのだろう。でも、素直に打ち明ける勇気はない。もしわたしが彼をそんな卑しい人物と見なしていたことが知れたら、家庭教師の職を失ってしまう。

彼女は目をそらし、罪悪感を覚えていることを悟られまいとした。自分を非難するのはあとからでいい。今は謎解きに集中しなければ。

丘の頂上に達して城へと続く道を歩きはじめたとき、アナベルは尋ねた。「この地域でケルトの伝説に興味を抱いている人はいるでしょうか？」

「ぼくに言わせれば」サイモン卿が答える。「残念ながら、答えは――みんなだ。ここの住民たちはいまだに、ベルテンやサムハインといった祝祭日を祝っている。それにこの一帯の農夫も羊飼いもみな、古い迷信を信じているんだ」

「もし彼らがドルイドの風習をそれほど大切に思っているなら、神聖な場所を荒らすことにためらいを覚えないかしら？」

「埋蔵された宝物という誘惑を前にすれば、罪の意識を失ってしまう者もいるだろう。だがその悪党が、地元民から話を聞いた外部の者という可能性もある。このあたりで新参者がいないかどうか調べてみよう」

犯人は間違いなく冷酷な人物に違いない。ようやく衝撃を受けとめられるようになった今、アナベルは改めて自分の運のよさを感じていた。銃弾はわたしの頭から数センチのところをかすめていった。もしあのとき足を滑らせていなかったら？　木の幹に手をついていなかったら？　きっと重傷を負っていただろう――殺されていたかもしれない。

生きていることに感謝しつつ、アナベルは塩気を含んだ空気を胸いっぱいに吸い込んだ。麦わら帽子のリボンは首のうしろに引っかかったままだ。レディなら、きちんとかぶり直すべきだろう。とりわけ目の前に紳士がいるのだから。だが、そんな気にはなれない。死と隣り合わせの体験をして、心底震えあがっていた。今はただ顔に降り注ぐ太陽の光や、髪を揺らす海風を心ゆくまで感じたい。

それに認めるのはしゃくだけれど、この体の震えは、隣を歩いている男性にも大いに関係がある。サイモン卿の手を意識せずにはいられない。彼は優しくわたしの腕を取ってくれている。まるでわたしが彼と同じ良家に生まれたレディであるかのように。

それが本当ならいいのに。

体の奥底で渦巻く熱い波がアナベルを悩ませていた。いくら良識を働かせようとしても、サイモン卿にふたたび抱擁されることを望んでしまう。今度あの腕に抱かれたら、彼の首に手をまわし、口づけしやすいように顔を傾けて……。

その考えは罪深いほど抗《あらが》いがたいものだった。いくら振り払おうとしても振り払えない。ふと顔をあげると、サイモン卿が目を細めてこちらを見おろしていた。漆黒の髪は風で乱れ、不埒な海賊のようにも見える。彼はわたしを力ずくでねじ伏せようと考えているのかしら？

カモメの耳障りな鳴き声が沈黙を破った。自分のみだらな物思いに愕然としながら、アナベルは視線をそらした。いくら切望を募らせてもどうしようもない。レディ・ミルフォードとは違い、一生を台なしにしてまで密通にふけるなんて、わたしには無理よ。おまけに、わたしには王子との関係を黙認する年老いた貴族の夫もいない。頼れるのは自分だけなのだ。

サイモン卿の声で、アナベルははっとわれに返った。「甥が見つけた金属片を見せてもらえると助かる」彼は続けた。「できるだけ早く、ぼくの書斎に持ってきてほしい」

ニコラスを避けようとするサイモン卿を、アナベルはどうしても許せなかった。

「それよりも」思わず言い返す。「ご自身で子ども部屋へ見にいらしたほうがいいと思います」

「ぼくをニコラスに近づかせていいのか？」

「どういう意味です？」

彼は皮肉めかして眉をつりあげた。「きみは銃を撃ったのがぼくだと考えていた。わざわざ否定する必要はない。ぼくの猟銃を見た瞬間、きみの顔が凍りつくのを見たんだ」

ということは、サイモン卿はすべてお見通しだったのだ。愕然とするあまり、アナベルはなんと応えていいものかわからなかった。彼の表情からはほとんど何も読み取れない。ただ雄猫が獲物をもてあそぶかのような余裕が伝わってくるだけだ。

でも、なすすべもなくネズミの役割を演じるつもりはない。

アナベルは足取りをゆるめ、サイモン卿に正面から向き合った。「はい、たしかにそういう疑いを持っていたことは認めます。公爵様を守るために、あらゆる可能性を考える必要があったからです。気分を害されたならおわびします、閣下。でも、わたしの第一の仕事は公爵様を守ることです。それに、あなたが彼に対して愛情を示そうとなさらないので……最悪のことしか考えられなくなってしまいました」

サイモン卿は唇を引き結んだままだ。それからアナベルの腕を軽く引っ張って歩くよう促すと、城の東側の壁に沿った道を進みはじめた。「きみはクラリッサと同じくらい率直だな」彼が言う。「少なくともクラリッサとは、明日で当分お別れだが」

「では、わたしは荷物をまとめて出ていかなくてもいいんですか？」

「ああ。ぼくにはきみが必要だ……つまり、ニコラスの面倒を見てやってほしい。きみの仕事ぶりはすばらしいよ。あの子がきみになついているのは明らかだ」

思いがけない褒め言葉に、アナベルの心は温かくなった――いままで生きてきた中でそんなことはめったになかったから。それにしても、なぜサイモン卿は一瞬口ごもったのかしら？　その意味をあれこれ考えたくなくて、彼女は口を開いた。「子どもの愛情を得るのは難しいことではありません。こちらも愛情と思いやりをもって接すればいいんです。そうすれば、子どもはそれを一〇倍にして返してくれます」

「そんなに自分の能力を過小評価することはない」

「いいえ、本当にそれほど簡単なことなんです。もし機会さえ与えてあげれば、公爵様はあなたのことが大好きになるでしょう」

「ぼくは子どものことは何もわからない」サイモン卿がそっけなく言う。

「そんなはずはありません。あなただって、かつては子どもだったんですもの」

「だが、ニコラスとは違う。ぼくはがさつで、はっきりとものを言う子どもだったし、しょっちゅう誰かにいたずらを仕掛けていた。それに授業がいやで、何度も子ども部屋を抜け出していたものだ」

アナベルの脳裏に、授業をさぼるために秘密のトンネルを通り抜けている彼の姿がすぐに浮かんできた。「きっとあなたは家庭教師にとって悩みの種だったんでしょうね」

「その才能はいまだに失っていないようだ」

サイモン卿が口の端をゆがめてにやりとした。すべての女性を虜《とりこ》にする、なんとも魅力的な微笑だ。実際そんなふうに笑っている彼は、怒っているときよりもはるかに危険に見える。これ以上気をそらされないために、まじめな話題に戻らなければ。

「昔、いたずらばかりしていたからといって」アナベルは口を開いた。「あなたとニコラスに共通点がまるでないということにはなりません。事実、ニコラスは男の子らしい遊びを楽しんでいます――おもちゃの兵隊で遊んだり、冒険小説を読んだり、海岸でがらくた集めに夢中になったり」

「しかし、あの子はあまりに内気で静かすぎる。何を考えているのかさっぱりわからない」

「それはニコラスを避けるための下手な言い訳にすぎません」このチャンスを逃せば、もう二度とサイモン卿の殻を打ち破ることはできないだろう。必死の思いでアナベルは言葉を継いだ。「男らしく振る舞っていらっしゃいますが、あなたの中には臆病者がひそんでいるのではないでしょうか？　わたしはそう思いはじめています」

「臆病者だと！」サイモン卿はやけどでもしたかのように彼女の腕からさっと手を離し、一歩あとずさりした。「なんてことだ。もしきみが男なら、侮辱されたことを理由に決闘を申し込んでいただろう」

アナベルの心臓が激しく打ちはじめる。だが、彼からにらみつけられても怖じ気づくつもりはない。これまでの行動から、サイモン卿が過去の痛みと向き合おうとしていないのは明らかだ。彼がニコラスを避け続けているのは、ずっと前に自分が振られた女性に甥が瓜ふたつだからにほかならない。

彼女はとっさにサイモン卿の袖に手をかけた。彼の腕の筋肉はごつごつとして硬かった。まるで頑なな彼自身のように……。アナベルは静かに口を開いた。「愛していた女性を失ったことでどれほどあなたが苦しんだか、知らんふりをするつもりはありません。でも、あなたは過去にとらわれすぎています。そしてそのせいでニコラスとの絆を結べずにいるとすれば、それ以上の悲劇はありません。あの子はすばらしい子です。あの子はあなたのことを心の底から尊敬しているんです」

「ぼくを尊敬している？」疑わしげな調子でサイモン卿がくり返す。

「ええ。ニコラスはあなたが幼い頃に遊んでいたおもちゃの兵隊の中から、いつも同じ騎馬兵で遊んでいるんです。あの人形をお気に入りに選んだのは、単なる偶然とは思えません」

サイモン卿は無表情のままだ。今の言葉にも心を動かされなかったらしい。石のような沈黙を目の当たりにして、彼を説得できると考えていたアナベルの望みはついに断たれた。サイモン卿はニコラスに対する態度を変えないつもりなのだ。

どんなことがあっても。

こらえている涙のせいで、喉が締まったように息苦しい。そうでなくても今日は恐ろしいことばかり体験したのに、あげくにこれではあんまりだ。アナベルは手を引っ込めながら、欲求不満を思いきりぶちまけた。「まったく、どうしてあなたはそんなに薄情なんです？　人生に家族がいることがどれだけ幸せかわからないんですか？　わたしなら、魂のすべてをニコラスみたいな甥に捧げるわ」

くるりと背を向けると、彼女は城に向かってさっさと歩きだした。使用人ならば、主の指示を待つのが当然だろう。でも、わたしはすでにあらゆる規則を破ってきている。もうひとつ破ったからって、どうなるというの？　もし向こう見ずな態度でサイモン卿の怒りを買ったとしても、それで構わない。彼はニコラスがいて当然だと思っている。そんな不当な態度をこれ以上許すわけにはいかない。

城門の落とし格子に近づいたとき、サイモン卿が隣に並んだ。視界の隅に彼の姿が見えたものの、アナベルは頑としてそちらを向こうとはしなかった。話し合っても何も解決しない。それならば、彼が存在しないかのように振る舞ったほうがまだましだ。

ところが、サイモン卿のほうから声をかけてきた。

「客人のお帰りだ」中庭に入ったところで彼が言う。「村の散策から戻ってきたらしい」

アナベルは心が千々に乱れていて、外の世界のことを気にとめるどころではなかった。たしかに道の向こうから、馬車の車輪の音が聞こえてくる。布袋を手に持つと、彼女はそっけなく言った。「どうぞお客様方を迎えに行ってください。ごきげんよう」

立ち去ろうとした瞬間、サイモン卿に腕をつかまれた。じっと見つめられ、体の自由がきかなくなる。彼の目からは冷たい怒りが消え、別の生々しい何かに取って代わっていた。アナベルの愚かな希望をよみがえらせるような何かに。

「ぼくが出迎えなくても、彼らはなんとかなる」サイモン卿は言った。「きみと一緒に子ども部屋へ行こうと思う」

17

アナベルのあとから狭い石造りの階段をのぼりながら、サイモンは彼女の体の完璧な曲線を見つめていた。女らしいヒップの揺れやちらりと見える豊かな胸のせいで、心が波立って仕方がない。これはまさに欲望だ。彼女がぼくの心に引き起こすほかの感情と同じく、よけいなものでしかない。

愚かだった。アナベルにあんな攻撃を許してしまうなんて。先ほど手厳しく批判されたとき、すぐにやめろと命じるべきだったのだ。

しかしどのみち、アナベルは従わなかっただろう。彼女は自分が一介の家庭教師にすぎないという事実を、まるでわかっていない様子だ。無謀にも、ぼくの主としての権威を踏みにじろうとする。ぼくの私事にまで干渉し、首を突っ込み、容赦なく責め立ててくるのだ。

〝男らしく振る舞っていらっしゃいますが、あなたの中には臆病者がひそんでいるのではないでしょうか？　わたしはそう思いはじめています〟

あのひと言で自尊心をずたずたにされ、今なお痛みを引きずっている。完全に不意打ちを食らった。よもや自分の行動をあれほど率直に批判されるとは。アナベルはぼくの心の古傷をぱっくりと開いたうえ、激怒しているぼくを見ても、一歩も引きさがろうとはしなかった。

いちばんしゃくに障るのは、彼女の言い分が正しいことだ。実際ぼくは勇気が出せず、過去の痛みと向き合えずにいる。一〇年という歳月を経てケヴァーン城へ戻ってきて以来、ニコラスに冷たい態度を取り続けてきた。そうやって両親が犯した罪を純粋無垢な少年になすりつけてきたのだ。

もっとも衝撃だったのは、アナベルが城へ駆け込む直前に口にした言葉だった。

〝人生に家族がいることがどれだけ幸せかわからないんですか？　わたしなら、魂のすべてをニコラスみたいな甥に捧げるわ〟

数週間前、幼い頃に両親を亡くしたとアナベルから聞かされたが、そのときは別段気にとめなかった。だが今日は、家族というものに憧れる彼女の気持ちに胸を打たれ、いつの間にか怒りを忘れた。アナベルはひとりぼっちで大人になるのがどんなことか知っている——そしてニコラスに同じ運命をたどってほしくないと願っているのだ。

彼女はぼくよりもはるかにニコラスのことを気にかけている。

サイモンはふいに恥ずかしさに襲われた。この一年、ぼくは〝甥に対する責任は立派に果たしている〟と自分に嘘をついてきたと言っていい。ひどく身勝手な理由から、ニコラスにかけて当然の時間も愛情も与えずにきた。そうすることで、甥に必要な〝家族になる〟という責任を放棄していたのだ。

その気づきを、ぼくはやすやすとは受け入れられずにいる。何しろ自分自身の怠慢で、修復不可能かもしれない困難な状況を作り出してしまったのだ。

階段の上までのぼると、アナベルは子ども部屋に通じる薄暗い廊下を進んでいった。彼女は一度も振り返ろうとしない。ぼくがついてきているかさえ確かめようともしない。明らかに、ぼくが甥に対する態度を本当に変えられるのか疑っているのだろう。

その疑いは間違いだと証明してやる――どうにかして。秩序正しいぼくの生活をかき乱したとはいえ、悔しいが、アナベルの大胆さには尊敬の念を禁じえない。彼女がぼくに立ち向かったのは、ぼくを誘導しようとか操ろうというよこしまな気持ちからではない。ニコラスにとっていちばんいいことをしてあげたいという気持ちからだ。

ぼくが狙撃者ではないかと疑っているにもかかわらず、アナベルが森までついてきたのも同じ理由からだ。彼女はニコラスを守るために、自分の命をかける覚悟を決めていた。弱さを見せたのは、狙撃の瞬間を説明しようとして全身を震わせたときだけだ。あのときは、ぼくを誤解していた彼女に対する憤りも忘れて、思わず抱きしめてしまった。

くそっ！　あんなに率直な物言いをするくせに、アナベルの体は温かく柔らかかった――銃弾はそんな彼女のすぐそばをかすめ、危うく当たるところだったのだ。なんとしても彼女を守ってやらなければ。たとえこの命をかけてでも犯人を突きとめ、首の骨をへし折ってやる。

だがまずは、目の前の間違いを正さなければならない。

絞首台に連れていかれる囚人のような気分で、サイモンはアナベルのあとに続いて戸口を通り抜け、小さな机や椅子が並んだひとけのない教室に入った。白墨の粉や革表紙の本の匂いに、子ども時代の思い出が一気によみがえる。ずらりと並んだ窓越しに、一羽のカモメが青空を背景に悠々と飛んでいるのが見えた。

ああ、あの鳥のように自由になれたらいいのに。

「公爵様はここにいらっしゃいます」アナベルが小声で言い、通路を進んでいく。先にあるのは、かつてぼくが兄のジョージと一緒に使っていた寝室だ。

自然と歩みが遅くなった。奇妙にも、戦場では躊躇せずに突撃していたのに、幼い甥に会いに行くことにためらいを覚えずにはいられない。これは週に一度の面会とはわけが違う。面会では、こちらが学業の進み具合に関するいつもの質問をして、ニコラスがそれに答え、一週間で学んだ内容を暗唱するというのが手順だ。しかし今日は、どうにかして甥との距離を縮めて仲よくならなければいけない。

アナベルの前で証明するのだ。ぼくは彼女が思っているような非道な男ではないということを。

サイモンは歯を食いしばり、寝室に足を踏み入れた。ほとんどが記憶どおりだ。かつて兄のものだった天蓋付きベッドも、暖炉脇にある二脚の椅子も、そして部屋の隅にある、昔ぼくがおもちゃ箱として使っていたぼろぼろのトランクも。唯一ないのは、跡継ぎとして優遇されていた兄とは違い、次男であるぼくが使っていた折りたたみ式ベッドだけだ。

ニコラスは窓側の椅子に両膝をつき、戸口に背中を向けていた。窓の鉛枠の上で、おもちゃの兵士を夢中で行進させている。だが肩越しに振り向いた瞬間、ゆっくりと立ちあがって椅子にきちんと座った。探るような目でこちらを見ている。

揺り椅子にはずんぐりとした子守りの女が座り、太い指で針と糸を動かしながら、だぶだぶの白いスカートの裾のつくろいをしていた。アナベルが彼女に言う。「エロウェン、調理場に行って、公爵様の食事の準備をしてちょうだい」

エロウェンはつくろいものを脇に置くとお辞儀をし、ゆっくりした足取りで寝室から出ていった。

「公爵様」アナベルが話しかけた。「叔父様がいらっしゃいましたよ。あなたが丘の斜面で見つけた小さな宝物をご覧になりたいんですって。では、わたしはこれで失礼します。あとはおふたりだけでどうぞ」

あとはふたりだけで？　サイモンは焦った。ニコラスとの会話が途切れて妙な沈黙が流れても、アナベルがなんとかしてくれると思っていたのに。

立ち去ろうとする彼女を戸口で引きとめる。「きみもここにいてくれ」

「いいえ、閣下」思いやりに満ちた美しい瞳とは裏腹に、アナベルは淡々とした口調で言った。「松葉杖みたいに頼りにされるのはごめんです。この件は、あなたご自身でなんとかなさらなければなりません」

アナベルは脇をすり抜けていった。サイモンは歯を食いしばり、ぴしゃりと言い返したくなるのをなんとかこらえた。松葉杖だと！　くそっ、ぼくが臆病者ではないところを彼女に見せつけてやる。たかが子どもと話すだけじゃないか。

そんなに大変なことではないだろう？

窓側の椅子で背中を丸めたまま、ニコラスはこれ以上ないほど身を縮めていた。〝ぼくにはお構いなく〟とでも言いたげにうつむき、ときどきこちらを盗み見ている。

ニコラスを見たとたん、サイモンはいつものごとく胃にねじれるような痛みを感じた。まったく、母親にそっくりだ。金色の髪も、緑色の瞳も、繊細な顔立ちも。ただ、この子の態度は母親とは似ても似つかない。ニコラスは哀れなほど内気だが、ダイアナは注目を集めるのが大好きだった。からかったり、まとわりついたりして、ぼくの欲望をあおって夢中にさせた。キスや愛撫を許し、ぼくからの求婚を受けるそぶりも見せていた。それなのに跡継ぎである兄が社交シーズンにロンドンへやってきた瞬間、あっさりとぼくを振ったのだ……。

積年の苦しみに息が詰まりそうになる。ダイアナは兄のジョージではなく、ぼくの子どもを産むべきだったんだ。それなのにふたりとも死んで、自分たちの子どもの世話をぼくに押しつけた。よくもそんなことができたものだ。

〝あなたは過去にとらわれすぎています〟

頭の中でこだまするアナベルの声にあとを押されるように、サイモンは大股で寝室を横切り、ニコラスの近くへ行った。「森で何かを見つけたそうだな。それを見せてほしい」

ニコラスはおずおずとこちらを見あげると、ポケットに手を伸ばし、ゆっくりとてのひらを広げた。太陽の光の中、金属片がきらりと輝く。頭を垂れ、彼は小さな声で言った。

「ぼく――ぼくが盗んだんじゃありません、叔父様」

「誰もおまえが盗んだとは言っていない」サイモンはなるべく少年の立場に立って考えようとした。不機嫌そうな言い方をしていたと気づき、声の調子を柔らかくしてみる。「ぼくがおまえを罰すると思ったのかい？」

ニコラスが華奢な肩をすくめた。

「そんな心配はしなくていい。ぼくはただ、これについて説明してほしいだけなんだ」サイモンはゆったりとした動きを心がけながら、甥の小さな手から金属片を取った。「ここに座ってもいいかな」

ニコラスがあわてて窓際の椅子の隅に身を寄せ、場所を空ける。サイモンはそこに腰をおろし、注意を集中すべきものがあることに感謝しながら、金属片をじっと見つめた。彼の親指よりもやや大きく、金で作られている。表面には波線が彫られており、明らかに何かの図柄の一部のようだ。へりがぎざぎざになっているのは、これがもっと大きな何かの破片である証拠だろう。

約二〇〇〇年前、ケルト人の時代に作られたものかもしれない。

丘の斜面には、いったい何が埋まっているのだろう？　サイモンは知りたくてたまらなくなった。金属片や硬貨から察するに、あそこにはもっといろいろな宝物が埋蔵されているはずだ。ただ中心にある小山は、アナベルが考えたような祭壇ではなく、埋葬地だったのではないだろうか？　そう考えただけで想像力が刺激され、わくわくしてくる。信じられない。

もしかするとケルトの王、あるいはドルイド僧たちの墓を発掘できるかもしれないのだ。しかし一方で、運命の皮肉を感じずにはいられない。兄夫婦の死の知らせを受けたのはドーヴァーの港。まさに古代遺物の調査のために、ギリシアとトルコへ向かおうとしていたときだったのだ。まさかケヴァーンの地に遺物が埋蔵されていようとは予想だにしなかった。

サイモンは人さし指で金属片に施された彫刻をぼんやりとなぞってみた。侵入者はあの場所をどのくらい前から掘っているのだろう？　まだ掘りはじめたばかりだろうか？　それともすでに宝物の大部分を掘り起こしたのか？　ふいに冷たい怒りにとらわれる。そいつは公爵領に不法侵入し、ぼくの鼻先で財産をかすめ取っているのだ。

もしあれが単なる警告なら、そういうことになる。

発砲現場を調査している最中も、いやな予感を拭えずにいた。割り出した弾道から察するに、もし足を滑らせていなかったら、アナベルは撃たれていたかもしれないのだ。

サイモンはこみあげる恐怖を必死に抑えようとした。そんな恐れを感じる暇があるなら、事件の全容の解明に全力を尽くすべきだろう。悪党はなぜアナベルを殺そうとしたのだろうか？　殺人など起きれば、人々の注目を丘の斜面に集めるだけだ。結果的に、聖なる場所が見つけ出される可能性が高まってしまうではないか。どう考えてもおかしい。

狙撃者は銃の扱いに慣れていないか――あるいは完全に精神が破綻しているかのどちらかだ。そうとしか思えない。ただ現実的に考えて、最初の選択肢のほうが当たっている可能性は高いだろう。ここを出たら、すぐに使用人たちから話を聞くことにしよう。森をうろついている者がいないかどうか、確かめるのだ。

「これは海賊の宝物なの、叔父様？」

甥のためらいがちな声に、サイモンはわれに返った。暗い物思いからなんとか意識を引き戻そうとする。目をきらきら輝かせてこちらを見ているニコラスに気づいた瞬間、彼の中に自分を見たような気がした。もし八歳の頃、森でこんな金属片を見つけたら、ぼくもきっと同じことを考えたに違いない。

「おまえはかつて出没した海賊の話を聞いたことがあるのか？」

ニコラスがこくんとうなずく。「パパがよく話してくれたんだ」

「そうか」兄が愛情豊かな父親だったなどとは考えたくもない。そう思ったサイモンは、ニコラスと自分のあいだに置かれた金属片に話を戻した。「おまえが見つけたこの金属片は、海賊の宝物ではないんだ。何千年も前に英国に住んでいたケルト人たちのものなんだよ」

ニコラスが金属片をじっと見おろす。「へえ」がっかりした口調だ。「本当に？」

サイモンは思わず含み笑いをした。「ああ、残念ながらそうなんだ。ロンドンの自然史博物館にも、これと似たようなものがある。それに、ぼくはこういった古代遺物を一〇年以上研究しているんだ」

「でも……パパは、叔父様が騎兵隊の大尉だって言ってたよ」

ジョージがぼくの話をしていた？　ふいに思い浮かんだ疑問を、すぐに頭の中から追い出す。だが、どうしても気になって仕方がない。醜い言い争いから殴り合いに発展した最後の大げんか以来、兄はぼくとの縁を断ち切ったとばかり思っていた。

サイモンは英国を離れ、一度も帰郷しなかった。一〇年間、兄とはいっさいやりとりしていない。手紙も、訪問も、連絡もなしだ。騎兵隊を辞めるにあたり、一度だけロンドンに戻ってきたが、ケヴァーン公爵とその夫人が幅をきかせている社交界には近づかないようにした。ただ亡き祖母からの遺産を受け取るために、一族の弁護士のところへは行った――兄と義姉が死んだとき、弁護士がぼくの連絡先を知っていたのはそのためだ。あれはちょうどドーヴァーの港で、ヨーロッパ大陸行きの船を待っていたときだった。

兄と仲たがいしていた長い歳月について思いをめぐらさずにはいられない。おそらくジョージは徐々に罪悪感にむしばまれていったのだろう。たぶん、ぼくがかつて愛した女性を奪ったことへの後悔に苦しんでいたから、ニコラスにぼくのことを話したのかもしれない。だが、そんな憶測をしていても無駄だ。兄の裏切りは許せない。絶対に。

しかしだからといって、ジョージの息子を遠ざけていいということにはならない。

窓際の椅子の隅に座りながら、ニコラスがじっとこちらを見つめている。なぜ甥の瞳がダイアナにそっくりだなどと考えたのだろう？　あの女はみだらで計算高い目をしていた。だが、彼女の息子の目は純粋そのものだ。ニコラスはぼくたち兄弟のあいだの三角関係を知るよしもない――知ることがあってはならない。

とはいえ、過去はこの子の人生に色濃く影響を及ぼしている。

ニコラスが手に握りしめている何かを見おろした。おもちゃの兵隊の中の小さな騎馬兵だ。

おそらくアナベルが言っていた、甥のいちばんのお気に入りの兵士なのだろう。

〝あの子はあなたのことを心の底から尊敬しているんですもの〟

ふいにこみあげてきた感情に、サイモンは胸を締めつけられた。この子から尊敬されるようなことを、ぼくは一度でもしただろうか？　ニコラスが知っている〝叔父〟は、彼となるべく関わらないようにしているぶっきらぼうな他人でしかない。

だが、これからは違う。

「ああ、そうなんだ」サイモンは応えた。「ぼくは騎兵隊の大尉だった。これまでいろいろな場所……たとえばイスタンブールやカブール、カイロに駐留した。そういった場所で遺物への興味を募らせていったんだ。仕事として軍人になることを選ぶ一方、古代遺物は趣味として楽しんでいたんだよ」

一心に耳を傾けているニコラスの様子を見て、言葉を続けた。「たぶん図書室にある地球儀を使えば、おまえにそういった国の場所を教えられるだろう。それに、もし見たいなら軍服も取ってあるぞ」

ニコラスがぱっと顔を輝かせた。「見せて、叔父様。今からでもいい？」

含み笑いをしながら、サイモンは首を横に振った。「いや、今日はだめだ。だが、数日のうちに見せてやろう。客たちが帰ったあとに」一両日あれば村の調査も終わるだろう。狙撃者を見つけ出し、正当な処罰を下すのだ。

「約束してくれる？」ニコラスが尋ねる。疑わしげな口調から察するに、サイモンが約束を守ると思っていないらしい。

「紳士としての名誉にかけて約束する。さあ、ほかに何かききたいことがあれば、喜んで答えよう」

くつろいだ気分で、サイモンは窓枠にもたれかかった。ニコラスとの会話は思っていたほど難しくはなかった。甥が聞きたがったのは、いかにも男の子らしい話題――戦争や兵器、地元の部族との衝突や吹きさらしの平原でのテント生活、険しい山地における偵察活動など――だったのだ。彼の興味を引く話なら、いくらでも聞かせてやれるだろう。

ニコラスは一瞬だけ騎馬兵の人形を指でもてあそぶと、悲しげな表情でサイモンを見た。

「ママのこと、知ってる？」

思いがけない質問に息が詰まり、少しのあいだ言葉が出てこなかった。「ああ。もちろん知っているさ。だがとても昔のことだから、彼女のことをよく覚えていないんだ」

ここは嘘をつかなければいけない。何があっても、ダイアナに関する質問には答えたくない。彼女はぼくの心をずたずたに引き裂いた。そんな女を好意的に思っているふりなどできるものか。

「ときどき、ぼくもママがどんなふうだったか忘れちゃうんだ」ニコラスが不安げな声で告白する。「ぼくって悪い子かな？」

「そんな！　そんなことはないさ」サイモンは身を乗り出し、甥の小さな肩をぎこちなくぽんと叩いた。「ただ……時間が経てば、そういうことは起きるものなんだ」

「ミス・クインは、ママとパパのことを忘れそうになったら、いつでもふたりの絵を見なさいって言ってたよ」ニコラスは窓際の椅子から飛びおり、ベッドの脇にあるテーブルへ駆け寄った。小さな銀製のフレームを持って戻ってきて、サイモンのほうへ突き出す。「ね？たぶん、これでママのことを思い出せるでしょ？」

面食らいながら、サイモンは亡きケヴァーン公爵夫妻が描かれた細密画を見おろした。ジョージは深紅の礼服姿で、公爵の冠をかぶっている。横には薄青色のギリシア風ドレスをまとい、金髪にダイヤモンドのティアラをつけた美しいダイアナがいた。水彩絵具で描かれた彼らは永遠に若く美しいままのように見える。

苦々しさがこみあげてくると思っていたのに、サイモンは不思議なほど冷静にふたりを見つめている自分に気づいた。彼らの姿を見ても郷愁しか感じない。実際、サイモンがじっと見入ったのはダイアナではなく、むしろ久しぶりに見た兄の顔だった。ボート漕ぎから狩り、それに女性の尻を追いかけまわすことまで、すべてにおいてよきライバルだった兄が懐かしくてたまらない。

しかし、それとジョージを許すのとはわけが違う。兄から受けた傷の中には、永遠に癒せないほど深いものもあるのだ。

ニコラスは細密画を手に取ると、ベッドの脇のテーブルに戻した。そこにしばしたたずみ、母親の顔を指先でなぞりながら言う。「ママはとってもきれいだったの。パパはいつもママのことを天使って呼んでたんだ」彼は困惑したような顔で、振り返ってサイモンを見た。

「だから神様はママを天国に呼び戻したの？　ママが天使みたいだから？」

サイモンにとって、それは難しい質問だった。ダイアナは公爵との結婚のために、その弟を平気で裏切るような自分勝手な女だ。なんと答えればいいのだろう？　甥をなだめるためだけに嘘をつくのは正しいことと思えない。

ニコラスがじっとこちらを見つめている。まるでぼくが宇宙のあらゆる疑問の答えを知っているかのようなまなざしだ。この子はなんと小さくて寂しそうなのだろう……。ふいに慰めてやりたくてたまらくなり、サイモンはひざまずいて甥を抱きしめた。

「ぼくにもわからないよ、ニコラス。本当にわからないんだ」

ニコラスがおずおずと首に腕を巻きつけてきた。サイモンの喉元に熱いものがこみあげてくる。まさかジョージの息子をこんなふうに抱擁する日が来ようとは。兄の一部を取り戻したようで、なんとも不思議な気分だ。

〝人生に家族がいることがどれだけ幸せかわからないんですか？〟

ああ、今ならアナベルが何を言いたかったかよくわかる。ぼくはニコラスのことを、苛酷な運命のいたずらによって押しつけられた重荷としか見ていなかった。甥との血のつながりを頑なに認めようとしなかったのだ。だが、間違いを正すにはまだ遅くないだろう。

サイモンは戸口に誰か立っていることに気づいた。まるでぼくの考えに呼び寄せられたかのように、アナベルがこちらを見つめている。身支度を整え、どこから見ても厳格な家庭教師そのものだ。豊かな栗色の髪をきっちりとひとつにまとめ、不細工なレースキャップをかぶっていた。帽子もかぶらずに髪を風になびかせ、太陽に顔を向けている彼女のほうがずっと魅力的なのに。

目が合ったが、アナベルの愛らしい青い瞳からは何も読み取れない。彼女はニコラスに話しかけた。「公爵様、昼食のトレイが届きました。教室に置いてありますよ」

ニコラスは素直に彼女の横へ駆け寄ると、サイモンを見て寝室を出ていった。少年を追いかけようと背中を向ける直前、アナベルは肩越しにサイモンを見て、かすかに微笑み、姿を消した。

ほんの少しめくれあがった彼女の唇を見て、サイモンの体は熱く火照った。ほかの女性なら、ぼくを誘惑するための意図的な表情だと考えただろう。しかしアナベルは、ぼくを追いかけまわしているレディたちのように軽薄ではない。自分というものをしっかり持ち、道徳を重んじ、完全に自立している——そして同じことを周囲の人々にも期待しているのだ。

彼女はまだ、ぼくを愛情のかけらもない人間だと考えているのだろうか？　そうでないことを願いたい。アナベルから尊敬される人物になりたい。

おい、何を考えている？　サイモンは自分自身にひどく腹を立て、さっと立ちあがった。使用人からの褒め言葉を期待する主がどこにいる？　なんて情けないんだ。ぼくは頭がどうかしてしまったに違いない。実際アナベルにさまざまな感情をかきたてられ、ひどく混乱している。中でもいちばんかきたてられるのは——。

欲望。そう、まぎれもない欲望だ。

ええい、礼節などもうどうでもいい。彼女をぼくのベッドに引き入れてしまおう。思う存分口づけをし、たっぷりと愛撫するんだ。アナベルが欲求に身をよじらせ、最終的な解放を乞い願うまで。あの堅苦しい身なりの下にひそむ情熱的な女の顔が見てみたい。激しい情事におぼれ、ふたりして完全な歓びを味わい尽くすのだ。

なんとしてでも。

しかし、まずは狙撃者の謎を解決する必要がある。そいつに正義の鉄槌《てっつい》を下し、ニコラスとアナベルを二度と危険な目に遭わせてはならない。その問題が片づいたら、好きなだけ彼女を追いかければいい。

18

　一週間後、アナベルはニコラスと階下の図書室へ向かっていた。ニコラスは午前中の授業に熱心に取り組むようになり、今朝は数学の試験で高得点をあげた。アナベルはごほうびとして午後のお茶を図書室に運ばせ、彼が好きなだけ読書を楽しめるようにしてあげたのだ。

『ロビンソン・クルーソー』をしっかりと胸に抱え、ニコラスが薄暗い廊下を進んでいく。

「図書室には、ほかに海賊の本があるかな?」

「さあ、どうでしょう。確かめてみましょうね」肩にかけた灰色のシルクのショールを直しながら、アナベルは微笑んで彼を見おろした。「公爵様は本当に本の虫になりましたね」

「なんの虫?」

　彼女はゆっくりと言葉の意味を口にした。「本が大好きな人のことです。もっと正確に言えば、あなたは本の虫というより収集家と言えるかもしれませんね。だって、図書室の本はすべて公爵様のものなんですもの」

　ニコラスが嬉しそうな表情を浮かべる。「あそこにある本は全部ぼくのものなの?　何百冊もあるよ」

「たぶん何千冊ですわ。あんな広いお部屋に、ずらりと本棚が並んでいるんですから」

「じゃあ、何万冊かもしれない」ニコラスがおどける。「ううん、一〇億冊だ！」

アナベルは笑った。「まあ、そんなにたくさんあっては困ってしまいます。いつまで経っても、わたしはケルトの歴史の本を探し出せない――」

通路の角を曲がった瞬間、彼女はつと足をとめた。図書室のドアが閉まっている。誰か中にいるのかしら？　掃除なら、使用人たちが早い時間にすませているはずだ。彼らはニコラスとわたしが午後によくここへやってくることを知っている。でも使用人以外に、閉ざされたドアの向こう側にいる人物が思い浮かばない……。

いいえ、サイモン卿がいる。

彼に会えるかもしれない。そう思っただけで、アナベルは心臓が口から飛び出しそうになった。銃撃された日以来、サイモン卿の姿は一度しか見ていない。金曜日、ニコラスを彼の書斎に連れていったときだけだ。驚いたことに、サイモン卿は軍服姿で迎えてくれ、騎兵隊時代の数々の冒険談を聞かせてくれた。深紅色の上着に黒いズボン、そして胸にいくつもの勲章をつけ、剣を脇鞘《わきさや》におさめた彼の姿に、アナベルの目は釘づけだった。だが外見よりもさらに彼女の胸を打ったのは、ニコラスとの絆を深めようとするサイモン卿の努力のほうだ。

でも残念ながら、それは四日も前の話だった。使用人たちの話によれば、サイモン卿は丸四日間、調査に没頭しているという。狙撃のことを知り、城の使用人全員が愕然としたのは言うまでもない。サイモン卿は書斎に彼らをひとりずつ呼び出し、丘の中腹をうろついている怪しい人物を見たことがないか尋ねた。さらに調理場の噂によれば、彼は何度か村にも出かけ、念入りに調べているという。

もしかして、サイモン卿は図書室で誰かに尋問しているのかしら？　それとも訪問者を出迎えているの？　アナベルは好奇心を抑えきれずにいた。

「どうしてドアが閉まっているの、ミス・クイン？」ニコラスが尋ねる。

「わかりません。でも、行けば理由がわかるでしょう」

彼女は急ぎ足で図書室の前まで行き、彫刻を施したオーク材の羽目板を軽くノックした。少し待ったが、中からは何も応答がない。彼女は真鍮の取っ手をまわすと用心深くドアを開け、中をのぞき込んだ。

オーク材の本棚がずらりと並ぶ広大な部屋には、人っ子ひとりいなかった。窓から差し込む午後の日差しが、机や椅子だけのがらんとした空間を照らし出している。暖炉前には薪が積まれていたが、火はくべられていない。

アナベルはがっかりした。もちろん、サイモン卿に会えなかったからではない。彼に調査の進み具合を尋ねられなかったからに決まっている。

「まさに空騒ぎでしたね」中に入りながら、アナベルはニコラスに言った。「たぶん、使用人の誰かがうっかりドアを閉めたんでしょう」

ニコラスは彼女にぴったりとくっついている。「それか、誰かがぼくたちを監視するために秘密のトンネルを使ったんだ。もしかして海賊かな？」

アナベルは微笑むと、少年の亜麻色の髪に指を滑らせた。「いいえ、公爵様。あのトンネルは一族の秘密です。あれを知っているのは、あなたと叔父様だけなんですよ」

「ミス・クインだって知ってるじゃないか！」彼女の言い間違いを見つけ、ニコラスが嬉しそうににやっとする。

「そうですね」素直に認めた。「でもあれは、いなくなったあなたをどうしても見つけ出さなければいけなかったからです。さあ、『ロビンソン・クルーソー』をもとの場所に戻してきてくださいな。そのあとで公爵様が読みたい本を選びましょう」

ニコラスは窓際のほうへ本を戻しに行った。一方、アナベルは彼とは反対側の方向——歴史の本がぎっしり詰まっている東側の壁のほう——へ向かう。きっちりと系統立てて並べられている蔵書を目にするだけで胸が躍った。バクスター女学校の図書室も大好きだったが、ケヴァーン城のそれに比べたら足元にも及ばない。この図書室には、今まで印刷されたありとあらゆる書物が所蔵されているのではないだろうか。アナベルは、これから数カ月でできるだけたくさんの本を読むのを心から楽しみにしていた。

そう考えたとたん、ふいに切なさで胸が痛んだ。あと一年もしないうちに、ニコラスはイートン校へ行くことになる。わたしはケヴァーン城から去って職探しをし、どこか別の場所で子どもを教えるのだろう。そうなれば、もう二度とニコラスには会えない——サイモン卿にも。でもたぶん、将来のことを思い悩むのはもっと先でいい。今日はまだ早すぎる……。

鉢植えのそばを通り過ぎたとき、何かが突然飛びかかってきた。大きくて黒い何かが。

はっと息をのみ、アナベルは飛びすさった。はずみで肩からショールが滑り落ちる。聞こえてくるのはばたばたと羽ばたく音だ。次の瞬間、音の正体に気づいた。

鳥だわ！

どきどきしながら、彼女は高い天井で弧を描いている真っ黒なカラスをにらみつけた。カラスは本棚のいちばん上にとまると、脅かすようににらみ返してきた。

ニコラスがあわててそばにやってくる。「どうして鳥がここに入ったの？」

彼は目を丸くして、カラスをじっと見あげたままだ。「鳥かごに入れたらどうかな？　そうしたらぼく、パンくずをあげるよ」

「城にそんな大きな鳥かごはないんじゃないかしら。それに何より、カラスは美しい声で鳴く小さな鳥とはわけが違います。外で自由に飛びまわる鳥なんですよ」

一瞬考え込んでから、ニコラスは言った。「じゃあ、窓を開けよう。そうしたら飛び出していけるから」

「まあ、なんてお利口さんなんでしょう。それならお願いします」

ニコラスが小走りで図書室を横切りはじめたとたん、メイドが紅茶を持って現れた。調理場にいる痩せたそばかす娘のリヴィだ。「どこに置きましょうか、先生？」

アナベルはうわの空で手を振った。「どこでもいいわ」

リヴィが部屋の中央にあるオーク材のテーブルにトレイを運んでいく。そのあいだも、アナベルは本棚のいちばん上にいるカラスを見ていた。なるほど、どうりでドアが閉まっていてたわけだわ――誰かがこの部屋にカラスを閉じ込めたに違いない。あわてて ドアを閉め、助けを呼びに出たのだろう……。

でも、いったい誰が？　それにどうして？　たぶん使用人の誰かがカラスを見つけ、あわててドアを閉め、助けを呼びに出たのだろう……。

突然、カラスが飛び立った。

リヴィが甲高い叫び声をあげる。手から滑り落ちたトレイがテーブルに当たり、食器が耳障りな音を立てた。

リヴィは床にしゃがみ込み、エプロンをさっとはずすと、キャップをかぶった頭を覆った。ヒステリックに泣きながら言う。「ああ……神様、どうかお助けください！」

アナベルは旋回しているカラスから取り乱したメイドに視線を移し、眉根を寄せた。今や窓を開けたニコラスも振り向いて、リヴィのことを見つめている。アナベルはとっさに思った。興奮状態のメイドを目の当たりにして、ニコラスが不安を感じるようなことがあってはならない。

「静かに、リヴィ。気が散ってしまうじゃない」

「で……でも先生、あれはカラスです！」リヴィがわめく。

「カラスだろうとスズメだろうと、大した違いはないわ」アナベルはきっぱりと言った。

「大切なのは、ここからカラスを追い出すのに集中することよ」

カラスは高い場所にある箱時計の上へひらりと飛び移り、耳障りな声で一度だけ鳴いた。

エプロンの下から顔をのぞかせながら、リヴィが嘆く。「これは悪いことが起こる前触れです……死の兆しです！」

「ばかばかしい。迷信なんて聞きたくないわ。聞いたって、もっと怖くなるだけだもの」話しながら、アナベルは床に落ちたショールを拾いあげた。「公爵様、脇に寄っていてくださいね。わたしがあの鳥を窓から追い出します」

少年はうなずくと、目を大きく見開いてあとずさりした。

アナベルはカラスに近づいていった。ビーズのような黒い目で見つめられているのだから、こそこそしても意味はない。とはいえ、あのカラスが邪悪な生き物みたいに見える……。ばかげた恐怖心を振り払い、狙いを定め、高い場所にいるカラスめがけてショールをさっと振りあげた。カラスがやかましい鳴き声をあげ、時計の上から飛び立つ。だが、窓に向かったのではない。天井まで舞いあがると、本を取るときに使うはしごのいちばん上の段にとまった。

リヴィが身を縮め、すすり泣いた。

ニコラスが小走りで前に出てきた。興奮に瞳を輝かせている。「ぼくがはしごにのぼって鳥を怖がらせるよ、ミス・クイン」

ありがたいことに、彼はこれを冒険だと思っている様子だ。「まあ、ありがとうございます。でも大丈夫。必ずカラスを追い出してみせますから」

アナベルははしごへ近づき、本棚のほうへ押してみた。狙いどおり、カラスは黒い羽をばたつかせて飛び立ち、今度は背の高い椅子の背もたれの上にとまった。

その椅子は、壁がくぼんだ部分にある演壇に置かれていた。肘掛け部分の金箔がはがれ、緋《ひ》色のクッションもすり切れてでこぼこしている。ひと目見た瞬間、アナベルはすぐに思い出した。苦情申し立ての日、わたしがバンティングの解雇を直訴しに来たときに、サイモン卿が座っていた椅子だわ。年長の使用人であるラドローは、これをなんと呼んでいたかしら？　そう、〝審判の玉座〟だ。

なんてぴったりなんだろう。今まさに、迷惑なカラスに審判が下されようとしている。

「いい考えがあります」アナベルはニコラスにささやいた。「わたしがカラスに近づくあいだ、ここでじっとしていてくださいね」

つま先立ちのまま、用心深くカラスに忍び寄る。部屋の向こう側では、リヴィがまだ大げさに鼻をぐすぐす鳴らしていた。どうかわたしの足音があの音にかき消されますように。そう祈りつつ、カラスの背後からじりじりと迫っていく。手が届く距離になった瞬間、アナベルはゆっくりとショールを構え、カラスに向かって放り投げた。

房飾りのついた大ぶりな灰色のシルクの布が、ちょうど鳥の真上にはらりと落ちた。彼女はすかさず前に出て、カラスを布でくるんだ。

小さな包みの中から、くぐもった鳴き声が聞こえている。アナベルは包みを手ですくいあげ、もがくカラスを生け捕りにした。

ニコラスが大喜びで手を叩いている。「わあっ、つかまえた！　つかまえた！　ばんざーい！」

「本当に万歳だな」戸口からサイモン卿の声が聞こえた。「みごとだった」

アナベルは危うくショールを取り落とすところだった。

部屋に入ってくると、サイモン卿はメイドに言った。「リヴィ、おまえの悲鳴が城の向こう側まで聞こえたぞ。すぐに泣くのをやめて仕事に戻るんだ」

メイドは頭からエプロンをはずすと立ちあがり、ドアからそそくさと出ていった。

サイモン卿が唇の片端をあげてにやりとしながら、アナベルのほうへ近づいてくる。その魅力的な笑みを見るたびに、彼女はへなへなとくずおれそうになってしまう。漆黒の髪が風に乱れているところを見ると、彼は外から戻ってきたばかりのようだ。襟の開いたシャツの上にコーヒー色の上着を着て、淡褐色のブリーチズに膝まであるブーツを合わせている。ふだん着であっても、彼の姿には最高位の貴族ならではの自信と力強さがみなぎっていた。

横へやってくると、サイモン卿は片方の眉をあげ、彼女を見おろした。「それで、その鳥を飼うことにしたのか？」

彼にぼうっと見とれていたせいで、アナベルはカラスのことをすっかり忘れていた。

「いいえ、もちろんそんなつもりはありません！　すぐに外へ放します」

「ぼくがやろう」サイモン卿がごそごそと動いている包みを受け取る。彼は開いた窓へ進み、石の敷居から身を乗り出した。

ニコラスと同じく、アナベルも急いでサイモン卿のもとへ駆けつけた。ちょうど彼がショールを開く瞬間に間に合った。カラスは飛び出すと羽を広げ、青空の彼方に舞いあがった。

「見て！」ニコラスが叫ぶ。「飛んだよ！」

「ああ、よかったわ」アナベルは心から言った。「もしあの作戦がうまくいかなければ、もう打つ手はなかったんです」

「型破りだが、実に効果的な作戦だった」サイモン卿が言う。

彼から返されたショールを見て、アナベルは思わずため息をついた。カラスの爪とくちばしのせいでシルクの糸が何本かほつれ、いくつもの小さな穴が空いている。「まあ、台なしだわ」

サイモン卿がショールをじっと見つめた。「つくろってもだめなのか？」

「なんとかつくろえますが、もとどおりにはならないでしょう。これは女学校の生徒たちからの餞別だったんです」落胆を隠そうと無理に笑みを浮かべた。「お気になさらないでください。代わりのショールを探せばいいことです。これで村のお店に出かけるいい口実ができました」

ショールを折りたたんでいると、黒い羽根が床にはらりと落ちた。サイモン卿がそれを拾って甥に渡した。「さあ、記念品だ、ニコラス」

ニコラスは上着のボタン穴に誇らしげに羽根をさした。「さっきのカラスは煙突から落っこちてきたって、ミス・クインから聞いたんだ。びっくりだよ、そんなことがあるなんて」

「そんなはずはない。煙突の吹き出し口には網をかけてある。きっと網がゆるんだに違いない」

本当にそうかしら？　アナベルは疑いを拭えずにいた。午後にわたしとニコラスがよく図書室へやってくることを知っている誰かが、わざとカラスを入れたのでは？　でも、いったいなぜだろう？　わたしたちを怖がらせるため？

「暖炉に火がくべられていなくて残念だったな」サイモン卿が窓を閉めながら言った。「そうしたら紅茶と一緒にカラスの丸焼きが食べられたのに」

ニコラスがくすくす笑う。サイモン卿は彼ににやりとしてみせた。

「まあ、なんて恐ろしいことを」アナベルはたしなめた。とはいえ、以前よりサイモン卿とニコラスが打ち解けている様子を見るのは嬉しかった。「そんなメニューをいただくのはごめんです」

「そうかな」サイモン卿が言葉を継ぐ。「屈辱《ハンブル・パイ》を味わうよりはましだと思うが」

アナベルは彼のまっすぐな灰色の瞳に射抜かれそうになった。それなのに目をそらすことができない。サイモン卿はどんな意味をこめて、今の言葉を口にしたのかしら？　きっとニコラスへの態度に関して、わたしが非難したときのことを言っているに違いない。彼を恥じ入らせてニコラスの部屋を訪れさせ、ふたりきりにしたあの日のことを。

サイモン卿は誇りを傷つけられたことで、わたしに憤りを感じているの？　たしかに彼のような地位にいる男性にとって、一介の使用人に指図されるのは腹立たしいことなのだろう。自分の行動はみじんも後悔していないものの、彼から〝厄介な女だ〟と思われることに戸惑いを感じずにはいられない。

いいえ、彼によく思われたいと考えるなんて愚かしいにもほどがある。そう願って許されるのは、レディ・ルイザや彼女の友人たちのような高貴な女性だけだ。「ハンブル・パイってどうやって作るの？」

「ただの古いことわざだよ」サイモン卿が少年の頭をぽんと叩いて言う。「トレイにはたくさんの種類のケーキがのっているぞ。さあ、最初に食べたいものを決めるといい」

ニコラスがテーブルに駆け寄り、ごちそうの皿に目を走らせる。

「ひとつだけですよ」アナベルは大きな声で言った。

「ふたつ食べてもいいぞ」サイモン卿が反論する。

「閣下、お言葉ですが、食べすぎては公爵様が具合を悪くされてしまいます」

「ばかな。ぼくが子どもの頃は、乳母が背中を向けているあいだに何個もケーキを平らげたものだ。さあ、こちらへ来てくれ」彼は声を落としてささやいた。「きみに話したいことがあるんだ。ふたりきりで」

サイモン卿がアナベルの背中に手を置き、図書室の隅のほうへいざなった。ふたたび体がとろけるような奇妙な感覚に襲われ、一瞬前に感じていた戸惑いがたちまち消えていく。なめし革とスパイス。彼のほのかな香りが誘惑的だ。背中に感じる手のぬくもりが、ごく親密なものに思えてくる。そう、まるでキスのように……。

だめよ。サイモン卿の唇が自分の唇に重なるところなど想像してはだめ。それほど恥知らずなことはない。彼はわたしの雇い主であるだけでなく、高貴な血筋を受け継ぐ男性なのだ。それに引き替え、わたしは両親の名前さえわからない孤児。ありえない夢物語にぼんやりするよりも、この城での自分の立場を思い出したほうがいい。

アナベルはサイモン卿から離れると、手近なテーブルに折りたたんだショールを置いた。彼とのあいだに一定の距離を保ったままでささやく。「狙撃者について何かわかったんですか、閣下？　犯人はつかまったんでしょうか？」

サイモン卿が顔をしかめた。「残念ながら、まだだ。相手の正体は依然としてわからない。使用人や借地人にひとり残らず話を聞いたんだが、丘の斜面をうろついている怪しい人物を見かけた者は誰もいなかった」

「調理場で、あなたは村へも調査に出かけていると聞きました」

「〈銅のショベル〉でよくエールを飲んでいるろくでなしたちのことも、かなりの時間をかけて調べてみた。だが彼らの中には、ぼくの鼻先で盗みを働こうとする知恵や度胸のある者は見当たらなかった」彼は不満げな表情で本棚にもたれ、腕組みをした。「それに毎晩あの近くに見張りをつけているが、なんの成果もない。犯人は完全に姿をくらましてしまったようだ」

「きっとあきらめたんでしょう。あるいは発砲はやりすぎたと気づいたのかもしれません。宝物を発掘するチャンスは二度とめぐってこないとわかり、この地から離れたんですわ」

「ぼくはそうでないことを願う」サイモン卿が険しい顔で言う。「きみの命を奪いかけた奴を絞め殺すチャンスを逃したくはない」

彼のすさまじい形相に、アナベルの胸は締めつけられた。あわてて自分に言い聞かせる。サイモン卿がわたしを気にかけてくれているなんて、うぬぼれてはだめ。彼はただ正義が果たされるのを見たいだけなのよ。

「これからどうするおつもりですか?」彼女は尋ねた。

「あそこを掘り起こしてみようと思う。たぶん二週間もあればできるだろう」

わくわくするあまり、アナベルは思わず彼のほうへ一歩進み出た。「あそこに宝物が本当に埋められていると思います?」

「そうでなければ、なぜ狙撃者はきみに向けて発砲したんだ? ニコラスが拾った金属片やきみが見つけた硬貨から察するに、もしかするとあそこには古代遺物が埋蔵されているのかもしれない——あるいは墓が」

「お墓! エジプトのようにミイラがいるお墓ですか?」

「その可能性は捨てきれない」強い関心に瞳を輝かせながら、サイモン卿がアナベルを見つめる。「去年退役したあと、古代遺物の調査のために地中海諸国を旅する予定だった。古代文明の研究がぼくの長年の夢だったのでね。だから、ケヴァーンの地でそういう遺物が見つかったことに不思議な因縁を感じずにはいられないんだ」

サイモン卿の熱のこもった声を聞き、彼女は胸が痛んだ。彼がどれだけ多くのものを犠牲にしてきたかに改めて気づかされたのだ。「お兄様とその奥様が亡くなられたから、あなたは旅をあきらめてニコラスの後見人になったんですね……」

「そうだ」サイモン卿が皮肉めいた笑みを浮かべる。「本当にしぶしぶだった。それは認めざるをえない。自分で思い描いていた将来にはまるでない予定だったんだ」

アナベルは想像してみた。出航前、まさに長年の夢がかなおうとしている瞬間に、自分を裏切った男女の子どもの世話のために呼び戻されるのはどんな気分だろう？　そう考えれば、これまでのサイモン卿の態度もわからなくはない。

彼女は図書室の向こう側にいるニコラスをちらりと見た。少年はケーキを食べながら本棚の前の床に膝をつき、背表紙に目を走らせて次に読む本を熱心に探している。

サイモン卿が甥に対するわだかまりを解消できて本当によかった。あの日、子ども部屋でニコラスを抱きしめる彼の姿を目にしたときの喜びは一生忘れないだろう。アナベル自身、幸福感でいっぱいになり、泣きそうになってしまったのだ。

「物事というのは、不思議といちばんよい結果におさまるものですね」感慨をこめて言った。

「ああ、そうだな」

その声がかすれていることに気づき、彼女はサイモン卿に視線を戻した。彼はこちらをじっと見つめていた。黒いまつげに縁取られた瞳は、底知れぬほど深い灰色をしている。アナベルは体の奥底に欲望の甘いうずきを感じた。男性のことも、彼らの流儀もほとんど知らないにもかかわらず、その瞬間、彼女は確信した。彼はわたしにキスをしたがっている。そしてわたしの不実な心は喜びを感じてしまっている……。

アナベルはショールに手を伸ばし、小声で言った。「ニコラスを連れて、そろそろ戻らなければなりません」

サイモン卿が彼女の手に手を重ねて引きとめた。「いや、まだだ。もうひとつ、きみをここへ呼んだ理由がある。サムハイン祭は知っているね？」

ここ数日、調理場は来るべき年に一度の祝宴についての話題でもちきりだ。その祭りのために城は隅から隅まできれいにされ、舞踏室の床もぴかぴかに磨きあげられるのだという。長年の伝統により、貴族の招待客はそれぞれの使用人たちを宴に連れてくることになっている。それゆえ使用人たちも仕事を交代し、城の外で催されるサムハイン祭に参加できるのだ。

「最近はどこへ行っても、その話でもちきりです」

「きみをサムハイン祭の舞踏会に招待したい」

渦巻く感情に、アナベルは胸が苦しくなった。サイモン卿の世界の一部になれたらどんなにすてきだろう。美しいドレスを身にまとい、彼と踊って天にものぼるような心地になれたら……。「ご親切には感謝いたします、閣下。でも、わたしは使用人たちのパーティーに参加するほうがふさわしいと思いますので」

彼女が断るのを見越していたかのようにサイモン卿は笑った。親指でアナベルのてのひらをなぞり、肌を火照らせ、頑なな防御を崩そうとする。「ぜひ来てほしいんだ、アナベル」彼はファーストネームで呼んだ。「きっと楽しい夜になる。どうしてもきみにいてほしい」

じっと見つめられて、彼女は息ができなくなった。心臓が早鐘を打ち、ひどく息苦しい。

なぜサイモン卿はこんな力を持っているのかしら？　わたしの欲望をこれほどかきたててしまえるなんて。本当は招待を受けたい。でも、彼の本当の狙いは密通なのではないかと思うと怖い。わたしみたいな立場の女性にとって何より危険なのは、主の誘惑に屈することなのだ……。

通路にあわただしい足音が響く。図書室にいきなり入ってきたのはミセス・ウィケットだった。家政婦はアナベルとサイモン卿を見つめ、つと立ちどまった。細めた黒い目にはまぎれもない非難の色が浮かんでいる。

アナベルは思わずうめきそうになった。よりによってこんなときに、ミセス・ウィケットが姿を現すなんて！　今のわたしたちはどんなに怪しい関係に見えることか。これほど身を寄せ合っているうえに、サイモン卿の手はわたしの手に重ねられているのだ。

ミセス・ウィケットがお辞儀をした。「お許しください、閣下。メイドから図書室で騒ぎがあったと報告を受けたんです」

サイモン卿は背筋を伸ばすと、尊大で冷淡な表情を浮かべた。「カラスが入ってきたんだ。幸い、ミス・クインがつかまえてくれた。そこでぼくが窓から逃がした」

「カラスが！」家政婦はぎょっとした様子で言った。「それはこのお城の誰かが死ぬという前兆――」

「もういい」サイモン卿がぶっきらぼうに遮った。床であぐらをかいて膝の上の本を読んでいるニコラスを一瞥すると、大股で家政婦に近づいていく。アナベルもすぐあとを追った。

彼は声を落としてミセス・ウィケットに言った。「そういうばかげた迷信は口にするな。わかったか?」

家政婦の顔にへつらうような表情が浮かんだ。「もちろんです、閣下」

「ミセス・ウィケット」アナベルは尋ねた。「図書室のドアを閉めたのは誰か知っているかしら?」

サイモン卿がいぶかしげに眉をひそめて彼女を見た。「ドアを閉めた?」

「ニコラスとわたしが来たとき、ドアは閉まっていたんです。それで、たぶん使用人の誰かがここにカラスがいることに気づいて、助けを呼びに行ったのだと考えました。でも、誰もやってこなかったんです」

「あたしは何も聞いちゃいません」ミセス・ウィケットが疑わしげに言う。

「ならば、誰がドアを閉めたのか探し出すんだ」サイモン卿は命じた。

「かしこまりました、閣下。あたしがここに来たのにはもうひとつ理由があります。応接室でお客様がお待ちです」家政婦は冷たい目でアナベルをちらりと見ながら言った。「レディ・ダンヴィルとお嬢様のレディ・ルイザです」

19

ニコラスの手を握ったまま、アナベルはザンクト・ガレン教会の脇にある古びた墓地の前に立っていた。墓地を囲む背の低い石壁には蔦が絡まり、オークとブナの木がみごとな彩りを添えている。一陣の風に吹かれて、赤や金色に色づいた紅葉が墓石の上に舞い散った。ここコーンウォールの秋は、ヨークシャーよりもはるかに温暖だ。とはいえ、ドレスの上に灰色の短いマントを羽織ってきてよかったとアナベルは思った。

ニコラスの様子をうかがう。城の庭園であわてて集めた小さなブーケを手にした彼は、八歳の少年にしてはまじめすぎるように見えた。「公爵様」アナベルは話しかけた。「もし気が進まないなら、やめてもいいんですよ。別の日でもいいのですから」

ニコラスは顎をあげ、公爵としてのプライドをのぞかせた。「ぼく、ママにバラの花をあげたいんだ。大好きだったから」

彼女は同情するように微笑んでみせた。「それなら中へ入りましょう、公爵様」

鉄門の掛け金をはずし、アナベルはニコラスを先に墓地へ入れた。今日の訪問は、もともと計画していたものではない。ニコラスを城に残し、彼女はひとりで午後の休みにケヴァーンストウ村へ出かけるつもりでいた。ところがニコラスに、両親の墓参りがしたいからどうしても一緒に行きたいとせがまれたのだ。彼の言葉にアナベルは胸をつかれた。一年前の葬儀以来、明らかに誰もニコラスを墓地へ連れてきてあげていないのだ。

彼女は悔やんだ。どうして日曜礼拝のあと、ここに立ち寄ることを思いつかなかったのだろう？　たぶん、サイモン卿がレディ・ルイザと親密な様子なのを目にして、心ここにあらずの状態だったからだわ。

サイモン卿のことを考えてしまった自分を心の中で叱りながら、アナベルはニコラスのあとに続き、砂利敷きの道を下っていった。道の両側には墓石の列が伸びている。中にはこけむしたものもあれば、イバラにすっかり覆われたものもある。そうかと思えば、常に墓参者が訪れているとわかる墓石もあった。きれいに刈り込まれた草と手向けられた生花を見れば一目瞭然だ。

ニコラスが薄青色の大理石でできた霊廟《れいびょう》に向かって歩いていく。巨大な四角い建物が立っているのは、何本ものみごとなオークの木に守られた、墓地内でももっともよい場所だ。鉄門の両脇に据えられた大きな天使の石像には、紫色や金色の紅葉が降り積もっていた。

ニコラスは立ちどまるとアナベルを見あげた。「ぼく、中には入りたくない。ここにママのためのお花をそなえてもいいかな？」

「ええ。お母様はそこがいちばんいい場所だとお考えになるはずです」

少年が天使像の足元にバラの花束を置くのを見ながら、アナベルはまばたきをして涙を抑えた。あまりに不公平だわ。まだこんなに幼い子どもが、母親と父親を失った悲しみに耐えなければいけないなんて。ニコラスの両親と面識がないのは、わたしにとって幸いなのかもしれない。彼らとの思い出がない分、少なくともわたしは悲嘆に暮れずにすむのだから。

アナベルはニコラスのかたわらにひざまずき、祈りの言葉を捧げるよう促した。それから来た道を引き返し、門を出たところで、彼を元気づけようとして声をかけた。「目抜き通りをお散歩しましょうか、公爵様？　パン屋さんがあったら、何か甘いものを買いましょう」

ニコラスが顔を輝かせた。「チョコレート・タルト？」

彼女は笑った。「お約束はできません。でも、お店をのぞいてみましょうね」

実は、アナベルにはもう一軒探したい店があった。生地店だ。すてきなドレスを仕立てるための良質な生地が欲しい。サイモン卿からの、サムハイン祭の舞踏会への招待を受けることにしたからだ。考えただけでわくわくする。そんな輝かしいチャンスをみすみす棒に振るのはやはり惜しい。

それにお祭りの日、きっとサイモン卿は近隣のレディたちと踊るのに忙しいに決まっている。わたしは自分の立場をわきまえながら、年長の女性たちと一緒にお祭りを楽しめばいい。家庭教師の相手をしてもいいという思いやり深い年配の紳士たちと、一度や二度くらいならダンスもできるだろう。今回を逃したら、そんなきらびやかな宴に参加するチャンスは二度とめぐってこないはずだ。

古い鐘楼のある年代物の石造りの教会を通りかかったとき、教区牧師館の前にある庭園で立ち話をしているふたりの男性の姿が見えた。バンティングとトレメインだ。

とたんにアナベルの足が鈍った。どうしてこうなることを予想できなかったのかしら？　ぼんやり考え込んでいなければ、ニコラスを連れて道を渡り、あのふたりと鉢合わせしないようにできたのに。でも、今となってはもう遅すぎる。

トレメインが片手をあげ、手を振っている。彼に何かを言われたバンティングがくるりと振り向き、こちらをにらみつけた。キツネのような顔で暗い目をしている。それから向きを変えると、彼は黒いローブをひるがえして牧師館の中へ姿を消した。

だが、牧師補は違った。

トレメインが急ぎ足でやってきたので、アナベルは足をとめざるをえなかった。えび茶色のベストに青い上着を合わせ、茶色い巻き毛をきれいに撫でつけている。田舎の教会のしがない聖職者にしては、あまりに洗練された雰囲気だ。「やあ、こんにちは、ミス・クイン！　それに公爵様！　村でおふたりに会うなんて驚きですよ」

トレメインはお辞儀をし、アナベルの手袋をはめた手を取って唇を当てた。

大げさな挨拶に、彼女は居心地の悪さを感じた。礼儀正しく笑みを浮かべ、そっと手を引っ込める。「お墓参りをしてきたところです。すぐお城に戻れるよう、〈銅のショベル〉に御者を待たせています」

ニコラスが彼女の腕を引っ張った。「でも、ミス・クイン、パン屋さんには行かないの？」

アナベルは心の中でうめいた。無駄話をしている時間はないという印象をトレメインに与えたかったのに。「もちろん行きますよ、公爵様」

「それならぼくがお伴します」トレメインが申し出た。「こんな美しいレディにはエスコートする紳士がいて当然です」

ニコラスが横目でトレメインをにらんだ。だが何も言わずに、かわいらしい店や家が立ち並ぶ細い路地へと駆け出していった。数人の村人が立ちどまり、ニコラスの姿を見て微笑んでいる。ケヴァーン公爵が村を訪れるのは珍しいことなのだ。

仕方なく、アナベルはトレメインに差し出された腕に指をかけた。教会で姿は見かけるものの、彼とふたりきりになったのはレディ・ミルフォードと再会したパーティー以来はじめてだ。あのとき、彼は婚外子として生まれたレディ・ミルフォードを軽蔑するように話していた。それだけでも、彼が狭量な人物だというのがよくわかる。

けれど、わたしはトレメインのことをそんなに厳しい目で判断すべきではないのだろう。同じ偏見を持つ人はほかにも大勢いる。たぶん、二度目のチャンスを与えてもいいのかもしれない。それに彼に必要以上の敵意を抱くことで、よく晴れた秋の午後を台なしにしたくはない。

「またお会いできて嬉しいです」アナベルは言った。「前にお話ししてから、ずいぶん経ちますもの」

「本当に！　そのあいだにずいぶんいろいろなことがありました」トレメインが手を彼女の手に重ねた。「ぼくがどんなにあなたのことを心配していたか、言葉では言い尽くせません、ミス・クイン」

通りを歩きながら、アナベルは眉をひそめて彼を見た。「心配ですって？」

「村は先週の発砲事件の噂でもちきりです。悪い奴が銃を持って領地内をうろつき、あなたと公爵に向けて撃ったなんて！　考えただけでも耐えられません」

アナベルは、立ちどまっては店のウィンドウをのぞいているニコラスを見つめた。あの恐ろしい出来事を思い出すと、いまだに脚が震えてしまう。しかし、彼女は用心深く自分の感情を隠した。「ご心配いただいてありがとうございます。でも、きっと悪者は逃げ出してしまったんでしょう。公爵様の後見人の怒りを買うのを恐れるあまり、ここにぐずぐずしてはいられなかったはずです」

トレメインはまだ不安げな様子だ。「あなたの意見が正しければいいんですが。でも、ミスター・バンティングはサイモン卿から、発砲現場の近くに財宝が埋められているかもしれないという話を聞いたそうです――古代ケルト人の遺物だとか。それは本当なんですか？」

ここはできるだけ何も答えないほうがいい。「さあ、わたしにはわかりません。そういう質問は閣下にされるべきですわ」

「そうですね！　でも、もしそんな財宝があるなら、悪党はまた盗みに戻ってくるかもしれません。サイモン卿はそこに見張りを置いているんでしょうね？」

「ええ、昼も夜も。だから、もう心配なさらなくていいんですよ」

トレメインが歩きながら横目でちらりとアナベルを見る。あたかも自分の考えを隠すかのごとく、彼は青い目をすっと細めた。あるいは陽光がまぶしかっただけなのかもしれないが。

「あえて言えば、ミス・クイン、どんな古代遺物よりも、あなたのほうがはるかに大切です。なぜサイモン卿は誰も同伴させずに、あなたと公爵様が村へ来るのを許したのでしょう？」

痛いところを突かれた。実のところ、サイモン卿からは今日の外出の許可を得ていない。そんな必要はないように思えたからだ。

とはいえ、アナベルはニコラスから片時も目を離さないよう細心の注意を払っていた。今、彼は立ちどまり、ボールを投げながら通りを行ったり来たりして遊ぶ、ふたりの少年を眺めている。「御者がついているから安全です」彼女は答えた。「それに、ここケヴァーンストウ村では、あなたがわたしたちを守ってくださるはずですもの」

「もちろんですとも！」トレメインは片手を心臓のあたりに当てた。いかにも芝居がかった仕草だ。「いつでもあなたのお役に立ちますよ。実際、あの日も発砲音を聞いた瞬間、あなたの力になれればと城へ駆けつけたんです。だが悲しいかな、閣下に追い払われてしまいました」

アナベルは歩みをゆるめた。「サイモン卿に？」

「ええ、そうです」トレメインの端整な顔立ちが情けない表情に変わる。「そういうことがほかにも何回かありました。昨日の午後もです。あなたは公爵の相手で忙しいから、訪問者をもてなす暇はない。そう彼に言われました」

彼女は口がきけないほど驚いた。それはサイモン卿がわたしたちを残して図書室から出ていった直後のことに違いない。たしかに図書室へ行く以外、わたしはたいていニコラスと一緒に教室にこもりきりだ。「ごめんなさい。わたし、全然知らなくて」

「そうじゃないかと思っていたんです」アナベルの手袋をはめた手を軽く叩きながら、トレメインが言う。「どうもあの方はぼくを毛嫌いしているような気がします。あなたは気づいていないでしょうが、日曜日の礼拝のあと、ぼくがあなたとちょっと話したいと思っても、サイモン卿はあなたと公爵をせかしてすぐに馬車に乗せてしまうんですよ」

そのことはアナベルも気づいていた。サイモン卿自身は馬に乗って礼拝にやってくるため、すぐに教会を立ち去る必要がない。それゆえ自分だけは残り、レディ・ルイザたちと談笑しているのだ。「まあ、それはあなたの思いすごしですわ。サイモン卿はただ、公爵を守るという後見人としての義務を果たそうとしているだけだと思います」

「なるほど。だが、あなたの意見には反対せざるをえません。彼がぼくに敵意を抱いているのは一目瞭然です。いったい自分が何をしでかして彼を怒らせてしまったのか、ぼくにもわからないんですよ」トレメインは立ちどまり、やや熱心すぎるまなざしでアナベルを見つめた。「いや、たぶんわかっています。サイモン卿はあなたを独占したいという気持ちが強いんですよ、ミス・クイン。それでぼくのことを……恋のライバルだと見なしているんです」

アナベル自身も、ディナーパーティーの夜にまさに同じことを考えていた。たしかにサイモン卿が嫉妬しているかもしれないと思うと、ひそやかな興奮を感じてしまう。そして昨日、彼からサムハイン祭に誘われたとき、卿はわたしを意識しているように思える。

わたしもまたこれ以上ないほど彼の魅力を感じていた。

アナベルはふと、トレメインが自分をじっと見ていることに気づいた。彼の熱心な様子にふいに不安を覚える。表面的には礼儀正しい態度をとっているものの、この人はわたしをレディとしては見ていないのではないかしら？

「サイモン卿はわたしの雇い主です」アナベルはそっけなく言った。「主についての噂話をするつもりはありません。では、ごきげんよう」

トレメインの貴族的な顔が一瞬ゆがんだが、アナベルは気にもとめなかった。すたすたと歩いてニコラスの横に並ぶ。彼はまだボール遊びをしている少年たちを見つめていた。たとえわずかな瞬間でも、ニコラスを放っておいたことに罪悪感を覚えずにはいられない。彼には友だちが必要なんだわ。切なさに胸が痛くなる。きっと、この地域に住む貴族たちの中には、ニコラスと同世代の子どもを持つ家庭もあるだろう。その子たちを城に招いて遊ばせるといいかもしれない。

アナベルはニコラスの肩に手を置き、買い物に行こうと促した。そこへまたしてもトレメインがやってきた。

彼は手を握り合わせ、熱っぽく語った。「ミス・クイン、あなたを怒らせてしまいましたね。どうかぼくの心からの謝罪を受け入れてください」

アナベルはうまく断る方法を思いつけなかった。特に村人たちが見ている前で、揉め事を起こしたくはない。「もちろんです。どうかさっきのことは忘れてください」

顎を引いて後悔している様子を見せてはいるが、トレメインはいっこうに立ち去ろうとせず、こう懇願した。「お約束します。もしあなたが一緒にいるのを許してくれたら、行儀よくするよう細心の注意を払います」

「まあ、そんな——」

「お願いです。もしあなたの気に触るような言葉をひと言でも口にしたら、すぐにぼくを黙らせてください。そうしたら、もう二度と口をききません。この唇を永遠に封印します」

トレメインは身ぶりで、口に鍵をかける仕草をした。その滑稽な振る舞いに、アナベルは思わず笑い声をあげた。彼もまた含み笑いをしている。そんなトレメインを見て、先ほどまでの彼女の不安は和らいだ。たしかに彼は魅力的な男性だわ。わたしの好みの基準からすれば少しおしゃべりだけれど。でも三〇分くらい、いいえ、城に戻らなければいけない時間まで一緒にいても害はないだろう。

ふたりで笑い合っていたまさにそのとき、石畳の道の向こうから立派な馬車がやってきた。美しい二頭の栗毛の馬に引かれた、屋根のない四輪馬車だ。アナベルは驚きとともに、高い座席に座っているサイモン卿の姿を見つめた。

たちまち心臓が跳ねあがり、急にコルセットがきつく感じた。どうして彼はいつもの牡馬に乗っていないのだろう？　理由はどうあれ、濃い灰色の上着に淡褐色のブリーチズを合わせ、黒髪を風になびかせた姿は魅力にあふれている。見ただけで体がとろけてしまいそうなほどに。

サイモン卿もこちらに気づいたようだ。道の脇に馬車をとめると、ひらりと地面に飛びおりた。

「これはこれは」トレメインがささやいた。「なんとなく面倒なことが起こりそうだぞ」

サイモン卿はボール遊びをしている少年のひとりに硬貨を投げ、馬車を見張っているように命じた。それから大股でふたりに近づいてきた。

礼儀正しく冷静な表情からは何を考えているのかわからない。領民たちに鷹揚《おうよう》にうなずいている彼は、どこから見ても傲然と構えた領主だ。「ミス・クイン、ミスター・トレメイン。こんなところで会うとは思いがけない喜びだな」

声の硬さから、彼が怒っていることがアナベルにはわかった。そういえばトレメインはさっき、サイモン卿はわざとわたしたちを引き離そうとしていると言っていた。サイモン卿に会えたという喜びが、ふいにいらだちに取って代わる。彼はわたしが友人に誰を選ぶかまで指図するつもりなの？

アナベルはトレメインの腕に指を滑らせた。「喜びを感じているのはこちらのほうですわ、閣下。本当にすばらしいお天気ですね。お買い物をするにも――それに馬車に乗るにも」

ニコラスは大いに興味をそそられた様子で馬車と馬を見ている。まるでタイミングを見計らったかのように、彼はサイモン卿の袖を引っ張った。「お願い、叔父様、ぼくをあれに乗せて」

甥を見おろした瞬間、サイモン卿は険しい表情を少し和らげた。手を伸ばし、ニコラスの亜麻色の髪をくしゃくしゃにする。「ああ、すぐに乗せてやる」

「やった！」ニコラスは叫ぶと、馬車のほうへ駆け出していった。じゅうぶん離れた距離から、馬をじっと見つめている。

男性ふたりは互いを観察した。たちまちあたりに緊張感が漂う。サイモン卿はふたたび傲慢な表情を浮かべた。「会えて嬉しいよ、トレメイン。だがきみが今するべきなのは、説教を書き写すか、信者席を磨くかすることだろう？」

トレメインがしっかりと視線を合わせた。「偶然にも手が空いていたので、ミス・クインを店にお連れしたんです」

「おそらく、きみはぼくの言いたいことを理解していない」サイモン卿は一歩前に出て、穏やかさを装った声で言った。「ぼくは彼女を——そして甥を——今すぐ城に連れて帰ると言ったんだ」

ばかげたいさかいの原因になりたくなくて、アナベルはどちらの男性とも関わらないことにした。「わたしはお買い物がすむまでここを離れる気はありません」きっぱりと言う。「閣下、少しのあいだ、ニコラスを見ていていただけるでしょうか。ミスター・トレメイン、また別の機会にお話ししましょう。では、ごきげんよう」

そう言うと、彼女はその場を離れた。一度も振り返らずに、店のウィンドウを次々とのぞき込む。ついに婦人物の帽子や雑貨を飾ってある店を見つけた。

店に入ると、ドアの上にあるベルがちりんと鳴った。大きな店ではないが、棚や机にさまざまな種類の裁縫用品が並べてある。奥の部屋から現れたのは、陽気な青い瞳に色あせた茶色い髪のふくよかな女性だった。彼女はアナベルに、一反ごとに生地が保管されている場所を指し示した。

「新しい家庭教師の先生だね？　公爵様は本当にかわいらしいお子さんだよ。心配しなさんな。あたしたちみんなで用心して、公爵様をお守りするからね」

「ご親切に、ありがとう」アナベルは、女性が謎の狙撃者に対する憤りをとうとうと語るのをうわの空で聞いていた。生地に目を通しながら、ときおりうなずいたり、微笑んだりするだけでじゅうぶんだ。

目にとまったのは空色のシルクの生地だった。片方の手袋をはずし、柔らかくてしなやかな布地に指を滑らせてみる。これなら濃いクリーム色のアンダースカートにぴったりだ。少し斬新すぎるかもしれないけれど、レディ・ミルフォードからもらった赤い靴を合わせれば、ほどよいアクセントになるだろう。

店の女性の手を借りてボタンと糸、さらにレースとリボンを選んでいく。すべて選び終わる頃には、貯金の大半を使い果たしていた。たった一度しか着ないドレスにこんなにお金をかけるなんて、無駄遣いもいいところだ。それでも、舞踏会にやってくるほかのレディたちに負けないくらい美しく装い、サイモン卿の目にとまりたい……。

だめよ、危険な考えは今すぐ捨てなければ。女性が商品を包んでいるあいだ、アナベルはほかの品物を見て気をまぎらわせようとした。目を引いたのは、店内に飾ってあるショールだ。特にクリーム色をした一枚がいい。純正のメリノウールを使用した最高級品だった。優雅な生地に指を触れてみる。舞踏会用のドレスにさぞ似合うだろう。でも、どう考えてもこのショールはほかに使い道がない……。

ドアのベルがちりりんと鳴り、男性の靴音が聞こえた。胸がぎゅっと締めつけられるのを感じて、アナベルはショールを机の上に戻した。振り返らなくても、背後に立っているのが誰かわかった。にもかかわらず、肩越しにちらりと見て、戸口に立つサイモン卿の姿を確認した。かたわらにニコラスを連れている。

店の女性が弾かれたように飛びあがった。「閣下、おいでくださるなんて光栄です。椅子をご用意しましょうか？」

「いや、大丈夫だ、ミセス・リトルジョン。お孫さんたちは元気かな？」

「あっという間に大きくなってしまって」彼女が笑いながら言う。「こちらにいる公爵様も同じですね。まあ、なんてハンサムになったこと」

ミセス・リトルジョンはアナベルにしっかりと縛った包みを手渡した。サイモン卿は無言で包みをアナベルの手から受け取り、彼女のためにドアを開けた。彼より先に通りへ出ながら、アナベルは思った。ぎこちない態度から察するに、彼はまだ怒っているに違いない。

怒らせておけばいいわ。午後のお休みをどう使おうと、わたしの自由だもの。村にやってきて——誰と言葉を交わそうと——とやかく言われる筋合いはない。

「ミス・クイン、ねえ、待ってよ」ニコラスが彼女の手を引っ張った。「叔父様がタルトをふたつも買ってくれたの」

明るい陽光の中、アナベルは少年の愛らしい顔を微笑みながら見おろした。「なんのタルトを買ったのか当ててみせましょう。粉砂糖のかかったチョコレート・タルトですね？」

「えっ、どうしてわかったの？」

「お口のまわりに証拠が残っているからですよ」彼女は折りたたんだハンカチをニコラスに手渡した。「さあ、ご自分で拭いてくださいな」

ニコラスが口のまわりを拭いているあいだに、アナベルはふと気づいた。どうやらサイモン卿は、わたしたちを自分の馬車に乗せようとしているらしい。「御者を〈銅のショベル〉で待たせてあるんですが」彼女はサイモン卿に声をかけた。

「気にしなくていい」

ということは、御者に城へ戻るよう命じたのだろう。こんなに不機嫌なのに、なぜ一緒に馬車で帰ろうとしているのかしら？　手を貸してアナベルを高い座席に乗せたときも、彼はひと言も説明しようとはしなかった。

ニコラスが子猿のようにすばしこく馬車の反対側からよじのぼり、席の端に腰をおろした。

「ここに座ってもいい？　ふたりのあいだに挟まれていたら、ぼく、何にも見えないよ」

「ああ、好きにしなさい」馬車の後部に包みを置きながら、サイモン卿が答える。

彼がひらりと席にあがってきた。いきおい真ん中に座らざるをえなくなり、アナベルは悔しい思いでいっぱいになった。近すぎるわ。どんなに気をつけていても、脚や腕が触れ合ってしまう。それにサイモン卿も、今の状態を気に入っているようには見えない。しかめっ面がさらに険しくなっている。彼が手綱を引くと、二頭の馬が走り出した。くねくねした道を進み、村をあとにする。

アナベルはニコラスをじっと見つめたままだった。とはいえ、反対側に座っている男性のことは痛いほど意識している。こんなにさわやかな風に吹かれて太陽の光を浴びたら、もっと気分が高揚していいはずよ——サイモン卿が不機嫌な態度をやめてくれればいいのに。

「今日はなぜ馬車で外出されたんですか？」アナベルは彼に尋ねた。

「そうする必要があってね」

ふいに不愉快な気分に襲われる。「ああ。レディ・ルイザと馬車に乗っていたんですね？」

サイモン卿が謎めいた一瞥を投げた。「そうだ」

アナベルにとっては気に入らない事実だ。でもかえってよかったのよ、と必死に自分に言い聞かせる。だって、これで思い出せたもの。彼がわたしの手の届かない、はるか遠い存在だということを。もし彼がわたしにまだ興味を抱いていたとしたなら、その目的はただひとつ——言うまでもなく、結婚とは無縁の目的だ。

サイモン卿が結婚の誓いを交わすのは、同じく高い身分のレディしかありえない。

喉元にこみあげるものを感じつつも、アナベルはなんとか穏やかな表情を保ち続けた。今は自分の複雑にもつれた感情を気にしているときではない。もしサイモン卿がこのまま押し黙っているのなら、わたしもそうするまでだ。

晴れ渡った、本当に気持ちのいい日だった。森の木々は赤や金色に染まり、色とりどりの紅葉が続いている。馬車はなだらかな丘の上の農場や牧草地を駆け抜けていった。道路を曲がるたび、目の前に新たな景色が広がる。青く澄みきった空を悠々と舞うタカ、丸々と太った羊の群れを追い込む犬……。そのすべてにニコラスが興奮の叫び声をあげている。

少年が田園地方の景色に見とれている隙に、サイモン卿がアナベルにだけ聞こえるよう、低い声で話しかけてきた。「トレメインとは関わらないほうがいい」

アナベルはさっと彼に目を向けた。サイモン卿は唇を引き結び、射るようなまなざしでこちらを見つめている。胸に渦巻くさまざまな感情が、一気に怒りへと変わった。

「わたしには友情さえ許されないんでしょうか、閣下?」

彼は歯を食いしばり、前方の道に視線を戻した。「そんなことは言っていない。ただ――彼はやめておくんだ」

「なんの説明もないまま、ただ黙って言うことを聞けと?」

「なぜそんなにうぶなんだ?」サイモン卿がため息混じりにささやく。「あいつはきみに下心があるんだぞ」

うぶですって! もちろん彼はわたしよりずっと世間に揉まれているだろう。でもだからといって、わたしが鈍感だということにはならないわ。「あなたは下心がないとでも?」アナベルは冷たく言った。「それとも、うぶなわたしはあなたの目的を読み違えているのかしら?」

サイモン卿が刺すような視線を向けてくる。ああ、今の言葉を取り消したい。アナベルはとっさに思った。なんてことを言ってしまったんだろう。もっと口を慎むべきだった。もし彼がわたしに欲望を抱いているという考えそのものが間違っていたら、どうすればいいの？彼はただの親切心から、わたしを舞踏会に誘ってくれたのだとしたら……？

いいえ、わたしは間違ってなどいない。このあいだ、図書室でわたしの手を撫でたとき、サイモン卿の熱っぽいまなざしにはまぎれもない欲望が感じられた。それに彼の笑みは間違いなくこう告げていたのだ。もしきみさえ屈服したら、危険だが最高にすばらしいことが待っているよ、と。

それなのに今、サイモン卿はまったくの無表情で前方の道をにらみつけ、ぎゅっと手綱を握りしめて丘を下っている。アナベルは喉がさらに詰まるのを感じた。本音を言えば、彼にはわたしを女として意識してほしいと思っている。彼もわたしと同じような複雑な感情のもつれに苦しんでいると信じたい。もしうまくいけば、彼がわたしと激しい恋に落ち、強い愛情から身分の差など乗り越えてくれるのではないか。そんなことを夢見ていた。ああ、わたしったら、どうしてこんなに愚かなのかしら？

明らかにふたりのあいだの緊張を感じ取ったのだろう、ニコラスが道沿いの森に半分隠れた岩だらけの小さな滝を指差した。「見て、ミス・クイン。馬車をとめて、あそこを見に行ってもいい？」

割って入ってくれたことに感謝しながら、アナベルはニコラスの風でくしゃくしゃになった髪を撫でた。「まあ、かわいらしい滝ですね。たぶん見に行っても──」

「今日はだめだ」サイモン卿がぴしゃりと言う。「帰ってから仕事がある」

ニコラスは用心深い目つきで叔父を見つめた。それからうつむくと無言で横を向き、ふたたび田園風景を眺めはじめた。丸まった小さな背中を見て、アナベルの胸が痛んだ。ふいに、はじめて会ったときの恐怖に怯えた少年を思い出したのだ。

彼女は唇を噛んだ。憎たらしいサイモン卿！　今日は、これ以上彼と話さないようにするのがいちばんだ。そうしないと、後悔するような言葉を投げつけてしまいそう。ニコラスの目の前で、くだらない言い争いをするわけにはいかない。

ニコラスに腕をまわしながら、アナベルは目の前のいろいろな光景について彼とおしゃべりをしながら過ごした。サイモン卿のほうは見向きもしなかった。だが、その存在を痛いほど意識していたことに変わりはない。道のくぼみで車輪が大きく弾むたびに、体が軽く触れ合うのを感じていた。風が運んでくる彼のほのかな香りにくらくらし、手綱を巧みに操る彼の手を見つめては考えていた。あの手で愛撫されるのは、どんな感じなのかしら……。

城に着くとサイモンがひらりと馬車から飛びおり、飛び出してきた馬丁に手綱を渡した。ニコラスは自分で地面にぴょんと飛びおりた。しかしスカートのせいで、アナベルはそういうわけにはいかない。注意深くおりようとすると、サイモン卿の力強い腕が差し出された。そのままウエストをつかまれ、軽々と持ちあげられる。

アナベルはすばやく向き直ったが、大きな馬車の車輪とサイモン卿のあいだに挟まれていた。彼は脇にどこうとしない。彼女のウエストを抱えたままだ。指のぬくもりが伝わってきて、愛憎の入り混じった奇妙なうずきに体がとろけそうになる。

サイモン卿の目が、一瞬アナベルの唇に向けられた。彼女には瞬時にわかった。彼はわたしにキスしようとしている——そして今のわたしはそれを拒もうとは思っていない。

ところが、彼は荒々しく命じただけだった。「今後、ぼくの許可を得ずに城から出るのは禁ずる。わかったな？」

アナベルは身を硬くした。「かしこまりました、閣下」

サイモン卿はほかにも何か言いたそうに見えた。けれども形ばかりのお辞儀をすると、くるりと向きを変えて足早に歩き去っていった。

20

サイモンは自分の頭が混乱していることがよくわかっていた。トレメインと一緒にいるアナベルを見かけてから三日経つが、そのこと以外何も考えられない。笑い合うふたりの姿が、脳裏にはっきりと刻み込まれている。

着替え室にある銅製の浴槽につかり、底に沈んだサンダルウッドの石鹸を手探りで探す。見つけた石鹸をこすりつけて体を洗いながら、サイモンは思った。今のぼくに本当に必要なのは、温かな湯につかることではなく、冷たい海の中へ飛び込むことだ。そうすれば、アナベルに固執する気持ちを一掃できるだろう。今日はケルトの財宝が隠されているかもしれない場所を一日じゅう掘り返していたが、苛酷な労働をしても、気がまぎれたのはいっときだけだった。丘から城へ戻ってきた瞬間、気づいたらアナベルのことをあれこれ考えていた。

あれほど高い知性の持ち主なのに、彼女は純粋無垢すぎる。トレメインのような男のことがまるでわかっていない。だが、ぼくは違う。はじめから、あの牧師補の本質を見抜いていた。トレメインは敬虔《けいけん》な聖職者にはまるで向いていない。特権階級の紳士として生まれた彼は、身分の低い女たちに対して見当違いの権利意識を抱いている。トレメインにとって、アナベルは誘惑するには格好の餌食なのだ。

〝あなたは下心がないとでも？　それとも、うぶなわたしはあなたの目的を読み違えているのかしら？〟

胸を刺すような罪悪感を振り払い、サイモンは石鹸を泡立てて濡れた髪にこすりつけた。まさかアナベルがあれほどずばりと言ってのけるとは思わなかった——それに、ぼくをトレメインと比べているとも。

ああ、そうだ。ぼくもアナベルとベッドをともにしたくてうずうずしている。しかし少なくともぼくは、トレメインよりはるかに彼女を大切に扱うつもりだ。

アナベルをいっときの遊び相手として楽しみ、すぐに捨てるつもりなどない。彼女には、ぼくの愛人になってほしいと考えている——永遠に。アナベルは尽きない魅力の持ち主だ。飽きるはずがない。彼女が望むものならなんでも与えてやろう。家も、高級なドレスも、使用人も。愛人として、彼女がぼくに与えてくれる歓びと引き換えに。機会に恵まれれば、子ども——いや、なんなら〝子どもたち〟——をもうけてもいい。とにかくアナベルとはずっと一緒にいたいのだ。

あとはどう彼女を説得するかだ。アナベルが求めているのは口説かれることにほかならない。先日の馬車の中でのようにがみがみ言ったり、はねつけたりしてはだめだ。あのときはつい嫉妬に駆られてしまった。あんなことは二度としてはならない。とはいえ、いくら甘い言葉を重ねても、あれほど節度ある忍耐強い女性がやすやすとぼくのものになるわけがない。

まずは結婚指輪を要求してくるだろう。

サイモンはみぞおちのあたりがぎゅっと締めつけられるのを感じた。アナベルを心の底から求めてはいるものの、彼女に結婚を誓うことを考えただけで動揺と緊張を覚えてしまう。ひとりの女性と日々生活をともにするよりも、独身のままでいるほうがはるかにいい。ダイアナに裏切られたときに決めたのだ。二度と結婚など考えるものかと。

サイモンは頭を湯に浸して髪をすすぐと立ちあがった。目を閉じて、顔を流れ落ちる湯が入らないようにする。そのまま片手を突き出した。「タオルをくれ」

「かしこまりました、閣下」

とはいえ、タオルはいっこうに手渡されない。サイモンは細く目を開け、濡れたまつげの下から様子をうかがった。部屋の反対側から、ラドローが脚を引きずりながら近づいてきている。いつもながら、カタツムリのようなのろのろとした歩調だ。ラドローはサイモンの父親、さらには祖父の近侍として仕えた男だった。年金暮らしよりも現役として働くのを望んでいるため、動きが遅いという欠点には目をつぶり、こうして雇い続けているのだ。

だが、今日は我慢できそうにない。サイモンは浴槽から出ると、トルコ絨毯が水でびしょ濡れになるのも構わず、大股で前に進んだ。ここにアナベルがいてくれたらどんなにいいだろう。柔らかな両手で、ぼくの体の隅々までタオルで拭いてくれたら……。そしてぼくの前にひざまずき、特別な愛撫をしてくれたら——。

ラドローがにやりとした。「あの家庭教師ですね?」

「なんだって？」老人のしょぼしょぼした目がどこを見ているかに気づき、サイモンはくるりと背を向けてズボンを引っつかんだ。「なぜ彼女の話を持ち出した？」

「どうかご安心ください。階下ではなんの噂にもなっておりません、閣下。ただ、わたしはそういう方面のベテランだというだけのことです。何しろ数十年来、ケヴァーン一族の殿方たちの無分別な行動の尻拭いをしてまいりましたので」

やれやれ、よりによってなぜ今、ラドローはこんなに饒舌《じょうぜつ》なんだ？「そうか、覚えておく。さあ、シャツを取ってくれ」

ラドローは脚を引きずって数歩進むと、ようやくシャツを主人に手渡した。サイモンがすばやく袖を通し、カフスをはめるのを見ながら、ラドローが言う。「青の上着になさいますか、それとも茶色の上着に？」

「いや、上着はいい」その返事を聞き、すり足で衣装部屋へ向かおうとしていたラドローが歩みをとめた。「これから書斎へ行く。すぐに紅茶を持ってきてくれ」

「仰せのままに、閣下」

あの歩調だと、紅茶が来るまで一時間近くかかるに違いない。サイモンは空腹を覚え、ますます不機嫌になった——とはいえ、本当に腹がすいているわけではない。性的な欲望が満たされないことへのいらだちが募っていたのだ。

サイモンは足早に寝室を出て、誰もいない廊下に踏み出した。たぶん階上へ行き、アナベルに会うべきなのだろう。彼女にふたたび好意を持ってもらう方法があるはずだ。ただ問題は、花もチョコレートも贈るわけにはいかないことだ。ましてや、家庭教師に宝石など贈れるはずもない。そんなことをすれば、アナベルはたちまち詮索好きな使用人たちの噂の的になってしまう。だめだ。もっと巧妙な手段を講じなくてはならない。

だが、どうやって？　アナベルのそばには常にニコラスがいる。戯れたくても、そんなチャンスさえない。誘惑などもってのほかだ。

ああ、まったく。なぜ彼女はぼくをこれほどやきもきさせるのだ？　そうでなくても、ほかに考えるべき問題がたくさんあるというのに。たとえば、あの発砲事件の犯人はいったい誰なのか……？　アナベルとは違って、ぼくは犯人がこの地を離れたとは考えていない。ぼくなりにいくつか可能性を考えている。特に、あるひとりの人物に目をつけているのだ。しかし確たる証拠を見つけられないかぎり、そのチャンスが来るのを待つほかない。そしてアナベルが襲われないよう、細心の注意を払って守るしかない。

もうじゅうぶんだ。彼女のことを考えるのはこれくらいにしておこう。アナベルを頭から追い出すべく、サイモンはこれ以上発砲事件と彼女を結びつけないようにした。だから廊下の角を曲がり、客用の寝室へ向かうアナベルの姿を目にした瞬間、それが現実の光景とは思えなかった。熱に浮かされたような自分の妄想が生み出した幻影ではないかと考えたほどだ。

とはいえ、サイモンは濃い色の髪をした女性の姿をちらりと目にしただけだった。優雅な青いドレスを着たその女性は、あっという間に見えなくなった。彼女はアナベルのように見えた――だが、そうでないようにも見えた。いったい誰なのだろう？

サイモンは大股で通路を急いだ。廊下に敷きつめられた絨毯が足音を消していく。今、この城に滞在している客はひとりもいない。だから、あれはアナベルのはずなのだ。彼女は客用の階で何をしているのだろう？　子ども部屋は城の別の翼にあるというのに。

彼はアナベルが入っていった寝室にたどりついた。少しだけ開いているドアを片手で押す。誰かに見られていないか確認してから部屋の中へ滑り込み、急いでドアを閉めた。

誰もいない。

室内は薄暗く、窓からカーテンがゆったりと垂れさがっている。天蓋付きのベッドが一台だけあり、緑色のブロケードの布がかけられていた。火のない暖炉のそばには椅子が二脚あって、繊細で上品な書き物机の上には紙と羽根ペンが置かれている。もしかすると部屋を間違ったのだろうか？　いや、たしかにこの寝室だ。賭けてもいい。

あるいは、僕が見たのは幽霊だったのか？

サイモンは濡れた髪にいらだたしげに指を差し入れた。そうかもしれない。常に欲求不満の状態で、とうとう正気を失ってしまったのかも……。

そのとき、着替え室から物音が聞こえた。抑えたような衣ずれの音がしている。サイモンは着替え室の開いた戸口を見つめると、フラシ天の絨毯を静かに横切って近づいていった。戸口の前で立ちどまり、中を見つめる。

着替え室の背の高い鏡の前に、めかし込んだアナベルが立っていた。こちらに背中を向け、体にぴったりした青いドレスにクリーム色のアンダースカートを合わせている。いつものレースキャップをはずし、ゆったりとカールした髪をアップにしているのもまた感じがいい。彼女が胸元を見おろしているので、白鳥のようにほっそりとした首の曲線がよく見えた。

アナベルは襟ぐりの深い胴着《ボディス》の寸法直しをしていた。それが終わると、てのひらを腰に滑らせてスカートの裾をつまみあげた。ドレスの下から現れたのは、クリスタルビーズが燦然《さんぜん》と輝くハイヒールだ。濃い赤色をした靴を異なる角度から眺めるかのように、向きを前後に変えたあと、彼女はふたたび顎をあげて鏡の中の自分をじっと見た。

次の瞬間、アナベルが目を大きく見開き、片手を胸に当てて息をのんだ。鏡の中に映るサイモンの姿に気づいたのだ。

ふたりは無言のまま、鏡越しに見つめ合った。サイモンは心臓が激しく打ち、血が両脚のあいだに送り込まれるのを感じていた。今や息をするのもままならない。ましてや動くことなどできそうにない。

アナベルがくるりと振り向いた。「サイモン卿！　まさかここにいらっしゃるなんて……ただ背の高い鏡を使いたかっただけなんです……すぐに出ていきます」

彼女の頬がさっとピンク色に染まる。困惑した様子がまた愛らしい。つくづく不思議な女性だ。少女のような純真さと大人の女の色香をあわせ持っている。

すばやく前に進み、アナベルに近づいて腕の中に引き寄せた。「いや、行かなくていい」サイモンはかすれた声で言った。「行かないでくれ」彼のシャツの胸元に両手を当てているものの、彼女は抵抗しようとしない。ちらりと見あげて唇を開くと、可憐な青い目を伏せた。

その仕草の意味をサイモンはすぐに理解した。彼女はぼくを受け入れようとしている。今こそチャンスだ。

唇をアナベルの唇に近づけていく。はやる気持ちを抑えつつ、まず顔を両手で挟み込み、優しく口づけをした。軽いキスを何度もくり返し、彼女の興奮を高めていく。はじめて会った日、森の中から精霊のように現れたアナベル。あの瞬間から、ぼくはこうすることを求めていた。とうとう夢がかなったなんて、まだ信じられない。抱擁されても、彼女はじっとしたままだ。おそらく、ぼくの行為をまだ完全には受け入れていないのだろう。ここはアナベルがその気になるよう、優しく攻めなければならない。サイモンは手を彼女の髪から顔、喉元に優しく滑らせながら、舌で唇の輪郭をなぞっていく。

アナベルが小刻みに体を震わせた。弱々しいうめき声とともに身を預け、両手をサイモンの首に巻きつける。まぎれもない降伏のサインに、彼はかつてない幸福感を覚えた。アナベルの許しを得て一気にキスを深め、唇をむさぼる。耐えがたいほどの欲求に低くうめき、女らしい体の曲線に手を這わせていった。この数週間というもの、彼を悩ませ続けた曲線だ。

なまめかしい体の線に、サイモンの欲望がどんどん高まっていく。アナベルもまた、彼の体のあちこちを知りたくてたまらない様子で、サイモンの肌の感触を、さらに筋肉の形を確かめるように、指を両肩から胸に走らせている。唇を喉元へ押し当てられると、彼女は首をのけぞらせて目を閉じた。呼吸が浅くなっている。興奮が高まってきたらしい。

ああ、まさに天にものぼる心地だ。アナベルは完璧じゃないか。そして、これほどぼくを求めてくれている。もう拷問のような時間を耐え忍ぶ必要はない。彼女の欲求をさらにかきたてるべく、サイモンは胸のふくらみを両手で包み込み、親指で片方の胸の先端を愛撫しはじめた。アナベルのすすり泣くような、切ないうめき声を聞いて有頂天になる。ふいにシルクのドレスが邪魔に思えてきた。ドレスの下にある温かい肌に、女らしい体にじかに触れたい。触れたくてたまらない。彼はボディスの中へ片方の手を滑らせた。

そのとき、指先に鋭いものが突き刺さった。

あわてて手を引っ込める。「いったい――」

小指の先にたちまち血がにじんだ。サイモンは痛みを和らげようと頭を振った。

アナベルが小さな傷を見つめる。「ドレスのピンが刺さったんだわ」唇を引き結ぶと、彼女は家庭教師らしく厳しい一瞥をくれた。「でも、自業自得です、閣下」

眉をひそめながら、彼女はサイモンの小指を唇に近づけた。まるで彼が傷を癒すためのキスを必要としている子どもであるかのように。アナベル自身もばかげた仕草だと気づいたのか、小指にキスしようかという直前、ふいに動きをとめた。ふたりの目が合う。いやがおうにもロマンティックな雰囲気が高まっていった。彼女がつと目を伏せた。小指を放すのだろうとサイモンが思った瞬間、アナベルは彼の小指を口に含み、優しくしゃぶった。

とたんにサイモンはくずおれそうになった。なんてことだ、彼女はいつ、どこでこんな思わせぶりな仕草を身につけたのだろう？　いや、これは生まれついてのものに違いない。高まる情熱に頭がぼうっとしていたが、サイモンにはちゃんとわかっていた。アナベルはやすやすと自分を差し出すような女ではない。ミス・アナベル・クインにとって、ぼくがはじめての――そして唯一の――男となるのだ。彼女はぼくのものになる。身も心も。

とはいえ、ぼくにとってアナベルはあまりに大切な人だ。いくら自分自身の体が解放を切望していても、興奮にわれを忘れるわけにはいかない。彼女のような女性はたっぷりと褒めそやし、じゅうぶんに気を引いて、心から崇拝するべきなのだ。

壁に背中をもたせかけ、サイモンはアナベルをしっかりと引き寄せた。シルクのごとくなめらかな頬にキスの雨を降らせていると、彼女が誘うように唇を向けてきた。しばらく鼻をすりつけ合い、互いの匂いを堪能する。アナベルとこうしているのが、人生でいちばん正しいことだと感じられて仕方がない。ずっとこうしていたい。永遠に。ひとたび一糸まとわぬ姿になり、体を重ねてひとつになれば、彼女もまた同じように感じることだろう。これ以上我慢するのはごめんだ。キスでアナベルの注意をそらしながら、サイモンは指で彼女の背中のボタンをあっという間にはずしていった。

ドレスの袖を押しさげ、むき出しになった肩に指を滑らせる。彼女は鋭く息をのむとサイモンの手を取った。「いけません……」

「どうしてもきみに触れたいんだ」彼はアナベルの目をのぞき込んだ。「ぼくたちはひとつだ、愛しい人。きみだって、そう感じているだろう?」

その言葉にアナベルのまなざしが和らぐ。彼女が下唇を嚙んでうなずいたのを見て、サイモンはドレスを腰まで引きさげた。驚いたのは、彼女がコルセットをつけていなかったことだ。簡素なさらし木綿の肌着越しに、ピンと張った豊かな胸が感じられる。

アナベルを愛人にしたあかつきには、最高級のレースの下着を買い与えて楽しむつもりでいた。だが奇妙にも、この地味な肌着に興奮をかきたてられている自分がいる。

震える手で肌着をずらすと、目の前に乳房があらわになった。張りつめたふくらみを手で包み込む。てのひらにぴったりおさまる完璧な大きさだ。「なんて美しいんだ……」サイモンはささやき、身をかがめて舌先で胸の先端を愛撫した。アナベルの味わいにたちまちわれを忘れ、全身に火が注がれる。彼女が小さなうめき声をあげた瞬間、さまざまな感情が喉にこみあげてきた。思いやり、欲望、そして彼女に自分のものだという焼き印を押してやるという決意。

アナベルが身を震わせてサイモンの両肩にしがみつき、絶望のまなざしで彼を見あげた。「ああ、あなたをこんなに強く求めてしまうなんて。絶対に許されないことなのに……」

サイモンは両手で彼女の顔を挟み、親指で頬をそっとなぞった。「いや、求めてくれ。それでいいんだ」彼女に向かって言い聞かせる。「きみはぼくに愛されるために生まれてきたんだよ、アナベル。ぼくたちは互いのために生まれてきたんだ」

これ以上、彼女に考える余裕を与えてはいけない。処女ならではの不安や疑念に屈しないように。それよりもアナベルをうっとりさせて、すべてを忘れさせるほうがいい。そうすれば彼女もぼくに、そして高まる互いの歓びに集中できるだろう。

サイモンはアナベルの唇をむさぼりながら、肌着を腰の下までおろし、女らしい曲線に手を言わせた。繊細な指の動きに、彼女が身を震わせ、切ない吐息をもらす。あまりに扇情的な反応に、彼は今にも頭がどうかなりそうだった。もう我慢はしない。ドレスを一気に押しさげ、床に落として、脚のあいだの潤った部分に指を滑らせる。

アナベルが身をこわばらせ、サイモンの腕をさっとつかんだ。それでも彼はキスをやめなかった。軽い愛撫を続けながら、彼女がどんなに美しいか、どれだけ彼女を幸せにしたいと思っているかをささやく。すべて本心からの言葉だ。かつてこれほど喜ばせたいと思った女性がいただろうか？　いや、そんな相手はアナベルしかいない。

彼女が体をぴったりと寄せてくる。サイモンは片方の腕をアナベルのウエストにまわして支え、ふたたび脚のあいだを愛撫しはじめた。もしうしろの壁がなかったら、彼自身もまっすぐ立ってはいられなかっただろう。アナベルはサイモンの首筋に顔をうずめ、彼の指の動きに合わせてヒップを動かしている。彼女の甘く切ないあえぎ声にサイモンの胸は高鳴った。下腹部が、もう痛いほど硬くなっている。

ああ、アナベルをベッドに押し倒したい。今すぐに。屹立《きつりつ》したものを彼女の奥深くに差し入れ、ふたりで悦楽の波に乗り、彼方まで彼女を連れていってしまいたい。しかしその衝動を実行に移す前に、アナベルは叫び声をあげ、歓喜のきわみに身を震わせた。

まだ体を重ねていないにもかかわらず、サイモンは猛々《たけだけ》しい勝利感を覚えていた。ぼく自身の歓びを追求する時間はいくらでもある。今この瞬間、アナベルはぼくのものになったのだ。これからも永遠に。

たえた。彼女は完全に無抵抗だ。突然の体験にぐったりとなり、満足しきっている様子だった。まさにサイモンの思惑どおりだ。

サイモンはアナベルを抱きあげると隣接する寝室へと運んでいき、ベッドの上に優しく横たえた。彼女は完全に無抵抗だ。

彼はシャツを脱ぎ、ズボンのボタンをはずした。アナベルは女神のようなポーズで横向きに寝ている。シルクのストッキングをとめるガーター以外、何も身につけていない。赤いハイヒールは彼が寝室へ運んでいるうちに脱げ落ちていた。ふいにあらわになった彼女の足の形にさえ、サイモンは興奮を覚えた。

彼はアナベルの脚からヒップ、形のよい胸、美しい顔へと熱い視線を走らせた。カールした髪がほつれ、肩へとこぼれ落ちている。その風情がよけいにアナベルの〝満足しきった女〟という印象を強めていた。彼女はとろんとしたまなざしで、サイモンがズボンの最後のボタンをはずし、彼自身を解放するのを見つめていた。

だが猛り立つ欲望の証を見たとたん、アナベルは目を大きく見開いた。はっと息をのみ、急に上体を起こして、むき出しの胸を両手で隠しながら言う。「いや！」

サイモンは心の中で自分に悪態をついた。アナベルは処女だ。こういう反応を示して当然のはずなのに、そこまで気がまわらなかった。ズボンをはいたままベッドに飛び込み、彼女を腕の中に引き寄せて、なだめるように手で背中をさする。「しいっ、愛しい人。そんなにびっくりしないでくれ。これはきみに歓びをもたらすものなんだ。約束するよ」

アナベルは激しく首を左右に振った。「だめよ……わたしたち……いいえ、わたしにはできない」

「よく聞くんだ、愛しい人」サイモンは彼女の顔をそっと傾け、自分のほうへ向けさせた。「これは単なる情事ではない。きみはぼくにとってそれ以上の大切な存在なんだ。いつもきみとこうしていたいんだよ」

アナベルの不安げな表情が和らぐ。「いつも？」

「ああ、そうだ。きみが望むかぎり、ぼくはきみひとりのものだ。約束する」

「わたしが望むかぎり……？」彼女は口をつぐみ、探るようにサイモンを見た。「それはどういう意味です、閣下？」

「サイモンだ」アナベルの唇を指先でなぞりながら、かすれ声で訂正した。「そんな形式張った呼び方をしてほしくない。ぼくたちはベッドをともにするのだから」

アナベルが欲しい。その気持ちが強すぎるあまり、こうして話しているのさえ時間の無駄に思える。彼女の香りや味わいにおぼれたい一心で、サイモンは頭をさげて口づけしようとした。しかしアナベルが横を向いたため、唇は彼女の耳をかすめただけだった。

胸を手で隠したまま、彼女があわてて体を引く。「わたしは真実が知りたいんです、サイモン。あなたはわたしを……愛人にするつもりなんですか？」

アナベルのつぶらな青い瞳には非難の色がありありと浮かんでいた。欲望で頭がぼんやりしていても、サイモンにはわかった。彼女は愛人になることなど望んでいない。家族がいない境遇にもかかわらず、アナベルはきちんとしたレディとして育てられてきた。そして興奮がおさまり、物事を理性的に考えられるようになった今、彼女はおののいているに違いない。夫ではない男と親密な関係になるということに。

サイモンは自分の手際の悪さを呪った。なぜ今になって、こんな質問を許してしまったのだろう？　だがこうきかれた以上、もう答えを避けるわけにはいかない。

「そうだ。ぼくはきみに愛人になってほしいと思っている」なんとかして説得力のある声を出そうとした。「きみを大切にすると約束するよ。きみ自身の家も与えよう。そうすれば、きみにふさわしい余裕のある生活を送れるんだ」

「あなたはそれを前もって、わたしに言うつもりでしたか？」張りつめたような声でアナベルが言った。「いいえ、わたしの貞操を奪ったあとに言うつもりだったはずです」

サイモンは歯を食いしばった。くそっ、それは否定できない。だからといって、口先だけの言い訳もできない。「きみもわかっているだろう。今日こんなふうにきみと会うとは思ってもいなかった。これはただ……なるべくして起きたことだ。きみと同じように、ぼくも自分の感情のおもむくままに行動したんだよ」アナベルの欲求を新たにかきたてたい一心で、あらわな胸に指を這わせる。「お願いだ、愛しい人。ぼくを拒まないでくれ」

彼女はさっと身を離すと、急いでベッドからおりた。「だめです、もう二度とだめ。あなたにこんなことを許すなんて、わたし、頭がどうかしていたんだわ」

美しい裸体をさらしながら、アナベルは着替え室に駆け込んだ。

サイモンは天蓋付きのベッドにひとりぽつんと取り残された。もう二度とだめ？　まさか本気じゃないだろう？　ぼくはこれほどひどい欲求不満を抱えているというのに……。そのとき彼は、自分が重大な危機に直面していることに気づいた。ぼくはただ、アナベルとのめくるめく歓びのひとときを失おうとしているだけではない。彼女自身を永遠に失うかもしれないのだ。

厳然たる現実に胸がひどく締めつけられた。

あわてて飛び起き、アナベルのあとを追おうとする。だがズボンが引っかかり、やむをえず立ちどまってボタンをはめなければならなかった。ようやく着替え室にたどりついたときには、すでにアナベルは肌着を身につけ、ドレスに袖を通しているところだった。

だめだ。彼女をこのまま行かせるわけにはいかない。もう一度振り向いてもらう方法が何かあるはずだ。サイモンは指を髪に突っ込み、必死で頭をめぐらせた。「アナベル、すまない。こんなふうにきみを扱ってしまって――」

「ええ、本当にそうだわ。あなたはわたしと子どもをもうけることについて、一度でも考えたことがありますか？」アナベルが彼をにらみつける。「わたしは婚外子として生きるのがどんなにつらいか知っています。そんなわたしが、自分の息子か娘に同じ重荷を平気で負わせるとでも思ったのですか？」

彼女の告白にサイモンは驚いた。「ぼくが知っているのは、きみが孤児だったということだけだ」

「いずれにせよ、あなたはわたしを自分より下に見ているんです」背中に手を伸ばしてドレスのボタンをかけるあいだも、アナベルは非難の表情を崩さなかった。「どうしてそんな計画にわたしが同意すると思ったんです？　お話になりません。まあ、たしかにあなたにとっては都合のいい計画ですよね。わたしを愛人にして、レディ・ルイザを妻にするなんて」

「ルイザと結婚するつもりはない。なぜそんなことを言う？」

「見ていればわかります。あなたは彼女の屋敷を訪ねたり、馬車に乗せてあげたりして、いつも親密にしているじゃありませんか」

アナベルは嫉妬しているのだろうか？　そうであってほしい。それは彼女がぼくを独占したいと考えている証拠だ。だがアナベルに、ぼくが一度にふたりの女性と関係を持ちたがっていると誤解させておくわけにはいかない。それこそ、ぼくがいちばん忌み嫌っていることなのだから。

彼女がなかなかボタンをとめられずにいるのを見かね、サイモンは背後に立って手助けをした。「愛しい人、ぼくはルイザにはまったく関心がない。誓うよ。実際は、彼女がぼくを追いかけているんだ。ただ彼女のご両親はわが一族の長年の友人なので、むげにもできない。きみを村で見かけた日も、レディ・ダンヴィルに頼まれてルイザを馬車に乗せただけだ」

信じられないと言いたげに、アナベルがため息をついた。「いちばんの問題はそのことではありません。いったいニコラスにどう言うつもりなんです？」

「ニコラス？　甥になんの関係がある？」

「あの子はわたしを信頼し、母親のように慕ってくれています。それなのに、もしあなたの愛人になったら、わたしは彼の家庭教師ではいられなくなるんですよ。だって、あまりに恥ずべきことですもの。わたしはここから離れ、ニコラスとは二度と会えなくなってしまうんです……」

涙をこらえて訴える彼女の言葉に、サイモンは心を大きく揺さぶられた。「ぼくがときどきニコラスをきみの屋敷に連れていくよ」

「わたしの悪評で、あの子の評判をがた落ちにするつもりですか？　だめです！　それに何より、ニコラスはわたしに捨てられたと思うでしょう――そんなこと、耐えられない……」

アナベルは肩越しに彼をにらみつけた。「それでもあなたは自分勝手な計画をやめようとはしないんでしょうね」

「自分勝手だって？」サイモンは良心の呵責を無視しながら、ドレスの最後のボタンをとめると、彼女を自分のほうへ向き直らせた。「絶対にそんなことはない。ぼくが寛大な男だということがきみにもすぐにわかるさ。欲しいものはなんでも買ってやろう。屋敷も、馬車も、宝石も。何ひとつ不自由なく暮らせるんだ」

「でも、わたしの自尊心までは買えないわ――それに、わたしが自分の息子のように愛している男の子も」

激しい口調にもかかわらず、アナベルの目は濡れてきらきらと光っている。彼女を泣かせてしまったことに気づき、サイモンは心底衝撃を受けた。彼女に幸せを与えたかったのに、苦しみを与えてしまうとは。「アナベル……」

彼女はサイモンの懇願の声を無視した。脇をさっと通り過ぎ、床に転がった赤いハイヒールを拾いあげると、一度も振り返らずに部屋から出ていった。

21

　翌日の午後、アナベルが教室でニコラスに絵の授業をしていると、外廊下から引きずるような足音が聞こえてきた。しばらくして、戸口に姿を現したのはラドローだった。

　小さな机や椅子のあいだをゆっくりと進みながら、年老いた使用人が近づいてくる。子ども部屋に彼が来るなんて妙だわ。アナベルはすぐに鉛筆を置き、ラドローを出迎えた。

　彼がアナベルに小包を差し出す。「あなたにです、ミス・クイン」

　当惑しつつ、彼女は小包を受け取った。いったい何かしら？　本にしては大きすぎる。茶色の包み紙には宛名も住所も書かれていない。「これは郵便で届いたの？」

「いいえ、でも送り主に心当たりがあるのでは？」驚いたことに、ラドローはしょぼしょぼした目でウィンクをしてきた。

　まわれ右をした老人が立ち去るのを見送りながら、アナベルは全身がかっと火照るのを感じていた。言うまでもなく、ラドローはサイモンの身のまわりの世話をする係なのだ。

　いいえ、サイモンではなくて〝サイモン卿〟よ。そんなふうになれなれしく彼のことを考えてはいけない。彼はわたしの雇い主でしかないのだから。

とはいえ、いくら自分を戒めても、あの出来事を思い返さずにはいられなかった。サイモンとの運命的なキスを受け入れたとき、ふたりの関係は永遠に変わったのだ。サイモンを客用の寝室に置き去りにした瞬間から、彼との情熱的なひとときを頭の中で何度も再現してしまっている……。

ニコラスが駆け寄ってきた。目をきらきらと輝かせている。「お誕生日なの、ミス・クインン？」

アナベルはあいまいな笑みを浮かべた。「いいえ、わたしの誕生日は一二月です。たぶん、前に教えていた学校からでしょう。きっと何か忘れ物でもしていたんだわ」

ニコラスはその説明を信じた。「開けないの？」

「あとにします。今は公爵様のスケッチの進み具合を見たいので」

彼女は自分の寝室にいちばん近い本棚の上に小包を置き、ニコラスの絵に目を走らせた。牧草地を走る数頭の馬の絵だ。直したほうがいいと思う点をいくつか指摘し、必要な部分に影をつけていく。そのあいだも、ともすると小包に目が行ってしまう。

何が入っているのかしら？

小包の重さがヒントになるだろう。〝欲しいものはなんでも買ってやろう。屋敷も、馬車も、宝石も〟

でも、小包の中身がお屋敷や馬車のはずがない。ということは、たぶんサイモンは宝石でわたしの気を引こうという魂胆なのね。でも、その考え自体が侮辱だわ。どうして彼はわたしがそんなに浅はかで欲深い女だと思っているのかしら？　高価な宝石を少し与えれば、喜んで自分の体を差し出すとでも？

激しい怒りを感じつつも、アナベルは大きな喪失感を覚えていた。サイモンの腕に引き寄せられ、はじめて口づけを交わした瞬間、深い歓びに圧倒されそうになった。いつもの理性も、倫理観も、あっという間に押し流されていったのだ。残ったのは感覚だけ。だからこそ彼の言いなりになり、ドレスを脱がされて、あんな衝撃的な愛撫を許してしまった。今こうして冬の日の光を浴びていると、なぜ彼に身を任せたのかがよくわかる。わたしは信じきっていたのだ。サイモンもまた自分と同じように、わたしに対して深い愛情を抱いてくれていると。彼の甘いささやきは、わたしの孤独な心にあまりにも魅力的に響いた。〝なんて美しいんだ……〟〝ぼくたちはひとつだ、愛しい人〟

でも、サイモンはわたしを愛してなどいない。彼の優しい言葉はすべて、わたしを屈服させるための嘘なのだ。だまそうとした彼を受け入れるわけにはいかない――たとえ、あのめくるめくような情熱をもう一度体験したいと思っていても。

だめよ。二度とあんな誘惑に屈してなるものですか。わたしにとって、それは身の破滅と同じこと。殿方なら、こっそり密通を犯すこともできるだろう。でも、わたしみたいな生まれの女性はそういかない。待っているのは厳しい結果だけだ。この城での職を失うだけでなく、きちんとした家の家庭教師としては二度と雇ってもらえなくなる。

小包を突き返し、ラドローに持っていってもらうべきだったんだわ。このまま開けずに、階下にあるサイモンの書斎に置いてきたほうがいい。とはいえ、中身が気になる。

サイモンはわたしに何をくれたのかしら？　それを知るくらい、いいじゃない。

エロウェンが紅茶のトレイを持ってきた隙に、アナベルは小包を自分の寝室へ運んだ。震える指で紐をほどき、包み紙をはらりと落とす。現れたのはエナメル革の箱だった。ゆっくりと蓋を開けてみる。中に入っていたのは宝石ではなかった。クリーム色をしたメリノウールの最高級スカーフだ。

無意識に指で繊細な布地をなぞった。アナベルが村の店でほれぼれと眺めていたショールだ。ニコラスを連れて店に入ってきたサイモンは、そんな彼女の姿を目にしたに違いない。ショールを手にした瞬間、金色のケヴァーンの紋章が刻印されたカードが舞い落ちた。そこには短い一文が記されていた。〝愛しい人、どうかぼくを許してほしい〟

名前の代わりに、力強く黒々とした文字で〝S〟と署名がしてある。

アナベルは手にしたカードをじっと見おろした。意に反して、甘く危険な感情がわき起こってくる。〝愛しい人〟

サイモンがわたしを愛してくれている。そう信じられたらどんなにいいだろう。でも、彼は誘惑の最中も〝愛しい人〟という言葉をしきりにくり返していた。あのときが本気でないなら、今も本気なわけがない。彼の目的はただひとつ、うまくおだててわたしをベッドに引きずり込むことだ。本当に深い愛情を抱いているなら、あんな忌まわしい提案を持ちかけて、わたしに屈辱を与えるはずがない。

アナベルは激しい怒りに打ち震えた。よくもまあ、こんなことができたものね。美しい贈り物に偽りの愛の言葉を添えて、わたしの気を引こうとするなんて！　面と向かってそう言ってやろう。ショールを突き返してやるのよ。

ショールを引っつかむと、彼女は寝室を出た。ニコラスと一緒にいるようエロウェンに言い、階下の書斎に駆け込む。しかし、サイモンはいなかった。マホガニー材の机の背後にある椅子は空っぽだ。

よく考えてみれば当然だった。今はまだ昼さがり、彼は丘の斜面にある財宝の隠し場所を掘っているに違いない。だったら、なおさら好都合だ。散歩がてらあそこまで歩いていくうちに、もっと頭もすっきりするだろう。たっぷりと時間をかけて、忌々しいサイモンに投げかける言葉を考えだそう。

アナベルは急いで廊下に戻った。大広間を見渡せる踊り場に出て、何気なく下を見る。その瞬間、大階段の陰にひと組の男女が立っているのが見えた。頭を寄せ合い、話し込んでいる様子だ。かなり親密な間柄らしく、女が男の腕に手をかけている。その男女が誰かわかり、アナベルは大きな衝撃を受けた。

ミセス・ウィケットとバンティング。

いったい彼はここで何をしているの？　どうしてあのふたりはこそこそとささやき合っているの？

でもいらだっている今はそんなこと、どうだっていい。ふたりのうちどちらとも顔を合わせたくないけれど、中庭へ通じる扉は階下にある。その扉から出ていくのが、丘の中腹へ行くための最短経路なのだ。

アナベルは階段をおりていった。視界の隅で、ミセス・ウィケットがけげんそうに上を見たのがわかった。彼女はあわててバンティングの腕から手を離し、一歩あとずさりした。

ふたりには気づかないふりをして、アナベルは飾ってある中世の鎧《よろい》を通り過ぎ、重厚なオーク材の扉へ向かった。足音が敷石に鋭く響き渡る。

「どこへ行くんです？」ミセス・ウィケットが大声で叫んだ。

まったくもう！　アナベルは立ちどまって振り返り、驚いた表情を浮かべた。

「まあ、ミセス・ウィケット、ミスター・バンティング。そこにいらしたことに気づきませんでした。では、失礼して散歩に出かけてきます」

暗がりから教区牧師が進み出る。白襟以外は全身黒ずくめだ。キツネそっくりの顔でアナベルを見つめながら、バンティングは唇を少しゆがめた。「かわいい公爵様をほったらかしで？　サイモン卿が知ったらなんとおっしゃるか」

「自分できいてみます。作業の進み具合を確認しに、丘の斜面にいるサイモン卿を訪ねるところですから」

バンティングとミセス・ウィケットが意味ありげな視線を交わす。どうやらふたりはしゃべらなくても意思疎通ができる間柄らしい。

「それならわたしもついていく」バンティングが言った。「話題になっているドルイド教の場所を、ひと目見たいと思っていたんだ」

アナベルはショールをきつく握りしめた。なんてこと！　牧師のいる前でサイモンに詰め寄るわけにはいかない。しかも行き先を言ってしまった以上、彼に来るなとも言えないではないか。

自分の仕掛けた罠にみずからはまったように感じながら、アナベルは仕方なくイルカの噴水を通り過ぎ、中庭から外へ出た。外の空気は冷たかったが、頑としてショールを羽織ろうとはしなかった。肩にかけるよりも手に持っていたほうが、サイモン卿に会ったときに都合がいい。それに彼に対する怒りで全身が熱くなっている。

けれどもバンティングが横を歩いているので、サイモンのことを考える余裕がなかった。ふたりは城壁に沿った小道を黙々と歩き続けた。聞こえるのは互いの足音だけだ。むっつりした表情を見るかぎり、個人教師を首になった件で、バンティングがまだわたしに憤りを感じているのは間違いない。それにミセス・ウィケットも。前に彼女はバンティングを支持する発言をしていた。

ふたりが一緒にいるのを目撃したときから、アナベルは考えていた。牧師と未亡人の家政婦はひそかにつき合っているのかしら？　だとしたら、ミセス・ウィケットの反応もうなずける。自分の愛人を城から追い出したわたしを快くは思っていないだろう。

彼らがキスしているところを想像してみようとする。あの不愉快なふたりも、わたしとサイモンのように情熱に身を任せてキスをしたりするの？　とても考えられない。結局、必死に思い出すまいとしていた自分自身の官能的な記憶を掘り起こしただけだった。

気をそらすべく、アナベルは牧師と会話することにした。「古代ケルト人の歴史に興味はありますか、ミスター・バンティング？」

「彼らの時代に関する書物なら何冊か読んでいる」堅苦しい口調で彼は答えた。「ドルイド僧たちが聖なる森で魔術を行っていたことも知っている」

「今から行く場所にも古いオークの木が四本あるんです。でも、あの木々が二〇〇〇年近い歳月を経て生き残っているとは思えません」

「ドルイド僧は魔術を操ることで有名なんだ。その場所に彼らが魔法をかけたのかもしれない」

アナベルは声を立てて笑った。「まさか本気でそう信じているんじゃないですよね？」

「わたしはただ書物からそう推測しただけだ、ミス・クイン。たとえば大プリニウスは彼らの儀式の様子をこう記している。〝白衣を着た祭司が聖なるオークの木にのぼり、ヤドリギを摘み取る際に、白い雄牛を二頭生《い》け贄《にえ》にする〟とね。そうやってドルイド僧たちは癒しの能力を得ていたんだ」

暗い目を熱っぽく輝かせて語るバンティングの様子にアナベルは驚いた。彼女自身も同じ記述を読んだことはあるが、動物の生け贄の話にぞっとしたものだ。「もともとヤドリギは自然な癒しの力を高めると言われています。きっと彼らの魔術もそういう力を利用した、ごく一般的なものだったんでしょう」

バンティングは不満そうな目で彼女を一瞥した。「ヤドリギはドルイド僧が使った魔術の一部にすぎない。彼らは呪文を唱えることで軍隊をとめたという記述も残っている。それに天候を左右する力さえあったと言われているんだ」

「もしそれが本当なら、なぜ彼らのそういう能力が今に伝わっていないんでしょう？」

「ドルイド僧は秘密裏に儀式を行っていた。ケルト人が征服されて歳月が経つうちに、彼らの呪文も失われていったのだろう」

「あら、それなら軍隊をとめたという彼らの能力は怪しいということになりますね」

牧師が不快そうに目を細める。「なんと無礼なことを、ミス・クイン。ケヴァーン公爵に教える以上、英国の歴史をもう少しよく理解すべきだ」

アナベルはバンティングとニコラスの授業について話したくなかった。それに、ドルイド僧に対する彼の興味を疑問に感じはじめていた。バンティングは異教の僧たちの能力に不自然なほど引かれているように思える。「でしたら、もう少し詳しく教えてください。あなたはドルイド僧について、とてもよくご存じのようですもの」

「実際、わたしはオックスフォード大学で古代史を教えていた。だからケルト人について記されたギリシアやローマの書物に詳しいんだ」彼は狡猾そうな目でちらりとアナベルを見た。「ドルイド僧たちが人間を生け贄にしていたという証拠もある。これは興味深いだろう？彼らは人の生き血のほとばしり方や、死にゆく者の手足の動きで未来を予言したと言われているんだ」

アナベルは強い嫌悪感を覚えた。彼はわたしを不安にさせるために、わざとこんなことを言っているんだわ。あるいはもしかすると、邪悪な目的のためにドルイド僧に関する知識を蓄えているのかもしれない。例の場所をひそかに発掘していたのはこの人ではないかしら？

警告のためにわたしに発砲したのはバンティングなの？

彼女の背筋に冷たいものが走った。ふたりは今ちょうど、ニコラスがウサギを追いかけていった下り坂に差しかかろうとしている。心臓が激しく打つのを感じながら、アナベルは一刻も早くサイモンのもとへ到着したいと思った。気まずい別れ方をしたものの、彼がそばにいてくれるだけで安心できる。

「ここを下っていくんです」彼女は指差した。

「先に行ってくれ、ミス・クイン」

バンティングに背中を見せたくない。「並んで歩きましょう。足元が悪い道ですし、あなたの助けが必要かもしれません」

スカートの裾をつまむと、アナベルは牧師とともに急な坂を下りはじめた。地面はオークとブナノキの落ち葉でびっしり覆われている。漂う潮の香りのせいで、朽ちた落ち葉の匂いはあまり感じられない。イバラにスカートが引っかかり、彼女はかがみ込んで裾をはずした。背筋を伸ばした瞬間、耳元でバンティングの声がしてびくりとした。「サイモン卿は何か財宝を見つけたのか？」

近すぎるわ。アナベルはゆっくりと彼から離れた。「わかりません。わたしは何も聞いていないんです」前日サイモンとは別のことに夢中になりすぎて、そんな質問をするのさえ忘れていた。ふたりきりで体を重ね、歓びに包まれて……。

「何か見つかれば、それが手がかりになるだろう」バンティングが言った。

「手がかり？」

「言うまでもなく、ドルイド僧たちの手順のことだ。彼らがどんなやり方で儀式を行っていたのかわかれば、すばらしいじゃないか」

バンティングがこれほどドルイド僧に関心を寄せているのは単なる偶然かしら？　彼女は不安に襲われた。サイモンはこのことを知っているの？

ふたりはアナベルが銃で威嚇された場所を通り過ぎた。だが、もしバンティングが狙撃者なら、ここを知っているそぶりは見せないはずだ。彼は下り坂の先にある、今や木々のあいだから見えるようになった目的地を一心に見つめている。作業員が泥を積んだ手押し車を、空き地の隅にうずたかく盛られた泥のほうへ運んでいた。サイモンは深く掘られた穴の中に立っており、頭しか見えない。

低い感嘆の声をあげると、バンティングは落ち葉を蹴散らしながらアナベルを追い越していった。彼女は安堵のため息をついてあとを追った。よかった。彼はわたしに危害を加えるつもりはないようだわ――少なくとも目撃者がいる前では。

サイモンはふたりがやってくるのを見ていたのだろう、穴から這いあがってシャツとズボンについた泥を払った。片手をあげ、袖口で眉のあたりを拭う。彼はしかめっ面をして牧師をにらみ、そのあとアナベルに視線を向けた。

彼女は口の中がからからに乾くのを感じていた。サイモンの姿を見ただけで、体の奥底に甘いうずきが走る。汗に濡れたシャツが引きしまった上半身にぴったりと張りついていた。黒髪は乱れ、公爵の息子というよりは肉体労働者のようだ。

サイモンはアナベルの手にあるショールを見おろし、探るようなまなざしで彼女の顔を見つめながら一歩前へ出た。アナベルは思わず唇を引き結んだ。なんだか悔しい。ふたりきりだったら、わたしの愛情を贈り物で買おうとした彼の態度を非難できたのに。

「これは驚きだな」サイモンは眉をひそめ、アナベルとバンティングを見た。「まさかきみたちふたりがおそろいでやってくるとは思いもしなかった」

「城へ宗教関係の冊子を届けた帰りなんです」バンティングが説明する。「ミス・クインがあなたに会いに行くと言うので、ぜひわたしもここが見たいと思いましてね」彼は穴をのぞき込んだ。「何か見つかりましたか、閣下？」

サイモンは冷ややかな目で牧師をじろりと見た。「ああ、偶然にも見つけた。ほら」

アナベルは発掘された場所に注意を向けた。蔓草はきれいに取り払われ、空き地の中央にある小山の真下に深い穴が掘られている。ぽっかりと空いた穴の奥深くに、巨大な石の厚板があった。祭壇のように見えるその厚板の上に、青白い棒のようなものが乱雑に積みあげられている。

「あれは……骨？」彼女は恐る恐る尋ねた。

「動物の骨だ」サイモンが答える。

「生け贄の骨ですな」興奮に声を震わせてバンティングが言う。「ドルイド僧がここを儀式の場に使っていたという何よりの証拠です」

「ああ、そうかもしれない。だが、結論を出すのは早すぎるだろう。発掘はまだはじめたばかりなんだ」

サイモンは牧師をじっと見つめている。その様子に気づき、アナベルは考えた。もしかして彼は、バンティングがこの場所に興味を持っていることを知っていたのかしら？　でも知らなかったときのために、ここで伝えておいたほうがいい。「ミスター・バンティングは古代ケルト人についてとても詳しいんです、サイモン卿。ここに歩いてくる途中、ドルイド僧のいろいろな儀式のやり方を教えてくれたんですよ。重要な手がかりが見つかったら、ミスター・バンティングに相談なさるといいですわ」

サイモンが彼女をちらっと見た。よけいなことに首を突っ込むなと言いたげな視線だ。

「それはすばらしい考えです」バンティングが揉み手をしながら言う。「閣下もご存じのとおり、わたしはオックスフォード大学で歴史を専攻し、優秀な成績をおさめています。そういう仕事にはうってつけですよ」

「それなら、もうひとつぼくが発見したものに興味を抱くに違いない。ちょうど地下室を見つけたところなんだ」

「なんですって？」牧師はものすごい勢いでしゃがみ、穴をのぞき込んだ。「どこに？」

サイモンは穴の奥深くを指差した。「ずっと奥だ。ランプがないと見えない。だがどうやら、小さな洞窟に通じる入口のようだ」

「洞窟に？」アナベルは驚いて尋ねた。

「このあたり一帯はハチの巣みたいに洞窟だらけなんだ」サイモンが言う。「だからぼくは、大したものは出ないだろうと思っていた。ケルト人につながるような重要な手がかりが見つかったのは、まったくの偶然としか言いようがない」

これがケルト人のお墓だったらいいのに、とアナベルは心から思った。図書室でサムハイン祭の舞踏会に誘われた日、サイモンは古代遺物の発掘についてあんなに熱っぽく語っていたもの……。

でも、もちろんサイモンの幸せを願っているからではない。彼の時間を奪うような出来事が起きてほしいからよ。そうすればあまりの忙しさに、サイモンもわたしのことなど忘れてしまうだろう。彼の厄介な態度に煩わされることもなくなる。

「ランプを取ってくるべきです」バンティングが強い口調で言った。「中に遺物があるかもしれません。もしかすると、ドルイド僧たちが魔法をかけるときに使っていた品々も見つかるかもしれない」

サイモンは首を横に振った。「いや、今日はもう遅い。明日の朝、新たに発掘をするつもりだ」

「ですが閣下――」

「中に何があろうと逃げ出しはしない」断固たる口調でサイモンが言う。「さあ、一緒に城へ戻ろう」

手押し車を持って待機していた作業員を帰らせたあと、サイモンはふたりと合流し、丘をのぼって小道に出た。彼はアナベルとバンティングのあいだを歩きながら、ケルト先住民族について牧師にいろいろ質問している。アナベルは彼らの会話に加わろうとはしなかった。サイモンのことを意識しすぎて、それどころではなかったのだ。

まっすぐ前を見ているものの、視界の隅にときおりサイモンの姿が見える。そのたびに昨日の記憶が波のように押し寄せてきた。彼の手がどれほど巧みに自分の体を愛撫したか。あの唇がどれほど上手に口づけをしたか。そして愚かにも、彼のうっとりするような言葉で、どれほど自分が愛されていると信じそうになったか……。

はっきり拒絶されたにもかかわらず、傲慢なサイモン卿はまだわたしをベッドに引き入れられると信じている。そんな望みはもうないことを思い知らせてやらなければ。

中庭に着いたとき、アナベルは思いきって切り出した。「サイモン卿、よろしければふたりだけでお話ししたいことがあるのですが」

サイモンが振り向いて彼女を見た。冷静そのものの表情だ。それから、少し離れた噴水の脇に立っている牧師を肩越しに一瞥した。「今は時間がない」彼は低い声で応えた。

バンティングにじろじろ見られているのはわかったが、アナベルは自分の怒りを口にしたくてたまらなかった。おそらく噴水の音で声はかき消され、牧師には聞こえないだろう。

「あなたにこれを返しに来たんです」ショールを差し出しながら、彼女はささやいた。「受け取ることはできません」

サイモンが歯を食いしばる。「贈り物だと考えてくれ。カラスに台なしにされたショールの代わりだ」

「そんなこと、カードには書かれていませんでした。書いてあったのは――」

「わかっている」彼は低い声でうなるように言った。「きみを怒らせないようどんな言葉を書くべきか、三〇分かけて考えたんだ――結局その努力は実らなかったようだが。では、失礼する。そのことについてはあとで話そう」

サイモンは背を向けると牧師のほうへ歩いていった。彼らが城に向かって歩きだす。中庭にはアナベルがひとり取り残された。

〝愛しい人、どうかぼくを許してほしい〟

あの短い言葉を考えるのに三〇分もかけたというの？　わたしの反応をあれこれ考えながら？　頭の中で、カードに言葉を書き連ねてはくしゃっと丸めてごみ箱に放り込むサイモンの姿を想像してみる。するとどういうわけか、アナベルは甘く切ない気持ちに心が癒されていくのを感じた。

22

翌日の午後の同じ時間帯に、アナベルは麦わら帽子を手でしっかりと押さえながら、海岸へ通じるごつごつした道を下っていた。

空は雲で覆われ、強風が吹き荒れて、海も波立っている。アナベルはスカートに吹きつける冷たい風に、危うく足を取られそうになった。ひやひやしながら切り立った崖沿いの階段をおりつつも、目の前に広がる野性的な海の美しさに見入らずにはいられない。地平線の向こうに黒雲が垂れ込めていた。砂浜には白波が砕け散り、岩に囲まれた淀みに水たまりができている。彼女がニコラスとここへやってきた日、崖の上から誰かに見られていることに気づいた場所だ。そう、銃を持った誰かに……。

あれはバンティングだったのかしら？

アナベルはぶるっと身を震わせた。大丈夫よ。今は牧師のことを心配する必要はない。ここまでの道でも誰ともすれ違わなかった。それに城の領地内もひっそりと静まり返っている。波が荒いせいか、はるか彼方まで広がる海にも一艘の釣り船さえ見当たらない。

彼女はこうして海岸までやってきた目的について思いをめぐらせた。今朝、サイモンは発掘場で何かを見つけたに違いない。それもすごくわくわくするようなものを。そうでなければ、わざわざ城から離れた場所へわたしを呼び出すわけがない。

今日、ニコラスとともに図書室から教室へ戻ってきたとき、机の上にのっているサイモンからの手紙に気づいた。間違いなく彼の力強い筆跡でこう書かれていたのだ。〝きみに話したいことがある。午後四時に海岸の岩場にある洞窟まで来てほしい。このことは誰にも言わないように。サイモン〟

アナベルはようやく階段のいちばん下までおり、大きな岩がごろごろしている道を慎重に進んでいった。巨人が次々と放り投げたみたいに、あたりにはたくさんの岩が転がっている。さらにそれらの岩々を長い指でなぞるように、荒い波が打ち寄せていた。

潮が満ちてきているのかしら？　海岸には何度か来たことがあるけれど、いつもより海水が近く感じられて仕方がない。たぶん強風のせいで波に勢いがついているのだろう。サイモンが満潮の時刻を知らないはずがない。安全ではない時間帯に、わたしをわざわざここへ呼び出したりはしないはずだ。

ようやく洞窟の入口にたどりついた。そこは海面より少し高くなっているため、中へ入るには岩場をよじのぼらなければならない。サイモンにとって、ここは少年時代から慣れ親しんだ場所なのだろう。子どもの頃、領地内のあらゆる場所を探険していたという話を前に聞いたことがある。さぞかしいたずら好きの少年だったに違いない。家庭教師の目を盗んで授業をさぼり、ここの砂浜でこっそり遊んでいたのだろう。

アナベルは薄暗い洞窟の中に足を踏み入れた。洞窟に入るなんて生まれてはじめてだ。びっくりするほど広い。天井と壁は岩、足場は湿った砂だった。中には不気味なほど彫像に似ている細長い岩もあり、彼女は聖なる洞窟へ足を踏み入れたかのような気分になった。さらに奥へ進んでいくと、絡まった海草や貝の残骸、岩のあいだを流れる小川まで見つけた。

それにしても不思議だわ。この真上にケヴァーン城が立っているなんて。城の中では使用人たちが日々の仕事に精を出しているに違いない。衣類にアイロンをかけたり、火の番をしたり、夕飯の支度を整えたり。きっとニコラスは寝室の窓辺にある椅子で丸くなり、図書館から選んできた新しい本を熱心に読んでいるはずだ。あまり遅くならないうちに、ニコラスの寝室に戻れればいいのだけれど。

いつの間にか洞窟には闇が押し寄せてきている。アナベルはランプを持ってこなかったことを悔やんだ。もし持っていれば、もっと先まで探険できたのに。とりあえず入口が見える場所まで引き返し、平らな岩の上に座ってサイモンを待つことにした。砂浜に寄せては返す波の音が、洞窟内にぼんやりとこだまする。空気は湿っていて冷たいが、少なくともここにいれば強風からは身を守れる。

アナベルはマントをかき合わせた。もう四時は過ぎているはずだ。サイモンはどこにいるのだろう？　発掘場を訪れた昨日から、彼が何か言ってくるのをぴりぴりしながら待っている。ショールを返そうとしたときに〝あとで話そう〟と言われたからだ。

それなのにサイモンは何も言ってこなかった。昨夜は彼が来るのを期待して、教室で当てもなくうろうろしていたのに。とうとうあきらめて床についたら、サイモンの夢を見てしまった。そして暗闇で目覚めた瞬間、自分がどうしようもなく彼を求めていることに気づかされた。サイモンはわたしを利用しようとしているだけだ。それがわかっていても、切ない体のうずきをどうすることもできない。

アナベルは両腕でぎゅっと自分を抱きしめた。今日、彼に会いにここへやってきたのは、あの激しい情熱とはまったく関係のないことよ。そう強く自分に言い聞かせる。ここに来たのは、バンティングに対する疑いについて話し合いたいからだ。サイモンもわたしと同じ結論にたどりついているのか確認する必要がある。蔓草の下に鋤を隠したのはバンティングに違いない。あそこをひそかに掘り返していたのは彼なのだ。

つまり、狙撃者もバンティングということになる。

アナベルは震えながら吐息をついた。サイモンは今朝、発掘場でいったい何を見つけたのだろう？　バンティングも現場にいたはずだ。もしかすると、あの牧師は犯人しかわからないようなことをうっかり口走ったんじゃないかしら？　それでサイモンは、誰にも聞かれる心配のない場所にわたしを呼び出したのでは？

いいえ、別の可能性も考えられる。サイモンはふたたびわたしを抱きたくて呼び出したのかもしれない。巧みなキスをして、自分の愛人になるよう説得するために。

でも、そんなことをしても無駄だ。わたしの気持ちは二度と揺らがない。そう決めたのだ。それなのにわたしの中の不実な部分が、彼にそうされることを望んでいる。

アナベルは思わず両手で顔を覆った。体の奥底にあるサイモンへの欲望をどうしても断ち切れない。彼は巧みな愛撫でわたしを天国まで連れていき、眠っていた欲求を覚醒させてしまった。そして今、わたしはもう一度この飢えを彼に満たしてほしいと考えている。ああ、神よ、お許しください。わたしは知りたくてたまりません。あの愛の行為の果てに何が待っているのか……。それからしばらく、彼女はそのことについて妄想を膨らませていた。

足元に冷たい海水が押し寄せてくる。

彼女はぱっと目を開いた。見おろすと、ドレスの裾が水たまりにつかっている。靴の中に海水がじんわりと染み込んでいた。

息をのんで飛びあがり、洞窟の入口を見る。驚いたことに、波が入口まで押し寄せていた。波のうねりは彼女の膝の高さほどある。

満潮だわ。すぐにここを立ち去らなければ。潮が満ちると、この洞窟は完全に海水で覆われると使用人たちが話していた。ぐずぐずしていたらおぼれ死んでしまう。

アナベルはスカートの裾を持ちあげ、海水の中を進んだ。だが濡れた砂に足を取られて、なかなか思うように進めない。ああ、サイモンはいったいどこにいるの？　なぜこんな危険な時間帯にわたしをここへ呼び出したの？　それとも彼はただ満潮時刻を間違えただけ？

まったく忌々しい人！　海水のせいで靴は台なしだ。それにドレスも。いちばんきれいに見せたいという女心から、ついお気に入りの青いシルクのドレスを着てきてしまった。今度サイモンと顔を合わせたら、うんと文句を言ってやろう。

洞窟の入口にたどりつき、海を見たとたん、アナベルは恐怖に言葉を失った。緑がかった灰色の波が狂ったように揺れ動き、激しいしぶきをあげている。さかまく波以外、何も見えない。砂浜も、洞窟付近にあった巨大な岩々も。はるか彼方に崖沿いの階段は見えるが、下の段は完全に海水に隠れていた。

どうやってあそこまで歩いていけばいいの？　すでに海水は膝の高さまで迫っている。しかも、この洞窟があるのは海岸より少し高い岩場だ。洞窟を出ればたちまち腰まで海水に沈み、足元など見えなくなってしまうだろう。

ためらっている暇はない。大きな波のうねりが襲いかかってくる。アナベルは流されないよう壁に片手をついた。今ここで波がこんなに強いのなら、階段にたどりつくまでに険しい岩場に打ちつけられるかもしれない。

でも、階段を目指すしかない。ここにいたら海水にのみ込まれ、あっという間に死んでしまう。

一心に祈りの言葉をつぶやき、アナベルはゆっくりと洞窟の外へ足を踏み出した。

「アナベル！」

はじめは突風のいたずらかと思った。だが、またしても呼ぶ声が聞こえた。うしろのほうでうつろにこだましている。

うしろで？

くるりと振り向き、目を凝らして薄暗い洞窟の中を見てみる。驚いたことに、洞窟のはるか奥のほうからランプを持った人影が足早に近づいてきた。

サイモン。

喜びの叫び声をあげると、アナベルは水しぶきをあげて彼のほうへ駆け寄った。今まで生きてきた中で、誰かに会えてこれほど嬉しかったことはない。すすり泣きながら、サイモンに思いきり身を任せる。彼の胸に顔を押し当て、男らしい香りを胸いっぱいに吸い込んだ。これは夢ではないのだと自分に言い聞かせる。サイモンは彼女のウエストに片手をまわして抱きしめたが、すぐに体を離した。

彼がうしろにさがってアナベルの手を握る。ランプの明かりのもと、サイモンの強いまなざしが彼女をとらえた。「すぐにここから出なくては」彼が言う。「だが、もう怖がることはない。脱出する時間はじゅうぶんにある」

「だめよ」アナベルは当惑して言った。「海水がもうそこまで迫っているわ。きっとあなたは泳ぎがうまいでしょうけれど、わたしは全然――」

「それなら海のほうへ行かなければいい。さあ、ついてくるんだ」

手を引っ張られて洞窟の奥へ連れていかれそうになり、彼女は抵抗した。「わたしをどこへ連れていくつもり？」

「ここからの脱出方法はひとつではないんだ、愛しい人。きみはぼくがどこから来たと思っているんだい？」

今は何も考えられない。あまりに動揺しすぎていて、きちんと頭が働かない。とはいえ、サイモンはわたしを脅かそうとして背後からやってきたわけではないだろう。

アナベルは彼の指をしっかりと握りしめ、あとに従った。

暗闇がいっそう深くなり、岩壁にランプの明かりが奇妙な影を落としている。地下道はゆるやかなのぼり坂になっていて、いつしか足元から海水が消え、海の音も遠ざかっていった。サイモンが少し脚を引きずっているのを見て、アナベルはふと思い出した。そういえば、彼は戦争で傷を負ったと言っていた。洞窟の湿気で古傷が痛んでいるのだろう……。ついにサイモンが岩を削って造った階段にたどりついた。アナベルを引っ張っていちばん上までのぼりきると、サイモンは扉を開けて彼女を内側へといざなった。

アナベルはあたりを見まわした。「これは……秘密のトンネルね！　わたしたち、ケヴァーン城へ戻ってきたの？」

「ああ、ありがたいことに」

サイモンは彼女をじっと見つめるとランプを下におろし、ふたたび抱き寄せた。アナベルは彼の腕の中へ滑り込んだ。頬に彼の力強い鼓動を、冷えきった体に彼のぬくもりを感じられるのが嬉しくてたまらない。つい抱擁を許してしまったけれど、そのよしあしはあとで考えればいい。今のわたしにはどうしてもサイモンが必要だ。呼吸をするために空気が必要なのと同じように。

だが恐怖感から解放されるにつれ、アナベルは彼に腹を立てていたことを思い出した。首をかしげてサイモンを見つめる。「どうしてあんなに待たせたんです？　待ち合わせの時間がちょうど満潮だということに気づかなかったんですか？」

サイモンは両手をアナベルの肩に置くと、顔をのぞき込んだ。ランプの明かりに映し出された彼は、ひどく厳しい表情を浮かべている。「アナベル、よく聞いてほしい。手紙を書いたのはぼくではないんだ。きみと話そうと思って子ども部屋へ行ったとき、机の上に置いてあるあの手紙を見つけたんだよ」

「でも、あれはあなたの筆跡だったのよ。間違いないわ」

「誰かが筆跡をまねたんだろう。洞窟できみを殺そうとした誰かが」

ふいに恐怖に襲われ、アナベルは信じられない思いで彼を見つめた。「でも、いったい誰が？　それにどうして？」

「ぼくはパーシヴァル・バンティングの仕業だと考えている」

彼女は全身が冷たくなるのを感じた。牧師が自分を見るときの暗い瞳を思い出し、激しい憤りに駆られる。アナベルはゆっくりと口を開いた。「昨日、わたしも確信したんです。丘にいたニコラスとわたしを銃で狙ったのは彼だって」

「ということは、ぼくたちは同じ結論に達したわけだ。バンティングがケルトの歴史に興味を抱いていたのは以前から知っていた。しばらく奴を見張っていたんだが、確たる証拠を手にできなかったんだ。そこで昨日、きみと一緒にやってきた奴がドルイド僧について熱弁を振るっているのを見て、一計を案じることにした。奴に罠を仕掛ける絶好の機会だと思ったから、あと一歩で宝の山を見つけられると信じ込ませたんだよ」

「それなら本当は何も見つからなかったんですか?」古代遺物が好きな彼のことを思うと、アナベルはがっかりせずにはいられなかった。「まあ、残念ですね」

彼は苦笑いを浮かべた。「残念がることはないさ。地下室など最初から存在していないのだから。だが地下室があると言えば、必ずバンティングは夜中にあそこへやってきて遺物を盗むだろうと思ったんだ。ただ暴風雨になったので、結局朝まで姿を現さなかったがね」

「では、あなたはあの寒さの中、夜通し彼が来るのを見張っていたんですか?」

「ああ、御者と交代しながら」彼女の驚愕の表情を見て、サイモンは含み笑いをした。「歩《ほ》哨《しょう》任務と同じことだ。そういった仕事には慣れている」

昨夜、彼がわたしを訪ねてこなかったのは当然だわ。ほかのことで手一杯だったのだから。

「地下室は存在しないと知ったとき、牧師の反応はどうでした?」

「今朝やってきたバンティングに、あれはぼくの勘違いだった、おそらく目の錯覚だったのだろうと伝えた。奴は怒りをこらえるのに必死の様子だったよ。足を踏み鳴らしてどこかへ行ってしまった。それ以来、彼の姿は見ていない」彼女の肩に置いた手にサイモンが力をこめる。「だが、誓って言う。まさか奴が怒りをきみにぶつけるとは思いもしなかったんだ」

アナベルは身を震わせた。「バンティングが、あの場所に近づくなとわたしに警告しようとした理由はまだ理解できます。でも、それと今日のこととは大違いだわ。わたしを洞窟におびき寄せて……殺そうとするなんて」

「奴は頭がどうかしている」サイモンがきっぱりと言った。「教室から追い出されて以来、きみに対して憤りを募らせていたんだろう」

アナベルはバンティングが殺人をくわだてているところを想像してみた。彼は手紙を書くためにわざわざ城まで来たのかしら？　誰にも姿を見られずに、どうやってわたしの机の上に手紙を置いたの？

ふいに答えがひらめいた。「バンティングには共犯者がいるかもしれません。昨日、彼がミセス・ウィケットと話しているのを見かけたんです。ふたりは明らかに……親密な様子でした。彼は手紙を教室へ置いてくるよう、ミセス・ウィケットに頼んだんじゃないかしら」

「よし、その線で探ってみよう。犯人は必ず見つける」サイモンはランプを手に取った。険しい表情とは裏腹に、手をアナベルの背中にそっと添える。「スカートがびしょ濡れだ。さぞ寒いだろう。子ども部屋に戻って、暖炉で体を温めるといい」

彼女は狭いトンネルをサイモンとともに歩いていった。その通路は城の地下貯蔵室に通じていた。「これからどうするつもりです？」

「まずはバンティングを殺人未遂で逮捕する」

23

サムハイン祭の舞踏会の夜、アナベルは狭いベッドの端に腰かけ、赤いハイヒールを履こうとしていた。片方を手に取り、ろうそくの明かりにかざしてみる。まばゆいばかりに輝くクリスタルビーズ、ザクロ色の光を放つサテンの生地。レディ・ミルフォードがこれほどすばらしい贈り物をしてくれたことに、いまだに感動を覚えてしまう。あの女性から受けた恩は、どうしたって返せないだろう。

レディ・ミルフォードから定期的な報告を頼まれていたので、アナベルは三日前にニコラスの勉強の進み具合に関する長い手紙をしたためた。その手紙には、例の発掘場に関する出来事もすべて記してある。アナベルの命が狙われた、ふたつの悪しき事件も含めて。レディ・ミルフォードもまた、パーシヴァル・バンティングに対して嫌悪感を抱いていた。その直感が正しかったことを知れば、彼女もさぞ満足するに違いない。

今、バンティングは監獄の独房に入れられ、裁判を待っている。サイモンによれば、牧師は発掘場をひそかに掘り返したことは認めたものの、殺人未遂については頑なに否認しているという。またミセス・ウィケットは、アナベルを怖がらせて城から追い出すために図書室にカラスを放した罪を告白した。ただ彼女も、教室にサイモンの手紙を置いたのは自分ではないと言い張っている。とはいえ、彼女は愛人であるバンティングを手助けした罪により解雇され、急遽経験豊かなメイドのひとりが家政婦に昇格した。それで今夜の舞踏会の準備にも、なんとか間に合ったというわけだ。

終わりよければすべてよしだわ。赤いハイヒールを履きながら、アナベルは思った。靴はまるで雲のように柔らかくてしなやかだ。前にこの靴を履いたのは一度だけ。舞踏会用のドレスの寸法を直しに客用の寝室へ行ったときだった。そう、サイモンの口づけで骨抜きにされ、信じがたいほどの歓びを感じたあの日。そのときの記憶は永遠に消えない炎のように彼女の中で燃え盛っていた。

すべてよし、というわけではないわね。アナベルは心の中で訂正した。だって、わたしはサイモンに愛される喜びを知らないままだもの。彼とあれほど親密に接することは、もう二度とないだろう。あってはならない。わたしのことを〝妻にする価値のない女〟と見なしているような男だ。受け入れる気など、さらさらない。

感傷に浸ったりはせず、アナベルは自分を取り巻く現実をしっかりと見据えていた。貴族の男性が、わたしのように身元のわからない女と結婚するはずがない。彼らが妻に選ぶのは、高貴な家柄の女性たちに決まっている。それが社交界というものよ。しきたりは、わたしにどうこうできるものではない。それでもなお、洗面台の上の小さな鏡で髪型を確かめながら、彼女は舞踏会に出席する興奮を抑えきれずにいた。菓子が並ぶウィンドウに鼻をくっつけている子どものように、サイモンが主催する舞踏会を心ゆくまで楽しもうと心躍らせている。

アナベルは寝室を出るとニコラスの部屋へ向かった。彼のベッドの脇のテーブルにはオイルランプが灯されている。もう七時はとうに過ぎているため、ニコラスはすでにベッドの中にいた。積み重ねた枕に寄りかかり、熱心に本を読んでいる。

少年は顔をあげると、緑色の目を大きく見開いた。「わあ、ミス・クイン！　王女様みたい！」

アナベルは笑いながらお辞儀をした。「ありがとうございます、公爵様。そんな言葉をかけてくださるなんて本当にお優しいですね」ニコラスに近づいて亜麻色の髪を撫で、かがみ込んで眉にキスをする。「さあ、そろそろ読書はおしまいの時間ですよ。本を読んで夜ふかしをしたら、明日は眠くて授業どころではなくなってしまいます」

ニコラスはテーブルの上に本を置いた。上掛けの中にもぐり込みながら、羨ましそうにぽつりと言う。「パーティーに行くって楽しいんだろうなあ」

少年の顔に浮かんだ憧れの表情にアナベルは胸をつかれた。この子は自分だけお祭り騒ぎから取り残されているように感じているんだわ。でも、そんなことがあってはいけない。思えばわたし自身、子ども時代はいつもそんなふうに感じていた。同級生と一緒にパーティーに参加することを禁じられていたからだ。「真夜中に舞踏会から戻ったら、公爵様を起こしていいですか？　びっくりするようなおみやげを持ってきてあげましょう」

ここ数日、城の調理場は深夜の晩餐用のごちそうや菓子の準備でハチの巣をつついたような騒ぎになっていた。ニコラスのために何か持ち帰っても問題はないだろう。

ニコラスが顔を輝かせた。「どんなおみやげ?」

「先に教えてしまったら、びっくりさせることができません。そうでしょう?」

「サイモン叔父様も一緒に来る?」

アナベルは言葉に詰まった。サイモンはひと晩じゅう、貴族の独身女性たちに取り囲まれているに違いない。「叔父様は舞踏会の主催者ですよ、公爵様。だから今夜はとってもお忙しいはずです。でも一緒に来ていただけるよう、できるだけ努力してみますね」

ニコラスは満足した様子だ。彼をしっかり抱きしめると、アナベルはランプを消して階下におりた。招待客たちが到着する大広間から、大勢の人の声がさざなみのように聞こえてくる。階上の踊り場に立つと、出迎えの列に並んで客を迎え入れているサイモンの頭がちらりと見えた。最先端の装いをした紳士や貴婦人たちが、ぞろぞろと大階段をのぼっている。彼らが階上のフロアに到着するのを見計らい、アナベルは列に加わった。誰の注意も引かないように視線を伏せたままで進んでいく。

舞踏室の戸口にはラドローが立ち、招待客たちの名前を呼びあげていた。年老いた使用人にめざとく気づかれ、アナベルはすかさず指を唇に当ててみせた。ラドローはウィンクしながら、彼女の名前を呼ばずに中へ入れてくれた。

舞踏室に足を踏み入れた瞬間、アナベルは息をのんだ。昼間はごくふつうに見えていた巨大な部屋が、今は輝きで満ちている。クリスタルのシャンデリアには無数のろうそくが灯され、新たに蜜蠟が塗られた寄せ木細工の床はぴかぴかだ。ところどころに置かれたアスターと温室育ちのバラの大きな花瓶が、会場に鮮やかな色彩を添えていた。しかし何より最高級の装飾品といえば、舞踏室に集う貴族たち自身だろう。あつらえの上着に純白のクラヴァットを合わせた紳士たちと、色とりどりの襟ぐりの深いドレスをまとったレディたちだ。

自分の手作りのドレスなど、指折りの職人が仕立てた貴婦人たちのドレスにかなうわけがない。それは百も承知だ。だがアナベルは、ブルーのシルクのドレスにクリーム色のアンダースカートという装いに引け目は感じなかった。前にサイモンが感嘆した口調で言ってくれたからだ。

〝なんて美しいんだ〟

その言葉を思い出すと、たちまち全身にとろけるようなうずきが走る。もちろんそう言ったとき、サイモンはすでにこのボディスをさげ、あらわになった胸を見つめていた。だからもしかすると、あの言葉はドレスに対して向けられたものではなかったのかもしれない。でも着替え室に入ってきたときの彼の熱っぽいまなざしには、見過ごすことのできない何かが宿っていた。

今夜、サイモンはわたしとダンスを踊るつもりかしら？　友人や隣人たちの目の前で家庭教師を腕に抱くつもり？

そんな期待をするなんてばかげている。舞踏会に誘ったとき、サイモンはわたしを自分の愛人にしようと考えていたんだもの。洞窟での災難の直後、彼はわたしを抱きしめて慰めてくれたけれど、あれは騎士道精神からだろう。そのあとも二回ほど子ども部屋を訪ねてはきたが、わたしというよりニコラスに関心がある様子だった。

何より、サイモンはあれからわたしを誘おうとしなくなった。それに今夜わたしがまとっているショール以外は何も贈ってこないと言っていた。しかもこのショールだって、カラスに台なしにされたショールの代わりにすぎないと言っていた。そう考えると行きつく結論はただひとつ。サイモンはわたしに拒絶された現実を受け入れたのだろう。

ふたりのロマンスはあっけなく終わってしまったのだ。

惨めな気分になりそうなところをぐっとこらえ、アナベルは銀のトレイを持った従者からシャンパンのグラスを受け取った。細長い部屋の隅に並べてある、金箔張りの椅子の列に近づいていく。既婚女性たちが噂話に花を咲かせている場所だ。彼女はうしろの席に腰をおろし、年配の女性と言葉を交わした。アナベルが家庭教師だと知った女性が、自分の個人的な打ち明け話をとうとうと語りはじめる。演奏者たちが最初のダンスの曲を奏でる頃には、アナベルはその女性の腰痛やリウマチ、偏頭痛の症状の詳細を知ることとなった。だが、その一方的な会話がアナベルにもたらしたのは思わぬ恩恵だった。女性の様子を見に来た中年の息子からダンスに誘われたのだ。

相手は口べたでずんぐりと太った紳士だったが、アナベルは喜んで誘いを受け、ダンスフロアで踊るほかの客たちに加わった。ダンスのステップはバクスター女学校で身につけている。授業で生徒たちを手助けする必要があったからだ。でもまさか、こんなきらびやかな舞踏会に出席できるとは思ってもみなかった。数週間前のディナーパーティーでも、ほかの客たちのために隅っこでピアノを演奏するのが彼女の役割だったのだ。

それからアナベルは数人の紳士とダンスを踊り、とても楽しい気分を味わった。サイモンのほうは見ないようにしていたが、それでもときおり彼の姿が視界に入ってきてしまう。彼は若いレディたちのエスコート役を次々とこなしていた。アナベルは人込みの片隅でひとりたたずみ、レディ・ルイザと踊る彼の姿を盗み見た。

流れているのはワルツだ。サイモンは手をレディ・ルイザのほっそりしたウエストに添え、フロアじゅうを流れるように踊っている。ふわふわの白いドレスをまとい、金髪にきらきらと輝くダイヤモンドのティアラをつけたレディ・ルイザはまるで天使のようだ。努めて陽気に振る舞おうとしていたアナベルだが、ふたりが踊る姿を見て心がぽきんと折れそうになった。

単なる家族の友人。サイモンはレディ・ルイザのことをそんなふうに話していたけれど、ふたりはとても特別な関係に見える。いいえ、もしかすると……。アナベルは正直に認めた。そう見えるのは、たぶんわたしが嫉妬しているからなのだろう。サイモンの腕の中にいるのが自分ならいいのに、と思っているのだ。

「本当にお似合いのカップルでしょう？」背後で女性の声がした。

振り向いたアナベルの前にいたのは、薄笑いを浮かべたレディ・ダンヴィルだった。

「どなたたちのことですか？」アナベルはそっけなく答えた。

「あら、とぼけないで、ミス・クイン。わたしがサイモン卿とうちの娘の話をしていること、ちゃんとわかっているくせに」

こんな鼻持ちならない女性の前で萎縮したりするものですか。「奥様、わたしはとぼけてなどいません。思ったままを口にしただけです」

レディ・ダンヴィルが唇をすぼめた。「それならわたしも率直に言うわね。あなたに知っておいてほしいの。ルイザが生まれたときから、サイモンのお母様とわたしはあのふたりを結婚させるつもりでいたのよ」

「本当に？　それならおかしいですね。どうしてまだサイモン卿はお嬢様に求婚しないのでしょう？」

いかにも貴族然としたレディ・ダンヴィルが鼻を膨らませる。「まあ、なんて失礼な。あなた、彼にはそういう気がないとでも言いたいの？」

「とんでもありません。サイモン卿が個人的に何を考えていらっしゃるかなんて、わたしには知るよしもありませんから。奥様だって、そうでしょう？　サイモン卿はご自分で結婚相手を選ぶはずです。わたしや奥様の出る幕はありません」

「きっとあなたは、サイモンが自分を花嫁に選んでくれると期待しているんでしょう？　そんな分不相応なことを望んで、よく恥ずかしくないわね」

「わたしは自分をここにいらっしゃる女性たちと同じレディだと思っています。いいえ、もしかしたらどの方よりも」

アナベルは向きを変えると、口をぱくぱくさせているレディ・ダンヴィルを置き去りにした。ふいに息苦しくなり、この場から逃げ出したくなる。高慢な貴族たちにはうんざりだ。外でお祭りを楽しんでいる使用人たちのところへ行きたい。

サムハイン祭の風習として、招待客はそれぞれ自分の使用人を連れてきている。舞踏会では交代で仕事に就くため、使用人たち全員が表のお祭り騒ぎに参加できるのだ。

だがショールを手に取って外へ出た瞬間、アナベルはここにも自分の居場所がないことに気づいた。開かれた落とし格子の近くにたたずみ、少し離れたところから使用人たちを眺めてみる。彼らは彼らなりのやり方で〝パーティー〟を楽しんでいた。車道の横で大きなかがり火をたき、バイオリン弾きが陽気な音楽を奏でている。

野性的な曲の調べで、使用人たちがいっそう活気づく。女たちはスカートを振って踊り、動物の仮面をつけた男たちが楽しげに彼女たちを追いかけていた。祭りに興じる彼らの中に、料理人のミセス・ホッジの姿があった。顔なじみのメイドや従者もちらほらと見える。ときおり群衆の中から男女が抜け出し、森の暗がりの中へ姿を消していった。彼らがこれから愛の行為にふける姿を、アナベルはあえて想像しないようにした。

「刺激的でしょう?」

アナベルは息をのんだ。どこからともなくひとりの男性が現れ、横に立っていたからだ。その男性はクラヴァットをゆるめ、使用人たちと同じ、くだけた服装をしている。

「ミスター・トレメイン！　ここで何をしているんです?」

「サイモン卿がぼくに舞踏会の招待状を送るのを忘れたんですよ。だから、それをうじうじと恨んでいるよりも、使用人たちのどんちゃん騒ぎを見てみようと思って。彼らは実に自由奔放に死者の祭りを祝っていますね」

「サムハインは新しい年を迎えるためのお祭りなんでしょう?」アナベルは言った。「少なくとも調理場ではそう聞きました。でも、どうして仮面をかぶっている人がいるのかしら?」

「今夜は現世と来世の境目があいまいになると言われているんです。来世からやってきた邪悪な霊たちに取りつかれて突然死んだりしないように、お守り代わりにああいう仮面をかぶるんですよ」

彼女はふいに寒気を覚えた。「なぜそんなことをご存じなんです?」

「もちろんパーシヴァル・バンティングから聞いたんですよ。牧師館にいるあいだ、彼はドルイド教のことしか話そうとしませんでした。今夜、バンティングが独房に閉じ込められていてよかったですね。さすがの彼も、いつものやり方では祝えませんから」

アナベルは牧師補を鋭く一瞥した。「いつものやり方?」

かがり火のせいで顔に深い影が落ち、トレメインは冥界の仮面をかぶっているように見える。「わかるでしょう? バンティングは自分のことをドルイド僧だと思い込んでいます。だからこういう祭りの日は、ほかの熱心なドルイド教信奉者たちと一緒に秘密の儀式を執り行っていたんです」

「ほかの信奉者たちとは誰です? この近辺に住んでいる人たちですか?」

「一緒に来てください。ぼくが発見したことをあなたに教えてあげますよ」

トレメインはアナベルの腕を取って森の暗がりへ連れていこうとしたが、彼女は動こうとしなかった。彼の態度には不安を感じさせる何かがある。これは単にわたしを誘い出すための口実ではないの？　だとすれば許しがたいことだわ。

「何かあるなら、今すぐここで教えてください」アナベルはきっぱりと言った。

トレメインがしかめっ面をする。「ならば仰せのままに。ぼくはバンティングの書斎に隠してあった日記を見つけたんです。そこには、彼がありとあらゆる種類の儀式に参加している様子が書かれていました。多神教の神々に生け贄を捧げる儀式も含めて」

アナベルはまたしても体が震えそうになるのをこらえた。バンティング以外の人ならば、そんな話はばかげていると一笑に付しただろう。でも、あの牧師がドルイド教に異常なほどのめり込んでいることは先刻承知だ。「その日記はバンティングにとって不利な証拠となるに違いありません。特に彼が犯行を否認しているからなおさらです。日記のこと、サイモン卿にはもう話したんですか？」

「実は今、その日記を持っているんです。馬に取りつけた袋の中に入っています。さあ、一緒に取りに行きましょう」

トレメインは彼女の手をつかみ、闇に包まれた道のほうへ引っ張った。アナベルは靴のヒールを砂利にめり込ませて抵抗した。だが、あいにく下り坂で足をとめることができない。彼女は強い疑念を抱いた。トレメインはわたしとふたりきりになるために、日記を持っているなどと言いだしたのでは？　サイモンがこの男性とは関わるなと言っていた。

牧師補の執拗な手から無理やり手を引き離そうとしたが、だめだった。「あなたとどこかへ行くつもりはありません、ミスター・トレメイン。そろそろ舞踏会へ戻ってもいい頃ですから」

「それを言うなら、そろそろぼくにくれてもいい頃じゃないかな。きみがサイモン卿に与えたものを」

トレメインはアナベルをぐっと引き寄せ、唇を重ねようとした。彼女はすんでのところで顔を傾け、ことなきを得た。同時に片脚を振りあげて、彼の足の甲を思いきりヒールで踏んだ。

悪態をつきながら、トレメインが指の力をゆるめる。解放されたアナベルがあとずさりした瞬間、トレメインが彼女をにらみつけてつぶやいた。「噂をすれば影だ」

彼は身をひるがえすと、驚くべきすばやさで暗闇の中へ姿を消した。アナベルはあっけにとられた。だが道の向こう側から大股でやってくるサイモンに気づいた瞬間、すべてを悟った。背の高い彼のがっしりした肩のあたりに、すさまじい怒りが感じられる。

サイモンは両のこぶしを握りしめてアナベルの横にやってきた。「今のはトレメインか？」

「ええ。でも、大騒ぎする必要はありません。もう行ってしまいましたから」

「奴はきみに何をした？」

「大したことはしていません。それよりサイモン、彼はバンティングの日記を見つけたと言っていました。明日、そのことを尋ねてみてはいかがですか？」

彼が顔をしかめる。「そんなことはどうでもいい。奴はきみの手を握り、きみは必死に抵抗していたじゃないか。あいつを叩きのめしてやる！」

「もう終わったことです」サイモンの怒りを和らげようと、アナベルは彼のこぶしを優しく撫でて指を開かせた。「さあ、中に戻りましょう。そして教えてください。どうして使用人たちのお祭り騒ぎにまぎれ込む気になったのか」

かがり火のほうへ戻りながら、サイモンが射るようなまなざしで彼女を見た。

「同じことをきみにききたい」

「新鮮な空気が吸いたかったんです」でも、彼は知るはずもない。まさに今、わたしがひどい息苦しさを覚えていることを。サイモンのそばにいるだけで呼吸が浅くなり、どういうわけか喜びを感じていることを。「それにあなたと違って、わたしはこちら側の人間ですから」

「ばかな」彼は手を返し、アナベルの指に指を絡めた。「もしそうなら、ぼくがわざわざきみを探しに来るはずがないだろう。それにサパーダンスを踊ってほしいと頼みに来るはずもない」

アナベルはふたたび魔法にかけられた気分になった。愚かな希望を抱き、羽が生えたように心が軽くなる。まさかサイモンがサパーダンスの相手に選んでくれるなんて。サパーダンスとは、殿方がいちばん気になる女性と踊るダンスのことだ。ダンスのあとにふたりが晩餐《サパー》をともにすることから、そう呼ばれている。彼女は息を弾ませて言った。「でも、レディ・

ダンヴィルが快く思わないのでは？」

サイモンは含み笑いをした。「実際、彼女は娘を選ぶようあの手この手を使ってきた。だがぼくは、すでにきみを相手に選んであるとはっきり言ったんだ。もしきみが申し出を受けてくれればの話だが」

ああ、なんてこと。アナベルははっと気づいた。てっきりサイモンはわたしを誘うのをあきらめたのだとばかり思っていた。でも、大間違いだったんだわ。彼がまだ、わたしを説得してベッドに引き入れようとしているのは明らかだ。だからこそ、彼は招待客全員の前でわたしに対する興味をあからさまに示そうとしているに違いない。

アナベルはサイモンの魅力的な姿から目をそらし、かがり火のまわりで踊る使用人たちをぼんやりと眺めた。わたしは彼らの一員なのよ。そう強く自分に言い聞かせる。「閣下、やはりレディ・ルイザにお願いするべきです。彼女はニコラスのお母様のように金髪で、優美で貴族の血を引いていています。あなたが惹かれるのは当然でしょう？」

「ばかな！　彼女はあの鬼みたいな母親に牛耳られている、ただの子どもじゃないか」サイモンは手でそっとアナベルの顔を自分のほうへ向けさせた。「それにぼくが求めているのはダイアナに似ている女性などではない。ぼくの理想の女性は栗色の髪にきらめく青い瞳を持ち、ときにはぼくを厳しく批判することも辞さないきみなんだ」

わ、わたしがサイモンの理想の女性ですって？　彼の率直な告白に、アナベルは頭がくらくらした。サイモンは彼女の手を自分の口元に近づけ、唇を手の甲に押し当てた。

「アナベル、お願いだ。信じてほしい。ぼくはきみ以外の女性に不要な関心を抱いたりはしない。それに、たかがダンスだ」

たかがダンス……。でも、ダンスフロアでサイモンの腕に抱かれて踊る以上に刺激的なことはない。しかも愛する男性とダンスができるチャンスなど、二度とめぐってこないだろう。そう、わたしはサイモンを愛している。もし彼がいなければ、わたしの人生は活気も喜びも、温かみも興奮もないわびしいものだったに違いない。

いつもの思慮分別が欲望にのみ込まれようとしていた。だめよ、サイモンを受け入れては。彼との関係に未来はない。今、わたしがするべきは自分の部屋に駆け込み、夢物語を忘れ去ることなのだ。

けれど、シンデレラも午前零時までは舞踏会にいたわ。

「喜んでお受けします、閣下」

断られるのを心配していたかのように、サイモンが長い安堵のため息をついた。中庭に戻ると、彼はアナベルの背中に手を添え、燃えるようなまなざしで彼女を見た。「サパーダンスまで、あと三〇分ある。きみさえよければ、ここ数日でぼくが見つけた古代遺物を見ないか？」

アナベルは驚いて立ちどまった。「まあ！　本当はあそこで宝物を見つけていたんですか？」

彼がうなずいた。「ぼくは間違った場所を掘り進んでいたんだ。進路を変更したとたん、遺物が隠された小さな地下室に行き当たった。安全確保のために、見つけたものはすべて書斎に移してある」

「ぜひ見たいです――ひとつ残らず今すぐに」

サイモンがいたずらっぽくにやりとした。いつもアナベルをとろけさせてしまう微笑だ。だが今日は、彼の含み笑いにふだんとは違う謎めいたものが感じられた。「ならば一緒に行こう」

24

　アナベルはサイモンのあとについて、城の奥にある古ぼけた階段をのぼっていった。彼に手を握られ、重ねられた指の力強さにぼうっとなる。遠くに聞こえる陽気な音楽が、薄暗い通路に幻想的な雰囲気をもたらしていた。彼女が今感じているのは、まさに大冒険に乗り出すかのようなわくわくした気分だ。

　主催者本人が家庭教師と舞踏会から抜け出していると知ったら、招待客たちはどれほど衝撃を受けるだろう。きっとわたしは噂話と非難の的になる。評判も台なしになるに違いない。だが、そう思ったのはほんのつかの間だった。わたしにとって、サイモンと一緒にいることは、心の狭い貴族たちから認められることよりもはるかに大切なのだ。

　しかも、この〝遠足〟を知るのはわたしたちしかいない。ふたりだけの秘密だ。

　彼らは閉ざされた書斎の前にたどりついた。サイモンが上着の内ポケットから鍵を取り出し、扉を開ける。彼に促されてアナベルが先に室内へ入ると、手近な机にすでにランプが灯されていた。

「きっとここへ来ることに同意してくれると思っていたんだ」サイモンが言う。「きみはぼくと同じくらい、あの発掘場に興味を持っている様子だったからね」

しかしそう言うサイモンのまなざしに一抹の不安を見て取り、アナベルは不思議に思った。彼はわたしが古代遺物に興味を持たなかったらどうしようと心配していたの？　そのことになんだか胸が熱くなる。「興味を持っているどころではありません」彼女は言った。「何千年も前に作られた遺物に心底魅せられています。いったいどこにあるんですか？」

「まっすぐ行ったところだ。明かりが必要だろう」

サイモンは夜の闇が広がる窓の前にある机を顎で指し示した。思わず駆け寄ったアナベルの目にぼんやり見えたのは、マホガニー材の机の表面に置かれた数多くの品々だ。彼がランプに手を伸ばし、芯を出す。炎に照らし出された光景を見て、彼女は驚きに息をのんだ。

なんてたくさんあるのだろう。どの品から見ればいいのかわからない。宝石がはめ込まれた金の装身具、色あせた絵が描かれている磁器製の飾り壺、鍛造銀で作られた小さな馬の置物、さまざまな剣、木製の小ぶりな彫像。ほかにも、なんのために使うのかすぐにはわからない品々がたくさん並んでいる。

サイモンは赤と青の宝石がはめ込まれた細長いものを指差した。「ニコラスが見つけたのは、おそらくその鞘入れの一部だと思う。ほら、柄の部分が欠けているだろう」

「本当にすばらしいわ」アナベルは机のまわりを歩きながら、もっとよく観察しようとした。多くは泥にまみれ、歳月のせいで古ぼけて見える。鞘入れのように一部が破損しているものもあった。「すべてをきれいに磨いて一覧表にまとめるには、何カ月もかかりそうですね。

なんのためのものか、よくわからない品もあるわ」

「とてもわかりやすいのがここにある」サイモンが彼女に手渡したのは、表面に馬と牡鹿が美しく彫り込まれた底の浅い金色のボウルだった。「ぼくのお気に入りの一品になりそうだ」

「本当に、この彫刻の技はみごとだわ——あら、中に何か入っています」アナベルはそれをつまみあげる。宝石のついた金色の上品な指輪だった。ランプの近くまで掲げ、指を前後に動かしてみる。光に照らされて、磨き込まれた深いブルーの宝石がきらめいた。「なんてすてきなんでしょう！　サファイアかしら。どう思われます？」

「はめてみるといい」

サイモンは謎めいた微笑を浮かべて、じっとこちらを見つめている。それに呼応するように、彼女の体の奥深い部分でサイモンへの情熱が高まっていく。きっと彼はわたしを誘惑するつもりで書斎に呼んだに違いない。もう何者もふたりの気持ちの高ぶりはとめられない。だって今、わたしたちはふたりきり。ほかにこのことを知る人は誰もいない……。

だめよ。あれほど固く決心したじゃない。サイモンに希望を与えるようなことは絶対にしないと。彼は憎らしいほど魅力的だ。でも、彼がわたしに与えようとしているのは、名誉とはほど遠い人生なのだ。

ひりひりする心を抱えながら、アナベルはサファイアの指輪に視線を落とし、指にそっと滑らせた。サイズがぴったりなことから考えると、これは女性の持ち物に違いない。だが、ほかの品々とは異なり、指輪には時代を超越した気品のようなものが感じられる。表現し得ない優雅さを前にして、アナベルは胸の痛みを覚えずにはいられなかった。ああ、サイモンと結婚できればいいのに……。

しんとした静寂に耐えられなくなり、アナベルは明るく言った。「これはいったいどんな人のものだったのでしょう？　結婚指輪かしら？」

サイモンが一歩近づく。彼はアナベルの手を取り、ランプの明かりにかざした。

「これは婚約指輪だ」

彼女は謎めいた表情を浮かべるサイモンを見あげた。「なぜそう言いきれるんです？」

彼はアナベルにかすかに笑いかけた。「それがぼくの祖母のものだからだ」

意味不明な言葉に衝撃を覚え、彼女はただ口をぽかんと開けた。文字どおりの言葉の意味ならわかる。けれど、サイモンの目的がさっぱりわからない。彼のおばあ様ですって？

アナベルは頭を振った。「な――何を言っているんです？」

「これは発掘場から掘り出したものではない。きみに見つけてほしくて、ぼくがここに置いておいたんだ」彼の声は低くかすれている。「きみにはめてほしかったからだよ、アナベル」

サイモンは親指で彼女のてのひらを優しくなぞった。彼の情熱的なまなざしにさらされ、アナベルの体の奥にたちまちうずきが走る。だが、しびれるような幸福感はたちまち恐れに取って代わった。サイモンはまだ愛の言葉をひと言も口にしていない――それに結婚という言葉も。それは彼の目的がただひとつだからだ。

涙をこらえながら、アナベルは指輪を引き抜こうとした。けれど指が震えてうまくいかない。「もしこれがわたしに言うことを聞かせるための贈り物だとしたら、そんなものはいりません」

彼はあわてて、指輪を無理に引き抜こうとしているアナベルの手を取った。「愛しい人、これはそういう贈り物ではない。いや、たぶんそうなんだろう。だが、きみが考えているような贈り物とは違う。お願いだ、ぼくの話を聞いてくれないか？」

心臓が早鐘のように打っていたものの、彼女は動きをとめた。サイモンの態度には必死な様子が感じられる。いつもの魅力的で優雅な物腰とは大違いだ。それでもなお、彼女は何も期待してはいけないと自分に言い聞かせていた。もし期待が大きな勘違いだった場合、立ち直れないほどの傷を受けてしまうから。「ええ」

サイモンはまだ彼女の指を握りしめたままだった。「この数日、いろいろなことを考えた」言葉を詰まらせながら彼が言う。「そして、なぜ自分がきみにあんな恥ずべき提案をしてしまったのか、その理由にようやく気づいたんだ。いつの間にか、きみはかけがえのない存在になっていた。それなのに、ぼくはきみによそよそしい態度をとって遠ざけようとした。ちょうどニコラスにそうしたように」苦笑いしながら一瞬目をそらしたあと、すぐにアナベルの瞳をのぞき込む。「それはぼくが臆病者だからだ。まさにきみの言うとおりだったんだよ、アナベル。ぼくはもう一度人を愛することをひどく恐れていたんだ」

「わたしはダイアナとは違います」かすれ声で言う。「彼女みたいにあなたを裏切ったりはしません」

「わかっている。これまでもわかっていると思っていた。だが彼女に裏切られたとき、ぼくは二度と誰にも心は開かないと心に誓ったんだ。それなのに今、ぼくはここにこうして立っている。どうしようもなくきみを愛しているんだ」サイモンは彼女の手を唇に近づけた。「ぼくの妻になってほしい、アナベル。結婚してくれるかい？」

彼女の喉元に熱いものがこみあげてくる。幼い頃からずっと、たくさん見果てぬ夢を見てきた。だから、このお城へやってきてからもサイモンがこれほどわたしに深い愛情を抱いてくれていたなんて思いもしなかった。彼がわたしに感じているのは肉体的な、ほんの一時的な情熱ではないかと恐れていたのだ。それだけに喜びが大きすぎて言葉が出てこない。アナベルは両腕をサイモンのウエストに滑らせ、首のくぼみに顔をうずめて、自分の気持ちを必死で伝えようとした。

彼はアナベルを抱きしめ、髪にキスの雨を降らせた。もう二度と放さないとささやきながら、両手で彼女の背中をしっかりと包み込む。唇を重ねた瞬間、ふたりは気持ちを確かめ合うように熱烈なキスを交わした。

サイモンが少し体を引き、額を彼女の額につけた。「これはイエスという意味だね？」

その心配そうな声音がアナベルの心を大きく揺さぶった。「ええ、そうです。イエス、イエス……何回でも言うわ。ああ、サイモン、あなたを本当に愛しています。そうでなければあの日寝室で、あなたにあんなことを許すはずがないでしょう？」

彼はいたずらっぽく目を輝かせた。「きみはぼくの巧みな愛の行為に屈したのだとばかり思っていたよ」

「ええ、それは否定できないわ。あなたの口と手の動きには逆らえなかったもの」

蠱惑的な笑みを浮かべて、アナベルは指先をサイモンの唇に押し当てた。見つめ合った瞬間、彼が笑みを返す。彼女は全身にどうしようもない欲望の波が広がっていくのを感じていた。サイモンが両手を彼女の胸やウエストにゆっくりとさまよわせ、欲求をさらにあおる。アナベルは思わずささやいた。「すぐに舞踏会へ戻らなくてはいけない……？」

その瞬間、炉棚の上の時計が午前零時を告げた。サイモンが手をとめてはっと時計を見る。

「ああ。そうしないとダンスに遅れてしまう」

アナベルは腰をぴたりと彼に押し当てた。「ここで踊るのはどうかしら。ふたりきりで」

サイモンはふたたび視線を戻し、彼女をいかに愛しているかを如実に物語る表情を浮かべた。けれども次の瞬間、歯を食いしばってアナベルの体を放した。「もっときみとこうしていたいが、ぼくは社交界の面々の前できみとの婚約を発表するつもりだ。今夜の晩餐会は願ってもない機会だろう」

サイモンはランプをおろして片手をアナベルにまわすと、書斎から出て鍵をかけた。

腕を組んで薄暗い通路を進みながらも、彼女はなぜか婚約発表に乗り気になれずにいた。

「そんなに急いで？　今夜はわたしたちだけの秘密にしておきたいわ」

彼が驚いたようにアナベルを見た。「なぜ隠す必要がある？　きみがぼくの花嫁になることを世界じゅうに知らせたい気分だよ」

「じきに知れ渡ります」サイモンをなだめるように、彼女はサイモンの頬に触れた。「サイモン、わたしが一介の家庭教師にすぎないということを思い出してください。しかも最悪なのは、わたしの出自がわからないことです。もしかすると、わたしは追いはぎの娘かもしれない。それに舞踏室にいる人たちは血筋で人を判断するはず。きっと彼らはわたしに〝財産目当ての女〟という汚名を着せるでしょう」

「彼らの好きにはさせない」サイモンが決然と応える。「そういう間違った考えはぼくが正してやる」

「あなたがわたしを守ってくれないんじゃないかと疑っているわけではありません。ただ、今夜を噂話と嫌悪感で台なしにしたくないんです。わたしにとって今夜は、本当に特別な夜だから……」彼の気持ちが和らぐのを感じ取り、アナベルはつけ加えた。「それに真っ先に知らせたい人がいます」

サイモンがにやりとする。「ニコラスだな」

彼女はうなずいた。「舞踏会に出られなくて、ニコラスはしょんぼりしていました。だからわたし、真夜中にごちそうを持ってきてあげるとあの子に約束したんです。ニコラスはあなたも一緒に来るのかと尋ねていました。だから一緒に行きませんか？」

サイモンがアナベルを抱きしめ、眉にそっと口づけた。「仰せのとおりにするよ、愛しい人。だが、まずはダンスだ。そこは譲れない」

「ええ、もちろんです」

ふたりはただちに招待客たちが待つ舞踏室へ向かった。アナベルはダンスの開始に間に合わないのではないかと心配したが、サイモンによれば、彼が到着しないかぎりサパーダンスははじまらないらしい。ふたりが部屋に足を踏み入れたとたん、会場が一気にざわついた。客の多くが顔を見合わせ、レディたちは扇の陰でしきりに何かささやいている。

今やふたりにまつわる醜聞がものすごい勢いで広まろうとしていた。

アナベルは顎をぐっとあげてワルツのポーズを取った。サイモンに引き寄せられ、彼の肩に手をかけた瞬間、ろうそくの光にサファイアの指輪がきらめくのが見えた。わたしが指輪をはめていることに気づいた人はどれくらいいるかしら？　もしかすると、客たちはわたしが最初から指輪をはめていたかどうか気にしているの？

勝手に憶測させておけばいい。彼らに答えを教えるつもりはない。今宵はわたしとサイモンのためだけの夜なのだ。

演奏がはじまると、サイモンはアナベルに優しく笑いかけた。もはや完全にふたりきりの世界だ。彼女はもう噂話に興じている人々も、ダンスフロアで踊るほかの男女も気にならなかった。そこに存在しているのは、音楽の調べに合わせて流れるように踊るふたりだけ。アナベルははじめて紳士と淑女の作法にのっとり、人前で堂々とサイモンの腕に抱かれる解放感を覚えていた。

「女学校の生徒たちと踊るより、あなたと踊るほうがはるかに楽しいですわ、閣下」

「なんてことだ。きみは思春期の少女たちとぼくのダンスの腕前を比べていたのか」

アナベルは笑った。「本当は〝あなたは完璧よ〟って言いたいんです。でも今からあまりいい気にさせると、今後あなたと暮らしていくのが大変になりそうだから」

冗談交じりの会話に、彼がうっとりするほど魅力的な表情を浮かべる。「ああ、きみと一緒に暮らすのが待ちきれないよ、アナベル。どれだけ楽しみにしているかわかるかい？」

彼の情熱的な灰色の瞳を見つめた瞬間、アナベルの全身に喜びの震えが走った。一刻も早くサイモンの妻になりたい。体のあらゆる部分がそう叫んでいる。レディらしからぬ考えだけれど、このままわたしを寝室にさらって、ありとあらゆるやり方で愛してほしい。

ダンスが終わると、彼は身をかがめてアナベルにささやいた。「ぼくが皿を持っていく。先に子ども部屋へあがって待っていてくれ。ふたりで一緒にここを出ていくのはまずいだろう。きみの評判が地に落ちてしまう」

アナベルはふと思った。ここにいる多くの人たちが、すでにわたしを白い目で見ているのではないかしら？　わたしたちふたりがいなくなったら、きっと彼らはあれこれ噂するはずよ。

とはいえ、評判を気にしてくれるサイモンの態度に、アナベルは大事にされている実感を覚えていた。晩餐が用意された部屋に向かう彼を見送りながら、幸せをしみじみと噛みしめる。周囲の人から横目でじろじろ見られても全然気にならない。わたしは英国でいちばん気高くて高潔な男性と婚約したんだわ。自分の間違いを潔く認めてくれたすばらしい男性と。わたしを愛しているという事実を受け入れる寛大さと自由な心を持った男性と。その現実がいまだ夢のように思えて仕方がない。

アナベルは無意識のうちにサファイアの指輪を見つめていた。なんて完璧な指輪だろう。これはサイモンの愛情の証。たくさんの宝石をちりばめた王冠よりも貴重なものだ。彼女がふたたび顔をあげると、周囲の人々がさっと退いていき、視線の先にレディ・ダンヴィルが立っていた。

だが、レディ・ダンヴィルが見ているのはアナベルの手元だ。

レディ・ダンヴィルが顎をあげ、いかにも意地の悪そうな目でアナベルを一瞥した。彼女が横にいる太った女性に何かささやくと、相手が呆れたように頭を振った。

レディ・ダンヴィルのことは嫌いだが、アナベルは彼女を気の毒に思う気持ちも感じていた。さぞ衝撃を受けているに違いない。自分の娘をサイモン卿と結婚させる計画を、単なる家庭教師に台なしにされたのだから。

でも、これ以上ここにいて客たちを楽しませるつもりはない。アナベルは穏やかな表情を浮かべたまま舞踏室をあとにした。薄暗い廊下を進み、子ども部屋へ向かう。いつしか浮きした気分になり、頬がゆるんでいた。

教室は真っ暗だった。暖炉の燃えさしからろうそくに火をつけ、ニコラスの部屋へと進む。その途中、サイモンがここに来ることを子守りのエロウェンに伝えたほうがいいと考えた。

エロウェンの寝室をのぞいたが、ベッドは空っぽだ。上掛けも乱れていない。彼女はどこに行ってしまったのだろう?

反対側のドアを開けると、大きな天蓋付きのベッドでぐっすり眠るニコラスの姿が見えた。炉床の火は消え、燃えさしが赤く輝いている。部屋の隅にある揺り椅子にもエロウェンの姿はなかった。

きっと、サムハイン祭のパーティーへこっそり出かけたに違いない。

アナベルはひどく腹を立てながら、エロウェンを探す時間の余裕はあるかしらと考えていた。だが教室を出たときに、一枚の皿とシャンパンのグラスを二脚手にして階段をあがってきたサイモンに出くわした。アナベルは彼に事情を話した。「公爵様をここでひとりきりにするのは感心しません」彼女は訴えた。「もし悪い夢でも見て泣きだしたらどうするんです？」

「ニコラスは悪い夢を見るのか？」サイモンが眉根を寄せて尋ねる。

「いいえ、でも可能性はあります。わたしはあの子を怖がらせたくないんです」

サイモンが探るような目でアナベルを見つめた。ニコラスを甘やかしてはだめだと説教されるのかもしれない。ところが彼は意外なことを尋ねてきた。「子どもの頃、きみもそうだったのか？」

アナベルは唇を噛んでうなずいた。「とても小さかった頃は母親代わりの人がいたのを覚えているんです。ぐっすり眠れるよう、わたしをあやしてくれた女性がいました。でもわたしが五歳にならないうちに、その女性が亡くなってしまって。それからは調理場の脇の小さな部屋でひとりきりで寝ていました」

サイモンがアナベルの巻き毛を優しく撫でつけた。「ぼくのかわいいシンデレラ。もしきみが安心できるなら、ぼくたちがここを出ていくときに誰かメイドを呼ぶようにしよう」

アナベルはすでにじゅうぶん安心を感じていた。それはニコラスが守られているという安心感だけでなく、サイモンという存在のおかげにほかならない。自分の悩みを彼に打ち明けるだけで、こんなに気分が軽くなるなんて。いつか近いうちに、こんなふうにふたりで自分たちの子ども時代について話し合える日が来るんだわ。そんな未来への希望が持てる喜びに目頭が熱くなる。

ニコラスの部屋に入ると、アナベルはベッドの脇のテーブルにろうそく立てを置いた。マットレスの端に腰かけ、ニコラスの頬を優しく撫でる。彼は目を開けると、まばたきをしてアナベルを見た。ふいに起きあがり、寝ぼけまなこをごしごしとこする。

「ミス・クイン、来てくれたの！　それにサイモン叔父様も連れてきてくれたんだね！」

サイモンがにやりとする。「それだけではないぞ、ニコラス。ほら、彼女は約束どおり、午前零時にごちそうを運んできてくれたんだ。だが言っておくが、これは三人で食べる分だからな」

彼は少年の膝の上に、食べ物がたっぷりのった大きな皿を置いた。たくさんありすぎて、アナベルも最初にどれを食べようかと迷うほどだ。ラズベリーのケーキ、極薄のハムとチーズが詰まったプチロール、オイスターのベーコン巻き、ロブスターサラダが添えられた小ぶりのペストリー。ろうそくの明かりの中、アーモンドのドラジェが光り輝いている。

ニコラスが迷わず手にしたのはチョコレートエクレアだった。かぶりつきながら尋ねる。

「本当に夜の一二時なの？」

「それより少し遅い時間です」小さなレモンタルトを選びながら、アナベルは答えた。「でも、ほぼ真夜中ですよ」

サイモンはニコラスに折りたたんだハンカチを渡し、口元を拭くよう促した。「時計が夜の一二時を告げたとき、魔法使いがミス・クインをかぼちゃに戻してしまうかもしれないと思ったんだが、結局何も起こらなかったよ」

ユーモアたっぷりの叔父の言葉に、ニコラスがくすくすと笑う。「かぼちゃに戻るのは馬車だよ、叔父様。それにミス・クインはシンデレラじゃなくて、ミス・クインだよ」

「うむ、そうだな。おまえの言うとおりだ」

アナベルは背後に座るサイモンを肩越しに見つめた。ふたりはとろけるような笑みを交わした。タルトを少しずつ食べながらサイモンの胸にもたれかかると、彼はアナベルの腰に手を当て、親指でゆっくりと弧を描きだした。欲望をかきたてられるというよりは、くつろいだ居心地のよさを覚える仕草だ。彼女はまるで本当の家族同士のような気分を満喫していた。

家族。これまでわたしはずっと孤独を感じていたけれど、本当は自分が何を求めているのかわからずにいた。それがこれだったのだ。誰かとつながっているという感じ。愛する人たちが永遠にわたしの人生の一部になるという感じ……。そのことに気がついて、アナベルは喉に熱いものがこみあげてきた。

サイモンがベッドの脇のテーブルに置いてあった二脚のシャンパングラスを手に取った。一脚をアナベルに手渡しながら言う。「さあ、お祝いの乾杯だ。英国でいちばん美しい花嫁に」

グラスを触れ合わせ、ふたりは微笑み合った。アナベルは、ニコラスが眉を寄せて当惑したようにこちらを見ていることに気づいた。

ニコラスの小さな手を取り、自分の手に重ね合わせる。「公爵様、あなたの叔父様はわたしに結婚を申し込んでくださって、わたしはそれをお受けしたのです。だから、わたしはもうすぐあなたの叔母になるんですよ」

「アナベル叔母様だ」サイモンが言う。「いや、シンデレラ叔母様でもいい。おまえが好きな呼び方でいいんだぞ」

ニコラスは目を大きく見開いてまずアナベルを、次にサイモンを、それからまたアナベルを見た。「それって、ずっとぼくたちと一緒にいるってこと、ミス・クイン？　ぼくが学校に通うようになっても、どこにも行かないよね？」

アナベルは思わずニコラスを抱きしめた。彼の小さな体と子どもらしい匂いが愛おしくてたまらない。「ええ、どこにも行きません。絶対に。わたしはいつもここであなたを待っています」

「でも……これからたくさんロンドンに出かけるんじゃないの？　ママとパパみたいに」

少年の悲しげな声にアナベルは胸をつかれた。この子が不安を感じるのも無理はない。きっとニコラスの両親はわが子の世話を使用人たちに任せきりだったのだろう。

アナベルが答える前に、サイモンが身をかがめて言った。「絶対にそんなことはしない」きっぱりと断言する。「誓うよ。もしロンドンへ行くことがあれば、必ずおまえも一緒に連れていく」彼はニコラスの手を取ると、厳かに握手をした。「さあ、これで約束成立だ。紳士は決して約束を破ったりしない。よく覚えておくんだぞ」

今はニコラスは満面の笑みを浮かべている。「でも、ぼくの家庭教師は誰がやるの？　アナベル叔母様なの？」

「ええ、もちろんです。どうか安心してくださいね」

アナベルに前髪を撫でられていたニコラスが大きなあくびをした。サイモンが彼の膝の上から皿を取り、アナベルが寝かしつけた。枕に頭をのせた瞬間、ニコラスは目を閉じ、あっという間に寝入ってしまった。

サイモンがろうそくを手に取って、ふたりはそっと寝室から出た。暗い教室を通り抜けて階段をおりる途中、彼は指をアナベルの指に絡めてささやいた。

「無理にニコラスの家庭教師をする必要はないんだよ。別の誰かを雇うこともできる。一度くらいゆったりした生活を送ってもいいじゃないか」

アナベルは首を横に振った。「日がな一日、誰かのお屋敷を訪問したり、何を着ようか迷ったりして過ごしたくないんです。それにニコラスと離れるなんて耐えられません」そう言いながら、またしても不思議な感動にとらわれる。「ああ、サイモン。あの子はわたしの家族になるんですね。こんな幸せなことがあるかしら」

階段をおりたところで彼が立ちどまり、アナベルをじっと見つめた。ろうそくの明かりの中、サイモンの顔にまぎれもない愛情が照らし出されるのを見て、彼女はどうしようもない気持ちの高まりを覚えた。「そういうことなら」サイモンが言った。「ひとつ条件がある」

「どんな条件です？」

「多忙な毎日の中でも、夫のための時間をきちんと取ることだ」

アナベルは彼の首に抱きつき、頬をすり寄せた。男らしい香りと味わいに、たちまち熱い炎が全身を包み込んだ。わたしはこの男性を心の底から愛している。そして彼がわたしにしてくれたように、自分も彼を幸せにしたいと願っている……。無意識のうちにアナベルは腰をくねらせ、サイモンの体に強く押しつけていた。前に彼が与えてくれた激しい歓びを、もう一度味わいたい。

サイモンが欲望の高まりと必死で闘っているのがアナベルにもわかった。そして次の瞬間、彼はつぶやくように言った。「こっちへおいで」

25

手に手を取って、ふたりは薄暗い通路を足早に進んでいった。サイモンがアナベルを連れて暗い寝室へ入り、扉を閉めるまでそう時間はかからなかった。室内には大きな四柱式のベッドと、男性が好みそうな家具が置かれている。だが、アナベルがそれらを目にしたのはほんの一瞬だった。サイモンに強く抱きしめられ、荒々しいキスをされたからだ。

サイモンの舌の感触と全身を這う手の動きを楽しみながら、アナベルも自分とはまったく違う彼の力強い筋肉に指を走らせた。彼が少し身を引き、アナベルの頬に鼻をこすりつける。ふたりとも大きくあえぎ、すでに気持ちはじゅうぶん高まっていた。肌に直接触れたくてたまらなくなり、アナベルはサイモンの肩から上着を脱がせようとした。彼も肩をすくめて協力し、上着が床に落ちる。そのあいだも口づけと愛撫がやむことはなかった。

サイモンがアナベルの体の向きを変え、ドレスの背中にあるボタンをすばやくはずしていった。コルセットの紐をゆるめ、あらわになった肌にそっと唇を押し当てる。彼の温かい吐息に背筋がぞくぞくし、全身に甘いうずきが広がった。ボディスがゆるむのを見ながら、サイモンがコルセットの内側に滑らせた手を胸の手前でとめた。

「今度は針はないだろうね？」いたずらっぽく尋ねる。

アナベルは小さく笑い、肩越しに彼をちらりと見た。「ええ。だから今すぐ触ってほしいの。そうしてもらえなければ死んでしまいそうよ」

サイモンがコルセットの内側に一気に手を滑らせる。てのひらで胸を包み込まれ、先端を軽くもてあそばれた瞬間、アナベルは体の芯にぞくりとした刺激を感じた。サイモンの片手が腹部を滑りおり、秘めやかな部分に到達するのを息を殺して待つ。それなのに、彼はしっとりと潤った花心の手前で手をとめた。

アナベルは思わず欲求不満のうめき声をあげた。体の奥底からわきあがる激しい切望に、腰を揺らしてサイモンの下腹部に押しつける。彼が感情を抑えるかのように身をこわばらせた。けれど彼を放すつもりはない。どうかこのまま、めくるめく歓びに浸らせて。今回こそ、わたしを至福のひとときへといざなってほしい。

サイモンがアナベルのドレスと肌着を脱がせ、ストッキングをおろす。アナベルは赤いハイヒールを脱ぎ捨てた。サイモンもシャツを頭から引き抜くと、濃い毛に覆われた広い胸とたくましい腕があらわになった。目の前のみごとな光景に感嘆しながら、アナベルは彼の胸に頬をすり寄せた。唇から伝わってきたのは、肌の温かみとかすかな塩辛さだ。そのとき、ズボンのボタンと格闘していたサイモンがひとつだけはずれないボタンに悪態をついた。

「わたしにやらせて……」アナベルは手を伸ばして最後のボタンをはずした。サイモンがズボンを脱いだ瞬間、彼女はそそり立つものを目の当たりにして立ちすくんだ。わたしは男女の愛の行為について、なんて無知だったのだろう。これまでは、使用人たちのあけすけな会話を立ち聞きする程度の知識しかなかった。それにしても、サイモンの欲望の証はあまりに大きすぎる。これがわたしの中に入りきるとはとても思えない。それでも彼を受け入れたい。

とめどない情熱の波が全身に押し寄せている。

熱いキスを交わすあいだに、アナベルはサイモンの腕に身をゆだねていた。こうして裸で立っていることが本当に自然に思えてくる。太腿に彼の硬いものが押し当てられていることも。わたしとサイモンは互いのために存在しているんだわ……。今や彼が欲しいというアナベルの欲求は耐えがたいほど高まっていた。

誘いかけるように腰を揺らしながら、サイモンの唇に向かってささやいた。「お願い……わたしを満たして」

彼は低くうめいてアナベルを抱きあげると、ベッドに横たわらせた。そのとき、アナベルは彼の左腿にある古傷に気づいた。指先でそっと触れ、これまで彼が耐えてきた痛みの大きさを思いやる。「まあ、サイモン！　この傷のことをまだ聞いていないわ」

「運悪く、パシュトゥーン族に出くわしたときの傷だ」

「よく痛むの？」

「ときどきね」サイモンの瞳に影が差す。彼は身をかがめ、唇を軽く重ねてきた。「いちばんの特効薬は激しい運動なんだ……今みたいな」

サイモンは横たわってアナベルを腕に抱くと、体を愛撫をしはじめた。アナベルはどんどん貪欲《どんよく》になっていく自分を感じていた。彼の味わいや指先の感触があまりによすぎて、もっと触れてほしくなってしまう。サイモンは手で彼女のヒップから胸を撫であげると、両手で顔を包み込んだ。「きみはまるで天からの贈り物だ」

枕の山にアナベルを押しつけて喉元に鼻をすり寄せ、サイモンは片手で乳房を包み込んだ。同時にもう一方の手を下腹部に滑らせ、潤った部分を指で刺激して、彼女の欲望をかきたてていく。アナベルはなすすべもなく、みだらな感情に身を任せた。手が届きそうなのに届かない、すぐそこにある歓びを求めて、彼女は背を弓なりにした。

これ以上耐えられない。そうアナベルが感じた瞬間、サイモンは彼女の上に覆いかぶさって身を沈めてきた。ほんのいっとき、アナベルの体が彼を受け入れた違和感を訴える。サイモンはそこで動きをとめ、彼女の両脇に手をついて自分の体を支えながら、浅くて荒い息をついた。サイモンをすっぽりと包み込んだすばらしい感触を全身で味わいつつ、アナベルは彼の名をささやいた。サイモンとひとつになる。それがこれほど驚くべきことだなんて。今までこんなに完璧さを感じたことはない。

サイモンが彼女の顔を両手で包み込んだ。「アナベル、愛しい人」

彼の荒々しい鼓動がアナベル自身の鼓動に重なる。見つめ合ったまま、サイモンが彼女の中で動きだした。最初はゆっくりと、それからだんだん速く。ひと突きされるごとに、アナベルは狂おしい快感にのめり込んでいった。まぶたを閉じて、サイモンとつながっている部分に意識を集中させる。かすれた悦楽の声をあげながら、アナベルは彼にしがみついた。もはや理性など吹き飛んでいる。目の前に迫った歓喜の頂をひたすら目指すだけだ。とうとう頂点に達した瞬間、アナベルはほとばしるような恍惚《こうこつ》の波に激しく揺さぶられた。ぼんやりとわかったのは、サイモンが熱烈な愛の言葉をささやきながらキスをしてくれていることだけだ。最後に力強くひと突きすると、彼もまたついにやってきた解放の歓びにうめいた。

ふたりは重なったまま、互いの呼吸や鼓動が静まっていく余韻を楽しんだ。サイモンが顔を彼女の髪にうずめる。彼の体の重みを全身で受けとめながら、アナベルはえも言われぬ満足感に浸っていた。教会でのどんな誓いの言葉よりも、ふたりが愛情でしっかりと結ばれたような気がする。このまま永遠に彼の腕の中にいたい。

サイモンが横にずれてアナベルを腕に抱き、しどけない姿で横たわる彼女の眉にそっと口づけた。言葉では言い表せないほど深く互いを知った喜びに、ふたりは笑みを交わした。

「きみの目、星のようにきらきらしているよ」彼が語りかける。

「それはたぶん、新しいことを学んだからだわ、サイモン」

「どんなことだい？」

「女学校の生徒たちはよく〝婚約者とふたりきりになってはいけません〟と注意されていたものよ。今日、わたしはその理由がようやくわかったの。あなたに会うまで、わたしは男性がこれほど魅力的な生き物だなんて知らなかったんですもの」

サイモンは含み笑いをした。「ぼくたちの娘が大きくなっても、絶対に若い男どもには近寄らせないぞ」

彼の娘か息子を自分が産むと考えただけで、アナベルは無性に嬉しくなった。「あら、娘たちには付き添い役をつければいいわ。そうでなければ、理想の男性と婚約することもできなくなってしまうのよ」

アナベルはサイモンの腕の硬い筋肉に指を滑らせた。かすかな光の中、サファイアの指輪がきらりと輝くのが見えた。

サイモンが彼女の手を取って口づける。「この指輪がぼくにとってどれだけ大切か、まだ説明していなかったね、アナベル。ぼくにとって祖母は本当に特別な人だったんだ。彼女はここケヴァーン城で暮らしていた。忠告を必要としているときや、誰かに話を聞いてほしいとき、ぼくは真っ先に祖母のところへ行っていたものだ。彼女のしっかりした導きがなければ、ぼくはろくでもない男になっていただろう」

「あなたのお母様はどうだったの？」

彼は肩をすくめた。「両親が目をかけていたのは兄のジョージだけだ。兄は――少なくとも両親の目の前では――ぼくよりはるかにいい子だったからね。厄介事を起こすのはいつもぼくだった。おまけに兄は、両親の前でぼくにかんしゃくを起こさせるには何をどうささやけばいいか知っていたんだ」

サイモンは冗談めかして話しているが、アナベルはからかう気になれなかった。拒絶された心の痛みを隠すために、子ども時代の彼は両親に食ってかかっていたのだろう。その姿は容易に想像できる。「そんな……。ご両親はあなたにも目をかけていたはずよ。親というのは、すべての子どもに愛を注ぐものだもの。たとえ跡継ぎではなかったとしても」

一瞬、サイモンは遠い目をして、ふたたび彼女をじっと見つめた。「いいや、たぶん、そういう特殊な境遇がぼくという人間を作ったのだろうと思う。そうでなければ、ぼくもあれほど祖母に頼ったりしなかったはずだ。祖母の指輪を贈ったのは、きみを見ていると彼女を思い出すからなんだよ」

アナベルは上目遣いにちらりと彼を見た。「わたしの顔が？」

サイモンはふっと笑うと、彼女の裸の胸を愛撫した。「ばかな。ぼくが言っているのは性格のことだ。祖母はきみのように率直な物言いをする女性だった。ぼくが生意気でぶしつけな女性に一目置くようになったのは祖母のおかげだ」

「そのあと、おばあ様はどうされたの？」アナベルは静かに尋ねた。

「ぼくが軍の遠征に行っているあいだに亡くなった」彼は言葉を切り、沈痛な表情を浮かべた。「この城から出ていったとき、ぼくは家族との縁を断ち切った。だが、祖母にだけは自分の駐屯地を知らせていたんだ。ときどきくれた手紙には、城に戻って兄との関係を修復してほしいと書かれていたよ。しかしあるとき、祖母からの便りがぷっつり途絶えたんだ」サイモンは歯を食いしばった。「軍を辞めようと決意したのはそのせいもある。そうしてロンドンへ戻ったときに知ったんだ。前の年の春に祖母が老衰で亡くなっていたことを」

「お兄様はあなたに知らせてこなかったの？」

彼は厳しい表情でかぶりを振った。「目の前でダイアナを奪われて以来、ぼくは兄と一度も言葉を交わしたことがない。長いあいだ、ふたりを軽蔑してきた。だが今は……なんてむなしいことをしたのだろうと思っている。ジョージとぼくは常に競い合っていたが、同志でもあったんだ。たぶん、ぼくがこれほど頑固でなければ兄との関係も修復できていたのかもしれない。しかし今となっては遅すぎる」

死者のことを悪く言うのは間違っているのだろう。だが、アナベルはジョージとダイアナの態度を認める気にはなれなかった。「ふたりが悲劇的な事故で亡くなるなんて、あなたには知るよしもなかったんですもの。使用人から聞いたわ。馬車が大破してしまったんでしょう？」

「単なる事故ではないんだ」サイモンが物悲しい瞳で彼女を見つめる。「ジョージはいつも向こう見ずだった。事故のときも友人たちと馬車で競走をしていたんだ。しかも車輪がはずれて馬車が溝に落ちたとき、兄の隣にはダイアナが座っていた。ぼくはよく思うんだ。もし自分がロンドンへ来たときに、ジョージと連絡を取っていたらどうなっていたのだろうと。もしそうしていたら、兄はそんなばかげたまねをしなかったのではないだろうか？」

アナベルは衝撃と悲しみを感じていた。サイモンの心の痛みを和らげたくて、頰に優しく指を滑らせる。「あなたのせいではないわ。事故だったんですもの」

彼は一瞬目を閉じたあと、アナベルのほうへ顔を向けて、てのひらに口づけた。

「きっと何事もなんらかの理由があって起こるんだ。きみも気づいているだろう？　もしぼくがここに戻ってこなければ、ぼくときみが出会うこともなかったと」

「ええ」彼女は静かに答え、自分たちをこの瞬間まで導いた不思議な運命のいたずらについて思いをめぐらせた。サイモンの気分をなごませようと言葉を継ぐ。「ただし、ここで指摘しておかなければいけないわね。あなたは最初、わたしを雇うことに反対して追い出そうとしていたのよ」

彼がにやりとする。「あのときは、それなりにうまくいっていたぼくの生活を、きみにめちゃくちゃにされそうな気がしたんだ。そしてありがたいことに、その予感は当たった。もしきみがそうしてくれなければ、ぼくは辛辣な気難し屋として、ひとり寂しく年老いていただろう」

「そしてわたしは愛する喜びも本物の家庭も知らない、干からびた老女になっていたんだわ」

サイモンはそっと唇を重ねた。「ぼくはきみが一度も持ったことのない家族というものを与えたいんだ、アナベル。だがしばらくは、ニコラスとぼくで満足してもらわなければならないな」

その言葉を聞いて幸福感に浸りながらも、彼女はあることに気づいてはっと起きあがった。「ニコラス！　ああ、大変よ、サイモン。わたし、エロウェンがあの子をほったらかしにしていたのを完全に忘れていたわ。ニコラスは今、子ども部屋でひとりきりなのよ」

「ニコラスなら大丈夫だ、愛しい人」彼はアナベルの胸に指を滑らせ、いかにも残念そうに手を引っ込めた。「さて、きみといつまでもこうしていたいが、そういうわけにもいかない。

噂好きな連中がすでに、長いあいだ戻ってこないぼくたちのことをあれこれ詮索しているだろう」

ふたりしてベッドから出ると、彼女はサイモンの胸に手を当てた。「わたしは舞踏会に戻らなくてもいいかしら？　もう時間も遅いわ。それにこうしてあなたとベッドをともにしたあとなのに、招待客たちから質問攻めに遭いたくないの」

サイモンは微笑み、彼女のほつれた髪を耳のうしろにかけた。「今のきみは完全に愛された女のオーラを漂わせているね」

「そしてあなたは完全に満足した男の人のように見えるわ。少なくとも今は」

アナベルがつま先立ちになり、ふたりは口づけた。それは今後のめくるめくような日々を暗示するキスだった。できることなら今すぐサイモンとベッドに戻りたい。けれど、彼が客たちに対して義務を果たさなければいけないことはよくわかっている。だから彼女はありったけの愛情をこめてキスをした。離ればなれになるのが寂しくてたまらないことを彼に伝えたかったのだ。

ようやく体を離したとき、サイモンは熱っぽい目でアナベルを見た。「準備が整い次第、すぐに結婚しよう」

彼女は微笑んだ。「仰せのままに、閣下」

そのあと、ふたりは互いに手伝いながら服を着た。けれども愛撫や口づけを交わしながらだったので、ふだんより二倍も時間がかかってしまった。寝室から出てくるところを客に見られないよう、サイモンが廊下を確認する。誰もいない通路へ出て、ふたりは子ども部屋に通じる階段まで歩いた。

彼がアナベルにろうそくを手渡した。「ぼくの夢を見てくれるかい？」

「いつも見ているわ、愛しい人」

最後にもう一度、ふたりは口づけた。アナベルはくずおれそうになるのを石壁に寄りかかってこらえながら、大股で遠ざかっていくサイモンが曲がり角で見えなくなるまで見送った。階下の舞踏室からかすかに音楽の調べが聞こえてくる。晩餐が終わり、客たちはふたたび踊っているのだろう。わたしもサイモンと一緒に行けたらよかったのに、とアナベルは思わずにはいられなかった。早くも彼と離れた寂しさとむなしさを感じている。

それでも今の自分がどう見えるかは承知していた。ヘアピンの半分がどこかへ行ってしまったうえ、顔に浮かんでいるのは幸せいっぱいの表情だ。やはりまっすぐ自分の寝室に戻ったほうがいい。これ以上、噂好きな人たちに話題を提供する必要はないだろう。彼らはすでにあれこれ騒いでいるに違いないのだから。

アナベルは階段をあがって教室に入った。先ほどと変わりない。暗くて静かなままだ。これまでの二カ月間、この教室がわたしの領域だった。でも、今後はケヴァーン城の女主人になるのだ。まだとても現実とは思えない。

まっすぐ進んでニコラスの様子を見に行くと、彼はベッドで熟睡していた。呼吸も穏やかで、かわいらしい顔に長いまつげが影を落としている。アナベルは上掛けを直しながら思った。結局、サイモンは正しかったわ。わたしは心配しすぎていたのね……。とはいえ、この子の身に何か起こると考えただけで耐えられない。サイモンと同じく、ニコラスもわたしにとって心から愛する存在なのだ。そんなふたりがわたしの家族になる。ああ、わたしって、世界一幸運な女だわ。

アナベルはそっと扉を閉めると、向かい側にあるエロウェンの部屋を確認した。彼女はまだ戻っていない。サムハイン祭のどんちゃん騒ぎを楽しんでいる怠け者の子守りを探しに行こうかしら？　一瞬そんな気になったが、やはり朝まで待とうと決めた。今はわたし自身、あまりに幸せすぎて誰かに厳しく説教をするどころではない。それに今はニコラスが目覚めたときに備えて、わたしがそばにいてあげなくては。

彼女は今すぐベッドにもぐり込んで、サイモンとの愛の行為の思い出に浸りたかった。男女のあいだにあれほどの歓びが存在するとは想像もしていなかった。これまで読んできた詩歌や十四行詩《ソネット》の意味が突然わかったような気がする。どの作品も愛というテーマを文学的に強調して表したものだと思っていたけれど、そうではなかった。現実の愛は、言葉ではとても表現できないほど美しく刺激的なものだったのだ。

アナベルは笑みを浮かべながら扉を開け、寝室へ入ると洗面台の上にろうそく立てを置いた。小さな鏡の前に立ちながら、ふと思う。もう少し明るければいいのに。心の内側で感じている大きな変化が、自分の外見にも表れているか確かめてみたい。

鏡をのぞき込んだ瞬間、何かが動くのが見えた。背後にゆがんだ顔がある。まるで悪魔のような。

　ふいに恐怖に襲われた。叫び声をあげようとした瞬間、口と鼻に不快な匂いのする布を押し当てられた。

26

舞踏室に戻ったサイモンは、意外な人物と顔を合わせて仰天した。もともと招待客リストには載っていたが、残念ながら先約があるため参加はできないという返事をもらっていた女性だ。

サイモンは笑いながら彼女の頰にキスをした。「クラリッサ！　あなたに来ていただけるとは、なんという喜びでしょう」

ほっそりとしたレディ・ミルフォードは年齢をまるで感じさせない。プラム色のシルクのドレスをまとい、結いあげた黒髪にダイヤモンドのエイグレットをつけた姿は高貴そのものだ。サイモンの祖母の親友だった頃から、まったく変わらぬ美しさだった。「ここにいたのね、サイモン。今夜のあなた、とても生き生きしているわ」

たしかにあふれるほどの活力を感じている、とサイモンは思った。その理由を彼女に打ち明けられればいいのだが。「いつ着いたんです？　もしかして、ぼくはあなたの姿を見過ごしてしまったんでしょうか？　出迎えのとき、大勢の人がどっと押し寄せていたので……」

「いいえ、わたしが着いたのは本当に遅い時間よ。すでに晩餐がはじまっていたんですもの」

「夜なのに、わざわざいらしてくださったのですか？」サイモンは驚いて尋ねた。「こうしてお迎えするのは嬉しいですが、あなたには曲がりくねった暗い夜道を通る危険を冒してほしくありません」

「わたしの御者はとても優秀なのよ。それにできるだけ早くここへ来る必要があったの」謎めいた言い方をすると、レディ・ミルフォードは手袋をはめた指を彼の肘にかけた。「もっと静かな場所に移りましょう」

興味を引かれたサイモンは、彼女を連れて人込みの隅まで移動した。途中で数人の客にそつけなく会釈をしたが、誰とも言葉は交わさなかった。今はそんな気分になれない。レディ・ミルフォードが何か重要な話をしに来たのは明らかだ——それは彼にとっても好都合だった。サイモン自身も彼女に報告すべきことがあるからだ。

彼はにやにやしそうになるのをこらえるのに必死だった。舞踏会がはじまったときには、アナベルから許してもらえるか自信が持てずにいた。何しろ、不埒にも彼女を自分の愛人にしようとしてしまったのだ。だが、まったく予想外のすばらしい展開が待っていた。アナベルはぼくを愛してくれていたのだ。そして今、ぼくはこれ以上ないほどの幸せを感じている。

レディ・ミルフォードが窓のそばで立ちどまった。部屋の向こう側で踊る客たちから遠く離れた場所だ。「ここがいいわ」

サイモンは彼女が真剣な表情を浮かべていることに気づいた。「今夜のあなたはなんだか謎めいていますね。理由を教えてくれませんか？」

「まずききたいことがあるの。ミス・クインはどこ？」

「自分の寝室でやすんでいるはずです」

「ここへ戻ってきてくれたらよかったのに」レディ・ミルフォードが残念そうに言う。「でも、彼女は寝室に戻って正解ね。あなたたちふたりが舞踏室から消えてから、もう大騒ぎだったのよ。しかも二時間近くも！」

「彼女の名誉を汚すようなことは何もしていません」これは厳然たる事実だ、とサイモンは思った。ぼくは心の底からアナベルを愛している。体を重ねたのは、互いの強い情熱を表したかったからだ。何があろうと、ぼくは彼女との結婚をあきらめたりしない。

その瞬間、サイモンは部屋を横切ってくるラドローの姿を見つけた。年老いた使用人は、何か話したそうな様子でサイモンに向かって手を振っている。

なんということだ。ラドローはぼくの寝室に行き、アナベルとの交わりの証拠を見つけてしまったのだろうか？　レディ・ミルフォードの前で下品なほのめかしだけはやめてほしい。そんなことになれば、アナベルの評判はなんとしても自分が守るというぼくの覚悟をこのレディに疑われてしまうだろう。

レディ・ミルフォードはすでに厳しい目で彼を見つめている。「サイモン、本当のことを教えてちょうだい。あなた、彼女をもてあそんでいるの？　あんなに高潔で慎み深い女性に恥をかかせたら許しませんよ」

「ご心配には及びません」サイモンはレディ・ミルフォードの華奢な肩にそっと手を置いた。「実際、あなたに秘密を打ち明けるつもりでいたんです。今夜、アナベルはぼくの妻になることに同意してくれました。ぼくたちは結婚するんです」

レディ・ミルフォードのスミレ色の瞳がたちまち潤む。彼女は柔らかな笑みを浮かべると、つま先立ちになってサイモンの頬にキスをした。「まあ！　本当にすばらしいニュースだわ！　まだ信じられないくらいよ」

「アナベルをこの城へ連れてきてくれたあなたに感謝しています――それに、ニコラスには家庭教師が必要だと言い続けてくれたことにも。アナベルの愛情のもと、あの子は本当に快活になったんですよ」

「それにあなたもね」

「正直に言えば、もうアナベルなしの人生など考えられません」ラドローが脚を引きずりながら近づいてきていたが、サイモンはレディ・ミルフォードの前で彼と話をするつもりはなかった。「少し失礼してよろしいですか？　使用人が何か報告したそうなので」

レディ・ミルフォードがサイモンを見つめる。「実は、今夜わたしがここへやってきた用件にもミス・クインが関係しているの。できればあなたたちふたりの前で話したいわ。明日の朝ではどうかしら？」

「もちろん構いません」

レディ・ミルフォードはその場を離れ、ほかの客たちのほうへ向かっていった。彼女を見送りながら、サイモンは好奇心を覚えずにはいられなかった。夜遅くにレディ・ミルフォードをこの城へ来させた理由とはなんだろう？　しかもそれはアナベルに関係した用件だというが、ぼくには見当もつかない。

ラドローがぎくしゃくとお辞儀をした。「ああ、やっと見つけることができました、閣下」

「やっと？」

「一時間以上前に使者が伝言を持ってきたのです。どうやら監獄からミスター・バンティングが脱走したらしいと」

もうろうとした意識の中、アナベルは恐怖とともに目覚めた。まぶたがひどく重い。頭もがんがんしている。できることなら、ふたたび眠ってしまいたい。だが、本能の声がしきりにささやきかけていた。周囲の様子を調べるのよ、さあ、早く。

彼女は冷たくて硬い場所に仰向けに寝かされていた。右足が氷のように冷たい。赤いハイヒールを左足しか履いていないからだ。湿った土の匂いがあたりに漂っている。どういうわけか、狭い囲いの中に閉じ込められている気がした。

もしかして、お墓？

警戒心がむくむくと頭をもたげてくる。アナベルは努力の末、ようやくまぶたを開いた。そこは地下だった。薄汚れた天井では、木の幹が絡まり合っている。しかもその天井は異様に低く、彼女の頭上に迫っていた。木の幹のうねりや曲がりの差がはっきりわかるほどの至近距離だ。

あえぎながら、なんとか肘をついて上体を起こした。とたんにめまいがして、また目を閉じる。もう一度まぶたを開けると、先ほどよりあたりがよく見えるようになっていた。足元から差し込んでいる光のせいだ。その光を黒い何かが遮っている。アナベルは何度かまばたきをして、ようやく気づいた。わたしの前に黒々とした何者かがうずくまっている。悪魔の仮面をかぶった生き物が。

鏡に映っていた顔の記憶がふいによみがえった。

アナベルは悲鳴をあげようとした。だが体が弱っているせいで、かすれた声しか出ない。仮面の下から笑い声がした。「やあ、ミス・クイン。ようやくお目覚めだな」

この声は……。

相手の正体に気づいた瞬間、彼女は骨が凍るほどの恐怖に襲われた。


サイモンはランプを手に階段を一段抜かしで駆けあがり、子ども部屋へと向かっていた。心の中で自分に言い聞かせる。伝言が届いたからといって、すぐさま一大事というわけではない。きっとバンティングは脱獄もしていないし、ここへも来ないだろう。臆病者らしく刑務所のどこかに隠れているに違いない。

それでもなお、サイモンはアナベルの身に危険が迫っているのではないかという不吉な予感を拭えずにいた。バンティングが彼女に対して見せていた強い嫌悪感が忘れられない。

暗い教室を足早に通り過ぎる。今までアナベルの寝室に来たことはないが、場所はわかっていた。寝室の扉が開いているのを見た瞬間、言いようもない恐怖に襲われた。いや、きっとニコラスが夜中に目覚めて誰かを呼んだときに備えて、扉が開けてあるだけに違いない。

しかし寝室に足を踏み入れたとたん、その淡い希望は打ち砕かれた。ランプの明かりに照らし出されたのは空っぽの部屋だ。ベッドの上掛けにも乱れがない。

サイモンは踵を返し、大股で教室を通り抜けてニコラスの部屋へと向かった。ニコラスはベッドでぐっすり眠っていた。だが、アナベルの姿はない。

彼女はどこへ行ったんだ？　あれから舞踏会に戻ったはずはない。

サイモンは大股で三歩進み、子守りが寝ている小さな部屋を確認した。誰もいない。

床で何かが光った。クリスタルビーズがちりばめられた赤いハイヒールの片方だけが、秘密のトンネルの隠された入口近くに転がっている。

震える指でハイヒールを拾い、ポケットの中へ押し込んだ。石壁沿いに手を這わせて隠れたレバーを探り出す。そのレバーを押すと、漆黒の闇の中から扉が現れた。

アナベルが単なる好奇心から秘密のトンネルを探険するはずがない。靴が片方だけ落ちているのだからなおさらだ。誰かが彼女を無理やりトンネルの中へ連れ込んだに違いない。

バンティング。

ランプを手に、サイモンは急な階段を駆けおりた。通路がふた手に分かれる踊り場に近づいたとき、あるものが視界に入り、ふいに恐怖に襲われた。暗がりに横たわる女。不自然な首の向き。

たちまち鼓動が激しくなる。そんなばかな！

ひざまずいて女の体の向きを変えた瞬間、サイモンはふたつのことに気づいた。まず女はアナベルではなく、行方がわからなくなっていた子守りだったこと。

そして、彼女は絞め殺されていたことだ。


「好きなだけ叫ぶがいい。いくら叫んでも、きみの声は誰にも聞こえない」

アナベルは立ちあがろうとした。けれども頭がくらくらするうえに、体も震えるばかりで力が入らない。男がじっと見つめる中、どうにか身を起こして座る。きっと彼に拉致されたときに薬をかがされたのだろう。それで気を失ってしまったのだ。

だが少なくとも今のアナベルには、相手が何者かわかっていた。

「どうして……」言葉を切って唇を湿らせる。「どうしてそんなおかしな仮面をかぶっているの？」

「ここにやってくる途中で誰かに出くわしたときのためだ。この格好なら、サムハイン祭の酔っ払いのふりができる。だが、もはや仮装も必要もないようだ。そうだろう？」

男は頭のうしろで結んでいた仮面の紐をほどいた。悪魔の仮面の下から本当の顔が現れる。ハロルド・トレメイン。温厚そうな顔だけにいっそう不気味だ。

アナベルの頭はまだもうろうとして、理性を働かせるどころではなかった。それでも本能の声がしきりに促してくる。トレメインと話そう。彼と話す時間を長引かせるほど、わたしは体力を回復できるし、ここから逃げ出せる確率も高まる。

「ここはどこ？」弱々しい声で尋ねた。

「当ててみろ。この場所に見覚えがあるはずだ」

アナベルはあたりを見まわした。脇にある骨の山に気づいた瞬間、激しい嫌悪感に襲われた。ここはドルイド教の発掘場に違いない。わたしが寝かされているのは、穴の奥深くにあった石の祭壇なんだわ。

なんとか震えをこらえた。「なぜわたしがここに来たことがあるのを知っているの？」

「バンティングから聞いた。それにぼく自身も、ここできみの姿を見たことがある」

アナベルは瞬時にトレメインの言葉の意味を察した。「わたしを撃とうとしたのはバンティングではなかったのね。あれは……あなただったんだわ」

トレメインが得意げににやりとした。背後のランプの明かりに照らされて、彼の目は骸骨のくぼんだ眼窩《がんか》のようにうつろに見える。「あの日、ぼくはきみのことを見張っていたんだ。そうしたら願ってもないチャンスがめぐってきた……だからやるべきことをやったまでさ」

アナベルは恐怖で鳥肌が立つのを感じた。この人は頭がどうかしている。どうすれば彼から逃げられるだろう？　トレメインは深く掘られた部分の入口を背にして、彼女の前に立ちはだかっている。

わたしにとっての武器は時間しかない。時間が経つごとに頭が少しずつはっきりしてきた。

同じように体力も回復することを今は祈るほかない。

トレメインが自慢げに続けた。「海岸の洞窟に来てほしいという手紙を置いたのもぼくだ。牧師宛の手紙を参考にして、サイモン卿の筆跡をまねるのは簡単だったよ」彼は顔を突き出すと、いやらしい目つきでアナベルの足元を見た。「きみも愛人に会うためにいそいそとやってきたしね」

サイモンのことを考えた瞬間、彼女は喉にこみあげるものを感じた。わたしはもう一度彼に会えるのかしら？　サイモンは、手紙がバンティングによって書かれ、共犯者のミセス・ウィケットによって届けられたと信じている。「それなら、あのときサイモンが助けにやってきて、あなたはさぞがっかりしたんでしょうね」

「だが、今回は彼を頼りにはできない」トレメインの口調がやや愚痴っぽくなった。「こんなはずじゃなかったんだ。何もかも、ぼくを拒絶したきみのせいだぞ」

「あなたを拒絶した？」

「ぼくがここへ来たばかりのときに開かれたディナーパーティーのことさ。会話の最中だというのに、きみはぼくに背中を向けてサイモン卿のもとへ行ってしまった。それにピアノを演奏しているきみに話しかけたときも、まったく同じ仕打ちをぼくにしたじゃないか」

アナベルはとっさに思った。トレメインを怒らせてはいけない。不意をつくためには、彼の気持ちを和らげなくては。「そんなつもりは全然なかったの、本当よ」

「いいや、そんなことはない。きみはぼくを鼻であしらったんだ。婚外子のくせに」

彼女はトレメインをじっと見つめた。出自のことはサイモン以外、誰にも話していない。「本当にごめんなさい、ミスター・トレメイン。でも、まさかわたしのことを誰かが噂しているとは思わなかったわ」

彼が身の毛もよだつような乾いた笑い声をあげる。「ぼくがそういう情報を単なる噂で知ったと思っているのか？　ばかな。ぼくは王族にいちばん近い筋から情報を仕入れたんだ。きみはぼくを単なる牧師補だと思ってるだろう？　だが、ぼくはきみを誘惑するためにここへ送られてきたんだよ――きみの貞操を確実に奪い、もう良家の家庭教師として二度と仕事ができなくなるように」

この人は精神を病んでいるんだわ。先ほどから意味不明なことばかり口走っている。

「ここへ送られてきたですって？　いったい誰に？」

「きみの永久追放を望む王室の誰かさ……それもこれも、きみの父親のせいだ」

アナベルはあっけにとられて頭を振った。「わたしの父親？」

それ以上は答えようとせず、トレメインが歯をむき出しにする。「きみを誘惑して評判を台なしにするために、ぼくはかなりの報酬をもらったんだ。でも、きみは誘いに乗ってこようとしなかった。だから殺さなければいけなくなったというわけさ」

いきなり彼が腕を振りあげた。手には鋭くて長いナイフが光っていた。

子守りの遺体を発見したあと、サイモンは大急ぎでトンネル内をくまなく探しまわった。

だが、アナベルの居場所を示す手がかりは何も見つからない。いったいバンティングは彼女をどこへ連れていったのだろう？

こみあげる恐怖を抑えて、できるだけ理性的に考えようとした。しかし、可能性があまりにも多すぎる。海岸の洞窟や城内にある無数の部屋、城外に果てしなく広がる領地。バンティングが馬車にアナベルを乗せ、すでにここから遠ざかってしまった可能性もある。捜索には多くの人手が必要だろう。だが幸いなことに、サムハイン祭の今夜は大勢の従者や馬丁が集まっている。

大股で中庭を通り抜けて開かれた落とし格子をくぐったとき、サイモンは城の壁伝いに走ってきた少女とまともにぶつかった。彼女のことは知っている。調理場で働くメイドのリヴィだ。

尻もちをついたリヴィは、サイモンの手を借りて起きあがるなり、わめきはじめた。

「閣下！　彼らがあそこにいます！　近寄ってはいけません！」

少女の声ににじむ恐怖にサイモンははっとした。彼ら……アナベルとバンティングのことか？　「おい、叫ばないでもっとはっきり話すんだ」

「ようしぇいです――魔法にかけられてしまいます。丘の中腹で彼らの光を見たんです！」

「妖精のことか――くそっ！」彼は脇に寄り、リヴィが通れるようにした。「さあ、行くんだ」

だがメイドが城の中へ駆け込んだ瞬間、サイモンの苦笑いは消えていた。〝丘の中腹で彼らの光を見たんです〟

ふいに彼はバンティングがアナベルを拉致した場所に気づいた。

ランプの明かりがナイフの鋭い切っ先をぎらりと照らし出す。

どうか恐怖で歯が鳴っていませんように。そう祈りながら、アナベルは家庭教師のときの穏やかな声を必死で出そうとした。「あなたは大きな間違いを犯そうとしているわ。そんなことをしたら絞首刑になってしまうわよ」

トレメインがにやりとする。「ああ、そうだ。だが、賢いぼくはそんなミスは犯さない。数日前にバンティングが脱獄できるよう手はずを整えておいた。もしこの祭壇できみの血痕が見つかったら、犯人は絶対にバンティングだということになる。無惨にも吊されるのは奴というわけだ」

ああ、なんてこと。サイモンがその筋書きを疑うはずもない。彼はバンティングがドルイド教の生け贄に異常なほどの興味を抱いているのを知っている。しかも〝牧師の日記を見つけた〟というトレメインの主張が、さらにたしかな証拠となるだろう。おそらくその日記自体、彼の偽造だろうけれど。

トレメインが手にしているナイフに目をとめ、アナベルは言いようもない恐怖に襲われた。どうやって彼と戦えというの？　こちらは素手だというのに。

深い絶望感を覚えつつも、彼女は相手の虚栄心をくすぐろうと考えた。「あなたがそんなに賢い人だったとは気づかなかったわ。どうか、わたしにあなたとやり直す機会を与えてほしいの」

「きみは本当に美しい」トレメインがいかにも残念そうに言う。「実に残念だ。きみを殺さなければいけないなんて」

低い天井にぶつからないように身をかがめたまま、彼はアナベルのほうへ近づいてきた。彼女はとっさにうしろへさがるふりをした。そしてトレメインがじゅうぶん近くへ来たときを見計らい、渾身《こんしん》の力をこめて脚を蹴りあげた。

スカートが邪魔をして、思ったほど強くは蹴れなかった。それでもハイヒールの先がトレメインの股間をとらえ、彼はバランスを崩した。トレメインが悪態をつきながらよろめき、壁にどんとぶつかる。たちまち頭上からふたりめがけて泥のかたまりが降ってきた。

アナベルは手近にある骨の山から大きな骨を引っつかんだ。これでトレメインの頭を殴りつければいい。しかしそうする間もなく、彼は体勢を立て直した。

凶暴なうなり声をあげ、アナベルに飛びかかってくる。

彼女は両手に長い骨をつかみ、それを楯にしようとした。だがトレメインの容赦ない攻撃に、硬い骨があっけなく砕け散る。彼女は思わず泣き叫んだ。

トレメインが歯をむいてうなり、またしてもナイフを振りかざそうと構える。

アナベルは砕けた骨を槍のように振りまわした。必要とあらば目に突き刺してやる覚悟だ。ところが相手は攻撃してこない。黒い影がトレメインにすっと近づき、背後から腕をつかんだ。

サイモン！

彼の険しい顔がランプの明かりに浮かびあがった。サイモンは腕をトレメインの喉に巻きつけて絞めあげた。トレメインの手からナイフが落ちる。トレメインは苦しげにあえいで手足をじたばたさせていたが、突然動かなくなった。

サイモンがトレメインの体をどさりと下に落とした瞬間、アナベルは狭い穴ぐらのような場所からようやく飛び出し、サイモンに抱きついた。ぶるぶると身を震わせながら彼のウエストに両腕をまわし、温かい体にしっかりとしがみつく。早鐘のような彼の鼓動を感じ、アナベルは自分が生きているという喜びをしみじみと嚙みしめた。

トレメインのねじれた体をちらりと見る。「彼は――」

「死んだ」サイモンがそっけなく言った。

冷ややかな口調を聞いて、彼女はサイモンを慰めてあげたくなった。手で彼の頰を包み込んで言う。「あなたは必要なことをしたまでよ。彼はわたしを殺そうとしたんですもの」

サイモンが大きく深呼吸をした。「きみはもう無事だ、愛しい人」アナベルのてのひらに唇を押し当て、声を震わせる。「ああ、きみが無事で本当によかった……」

27

クラリッサは襲いかかる疲労感と闘っていた。疲れを感じているのは夜遅い時間だからではない。自分が抱えている秘密の重さのせいだ。

とはいえ、かいがいしくアナベルの世話を焼くサイモンの姿を見ているうちに、自然とクラリッサの頬はゆるんでいた。三人は今、サイモンの書斎にいる。彼はちょうど、火が赤々と燃えている暖炉脇の長椅子にアナベルの体を横たえたところだ。ふたりが城へ戻ってきた直後から、事件の信じがたい真相があっという間に舞踏会全体に広まっていった。

そのときまで、クラリッサはもう床につくつもりでいた。だが、今こそ説明すべきときが来たようだ。クラリッサは人知れず煩悶《はんもん》していた。自分だけが知る情報をもっと早く伝えていれば、今回のアナベルへの攻撃は防げたはずだ。もしわたしがもっと早くケヴァーン城に着いていたら……だがどう考えても、あれより早い時間に到着するのは無理だっただろう。

サイモンがアナベルにブランデーの入ったグラスを手渡そうとした。しかし、アナベルは身震いをして拒んだ。「紅茶をお願いします。自分の感覚を曇らせるようなものは何も飲みたくないの。トレメインはわたしに変な匂いのする布をかがせたわ。それからあの祭壇で目覚めた瞬間まで何も覚えていなくて……」

「エーテルだわ」クラリッサは吐き捨てるように言った。「パーティーでどんちゃん騒ぎをするために一部の貴族が使っている薬よ。ほんの少しかいだだけで、天国にいるような気分になってしまうの。もちろんもっと多い量をかがせれば、誰かを眠らせることもできるわ」

サイモンは紅茶のカップに角砂糖を入れながら表情をこわばらせた。「トレメインがひそかにそんな機会をうかがっていたとは！　いちばん知りたいのは、奴がどうして秘密のトンネルのことを知っていたかだ」

彼からティーカップを受け取りながら、アナベルが言う。「トレメインはとてもずる賢い人です。鍵穴からのぞき見をするような輩だわ。きっとミセス・ウィケットがトンネルのことを知り、バンティングに話したんでしょう。トレメインはふたりの話を盗み聞きしていたんじゃないかしら」

「バンティングといえば、彼をなんとかして見つけ出し、もう自由の身だと知らせてやらなければいけないな」

「じゃあ、発掘場を掘り返した罪には問わないつもりなのね？」アナベルが尋ねる。

「ああ、今回のことを踏まえてそうするつもりだ」サイモンは彼女が横たわる長椅子に腰をおろし、優しく手を撫でた。「愛しい人、きみは疲れきっているように見える。これは今すぐに話す必要のないことだ。明日の朝、また改めて話し合おう」

ふたりが穏やかな笑みを交わす。アナベルは彼の肩にそっと頭をもたせかけた。

「眠れるかどうかわからないわ。トレメインに言われたことを妙に思い出してしまうの」

「なんと言われたんだ？」

「彼は言ったわ……自分はわたしを誘惑するためにここへ送られてきた、それを指示したのは王室の誰かだと。そう言ったあと、わたしを殺そうとしたの」

サイモンはアナベルを抱きしめると額に口づけた。「単なる戯言だろう。あんな奴の言葉は忘れたほうがいい」

ふたりの姿を見ながら、クラリッサはほろ苦い喜びを感じていた。自分もかつて、こんなふうに深く愛されたことがある。あの頃が懐かしい。今こうしてアナベルとサイモンを見ていると、不思議な驚きを感じずにはいられない。彼らを結びつけようとした自分の計画が奇跡的に実ったのだ。明らかに、ふたりは強い絆で結ばれている。けれどもその絆は、今からわたしが話すことを聞いても揺るがないほど強いかしら？

クラリッサは覚悟をこめて大きく息を吸い込んだ。「わたしはトレメインの言葉の意味を知っているわ。実は、今夜ここへやってきたのもそのためなの。でも、まずはサイモン、あなたが持っているブランデーをちょうだい」

サイモンが眉根を寄せてグラスを手渡す。「こんな夜中にあなたがやってくるなんておかしいと思っていたんです」

「わたしはアナベルの手紙を読んで、ここに駆けつけたの。数日前に届いた手紙には、バンティングが彼女の命を二度も狙ったと書かれていたわ。でも、わたしにはすぐにわかったのよ。真犯人はバンティングではないと」クラリッサはブランデーを口にした。「ちょっと先走りすぎてしまったわね。アナベル、わたしは自分の境遇について、あなたに話さなければいけないことがあるの」

察しが早いアナベルはクラリッサをじっと見つめた。「ディナーパーティーで、トレメインからあなたについての噂を聞きました。彼は、かつてあなたはジョージ三世の息子、つまり王子の愛人だったと言っていたんです」

「ええ、そうよ」そう言いながら、クラリッサは本気で愛した唯一の男性がもうこの世にはいない悲しみを感じていた。けれど、今は甘い追憶に浸っているときではない。「わたしはここで、王室のごくかぎられた人たちしか知らない秘密を明かさなければならないわ。わたし自身はその秘密を今年のはじめ、死の床にあった召使いから聞かされたの。どう説明したらいいのかわからないから率直に言うわね、アナベル。あなたは名もない平民の子どもなどではない。あなたのお父様はジョージ三世の第四王子、故ケント公エドワードなのよ」

アナベルは無言のまま目を見開き、耳を疑うかのように小さくかぶりを振った。

サイモンが口を開いた。「そんなばかな！　これまでも王室は非嫡出子の面倒を見てきたではないですか。彼がアナベルを見捨てるわけがない」

「故ケント公エドワードはアナベルが生きていることを知らなかったのよ」クラリッサはしんみりとした口調で言った。「説明させてちょうだい。エドワード王子はフランス人の貴婦人と極秘に結婚していて――」

「合法的な結婚だったんですか？」サイモンが信じられないというように遮る。「だが、そんな――」

「静かになさい！　最後まで説明させて」しかめっ面をしたサイモンが椅子に深々を身を沈めるのを見て、クラリッサは言葉を継いだ。「父君ジョージ王は彼らの結婚を承認したわ。でも数日後に退位を余儀なくされ、枢密院が承認を取り消したの。何しろ時は一八一一年、英国はナポレオンと交戦中だったから、半分フランス人の血が流れた王族の誕生はゆゆしき問題と見なされたの。そこでお産で亡くなったアナベルの母親と同じく――赤ちゃんも死んだことにされたのよ」クラリッサは前かがみになり、アナベルに話しかけた。「ひとつ言っておきたいの。わたしはあのときのエドワード王子ほど悲しみに打ちひしがれた男性を見たことがないわ。摘子であれ非嫡出子であれ、彼は娘の誕生を歓迎したはずよ」

アナベルは吐息を震わせて目を閉じ、暖炉のほうへ顔をそむけた。

サイモンが膝の上でこぶしを握りしめる。「ということは、誰かがアナベルと死んだ赤ん坊をすり替えたということですか？」

「ええ、そうなの」クラリッサは答えながら、同情のこもった目でアナベルを見つめた。かわいそうに。こんな話を聞かされて、さぞかし衝撃を受けているだろう。「アナベルはこっそり連れ去られ、ヨークシャーの女学校の前に置き去りにされたの」

サイモンが弾かれたように立ちあがる。「誰がそんなことをしたんです？　そいつらの名前を教えてください」

「責任のある人たちはすでに死んでしまったわ。それに彼らの名前をあなたに明かそうとも思わない」

「だが、王室の中にまだ秘密を知る者がいることは明らかです。それは誰なんですか？」

「お座りなさい、サイモン。どうか最後までわたしの話を聞いてちょうだい」

サイモンが着席するまで、クラリッサは彼をにらみつけるのをやめようとはしなかった。けれども彼がアナベルを守るように腕をまわしているのに気づき、ふいに嬉しくなった。自分がこれから話そうとしている内容によって、サイモンの男としてのプライドが傷つくであろうことはわかっている。

「わたしはそういう事情を知って」クラリッサはふたたび説明をはじめた。「仮にも王族の血を引く娘を、田舎の女学校であくせく働かせるわけにはいかないと思ったの。少なくともアナベルは良縁を得て結婚するのが当然だわ。だから彼女がケヴァーン城へやってくるよう、手はずを整えたのよ。ふたりが恋仲になればいいと思って」

サイモンがむっとした表情になる。だが感心なことに、彼はすぐに頭を振って笑いだした。

「やれやれ、そういう陰謀が転じて福となすこともあるんですね」

クラリッサはまたブランデーを口にした。「でも、わたしの取った行動がこんな騒ぎを引き起こすとは思いもしなかったわ。はじめは、わたしのやっていることは誰も知らないと考えていたの。けれどもあとから、女学校のミセス・バクスターがアナベルについて定期的にロンドンへ報告していたことがわかったのよ」

アナベルがはじめて口を開いた。「ミセス・バクスターは知っていたんですか？」

「いいえ、アナベル。彼女は何も知らなかったわ。ただ、あなたがどんな行動を取っているか——そして女学校を離れていないか——をときどき報告することで小遣い稼ぎをしていたのよ。だからあなたが女学校から出ていったとき、ミセス・バクスターはすぐ相手にそう報告したわ。そしてその人物が、トレメインを牧師補としてここへ送り込んできたの」

「そいつの名前を教えてください」サイモンが言い張る。

クラリッサは彼に厳しい一瞥をくれた。「わたしひとりの胸におさめておくのがいちばんよ。二度ときかないでちょうだい。ただ、トレメインがアナベルに言ったことはすべて真実よ。彼はアナベルを誘惑するためにここへ送られてきた。彼女が二度と良家の家庭教師にはなれないように貞操を奪おうとしたの。そうすればアナベルが貴族と接触する可能性を完全に断てるから」

「でも、どうして？」アナベルが困惑したように頭を振りながら尋ねる。「もしもわたしの……わたしの両親の結婚が合法でなければ、王族にとってわたしはなんの脅威にもならないはずです。彼らはわたしがお金を要求するとでも思ったんでしょうか？」

「ぼくはきみがヴィクトリア女王の腹違いの姉ではないかと思っている」サイモンが言った。

「つまり異母姉だ」

アナベルは小さくうめいた。両方の手を口に当てたまま、身じろぎもせずに座っている。

「そのとおりよ」クラリッサは認めた。「当時の枢密院の決定には例外的なものもいくつかあったの。もしあなたのご両親の結婚が合法だと裁判所で認められれば、姉であるアナベルが英国の王位継承者となるわ。つまり、女王になるべきはヴィクトリアではなくあなたになるのよ」

アナベルは無言で、彫像のごとくじっと座ったままだ。その瞳は一七歳であるヴィクトリア女王と同じ青色をしている。

クラリッサは思った。アナベルはいったい何を考えているのだろう？　彼女は今まで、こき使われてばかりのつらい人生を送ってきた。それが今や、英国の女王という究極の地位を与えられようとしているのだ。アナベルはこのチャンスに飛びつくだろうか？

サイモンもまた、口がきけないほど驚いている様子だ。ふいに立ちあがり、暖炉の前を行ったり来たりしてアナベルを見つめている。きまじめな表情には、彼の抱えるジレンマが如実に表れていた。アナベルの決断次第で、ふたりの関係は決定的に変わってしまうのだ。サイモンは古代遺物の研究に生涯を捧げるつもりでいる。机の上に置かれた数多くのケルト人の遺物を見れば一目瞭然だ。そんな彼が女王の配偶者として縛りつけられる人生を望むだろうか？

だが、選択をさせないわけにはいかない。そこでクラリッサはアナベルに尋ねた。

「アナベル、あなたは王位継承権を主張したいと思う？　この問題について、よく考えなければいけないわ。明日の朝でいいから答えを聞かせてちょうだい」

アナベルは顔をあげてクラリッサを見たあと、視線をサイモンに向けた。一瞬だったが、実に多くを物語る永遠にも等しい瞬間だった。アナベルは弾かれたように立ちあがり、彼のもとへ駆け寄って抱きついた。

それから、ふたたびクラリッサを見る。「考える時間をいただかなくても結構です、レディ・ミルフォード。わたしは英国の女王になるつもりなどありません」

たちまちクラリッサは大きな安堵感に包まれた。アナベルのために公正な裁きを望んでいる反面、本音を言えば、これほどすばらしい女性が王族の陰謀の渦に巻き込まれていくのを見るのは忍びなかったのだ。

サイモンがアナベルの顎に手を添えて上を向かせた。「本当にいいのか？　自分があきらめようとしているもののことをよく考えるんだ。きみは巨万の富を得て、何百万という臣民を支配する女王になれるんだぞ。ぼくでさえ、きみにお辞儀をしなければならなくなるんだ」

「いいえ、そんなものはいらないわ。わたしの望みはあなたの妻になることだけよ」

彼は微笑んでアナベルを抱きしめ、額に唇を押し当てた。「ぼくと結婚するために王位をあきらめるというのか？」

愛情に満ちた笑みを交わすふたりを見守りながら、クラリッサは目頭が熱くなるのを感じていた。わたしの見立ては間違っていなかったんだわ。ふたりの相性がこれほど完璧で、心の底から深く結びつくようになるとは……。今、この瞬間まで夢にも思わなかった。

クラリッサはブランデーのグラスを脇に置くと椅子から立ちあがった。夜遅い時間にもかかわらず、爽快感と充足感を覚えている。今や彼女の目的は完全に達成されたのだ。

「これは何――」アナベルがサイモンの上着の内側から赤いハイヒールを取り出した。「まあ、なくした靴の片方だわ！」

「子ども部屋で拾ったんだ。これを持っていかなくてはいけないような気がしてね」

クラリッサは思わず頬をゆるめた。サイモン自身はわからなくても、彼がそういう衝動に駆られた理由はよくわかる。あの赤いハイヒールこそ、クラリッサがずいぶん昔にある老いた賢女から贈られたものなのだ。「もう片方は？」彼女はアナベルに尋ねた。

「ティーテーブルの下です」アナベルはもう片方の靴を取りに行き、両手に持った赤いハイヒールをしげしげと眺めながら戻ってくるとクラリッサを見つめた。「これは〝借り物〟でしたね、レディ・ミルフォード、覚えておいでですか？　今がこれをあなたにお返しすべきときだと思うんです」

「実にすばらしい考えだわ」ハイヒールを受け取ったクラリッサは、アナベルを抱擁しながら言った。「この靴を必要としている若いレディを、また見つけることにしましょう」

書斎から出ていくとき、クラリッサは最後にもう一度、暖炉の脇で抱き合うふたりを振り返った。本当にこれ以上ないほどうまくいったわ。彼女はすがすがしい満足感でいっぱいだった。

エピローグ

一八三八年六月二八日

ウェストミンスター寺院での若きヴィクトリア女王の戴冠式に、アナベルは夫とともに参列していた。ふたりの前方にずらりと並んでいるのは、アーミン毛皮の襟付きローブを着た王族の男性たちと、繊細な仕立ての宮廷用ドレスをまとった貴婦人たちだ。ケヴァーン公爵ニコラスは、玉座のそばに気をつけの姿勢で立っている。小姓の大役を仰せつかった彼は誇らしげな様子だ。

玉座に座ったヴィクトリア女王が、カンタベリー大主教から金色の球体を、続いて二本の笏《しゃく》を受け取る。厳かな雰囲気で式が進む中、アナベルはヴィクトリアから目を離せずにいた。わたしの異母妹。いまだにそのことが信じられない。

極秘で短い顔合わせが行われたのは前年のことだ。そこでアナベルは、王座に関するすべての権利を放棄するという法的書類に署名をした。同席したヴィクトリアは冷静沈着で無口だった。それでも去り際にアナベルが深々とお辞儀をしたとき、ヴィクトリアはアナベルの下腹部に柔らかな視線を走らせ、〝予定日は？〟と尋ねてきた。それから数分間、ふたりは穏やかな会話を楽しんだが、アナベルがいちばん驚いたのは、前に進み出たヴィクトリアが頬にキスをしてくれた瞬間だった。それ以来、彼女とは一度も連絡を取っていない。それが当然だろう、とアナベルは考えていた。王族の血を受け継いでいるという共通点はあるものの、結局わたしたちは他人同士なのだ。

今、アナベルには自分の家族がいる。

彼女はこっそりとサイモンの手に手を伸ばした。力強い指と指を絡めた瞬間、彼が愛情あふれる笑みを返してくる。アナベルはふいに胸がいっぱいになった。わたしのこの一年半の幸せな日々に比べれば、どんな王冠の輝きも色あせて見える。ふたりのあいだに生まれた九カ月の愛娘ピパは、今夜はロンドンの屋敷でお留守番だ。そしてサイモンは、わたしのお腹にピパの弟か妹になる新たな命が宿っていることをまだ知らない。その秘密は今夜、夫に打ち明けるつもりでいる。

戴冠式はついに華々しい瞬間を迎えようとしていた。

大主教が聖エドワード王冠を手に取り、ヴィクトリアの頭の上にのせる。しんと静まり返ったその瞬間、女王は集まった無数の臣民たちを見渡した。片手を高くあげ、彼女がゆっくりと人々に視線を走らせていく。

アナベルは女王の目が一瞬自分のところでとまったような気がした。それとも、わたしがそう思っただけかしら？

サイモンが彼女の手を握りしめてきた。彼の灰色の瞳に宿る優しい輝きを見たとき、アナベルにはわかった。彼もまた、ヴィクトリアの視線に気づいたのだ。

会場にいる全員が立ちあがった。サイモンとアナベルも立ちあがり、声をそろえて叫んだ。

「女王陛下万歳！」

拍手喝采がおさまると、サイモンが身をかがめて彼女の耳元でささやいた。「後悔していないかい、ぼくのシンデレラ？」

アナベルは晴れやかな笑みを浮かべた。

「ええ、愛しい人。あなたはどんな王冠よりもずっと大切なわたしの宝物ですもの」

訳者あとがき

この作品は本邦初登場の作家、オリヴィア・ドレイクによる《シンデレラの赤い靴》シリーズの第一作目です。

人里離れたヨークシャーの女学校で教師を務める、アナベル・クイン。孤児として育ち、不遇な毎日を送っていた彼女にある日、願ってもない幸運が舞い込みます。家庭教師としてコーンウォールの城へおもむき、不慮の事故で両親を失った幼い公爵の世話をすることになったのです。ところが彼女の前に、公爵の後見人である叔父、サイモン・ウェストベリー卿という思いがけない障害が立ちはだかります。サイモンは頑固でひと筋縄ではいかない人物であるだけでなく、甥である公爵に対してもそっけない態度を崩そうとはしません。しかもアナベルが公爵のためにあれこれと提案しても、いっさい聞く耳を持たないのです。幼い公爵には肉親の愛情が必要だと考えたアナベルは、なんとかして叔父と甥の関係を修復しようとします。そのうち、彼女はサイモンが心に深い闇を抱えていることを知って……。

著者のオリヴィア・ドレイクはロマンス作家としての王道を歩いてきた女性です。ミシガン州立大学でジャーナリズムの学位を取得後、出版社に送った原稿が採用され、即作家の道に進みます（一九八五年に〝Defiant Embrace〟でデビューして以来、バーバラ・ドーソン・スミス名義で二五作品を発表）。一九九〇年には〝Dreamspinner〟でロマンティック・タイムズのベスト・ヒストリカル・ロマンティック・サスペンス賞を、また一九九六年には〝A Glimpse Of Heaven〟で同じくロマンティック・タイムズのベスト・リージェンシー・ヒストリカル賞を受賞。さらに二〇〇二年には〝Tempt Me Twice〟で、ＲＩＴＡ賞のベスト・ショート・ヒストリカル賞に輝いているのです。

現在のところ、オリヴィア・ドレイク名義では〝Heiress in London〟シリーズが三作、そして《シンデレラの赤い靴》シリーズが本作品を含めて二作刊行されています。このシリーズは、不幸な境遇にあるヒロインが困難を乗り越え、赤いサテンの靴に導かれて王子様のようなヒーローと結ばれるという典型的なシンデレラ・ストーリー。どんなつらい目に遭ってもめげることなく、自分らしい人生を謳歌しようとするヒロインの姿に勇気づけられ、励まされる読者の方も多いのではないでしょうか。また、粗末な格好をしたアナベルが強大な権力を持つサイモンによってどんどん女らしく美しくなっていくのも、本書の大きな見どころのひとつです。

本国では早くも、本シリーズの第二作目となる〝Stroke Of Midnight〟が二〇一三年六月に刊行されています。こちらは父親の汚名を晴らすためにヒロインが正体を隠し、父を告発した伯爵のおばの話し相手《コンパニオン》になって真相を探るという内容。本作品とは設定も舞台も異なっており、またひと味違う魅力が堪能できそうです。さらに、本作で登場した赤いサテンの靴がどう関わってくるか、レディ・ミルフォードはふたたび登場するのか、そもそも赤いサテンの靴にはどんな秘密が隠されているのか、などなど興味は尽きません。壮大なスケールで展開する《シンデレラの赤い靴》シリーズに、どうぞご期待ください。

ライムブックス

舞《ぶ》踏《とう》会《かい》のさめない夢《ゆめ》に

著　者　　オリヴィア・ドレイク
訳　者　　宮《みや》前《まえ》やよい

2014年5月20日　初版第一刷発行

発行人　成瀬雅人
発行所　株式会社原書房
〒160-0022東京都新宿区新宿1-25-13
電話・代表03-3354-0685　http://www.harashobo.co.jp
振替・00150-6-151594
カバーデザイン　松山はるみ
印刷所　中央精版印刷株式会社

落丁・乱丁本はお取り替えいたします。
定価は、カバーに表示してあります。
　ISBN978-4-562-04458-0　Printed in Japan